도향

사랑, 그 설렘에 취하고 향기에 물들다.

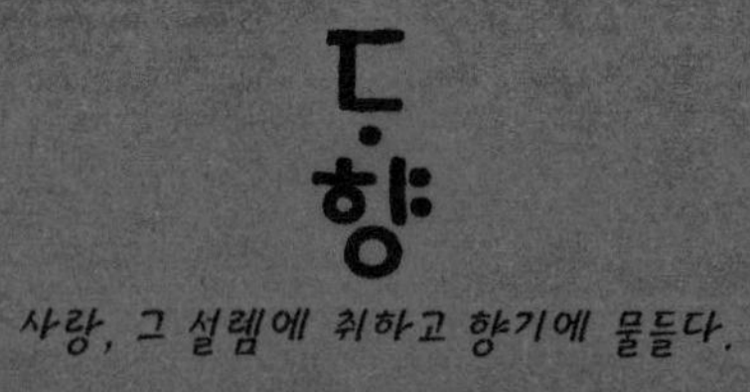
도향
사랑, 그 설렘에 취하고 향기에 물들다.

끝없는 갈망

끝없는 갈망

초판 1쇄 찍음 2012년 7월 11일
초판 1쇄 펴냄 2012년 7월 17일

지은이 | 서가은
펴낸이 | 정 필
펴낸곳 | 도서출판 **뿔미디어**

편집장 | 이재권
기획 · 편집 | 박수정
편집디자인 | 이진선
관리 · 영업 | 김기환, 임순옥

출판등록 | 2002년 9월 11일 (제1081-1-132호)
주소 | 부천시 원미구 상3동 533-3 아트프라자 503호 (우)420-861
전화 | 032)651-6513 / 팩스 | 032)651-6094
E-mail | dahyangs@naver.com
카페 | http://cafe.daum.net/dahyangs

값 9,000원
ISBN 978-89-6639-776-1 03810

끝없는 갈망

DAHYANG ROMANCE STORY

서가은 장편 소설

"여자가 필요해. 지금 여기서 날 만족시켜준다면 원하는 걸 다 주지."

노골적으로 모욕감을 안겨주는 서준을 [illegible]는 싱긋 미소를 머금고 쳐다보았다.

그녀는 그의 눈을 똑바로 바라보며 도전적으로 물었다.

"그럼, 당신 심장도 줄 건가요?"

그 말에 서준이 픽 웃고는 입매를 비틀었다.

그는 몹시 기분이 더럽다는 듯 인상을 확 구기며 말했다.

"내 심장은 누구 때문에 3년 전에 죽어버렸어. 그러니 주고 싶어도 줄 수가 없지."

contents

붉은 카펫이 깔려있는 방 안은 이국적인 지중해를 연상시켰다. 살짝 열려진 창틈으로 레몬처럼 상큼한 바람이 새어들어와 한 치의 틈도 없이 밀착된 남녀를 부드럽게 휘감았다. 굶주린 늑대처럼 정신없이 여자의 입술을 탐하던 남자가 입술을 떼고 나직하게 속삭였다.

"사랑해, 윤이수."

"당신은 내 반쪽심장이에요."

얼굴을 붉히며 여자가 남자의 턱을 부드럽게 쓸어내리자 남자의 눈길이 한참 동안 그녀에게 머물렀다.

"그 말 진심이야?"

잠시 틈을 두고 묻는 말에 여자는 1초의 망설임도 없이 대답했다.

"네, 진심이에요."

"혹시라도 내가 몹쓸 병에 걸려 먼저 죽으면 어떻게 할 건데?"

그 물음에 미소를 머금고 있던 여자가 못마땅하다는 듯 눈을 댕그랗게 뜨고 흘겨보았다.

"농담이라도 그런 말 하지 말아요. 생각만 해도 가슴이 터져버릴 것 같아."

여자의 말에 남자는 허허 웃으며 다시 물었다.

"활활 타는 불길 속에 내가 있어. 어떻게 할 거지?"

"곧바로 섶을 지고 불 속으로 뛰어들 거예요."

진지한 얼굴로 비장하게 대답하는 여자에게 남자는 의아하다는 듯 물었다.

"섶이라고? 차라리 물동이를 지고 뛰어들어 드는 게 낫지 않을까?"

그 말에 여자는 빙그레 웃으며 말했다.

"제가 지고 들어간 섶으로 당신에게 갈 불길이 모두 제게 옮아 왔으면 좋겠어요. 그럼 당신은 무사할지도 모르잖아요."

여자의 말에 남자는 잠시 말을 잇지 못했다. 한참 동안 빤히 쳐다보다가 잠긴 목소리로 물었다.

"날 살리기 위해서 당신 목숨을 내던지겠다고?"

여자가 말간 얼굴로 고개를 끄덕이자 남자는 그녀의 가슴에 얼굴을 묻으며 속삭였다.

"정말이지 괜한 농담을 했군. 절대로 그런 일은 없을 테니까 당신도 그런 생각 따윈 꿈에서라도 하지 마. 참! 가져간 내 심장은 한 달에 한 번씩 찾으러 갈 테니까 잘 간수하고."

절대 이 남자와 헤어질 일은 없을 거라는 것을 알면서도 공연히 슬펐다. 어쩌면 매일 보던 사람을 한 달에 한번만 봐야한다는 현실이 슬픈 건지도 모르겠다. 어떤 여자라도 뒤돌아보게 할 만큼 잘난 남자라는 것도 불안한데 섹스마저도 기가 막히니 솔직히 마음이 편치는 않았다. 그래도 이 남자를 믿기에 웃으며 떠날 수 있지만 혹시라도 자신이 없는 사이에 다른 여자라도 눈에 담는다면 어찌할지 막막하기만 하다. 그 상상만으로도 숨이 막히고 가슴이 찢어질 것처럼 아파오자 여자는 고개를 힘껏 저으며 남자의 검은 동공을 뚫어지게 응시했다. 햇살처럼 눈부신 미소를 머금으며 활짝 웃는 남자의 얼굴이 동공 안으로 서서히 스며들자 그 미소를 각인시키려는 듯 여자의 다갈색 눈동자가 강렬하게 번득였다.

"그렇게 쳐다보니까 천하의 한서준도 부끄러워지는데?"

조금은 붉어진 얼굴로 남자는 입술을 내려 여자의 눈을 덮었다. 생크림처럼 한없이 부드러운 입맞춤이었다.

입술이 살짝 팬 인중을 지나 여자의 입술 위로 내려앉을 때쯤 남자의 입술은 화인처럼 뜨거워졌다. 뜨거운 입술로 가늘게 떨고 있는 여자의 입술을 살며시 핥고 아랫입술을 지그시 빨아들이다가 윗입술을 살짝 머금었다. 더없이 조심스럽고 부드럽게 입술 언저리를 해매며 자극을 가해오자 여자의 몸에 자잘한 소름이 일었다. 검은 머리칼을 가만히 쓸어내리던 여자가 손을 내려 남자의 어깨를 꽉 움켜쥐자 뜨거운 혀가 곧바로 여자의 입술 안을 파고들었다. 치열을 두드리고 고른 이를 쓱 훑어 내리자 달아오른 혀가 뜨겁게 그를 맞이했다. 입안을 탐색하듯 곳곳에 혀를 밀어 넣고 쓸고 빨기를 반복했다.

뜨겁게 혀가 얽히고 타액이 격하게 넘나드는 불꽃같은 키스로 여자의 동공은 욕망으로 점차 흐릿해져갔다. 어느새 목젖 끝까지 깊숙이 들어온 혀가 입안을 온통 헤집고 영혼까지 사로잡는 느낌에 여자의 나긋한 육체가 파도처럼 물결쳤다. 숨결은 이미 제어할 수 없을 만큼 가빠졌고 온몸은 활활 타올랐다.

"당신을 어쩌면 좋을까?"

서로를 삼켜버릴 것처럼 격하고 강렬한 키스로 호흡마저 곤란해지자 남자가 살짝 입술을 떼며 중얼거렸다. 그 말에 여자의 가슴이 찌르르 울려댔다. 자신에게 부담주지 않으려 했던 애틋한 마음이 그 말속에 모두 담겨있었다. 서글퍼지려는 마음을 말간 웃음으로 대신하며 여자는 남자의 등을 부드럽게 어루만졌다.

"사랑해요."

단단한 허리를 유혹하듯 쓰다듬으며 여자가 속삭이자 옅은 미소로 여자를 내려다보던 남자가 얼굴을 내려 가슴을 덥석 베어 물었다.

"아흣!"

그의 입술이 탐욕스럽게 가슴을 빨아대며 희롱하자 여자는 몸을 뒤틀며 신음했다. 정점을 머금은 혀가 느릿하게 움직이며 자극을 가하다가 살짝 깨물었다.

"하아……! 흐으으……."

온몸이 짜릿한 감각으로 솟구쳐 오르자 여자는 몸부림치며 흐느꼈다. 그 반응이 만족스러운지 남자는 익살스럽게 웃으며 가슴 아래로 얼굴을 내렸다. 납작한 배와 치골을 혀로 핥고 검은 숲에 이르자 은밀한 곳으로 얼굴을 묻었다. 아릿하게 코끝을 감싸는 밤꽃 향기를 깊이 들이마시던 그가 탱탱한 엉덩이를 양손으로 잡고 길게 혀를 내렸다.

"하지…… 말아요."

붉은 혀가 허벅지 아래로 흘러내리는 샘물을 느릿하게 애무하자 여자는 기어들어가는 목소리로 작게 소곤거렸다.

"향기로워. 온몸의 피를 들끓게 할 만큼."

나른한 남자의 말에 여자는 얼굴을 붉히며 눈을 감았다. 동시에 남자의 혀가 허벅지에서 활짝 피어난 여성으로 이동했다. 검은 삼각지로 덮여있는 둔덕에 자잘하게 키스하다가 안쪽으로 혀를 밀어 넣어 민감한 돌기를 잡아챘다.

"아아…… 서준 씨."

남자의 관능적인 애무에 머리끝까지 열기가 솟구쳐 오르자 여자는 파르르 몸을 떨며 유혹적인 신음을 내뱉었다.

"쉿, 조금만 더."

조용하게 속삭인 그가 혀를 길게 내려 샘 안으로 밀어 넣었다. 촉촉하게 머금은 이슬을 부드럽게 빨아들이고 내벽을 향해 조용히 움직이다가 자잘한 주름들을 세심하게 핥아 내렸다. 그 자극에 미칠 것 같아 여자는 붉은 시트를 움켜잡으며 이리저리 몸을 뒤틀었다. 한계까지 치달아 오른 육체에서 뿜어져 나오는 짙은 사향내가 남자의 야성을 한껏 부추겼다.

여성 입구부터 내벽 안쪽까지 세밀하게 훑어 내리며 극한의 쾌락을 선사하던 남자가 마침내 몸을 일으켜 다리사이에 자리를 잡았다. 아까부터 미친 듯이 팔딱거리는 분신을 중심부에 가져다 대고 천천히 비벼댔다.

"하! 제발……."

흥분으로 부풀어 오른 핑크빛 속살이 남자를 유혹하며 움찔거렸다. 더 이상은 한계라는 듯 남자가 여자의 골반을 들어 올렸다.

"하!"

겨우 귀두 끝만 살짝 들어갔을 뿐인데도 여자는 그의 어깨를 단단히 부여잡고 숨을 헐떡거렸다.

"여전히 비좁군."

그에 비해 너무나 작은 여성 때문에 힘들어하는 여자를 안쓰러운 눈으로 내려다보며 남자는 혼잣말처럼 중얼거렸다.

"전 괜찮아요."

남자의 얼굴에서 땀방울이 툭하고 떨어지자 여자는 환한 미소를 지으며 속삭였다. 숨죽이고 있던 그가 지그시 어금니를 사려 물며 힘껏 안으로 돌진했다.

"하흑!"

터질 것 같은 불기둥이 단번에 여성 안을 꿰뚫자 여자의 입에서 억눌린 신음소리가 작게 새어나왔다. 약간의 통증과 함께 야릇한 쾌감이 중심부로 은밀하게 퍼져나갔다.

"하! 제발 힘을 빼……."

여자가 하체를 굳히며 남성을 터트려버릴 듯 빡빡하게 조여오자 아찔한 쾌감에 남자의 머릿속이 하얗게 변해갔다. 여자를 달래며 남자는 부드러운 여체를 정성껏 쓰다듬고 어루만졌다.

"하아…… 학……."

남자가 천천히 허리를 움직이며 먹음직스러운 과실을 입 안 가득 베어 물자 여자는 숨을 몰아쉬며 가느다란 두 다리로 남자의 허리를 휘감았다. 몽롱한 얼굴로 리듬을 타는 모습이 지독히도 섹시해 남자의 몸이 빠근하게 조여들었다. 한껏 달아오른 불기둥을 천천히 빼냈다가 힘껏 파고들던 남자는 조금씩 속도를 높였다. 가녀린 여체가 그 속도에 맞춰 이리저리 흔들렸다.

"하아! 하……."

남자의 뜨거운 눈길에 여자가 관능적으로 몸을 비틀자 한계에 치달은 남자의 움직임이 빨라졌다. 폭주하는 기관차처럼 맹렬하게 파고들던 남자가 갑자기 몸을 빼고 여자를 안아 올려 무릎에 앉히고 뜨겁게 입술을 내렸다.

아득한 쾌락의 늪에 빠져있던 여자는 초점 없는 눈을 들어 남자를 바라보았다. 활활 태워버릴 것 같은 강렬한 눈길과 에로틱한 입술의 움직임이 그녀를 환각상태로 몰아가고 있었다. 남자가 선사하는 낙원에 홀려 미친 듯이 혀를 내어주고 몸을 밀착시키던 여자는 가슴을 움켜쥐는 강한 악력에 움찔하며 남자의 혀를 물었다. 끄응 하는 신음소리와 함께 그가 그대로 침대로 쓰러졌다.

졸지에 남자 위로 엎어진 여자는 부드러운 손길에 천천히 고개를 들었다. 남자의 손이 피아노 건반을 두드리듯 여자의 성감대를 살짝살짝 터치하며 자극을 가해오자 의미심장한 미소를 지으며 그녀는 굵은 목덜미로 얼굴을 내렸다. 보기만 해도 달콤해 보이는 핑크빛 작은 혀로 쇄골을 애무하고 매끄러운 가슴으로 입술을 내려 단단해진 젖꼭지를 입안에 넣었다.

"하!"

녹아들 것 같은 혀의 움직임에 남자의 목젖이 꿈틀거리고 탁한 신음소리가 흘러나왔다. 그런 남자의 입술에 짧게 키스하고 여자는 또다시 남자의 가슴을 공략했다. 한쪽 가슴을 부드럽게 애무하며 입안에 머금은 돌기를 혀로 굴리고 살짝살짝 깨물었다. 그 자극이 사뭇 강했는지 남자는 으르렁거리며 강하게 허리를 튕겨 올렸다.

"날 죽일 셈이야?"

남자의 말에 여자는 고개를 들고 요염하게 웃으며 더 아래로 얼굴을 내렸다. 돌처럼 탄탄한 복근 아래 움푹 파인 배꼽을 느릿하게 핥다가 더할 수 없이 팽창되어 있는 불기둥을 혀로 쓸었다.

"우욱!"

남자가 앓는 신음을 내자 여자는 뿌리를 살짝 감고 귀두를 머금었다. 아이스크림을 핥듯 살살 혀를 굴리며 위아래로 움직이다가 한입에도 다 들어가지 않는 불기둥을 목젖까지 들여놓았다.

"이수야, 제발……."

느긋하던 남자가 애원의 말을 쏟아내는데도 여자는 움직임을 멈추지 않았다. 볼을 홀쭉이며 위아래로 입술을 움직여 그의 피를 들끓게 했다. 여자의 뇌쇄적인 움직임에 남자의 눈은 짙은 욕망으로 혼탁해졌다. 이글거리는 눈동자로 홀린 듯 여자를 바라보던 남자가 벌떡 몸을 일으켜 여자의 등에 이를 박았다. 놀란 여자가 입안에 머금고 있던 불기둥을 토해냈고 남자는 그런 그녀를 가볍게 안아 올려 침대에 엎드리게 했다.

높이 솟구친 엉덩이 사이로 질펀하게 젖은 붉은 속살이 고스란히 드러났다. 미끈하게 젖어 움찔거리는 여성을 까맣게 타오르는 눈길로 응시하다가 남자는 팔딱거리는 욕망을 샘 안으로 힘껏 밀어 넣었다.

"학!"

"욱!"

고통과 쾌락이 뒤섞인 신음소리와 함께 거대한 불기둥이 좁은 입구로 급격하게 빨려들어 갔다. 여자의 뜨거운 속살이 움찔거리며 단번에 불기둥을 휘감자 아득해지는 쾌락에 몸을 떨며 남자는 손을 뻗어 여자의 젖가슴을 움켜잡았다. 힘껏 비비고 주무르고 유두를 희롱하자 여자의 허리가 자연스럽게 리듬을 탔다.

남자의 허리가 점점 리드미컬하게 움직일수록 여자의 신음성은 높아만 갔다. 붉은 꽃잎에서는 연신 단물이 흘러내렸고 남자의 몸은 쾌감으로 온통 붉어졌다. 빽빽하게 들어찼던 몸 끝이 순식간에 빠져나가자 붉은 속살이 움찔거리며 그를 재촉했다. 자석에 이끌리듯 그가 세차게 불기둥을 밀어 넣자 여자의 엉덩이가 한껏 위로 솟구치며 파르르 떨렸다. 뽀얗고 탱탱한 엉덩이를 움켜쥐었다가 손바닥으로 찰싹 때리자 뜨거운 속살이 본드처럼 그에게 달라붙었다. 금방이라도 욕망이 터져버릴 것 같아 남자는 이를 악물고 하체를 움직였다.

퍽퍽, 몸을 꿰뚫어버릴 것처럼 사납고 거세게 파고들던 남자는 한순간 허리케인이 되어 그녀를 삼켰다. 해일처럼 강하게 몰아닥친 절정의 파도에 여자는 진저리를 치며 신음했다. 심장은 금방이라도 밖으로 튀어나올 것처럼 급박하게 뛰어댔고 머릿속은 새하얗게 비어갔다.

"흐흐흐, 흐……."

온몸을 부르르 떨며 흐느끼던 여자는 몽롱해진 눈을 감으며 맥없이 침대로 무너졌다. 그런 그녀의 등에 자잘하게 키스를 하며 남자도 그대로 허물어졌다. 한참 동안 여자의 목덜미에 얼굴을 묻고 숨을 고르던 남자는 또다시 부풀어 오르는 분신을 단숨에 빼내며 몸을 굴렸다.

"힘들었지?"

여자를 가슴에 당겨 안고 팔베개를 해주며 남자는 나른하게 물었다. 흠뻑 젖은 앞머리를 천천히 쓸어주는 손길이 더없이 부드럽고 자상했다. 고개를 끄덕인 여자는 활짝 웃으며 대답했다.

"아니요, 전 너무 행복했어요."

말갛게 웃는 여자를 가만히 내려다보다가 남자는 그녀 쪽으로 몸을 돌리며 말했다.

"당신을 만난 건 내 생애 최고의 행운이야. 윤이수, 뭐 팔릴 것 같아서 이 말만은 안 하려고 했는데 도저히 안 되겠다. 내 눈에서 벗어나는 순간 눈에 보이는 남자들은 모두 늑대라고 생각하고 절대로 눈길조차 주지 말도록."

남자의 말에 까르르 웃으며 여자는 장난스럽게 물었다.

"왜요? 제가 다른 남자한테 눈돌릴까봐 걱정돼요?"

"당연하지. 아마 파리에 가면 남자들이 개떼처럼 달려들지도 몰라."

"피이, 그럴 일 없을 거예요."

"어떻게 장담해? 얼굴 예뻐, 몸매 착해, 섹스 기막혀. 이런데도 남자들이 가만히 있을 것 같아?"

실소를 흘리는 여자의 말에 남자는 잔뜩 긴장하며 경계했다. 행복하다는 얼굴로 여자는 속삭였다.

"예쁜 여자들이야 많을 테고, 몸매 착하고 섹스가 기막히다는 건 당신만 아는 사실이니까 아무 문제없어요. 제 눈에 씐 한서준이라는 콩깍지가 아주 오래 갈 것 같거든요."

"이런, 콩깍지가 아주 오래 갈 거라고? 영원히 씐 게 아니었어?"

서운한지 남자는 토라진 얼굴로 툴툴 거렸다.

"헤, 제가 실수했네요. 콩깍지는 앞으로도 영원해요."

여자가 웃으며 귀엽게 정정하자 남자는 활짝 웃으며 얼굴을 맞댔다.

"그래, 윤이수가 어떤 여잔데. 콩깍지가 아니더라도 한서준한테만 몸을 허락할 여자라는 걸 내가 잠시 깜빡했어. 그나저나 이참에 확

임신이나 했으면 좋겠다."

그 말에 여자는 희미하게 웃으며 고개를 끄덕였다. 목숨보다 더 사랑하는 남자를 닮은 아이가 눈앞에 어른거렸다.

"당신이 아무리 고집을 부려도 앞으로는 어림없을 줄 알아. 헤어져 있는 건 이게 처음이자 마지막이야."

남자의 말에 여자는 빙그레 웃었다. 그런 그녀가 너무나 사랑스럽다는 듯 남자는 애틋한 눈길로 한참을 바라보았다.

"믿어지지가 않아요. 당신처럼 멋진 사람이 내 남자라는 게."

"입에 침이나 바르고 그런 말 해. 그렇게 감격해하는 사람이 기어이 유학을 떠나겠다고?"

"미안해요. 하지만 이건 제 오랜 소원이었어요. 그래서 대학 다니는 동안 악착같이 아르바이트를 해서 적금을 든 거거든요."

"고집쟁이. 아무튼 못 말린다니까. 암튼 나중에 앙드레 김 같은 유명한 디자이너가 안 되기만 해."

"안 되면요?"

"평생 배불러 있게 할 거야."

5대독자라 결혼하면 애 다섯은 기본이라고 했던 남자가 진지한 얼굴로 으름장을 놓았다. 그 말에 식겁해 하면서도 기분 좋은지 여자의 입가가 슬며시 벌어졌다.

"이 깍쟁이, 아주 엉큼해."

"당신은 더 엉큼해요. 뭐."

이수가 입을 삐쭉거리며 혀를 쏙 빼어 물자 서준의 손이 가슴을 움켜잡았다. 그리곤 은근한 눈빛으로 속삭였다.

"우리 함께 샤워할까?"

"먼저 씻으세요."

아까보다 더 단단해진 아랫도리가 허벅지를 강하게 찔러대자 여자는 고개를 휙 돌리며 말했다.

"윤이수, 분명 오늘 한잠도 안 재울 거라고 했을 텐데?"

"알았어요. 당신 씻고 나오면 바로 씻을게요."

남자가 욕실로 들어간 사이 그대로 잠들어 버릴 거라는 걸 알면서도 여자는 태연하게 거짓말을 했다. 물끄러미 여자를 내려다보던 남자가 벌떡 몸을 일으켜 여자를 가뿐하게 안아 올렸다.

"왜 이래요!"

놀란 여자가 발버둥을 치자 남자는 씩 웃으며 침대 아래로 성큼 내려섰다. 그녀의 볼에 입을 맞추며 남자는 말했다.

"당신은 아무것도 하지 말고 가만히 있어. 내가 씻겨줄 테니까."

짐승체력을 자랑하듯 조금도 지친 기색이 없는 남자는 박력 있게 욕실로 들어갔다. 남자의 공언대로 여자는 욕조에 앉아 꾸벅꾸벅 졸며 한 시간 가량 남자의 에로틱한 시중을 받았다. 그리고 침대로 돌아와 지쳐 쓰러질 때까지 밤새도록 남자의 품에 안겨있었다.

* * *

벽 사이에 촘촘하게 박힌 조명등과 천장위의 화려한 샹들리에가 거실 안을 은은하게 비추었다. 미각과 후각을 자극하는 고급스러운 음식들이 정갈하게 테이블위에 세팅되어 있고 헬퍼들은 거실과 주방 사이를 분주하게 오고갔다.

젊은 사람들의 홈 파티답게 실내엔 다소 시끄러운 록 음악이 울려

퍼졌고 조금은 퇴폐적인 분위기에서 누구랄 것 없이 모두들 몽롱한 얼굴로 술잔을 기울였다.

"얼굴 보기가 하늘의 별따기예요."

거의 1년 만에 얼굴을 본 남자가 야속하다는 듯 여자는 투덜거리며 말을 건넸다.

가슴골까지 깊게 파인 붉은 색 드레스를 입은 여자를 남자는 무심한 눈빛으로 건너다보며 피식 웃었다. 요즘 제법 TV에서 얼굴을 알리고 있는 여자였다. 도도한 매력으로 남심을 사로잡고 있다는 평이 무색할 만큼 여자의 눈빛은 끈적했다.

"내 얼굴은 봐서 뭐하려고?"

약간의 빈정거림을 담고 남자는 시니컬하게 물었다. 그의 반응이 마음에 안 든다는 듯 여자의 눈꼬리가 살짝 가늘어졌다. 새빨간 입술을 살짝 혀로 핥으며 그녀가 코맹맹이 소리를 냈다.

"왜 얼굴 뜯어먹고 산다는 말이 있잖아요. 전요, 서준 씨 얼굴만 봐도 행복해요."

"어쩌지? 난 당신 얼굴만 보면 술맛 떨어지는데."

눈은 웃고 있는데 목소리는 더없이 차가웠다.

"무슨 농담을 그렇게 살벌하게 해요?"

"농담? 마음대로 생각해."

여전히 눈웃음을 보내는 여자에게 차갑게 대꾸하고 서준은 칵테일 잔을 소리나게 내려놓았다. 그리곤 곧바로 자리를 떠나는 그를 여자는 멍하니 바라보았다.

"이서린, 왜 그렇게 한서준한테만 목매? 나도 이만하면 꽤 괜찮은 퀄리티 아냐?"

아까부터 서린을 흘깃거리던 남자가 조용히 다가와 속삭이자 그녀는 가자미눈을 하고 쏘아붙였다.

"됐거든요! 내가 저 남자 잡으려고 몇 개월을 공들인 줄 알아요?"

"하! 꿈도 야무지군. 저 녀석 지독히 목매고 있는 여자 있어. 조만간 공부 끝나고 들어올 연인 기다리느라 다른 여자는 안중에도 없다고."

날 선 눈빛으로 입술을 잘근거리던 서린은 남자의 말에 눈을 동그랗게 떴다. 이리저리 눈동자를 굴리던 그녀가 입을 삐죽이며 물었다.

"거짓말이죠? 그런 소문 따윈 어디에서도 들은 적 없어요."

"당연히 소문이 돌 리가 없지. 저 녀석이 얼마나 제 여자를 꽁꽁 싸매고 있는 줄 알아? 오죽하면 우리도 얼굴 한번 못 봤다니까."

"그런데 여자가 있다는 말은 무슨 근거죠?"

"저 녀석하고 제일 친한 죽마고우가 살짝 귀띔해주더군. 애인이 유학 끝나고 돌아오면 곧바로 결혼할 거라나 뭐라나. 아주 그 여자한테 완전히 미쳐있다고 하더라고. 그런데도 당신은 한서준만 쳐다볼 거야?"

남자의 말에 한숨만 푹푹 내쉬던 서린은 얼른 도도한 표정을 지우고 남자 옆으로 바짝 다가갔다. 그러면서도 멀어져가는 서준의 뒷모습을 한없이 아쉬운 눈길로 바라보았다.

몸에 꼭 맞는 블랙 슈트를 걸친 서준은 우아한 표범 같았다. 장신의 키는 둘째치고라도 남자답게 생긴 얼굴이 무척이나 수려했다. 거기에 모델 빰칠 정도의 옷맵시가 그를 더욱 돋보이게 만들어 보는 이로 하여금 절로 탄성을 자아내게 만들었다.

블루 빛이 감도는 칵테일을 집어 들고 서준은 발코니로 걸어갔다. 그는 어둠이 스멀스멀 내려앉는 창밖을 아련한 눈길로 바라보며 술잔을 입에 댔다.

"윤이수, 너무 보고 싶다."

원목 테이블에 술잔을 내려놓으며 서준은 나직하게 중얼거렸다. 무슨 객기로 연인을 외국으로 덥석 보냈는지 이 순간만은 지독히도 후회스러웠다. 아니, 그녀가 비행기에 오르는 순간부터 내내 후회하고 있었다.

회사일로 바쁜 것도 바쁜 거지만 한 달에 한 번 이상은 절대 이수를 찾지 말라는 아버지의 엄명 때문에 완전히 돌아버릴 지경이었다. 너무나 어렵게 얻어낸 결혼승낙이기에 될 수 있으면 이수에게 미운털 안 박히게 하려고 참고 또 참고 있지만 오늘만큼은 그녀가 너무 그리웠다. 아무래도 오늘 밤엔 파리 행 비행기에 몸을 실어야 할 듯.

'미리 당겨쓰고 다음 달은 어떻게든 참아보지 뭐.'

갈등하던 서준이 발코니 문을 힘차게 열어젖히고 빠른 보폭으로 현관 쪽으로 걸어가자 친구 진성이 다급하게 쫓아왔다.

"갑자기 왜 그래?"

"미안한데 먼저 가야겠다."

"무슨 일…… 야! 한서준!"

말이 채 끝나기도 전에 서준이 현관문을 열자 당황한 진성은 큰 소리로 그를 불렀다. 미안하다는 듯 서준이 손을 흔들며 이내 멀어져갔다.

* * *

한손에 장미꽃다발을 든 서준은 휘파람을 불며 엘리베이터 쪽으로 걸어갔다. 샤를 드 골 공항에서 내리자마자 전속력으로 이곳을 향해 오던 중 그는 딱 한번 꽃가게 앞에서 택시를 멈추게 했다. 이수가 유난히 장미꽃을 좋아하다보니 자신도 어느새 그 꽃에 매혹돼 도저히 그곳을 그냥 지나칠 수가 없었다.

떨리는 손으로 올림 버튼을 누르자마자 대기하고 있었던 것처럼 곧바로 은빛 철제 엘리베이터 문이 열렸고 서준은 긴 다리로 성큼 안으로 들어섰다. 엘리베이터가 최대한 빠른 속도로 올라가는데도 조급한지 그는 몇 번이나 층수를 확인했다.

18층에서 내린 그의 발걸음은 더욱 빨라졌다. 복도를 돌아 회색 대문 앞에 선 서준은 초인종 벨로 손을 올리려다가 빙그레 웃으며 도어록으로 손을 뻗었다.

다급하게 비밀번호를 누르자 띠리릭 소리가 나며 푸른빛이 일었고 문을 열고 들어서는 그의 얼굴은 기대감으로 한껏 부풀었다.

가지런히 구두를 벗어놓고 조심히 발을 떼던 그가 장미꽃다발을 밤색 콘솔 위에 올려놓고 가느다란 빛이 새어나오는 방문을 쳐다보았다. 순간, 다소 차갑고 이지적인 눈빛이 더할 나위 없이 다정하고 부드럽게 변했다.

그의 손이 어느새 문손잡이에 닿았다. 부드럽게 손목을 돌려 살짝 밀어내자 열린 문틈사이로 여자의 콧소리가 들려왔다.

"좀 천천히 해요. 왜 이리 성급하게 굴어."

"미치겠어. 당신 가슴골만 보면 돌아버리겠단 말야."

한껏 간드러진 여자의 목소리 위로 굵직한 남자의 목소리가 덧씌워진 순간, 서준의 몸이 뻣뻣하게 굳어졌다. 멈춰진 손이 바르르 떨려오며 눈에서 새빨간 불꽃이 일었지만 어느새 그 눈빛마저 싸늘하게 굳어버렸다.

"제발 애태우지 말고 이리 와."

여자가 살짝 몸을 틀며 애를 태우자 남자의 목소리가 절박해졌다. 마치 이곳에 들어서기 전 그의 마음 같았다.

"나 잡아봐라."

남자의 애간장을 녹이려는지 여자가 은밀한 놀이를 시작했다. 까르르 웃으며 뛰는 소리가 서준의 귀에까지 또렷하게 들려왔다.

"좋아. 잡아서 당장 먹어 치워주지."

다급한 목소리로 대꾸한 남자가 '쿵' 하고 침대 아래로 발을 내딛는 소리가 들렸다. 남자의 사나운 기세에 사뿐하던 여자의 발소리는 둔중하고 다급해졌다. 호호호호!

잠시 이곳저곳을 헤매던 발소리가 뚝 끊기고 방문이 홱 열렸다. 그와 동시에 고개를 숙이고 있던 서준은 천천히 고개를 들어올렸다. 그런 그의 얼굴이 안쓰러울 정도로 창백했다. 한순간, 서준과 정면으로 눈이 마주친 여자의 몸이 우뚝 멈춰 섰다. 한손으로 입을 틀어막고 새파랗게 질려가는 여자의 눈동자에 차가운 공포가 스며들었다.

"뭐야? 벌써 항복한 거야?"

뒤를 쫓던 남자가 여자의 허리를 잡아채며 물었다.

"그 손 놔."

북극의 빙하같이 차고 매서운 한마디에 여자의 뒤에 서 있던 남자가 삐죽 옆으로 고개를 내밀었다.

"이런, 재수 더럽게 없군."

다급하게 뱉어내며 남자는 황급히 몸을 돌려 침실로 들어갔다. 두 사람이 강하게 시선을 옭아매고 있는 사이 남자는 옷을 챙겨들고 재빠르게 현관으로 달려갔다.

'쾅' 하는 문소리에 그제야 정신이 들었는지 꼼짝 않고 있던 서준은 고개를 돌렸다. 놓쳐버린 남자를 잡기위해 그가 몸을 돌리자 사태의 심각성을 깨달았는지 여자가 힘껏 허리를 움켜잡았다.

"놔."

한없이 낮은 어조였지만 소름이 오싹 끼칠 만큼 목소리는 음산했다.

"그냥 둬요."

"그놈을 놓치면 널 죽일지도 몰라. 그러니 어서 이 손 놔."

살기가 감도는 싸늘한 목소리에 여자는 잠시 주춤했다. 하지만, 손을 푸는 대신 좀 전보다 더 억세게 서준의 허리를 조였다.

"그 사람은 아무 잘못 없어요. 그러니 절 잡아요."

부르르 몸을 떨며 서준은 몸을 돌렸다. 동시에 여자의 머리채가 그의 손아귀에 잡혔고 개 끌려가듯 여자는 방으로 끌려들어갔다. 침대로 걸어온 그가 단숨에 여자를 매트리스 위로 내던지고 그대로 몸을 날렸다.

악, 소리도 못하고 나동그라진 여자의 목을 사납게 잡아 쥔 채 꾹 눌렀다. 버둥거려도 빠져나갈 수 없는 강한 힘이었다. 여자는 뭐라고 악을 썼지만 목소리는 새어나오지 않았다. 하지만 살고 싶은 의지가 강한지 본능처럼 사지를 힘껏 버둥거렸다. 손을 허공에 뻗으며 다리를 찼지만 서준은 지옥의 염라대왕 같은 섬뜩한 얼굴로 목만 조르고 있었다.

죽기 살기로 반항하던 여자는 지쳤는지 눈을 감으며 가는 숨소리를 냈다. 시뻘겋게 날선 눈빛이 그녀의 얼굴을 훑고 천천히 아래로 내려갔다. 벌어진 블라우스 틈새로 섬세한 피부와 움푹 파인 쇄골이 드러났다. 잠시 그곳에 시선을 주던 그가 양손으로 블라우스 깃을 잡고 우악스럽게 잡아당겼다. 후드득 천이 찢기는 소리와 함께 속옷에 감싸인 가슴골이 유혹적으로 드러났다.

홀린 듯 가슴골을 뚫어지게 쳐다보는 틈을 타 여자는 그의 상체를 힘껏 밀어냈다. 콜록콜록 쇠를 긁는 것 같은 기침소리를 내며 침대 끝으로 기어가 앙칼지게 소리쳤다.

"정말로 날 죽일 셈이에요?"

"너, 내가 알고 있는 윤이수 맞니?"

말라비틀어진 건조한 눈빛으로 서준은 작게 웅얼거렸다. 아직까지도 이 상황이 믿어지지 않는지 그의 얼굴은 혼란스러움 그 자체였다.

"그래요. 나 윤이수 맞아요."

이수의 거침없는 대답에 서준은 안광을 빛내며 다시 손을 치켜 올렸다. 또다시 무자비하게 달려들 기세였다.

"고작 당신을 배신한 여자 하나 때문에 인생을 망칠건가요?"

빈정거리는 이수의 말에 서준은 미친 듯이 웃어대며 천천히 손을 내렸다. 한참 동안 웃어대던 그가 웃음기를 지우고 검게 멍울진 이수의 목덜미를 바라보았다. 유난히 희고 투명했던 피부가 지금은 너무도 흉하게 변해있었다. 그의 마음처럼.

"언제부터였니?"

"얼마 안됐어요."

"어떻게 만났지?"

"머리 식히러 클럽에 갔다가."

변명할 마음조차 없는지 이수는 술술 잘도 불었다.

“좋았니?”

“싫은데 왜 만났겠어요?”

뻔뻔한 대답에 서준은 두 손을 꽉 말아 쥐었다. 혈관이 불퉁거리며 팽창돼 금방이라도 터질듯 요동쳤다.

“내가 연인으로 부족했던 거야?”

분노보다는 애원이 담긴 음성이었다.

“아니요? 부족해서가 아니라 제가 좀 외로움을 많이 타서요.”

서준은 비통한 얼굴로 이수를 노려보았다. 처음부터 유난히 뜨거웠던 여자였다. 그래서였을까? 내내 이수를 떨쳐버릴 수가 없었다. 수없이 다짐하고 마음을 다져도 좀처럼 떨쳐버릴 수가 없었다. 그래서 모든 것을 주었다. 몸도 마음도 영혼까지도. 그런데 이수는 그의 연정을 한순간 물거품으로 만들어버렸고 심장을 죽여 버렸다.

“다시는 내 눈에 띄지 마라.”

“우연이라도 만나게 된다면요?”

“그땐 부숴버릴 거다.”

살기등등한 눈빛과 목소리에 바짝 소름이 돋았다. 이미 넌 내게 죽은 거나 마찬가지라는 눈빛이었다. 그 눈빛에 이수의 눈동자가 희미하게 떨렸다.

“좋아요. 그러죠.”

너무도 산뜻한 대답에 서준은 이를 악물며 고개를 돌렸다.

“당장 내 집에서 꺼져.”

칼날 같은 목소리에 이수는 단박에 침대 아래로 내려왔다. 숨소리까지도 감지될 만큼 조용한 공간에 잠시 옷깃 스치는 소리가 났고 뒤이어 둔탁한 발소리가 어지러이 들려왔다.

비장하게 닫히는 현관문 소리에 서준은 천천히 고개를 돌렸다. 단정한 그의 턱이 사정없이 떨려왔다.

크하하하! 한참을 미친 듯이 웃어대던 그가 침대에서 내려와 와인바로 걸어갔다. 영롱한 빛을 내며 가지런히 놓여있는 크리스털 와인잔들이 열렬히 주인을 환영하는 듯했다. 비릿하게 웃은 그가 조소어린 표정으로 잔 하나를 들어 올려 꽉 말아 쥐었다.

팍!

말려진 주먹사이로 붉은 피가 선연하게 흘러내렸다.

탁! 쨍그랑! 타다닥! 팍팍!

어느새 가지런히 세팅된 잔들이 단번에 그의 손에 휩쓸려 요란한 파열음을 내며 사방으로 흩어졌다.

"모두 다 죽어 버려!"

괴성을 내지르며 그가 그대로 몸을 움직였다. 한발 한발 걸음을 내딛을 때마다 잘게 조각난 유리파편들이 맨살을 뚫고 박혀들어 대리석 바닥은 암울한 핏빛으로 물들어갔다.

제1장

3년 후, 서울.

북유럽의 갤러리를 연상시키는 건물 외관을 바라보며 서준은 담배를 꺼내 입에 물었다.

손 글씨체로 예쁘게 쓰여 있는 몽마르뜨라는 간판을 쳐다보는 그의 눈빛이 무언가를 회상하는 듯 잠시 아련해졌다. 언뜻 그의 주위로 흐르던 공기의 흐름이 바뀐듯했지만 언제 그랬냐는 듯 싸늘하게 눈빛을 굳히며 담배를 비벼 껐다.

실내는 의자에서부터 테이블, 바닥, 창문, 창틀, 조명까지 전 유럽의 건축물의 일부이거나 유명 디자이너의 작품으로 구성되어 있어 살아있는 박물관을 연상시켰다. 건조한 표정으로 안으로 들어선 그가 걸음을 멈추고 습관적으로 주위를 훑다가 그대로 시선을 멈추었다. 그의 눈길이 머무는 곳에 한 여자가 환하게 미소를 물고 발레를 하듯 우아하게 걸어가고 있었다.

흰색 블라우스에 검은색 스커트를 입고 긴 생머리를 반 묶음 한 단정한 모습이지만 곡선처럼 가늘게 뻗은 팔과 미끈하게 쭉 뻗은 다리가 유리알처럼 맑고 투명해 보여 눈을 뗄 수가 없었다. 남자의 시선을 느꼈는지 걸음을 옮기던 여자가 동작을 멈추고 가만히 고개를 돌렸다.

"흡!"

팔과 다리만큼이나 투명하고 말간 얼굴을 본 순간 못 박힌 듯 서 있던 서준은 숨을 참으며 팽팽하게 몸을 긴장시켰다. 화사한 미소를 머금었던 여자도 믿어지지 않는다는 눈으로 멍하니 그를 바라보았다. 미처 피할 사이도 없이 찰나처럼 두 사람의 눈길이 얽혀들었고 미친 듯이 속눈썹을 파닥거리던 여자는 한순간 몸을 휘청거리며 테이블 끝을 움켜잡았다.

"한서준, 뭐해 어서 들어가지 않고."

귀신에 홀린 듯 꼼짝없이 사로잡혀 있던 서준은 진성의 말에 고개를 돌렸다. 좀 전 타들어갈 것 같은 긴장감 때문에 손바닥은 어느새 땀으로 흥건해져 있었다. 진성이 서준의 어깨에 자연스럽게 팔을 두르고 걸음을 옮기자 쓴 미소를 머금으며 서준도 떨어지지 않는 걸음을 옮겼다.

그가 룸 안으로 들어오고 10분 후 똑똑 하는 노크소리와 함께 여자가 들어왔다. 희미한 라일락 향기에 창 쪽으로 고개를 돌리고 있던 서준은 문 쪽을 향해 천천히 고개를 돌렸다. 여자를 발견한 그의 눈길이 순간적으로 얼음장처럼 싸늘해졌다.

유려하게 그들 앞으로 걸어온 그녀가 정중하게 고개를 숙이며 차분하게 말을 이었다.

“안녕하세요, 몽마르뜨 부 매니저 윤이수입니다. 오늘 예약하신 메뉴입니다. 식욕을 돋울 아페리티프와 생크림이 들어간 당근수프, 유자청 드레싱과 메인 요리는 푸아그라와 달팽이 요리, 그릴에 구운 양갈비와 부르고뉴 화이트 와인입니다. 그럼 즐거운 시간 보내십시오.”

또렷한 발음으로 말을 마친 그녀가 당당한 걸음걸이로 룸을 빠져나가자 남자들의 입에서 낮은 한숨이 새어나왔다. 한참 만에 세윤이 휘파람을 불며 말했다.

“와! 부 매니저라는 여자 완전 매력 있는데? 어디서 저런 퀸카를 데려다 놨지? 저 여자 보면 없던 입맛도 살아나겠다.”

“그러게. 아주 얼굴마담으론 딱인데? 가만, 이따 슬쩍 작업 한번 걸어볼까?”

이현의 장단에 서준의 짙은 눈썹이 꿈틀거렸다. 싸늘하게 얼어붙은 눈동자를 망막 안에 가두며 그가 말했다.

“그만하지? 꼭 일 년은 굶은 놈들 같다.”

그 말에 친구들은 하나같이 눈을 동그랗게 뜨고 쳐다보았다. 한 번도 이런 대화에 반응하지 않던 그가 코멘트를 했다는 것만으로도 놀랍다는 표정들이었다. 진성이 얼떨떨한 얼굴로 물었다.

“한서준. 혹시 저 여자한테 동하냐?”

“미친놈.”

피식 웃으며 면박을 주었지만 그의 눈가에 잠시 혼란스러운 빛이 스쳐갔다.

“임마! 너 낮술 먹었냐? 아무리 저 여자가 매력적이어도 그렇지 어떻게 서준이한테 갖다 대냐? 톱 여배우가 들이대도 눈 하나 깜짝 않는 놈한테.”

준식의 말에 수긍한다는 듯 일제히 고개를 끄덕이자 진성이 거들먹거리며 말을 이었다.

“너희들은 남자면서 그렇게도 늑대들의 속성을 모르냐? 여자는 다 필요 없다. 필이 오느냐, 안 오느냐 차이지. 언제 어디서든지 몸이 동하는 여자를 만나면 그걸로 땡이거든.”

“그래서 네놈 별명이 카사노바라고 붙은 거다. 언제 어디서든지 몸이 동하면 무슨 수를 써서라도 그 오두막으로 데려 간다며?”

빈정거리는 영준을 향해 진성은 약 올리듯 말했다.

“왜 부러우냐? 부러우면 너도 그런 오두막 한 채 짓든지. 하긴, 오두막만 있으면 뭐하나, 여자를 사로잡는 기술이 없는데.”

그 말에 못 말린다는 듯 고개를 저으며 모두 한바탕 웃었다.

“담배 좀 피우고 온다.”

“그냥 여기서 피워. 왜 갑자기 내외를 하고 그러냐?”

진성의 말을 뒤로 하고 서준은 룸을 나섰다. 그런 그를 멍하니 쳐다보던 진성은 고개를 갸웃거리다가 짓궂은 표정으로 음담패설을 늘어놓았다.

뭐가 그리 재미있는지 호탕한 웃음소리가 룸 밖까지 새어나왔다. 걸음을 옮기던 서준은 웃음소리에 잠시 뒤를 돌아보다가 표정을 굳히고 다시 걸음을 옮겼다. 오늘따라 예민해진 심장이 무척이나 마음에 안 들어 입술 끝을 비틀었다.

순식간에 건물 밖으로 나온 서준은 오래된 플라타너스 나무에 비스듬히 기대 담배를 꺼내 물었다. 회색 빛 연기가 곧바로 그의 얼굴을 감싸며 아스라이 퍼져나갔다.

처음 이곳으로 약속 장소를 잡았다고 했을 때 서준은 적잖이 당황했었다. 모임 장소를 다른 곳으로 옮기라는 말에 진성은 오늘만은 의지를 관철시키고야 말겠다며 강력하게 이곳을 고집했다. 결국 찜찜한 마음을 안고 이곳에 왔건만 생각보다 상황은 최악이었다.

지그시 눈을 감은 채 담배 연기를 빨아들이던 서준은 또각또각 들려오던 구두 굽 소리가 다급하게 멈춰 서자 호기심에 반짝 눈을 떴다. 가늘게 내려뜬 눈 안으로 당황한 채 서 있는 윤이수가 보였다.

"날 따라 온 건가?"

풍만한 가슴에 시선을 고정시키며 서준은 싸늘하게 물었다. 그녀의 표정이 단박에 굳어졌다.

"아니요. 잠시 바람 쐬러 나왔습니다."

"이곳 사장이 참 후한가봐. 한창 바쁜 시간일 텐데 이렇게 한가하게 바람이나 쐬러 나오고."

조롱 섞인 서준의 음성에 이수는 지그시 어금니를 사려 물었다.

"그동안 많이 변했군."

잔인할 정도로 차가운 눈빛으로 나직하게 뇌까리는 말에 이수는 흠칫 어깨를 떨었다. 가슴 한가운데서 이는 강렬한 소용돌이보다 그의 눈빛에 질식사 할 것만 같았다.

"시간이 흘렀으니 변하는 게 당연하죠."

몸 안의 떨림을 애써 잠재우며 이수는 덤덤하게 대꾸했다. 그런 그녀를 싸늘하게 노려보며 그가 뚜벅뚜벅 걸어왔다.

"짓이겨버리기 전에 당장 내 눈앞에서 꺼져."

지독히도 음산한 목소리에 이수의 몸이 돌덩이처럼 굳어졌다. 발을 움직이려 해도 바닥에 본드라도 붙여놨는지 발가락 하나 뗄 수가 없었다. 파문처럼 퍼지는 열기를 애써 억누르며 이수는 그의 눈을 똑바로 쳐다보았다.

"제가 왜 꺼져야 하는데요?"

"하! 하하하. 참으로 당당하군."

가소롭다는 듯 큰 소리로 웃어대던 서준은 얼굴을 바짝 내려 귓불을 깨물 듯 속삭였다. 미세한 자극에 이수의 몸이 펄쩍 솟구치자 그가 쓰디쓴 미소를 머금었다.

"마치 처녀처럼 행동하는군. 그 순진한 행동으로 그동안 얼마나 많은 남자들의 애간장을 녹였나. 혹시, 이곳 사장도 그 대열에 포함됐나?"

노골적인 비아냥거림에 지그시 어금니를 물고 있던 이수는 서준의 검은 동공을 당당하게 마주했다. 가슴을 한번 크게 들썩거리더니 차갑게 대꾸했다.

"마음대로 생각하세요."

그가 뭐라 대꾸할 새도 없이 이수는 몸을 돌렸다. 종종걸음으로 멀어지는 그녀를 싸늘한 눈길로 좇던 서준은 피식 웃으며 담배를 꺼내 물었다. 오늘따라 담배 맛이 독약처럼 쓰디썼다.

영업시간이 끝나고 탈의실로 들어온 이수는 유니폼을 벗다 말고 그대로 바닥으로 주저앉았다.

서준을 보자마자 요동치던 가슴은 아직까지도 거세게 날뛰고 있었다. 꿈에서라도 마주치지 않기를 바랐던 남자, 한서준……. 늘 그렇듯 행운의 여신은 그녀의 편이 아니었다.

서준과 헤어지고 곧바로 한국으로 돌아온 이수는 시골 부모님 댁에서 지내다가 3개월 전 선배의 소개로 이곳 몽마르뜨에 취직을 한

터였다.

처음 취업 말이 오갔을 땐 카운터 계산원이었지만 그녀를 면접한 사장이 때마침 병가로 휴가를 낸 부 매니저 자리로 발령을 내버렸다. 생각 외로 프랑스 현지인들이 이곳을 많이 찾는다는 것을 감안한 발령이었기에 아무도 토를 달지 않았지만 직원들의 눈초리가 고울 리가 없었다.

잠시 생각에 잠겨 있던 이수는 한숨을 삼키고 힘겹게 몸을 일으켰다. 청바지에 후드티를 걸치고 음식점을 나오며 습관처럼 주위를 두리번거렸다. 한참 동안 누군가를 찾는 듯 하다가 한숨을 내쉬며 허공을 향해 나직하게 읊조렸다.

"뭘 기대한 거니? 아직도 미련이 남아 있는거야?"

목숨보다 사랑했던 사람에게 죄인이 되어버린 그녀였다. 그런 자신의 처지가 오늘따라 한없이 서글프게만 느껴져 이수는 또다시 길게 한숨을 내쉬었다. 어느새 유리알처럼 맑은 눈망울이 의지와 상관없이 물기를 머금고 세차게 흔들렸다.

"윤이수! 청승 그만 떨어."

눈가를 거칠게 훔쳐내며 책망하듯 중얼거린 그녀가 힘차게 걸음을 내딛었다. 오늘 일어난 일을 말끔하게 머릿속에서 지우려는 듯 고개를 세차게 두어 번 내저은 뒤 앞을 향해 씩씩하게 걸어 나갔다.

현란하게 돌아가는 사이키조명등 아래 몸을 내맡긴 사람들은 신들

린 것처럼 움직여댔다. 그 움직임 속에 뒤섞인 뜨거운 열기가 마치 와인 바까지 전해져 오는 것 같아 이수는 얼음이 든 냉수를 벌컥벌컥 들이마셨다.

현주의 성화에 못 이겨 오게 된 청담동 고급 클럽. 상류층 자제들만 드나든다는 소문 때문인지 클럽 안으로 들어가기 위해 출입구에서부터 외관 검열이 이루어졌다. 다행히 이수와 현주는 오케이 사인을 받고 안으로 들어왔지만 이곳에 발을 들여놓는 순간부터 이수는 후회했다.

"와우, 정말 죽여주지 않니?"

와인을 한 모금 홀짝인 현주가 실내를 두리번거리며 감탄을 쏟아냈다.

"이제 원 풀었어?"

현주 회사 후배가 이곳에 한번 왔다간 후 틈만 나면 자랑질에 빠기는 통에 아니꼬워 한번은 꼭 와봐야겠다며 2주 전부터 벼르던 현주였다. 그 때문에 이수는 마음에도 없는 곳에 억지춘향으로 따라오게 되었다.

이수의 물음에 현주는 대만족이라며 활짝 웃었다. 강렬한 레오파트 프린팅이 되어있는 몸에 딱 붙는 미니원피스를 입은 현주는 평소와 다르게 시크하면서도 섹시해보였다. 그에 비해 이수는 레이스 소재로 된 흰색 슬리브리스 티셔츠와 무릎 위까지 올라오는 패턴 있는 스커트를 매치해 입었다. 현주에 비하면 그런대로 무난한 옷이었지만 풍만한 가슴과 탱탱한 엉덩이로 인해 그녀의 굴곡진 몸매가 고스란히 드러났다. 긴 머리에 컬을 넣고 약간의 화장을 했을 뿐인데도 이곳에 모인 여자들의 부러움을 한 몸에 받을 정도로 그녀는 섹시했다.

"오늘 함께 놀죠."

그녀들보다 적어도 네 살은 어려보이는 남자들이 옆자리에 털썩 주저앉으며 물었다. 현주가 씽긋 웃으며 물었다.

"몇 살이죠?"

"스물세 살."

"우리는 몇 살로 보이는데요?"

현주의 물음에 삐딱하게 앉은 남자가 곧바로 대답했다.

"스물두 살, 아니면 스물세 살?"

"좋아요, 함께 놀아요."

다섯 살이나 어리게 보인다는 남자의 말에 기분 좋은지 현주는 흔쾌히 승낙했다. 조금은 껄렁껄렁해 보였지만 떡 벌어진 어깨와 남자답게 생긴 마스크가 제법 괜찮은 사내들이었다.

그저 와인 몇 잔 마시고 춤이나 추고 가려던 이수는 현주의 말에 당황해 옆구리를 쿡 찔렀다. 그녀가 얼굴을 바짝 대고 소곤거렸다.

"영계잖아. 비주얼도 괜찮고. 그냥 두어 시간 신나게 놀고 가자."

"간단하게 와인 마시고 춤 한번 추고 간다며?"

"이왕 왔는데 젊은 영계들하고 노는 것도 괜찮잖아. 아마 내일 혜미한테 이 얘기 해주면 배 아파서 며칠 동안은 밥 못 먹을 거다. 호호"

한참이나 어린 남자들에게 대시를 받았다는 사실이 현주의 자존심을 상한가로 치솟게 만들었다. 이럴 땐 옆에서 무슨 소리를 해도 귀에 들어올 리 없었다.

"그럼 입 맞춘 기념으로 춤추러 갈까요?"

남자들의 말에 현주는 흔쾌히 일어섰다. 꼼짝 않고 앉아있는 이수를 꾹 찌르며 눈치를 주자 내키지 않는다는 듯 이수는 한숨과 함께 굼뜨게 몸을 일으켰다.

"자요."

어느새 파트너를 정했는지 말없이 앉아있던 남자가 손을 내밀었다. 그녀 앞에 내밀어진 두툼하고 커다란 손을 보는 순간 불현듯 누군가가 떠올랐다. 잠시 망설이던 이수는 손을 잡는 대신 싱긋 웃어주고 스테이지로 걸어갔다.

이미 뜨거운 열기로 달아오른 무대는 터질 것 같은 에너지로 넘쳐흘렀다. 흥을 돋우려는지 남자들이 파워 있게 몸을 흔들어대자 이수와 현주도 살짝살짝 몸을 움직이며 자연스럽게 분위기를 맞춰나갔다.

한참 동안 시끄럽게 울려대던 음악이 어느새 조용한 블루스 음악으로 바뀌자 이수는 몸을 틀어 재빨리 걸음을 옮겼다. 현주는 이미 파트너에게 붙잡혀 품 안에 갇혀있었고 그녀의 파트너는 손쓸 사이도 없이 빠져나간 이수의 돌발행동에 멍해있는 상태였다.

그래도 명색이 파트너인데 멋쩍게 서 있게 하고 싶진 않았다. 하지만 다른 남자의 몸이 어딘가에 닿는다는 상상만으로도 소름이 끼쳐 어쩔 수가 없었다. 아마 장담하건대 이름도 모르는 그녀의 파트너는 그녀가 스테이지를 빠져나가기 전에 다른 파트너를 찾을 것이다. 아까부터 그 남자를 힐끔거리는 여자들이 주위에 제법 많았었으니까.

스테이지를 빠져나와 화장실을 향해 걸어가던 이수는 비상구 옆 계단에서 들리는 끈적한 신음소리에 걸음을 멈추었다. 다른 때 같으면 절대로 갖지 않았을 호기심이 강하게 그녀를 잡아끌었다. 홀린 듯 그녀는 그곳을 향해 천천히 걸어갔다.

헉!

두 남녀의 애정행각에 당황한 이수는 숨을 멈추고 입을 막았다.

계단 철제 문에 몸을 기댄 남자에게 붉은 드레스를 입은 여자가 하체를 의도적으로 비벼대며 남자의 입술에 집요하게 키스를 퍼붓고 있었다. 그에 비해 남자는 너무나 지루하다는 표정이었다.

어느 순간 두 사람의 눈빛이 허공에서 부딪쳤다. 순간 남자의 눈빛이 달라졌다. 하품이 나올 정도로 지루하던 눈동자에 섬뜩할 정도로 광기가 돌았다.

"그만 하지."

이수의 눈을 똑바로 쳐다보며 남자가 낮게 내뱉었다.

"조금 더요."

여자는 앓는 소리를 내며 막무가내로 남자에게 매달렸다. 그가 피곤하다는 듯 인상을 쓰며 억지로 그녀를 떼어냈다.

"시간은 충분히 줬어."

"그럼 함께 나갈래요?"

노골적인 여자의 유혹에 남자는 쓴웃음을 머금고 건조하게 대꾸했다.

"생각해보고."

"기다릴게요."

마지막까지 미련을 버리지 못한 여자는 또 다른 여지를 남겨둔 채 몸을 돌렸다. 걸음을 옮기는 도중 계단 벽면에 몸을 돌리고 있는 이수의 등에 힐끗 시선을 주었지만 조금도 거리낄 것 없다는 듯 태연하게 그녀를 지나쳐갔다. 여자의 구두 굽 소리가 어느 정도 멀어지자 남자는 성큼성큼 그녀 앞으로 걸어왔다.

"다른 사람의 은밀한 사생활을 엿보는 게 취미인가?"

서준이 다른 여자와 키스하고 있는 광경에 충격을 받은 이수는 몸을 돌려 말없이 그를 응시했다. 미처 마음을 다잡지 못한 눈가엔 뭐라 형용할 수 없는 수많은 감정의 편린들이 회오리처럼 떠돌았다.
"갑자기 입이 붙어버린 거야?"

서준은 짜증난다는 듯 인상을 팍 썼다.

"미, 미안해요."

늘 여자들이 불나방처럼 달려들던 남자이니 이런 일이야 수도 없이 많았을 거였다. 원하기만 어떤 여자라도 안을 수 있고 그녀에게 했던 것처럼 최상의 쾌락을 선사했을 것이다. 그런데 머리론 그게 당연하다고 생각하면서도 마음이 받아들이길 거부했다. 그녀가 가장 바라고 원했던 일이었음에도 배신감이 치밀고 상실감이 밀려들었다.

"미안? 흥을 다 깨놓고 미안하다면 다야?"

서릿발 같은 음성에 이수는 길게 한숨을 내쉬었다. 자신이 아니더라도 깨졌을 여흥이었다. 결단코 그의 눈엔 여자를 향한 갈망 따윈 조금도 없었다.

"그럼 제가 어떻게 해야 하죠? 대신 여흥이라도 돋워드려요?"

순간적으로 발끈한 이수가 냅다 쏘아붙였다. 재미있다는 듯 그가 피식 웃으며 느릿하게 그녀의 몸을 훑어 내렸다. 그저 무심한 눈빛일 뿐인데도 그의 눈길에 닿는 곳마다 뜨거운 불꽃이 피어올랐다. 얇은 슬리브리스 티셔츠 위로 풍만하게 솟아오른 가슴 정점이 윤곽을 드러내며 도드라졌고 은밀한 곳은 소리 없이 젖어들었다. 그녀의 몸 구석구석을 훑어 내리던 서준은 씹어뱉듯 말했다.

"봐주는 것도 이번이 마지막이야. 그러니 다시는 내 눈에 띄지 않게 조심해."

낮게 경고하고 서준은 찬바람을 일으키며 걸어갔다. 뚜벅뚜벅 멀어져가는 사나운 발자국 소리가 그녀의 가슴을 아프게 할퀴었다.

* * *

오늘도 살인적인 더위는 계속되었다. 며칠 전 세찬 비가 내리더니 기록을 깨려는지 끝없이 기온이 올라갔다.

인상을 한껏 찌푸리게 하는 폭염 속에서도 호텔 문을 여는 여자의 표정은 청명한 가을햇살처럼 눈부셨다. 어깨까지 내려오는 긴 생머리에 연하늘색 시폰 원피스를 입고 물위를 걷듯 꽃무늬가 프린트된 로비를 지나 여자는 곧바로 레스토랑 안으로 들어갔다.

"혹시 찾으시는 분이라도 계십니까?"

레스토랑 안으로 들어와 실내를 쓱 훑는데 말끔한 유니폼을 차려입은 종업원이 다가와 말을 건넸다.

"이윤혁 씨와 약속이 되어있습니다."

"아, 네. 절 따라오십시오."

이윤혁이라는 말에 남자는 깍듯하게 목례를 하며 금방이라도 햇살이 한가득 쏟아질 것 같은 창가 쪽으로 그녀를 안내했다. 윤혁을 발견한 이수가 자리에 앉으며 곧바로 말을 건넸다.

"언제 왔어요?"

"방금. 날이 너무 뜨겁지?"

"네. 30년 만에 찾아온 폭염이라니까요."

이수는 앞에 놓인 냉수를 들어 단숨에 마셨다. 입안에 든 얼음조각을 와작와작 씹으며 배시시 웃자 윤혁이 느릿하게 입을 열었다.

"일은 할만 해?"

"네. 월급이 많으니까요."

몽마르뜨에 아르바이트자리를 소개시켜준 사람이 다름 아닌 윤혁이었기에 이수는 약간은 장난스럽게 받아쳤다.

“흐흠, 네 얼굴에 별로라고 쓰여 있는데? 이제 전임자도 조만간 나온다니까 조금만 참아.”

“아니에요. 정말 좋아요. 월급이 후한 건 옵션이라 더 좋고요.”

“훗, 그럼 다행이고.”

기분 좋게 웃던 윤혁이 갑자기 진지한 표정으로 입을 열었다.

“원서 낸 곳에선 아직 연락이 없는 거야?”

몽마르뜨에 출근하기 전부터 이곳저곳에 입사원서를 내놨지만 한 군데서도 연락이 오지 않았다. 이수는 덤덤하게 대답했다.

“초보로 일하기에는 아무래도 나이가 있으니까 꺼려하는 것 같아요. 그렇다고 이렇다 할 스펙이 있는 것도 아니고.”

기운 없는 이수의 음성에 윤혁은 어깨를 푹 누그러뜨리며 시니컬하게 말했다.

“풀죽은 모습 윤이수한테 전혀 안 어울리는데.”

“풋! 선배의 그런 모습은 더욱 안 어울려요.”

놀리듯 이수가 되받아치자 윤혁은 미소를 지으며 툴툴거렸다.

“하여간, 선배 놀려먹는 건 여전하다니까.”

“미안해요. 그만큼 선배가 편하다는 뜻이니까 너무 기분 나빠하지 마세요.”

“싫어, 기분 나빠할 거야.”

윤혁이 입을 쑥 내밀며 몸을 홱 돌리자 고개를 숙인 채 이수는 쿡쿡거렸다.

“선배, 내일 저녁에 제가 술 한 잔 살게요.”

"역시 남녀 사이에는 한 번씩 긴장감을 줘야 한다니까. 모처럼 사랑하는 후배가 술을 산다는데 내 기꺼이 마셔줘야지."

언제 삐쳤냐는 듯 윤혁은 활짝 웃으며 호쾌하게 대답했다. 미소 짓던 이수는 조용히 입을 열었다.

"그런데 중요한 얘기라는 게 뭐예요?"

이수의 말에 윤혁은 컵을 들어 냉수를 한 모금 마셨다. 심각한 그의 표정에 이수는 덩달아 긴장했다.

"2주 후에 우리 회사로 와라."

"네?"

생각도 못한 말에 이수의 눈이 댕그래졌다. 선뜻 대답하지 못하고 이수가 눈만 깜빡거리자 윤혁은 쐐기를 박듯 말했다.

"중소기업이긴 해도 우리 회사 빵빵하다. 그러니까 눈 딱 감고 출근해."

"혹시, 저 때문에 따로 티오를 만든 거예요?"

후배 사정을 생각해서 왠지 혹시나 없는 자리를 만든 건 아닐까하는 노파심에 이수가 물었다.

"아니. 의류사업팀 팀장이 이민을 간다며 사표를 냈어."

"그래요? 하지만 전……."

그래도 여전히 마음이 개운치 않아 이수는 잠시 주저했다.

"특채로 모실 테니까 망설이지 말고 결정해. 요즘같이 취업난 심한 때에 넌 복 받은 거야 임마."

윤혁이 다시 한 번 강력하게 밀어붙이자 그제야 이수가 환하게 웃었다.

"좋아요, 출근할게요."

"좋아! 이제 협상도 끝났으니까 밥이나 먹을까? 뭐 먹을래?"

"전 스테이크로 할게요."

윤혁의 말에 밝게 대꾸하며 이수는 속으로 한숨을 지었다. 이제 곧 몽마르뜨를 떠나야 한다고 생각하니 왠지 모르게 가슴이 시큰거렸다. 혹시라도 서준이 다시 몽마르뜨를 찾아오진 않을까 하는 생각에 조마조마한 마음으로 며칠을 보낸 그녀였지만 속마음은 그를 다시 한 번 볼 수 있기를 간절히 열망하고 있었다. 정말이지 양심이라곤 손톱만큼도 없는 자신이 치 떨리도록 싫었지만 그에게로 흐르는 마음을 의지로 막을 길은 없었다.

'윤이수 정신 차려!'

미쳐도 단단히 미쳤다고 생각하며 이수는 피가 나도록 어금니를 깨물었다.

"표정이 왜 그래?"

산뜻하게 음식을 주문한 윤혁이 창백해진 이수의 얼굴을 바라보며 걱정스럽게 물었다.

"아무 일도 아니에요. 선배 회사에 가서 잘해야 할 텐데 하고 생각하는 중이었어요."

생각에 빠져있던 이수가 황급히 미소를 지으며 에둘러 말하자 윤혁은 호탕하게 말했다.

"그런 거라면 걱정하지 마. 넌 워낙 꾀가 없어서 욕먹을 일은 없을 테니까."

한때는 마음에 담았었던 여인, 하지만 이젠 완전히 마음을 비워버린 여자였다. 그가 아무리 노력해도 이수의 마음속에 들어갈 자리가 없다는 것을 깨달은 후 윤혁은 마음속에 둥지를 틀기 시작한 그녀를 철저히 몰아냈다. 그렇기에 이제는 편안한 마음으로 이수를 볼 수가 있었다.

윤혁의 말에 부러 활짝 웃던 이수는 문득 시선을 돌려 주위를 살폈다. 절로 기분이 맑아지는 눈부시도록 파란 하늘과 작은 다이아몬드를 수없이 매달고 있는 화려한 샹들리에를 감탄어린 눈길로 바라보다가 어느 한 순간 심장이 격렬하게 뛰어댔다.

그저 햇살이 조금 쏟아져 내릴 뿐인데도 긴 다리를 꼬고 창밖을 쳐다보는 남자의 아우라는 근사했다. 아니, 세상의 모든 빛을 흡수해 버리기라도 한 것처럼 눈부셨다. 그녀가 옴짝달싹 못하고 시선을 못 박고 있는 사이 무감각하게 창밖을 내다보던 남자가 천천히 고개를 돌렸다. 제법 적지 않은 거리임에도 그에게서 흘러나오는 냉기가 고스란히 전해질 정도로 그의 눈빛은 싸늘했다.

"와인은 부르고뉴산으로 시킬걸 그랬나?"

메뉴판을 다시 한 번 훑으며 윤혁이 중얼거렸다.

"선배, 미안해요."

자리에 앉을 때부터 왠지 모르게 온몸이 따끔거렸다. 그럴 리가 없다며 억지로 마음을 다잡았지만 점점 더 빨라지는 심장소리는 어느새 제 속도를 넘어서고 있었다. 이런 증상은 그 남자 한서준과 함께 있을 때만 일어나는 증상인지라 심히 당황해하면서도 설마 했는데…….

봐주는 것도 이번뿐이야. 그러니 다시는 내 눈에 띄지 않게 조심해.

마지막 만났을 때 그가 쏟아냈던 말들이 순식간에 머릿속을 장악했다. 더 이상 생각이라는 걸 할 수 없게 된 이수가 허둥지둥 몸을 일으켰다.

"갑자기 왜 그래?"

놀라 묻는 윤혁을 뒤로 하고 그녀는 쏜살같이 레스토랑을 빠져나왔다.

* * *

다음 날 아침 일찍 잠에서 깬 이수는 샤워를 하고 주방으로 들어가 조용조용 음식을 만들었다. 어젯밤 금방이라도 숨이 멈출 것처럼 새파랗게 질렸던 얼굴엔 화색이 돌아 평온해 보였고, 돌덩이를 매단 것처럼 무거워 보이던 발걸음은 어느새 가뿐해져 있었다. 어제 일들은 밤새 모두 지워버린 듯 이수는 기분 좋은 얼굴로 분주하게 손을 놀렸다.

"와! 냄새 죽여준다."

욕실로 걸어가려던 현주가 방향을 틀어 이수 옆으로 다가왔다.

"어서 씻고 와. 오늘은 너 좋아하는 순두부찌개야."

"정말? 벌써부터 침이 바짝 고이는데."

탄성을 내지른 현주가 단숨에 욕실로 뛰어 들어가자 활짝 웃으며 이수는 가스레인지를 켰다.

재빨리 씻고 나온 현주가 식탁에 앉자 곧바로 보글거리는 뚝배기가 그녀 앞으로 내려졌다. 황급히 밥을 떠 넣은 현주가 지글거리는 순두부로 수저를 꽂았다.

"입천장 지지지 말고 천천히 먹어."

이수가 자리에 앉으며 주의를 줬는데도 성질 급한 현주의 숟가락은 어느새 입안으로 쏙 들어가 버렸다.

"아흡! 왜 이렇게 뜨거워? 학학!"

입안에 넣었던 순두부를 꿀꺽 삼킨 현주는 혓바닥을 길게 빼고 손바닥으로 연신 혀를 쓸어내렸다.

"그러게 뜨겁다고 했잖아. 만날 입천장 지지면서도 그렇게도 조절이 안 돼?"

냉수를 건네며 이수가 걱정스러운 표정을 짓자 컵을 받아들며 현주는 투덜거렸다.

"담부턴 좀 식혀서 내놔라. 가만 보면 내 입천장 홀라당 까려고 작정한 것 같어."

"순두부는 뜨거워야 제 맛이라며? 제발 세 번만 호호 불고 먹어."

"계집애. 음식은 왜 이렇게 맛나게 해가지고."

고운 눈길을 건네며 현주는 다시 순두부를 한 수저 떴다. 그대로 입안으로 직행하려다 따가운 이수의 눈초리에 겨우 두 번을 호호 불고 입에 넣었다.

"아, 맛있어! 어찌도 이리 야들야들하고 맛있을꼬?"

현주가 눈을 감고 입김을 불며 탄성을 자아내자 이수도 침을 꼴깍 삼키며 순두부를 한 수저 떴다.

"어제 윤혁 선배가 왜 만나자고 한 거야?"

"응, 선배 회사로 들어오라고. 특채로 모신대."

"특채? 와, 이제 윤이수 인생에도 고속도로가 쫙 펼쳐지는구나. 축하한다."

이수가 특채로 취직하게 됐다는 말에 현주는 제 일처럼 기뻐하며 축하해주었다. 이수가 싱긋 웃으며 말했다.

"고마워. 다 네 덕이야."

"내 덕은 무슨. 다 네가 부지런하고 성실하니까 좋은 일이 생기는 거지. 그런데 언제부터 출근하래?"

"2주 후에."

"그럼 레스토랑 일 끝나고 바로잖아?"

"응."

"복 터졌다. 복 터졌어. 어째 하루도 못 쉬고 출근 하냐."

"쉬면 뭐해. 하루라도 더 일해서 악착같이 돈 벌어야지."

"그러셔? 앞으로 윤이수 재벌 되면 빈대 좀 붙어야겠네."

장난 끼 섞인 현주의 말에 고개를 끄덕이며 이수는 쿡쿡 웃었다.

"참 내일 너 쉬는 날이지? 오랜만에 거하게 쇼핑이나 하자. 취직 기념으로 언니가 옷 한 벌 사줄 테니까."

"됐거든, 동생."

이수가 콧방귀를 뀌며 순두부를 입에 넣자 현주가 다시 덧붙였다.

"지금 가지고 있는 옷들 모두 유행이 지난 거잖아. 물론 네가 걸치면 그 옷도 근사해 보이겠지만 그래도 기분 전환 할 겸 백화점 한 번 돌자. 나 이번 달에 성과상여금 받아 지갑 두둑하단 말야."

백화점 옷이 한두 푼이 아니기에 현주에게 부담지우고 싶지 않았다. 하지만 현주는 진심으로 사 주고 싶은 눈치였다. 그런 친구의 마음을 매정하게 내치는 것만이 능사는 아닌 것 같아 이수는 기쁜 마음으로 승낙했다.

"좋아. 대신 점심은 내가 쏠게."

"당연하지. 비싼 걸로 사라.

"오케이."

제2장

몽마르뜨로 들어서며 서준은 못마땅한 듯 인상을 구겼다. 몇 년 동안 지칠 줄 모르고 달라붙는 이서린과의 약속은 언제나 짜증을 불러일으켰다. 정해진 룸을 향해 걸어가던 그는 청명한 웃음소리에 문득 발을 멈췄다. 남자 종업원을 향해 시원하게 웃음을 날리는 이수를 본 순간 찡그리고 있던 이마가 더욱 험상궂게 구겨졌다.

지난번 이곳에서 이수와 조우하고 다시 호텔 레스토랑에서 그녀를 보았을 때 그는 심한 자괴감에 빠져야만 했다. 의지와는 다르게 미친 듯이 뛰는 심장 때문에 당혹스러웠고 자신도 모르게 그녀를 좇는 눈동자가 저주스러워 뽑아버리고 싶은 심정이었다.

목숨보다 더 사랑한다던 남자를 무참하게 배신했던 여자였다. 외롭다는 이유로 그가 마련해준 아파트에 다른 남자를 끌어들이고 순백의 사랑을 처참하게 모욕한 여자였다. 하지만 이젠 그마저도 거짓이라는 것을 알게 되었을 때 그의 분노는 극에 다다랐다.

표정을 잔뜩 굳힌 채 서준은 곧장 7번 룸으로 향했다.

“어머? 서준 씨, 아니 상무님.”

룸 안으로 들어서자 다리를 꼬고 앉아 있던 서린이 콧소리를 내며 발딱 일어났다. 그녀의 말에 대꾸 없이 서준은 그녀 맞은편 소파로 가서 앉았다.

“재킷 주세요.”

“됐어. 어서 용건이나 말해.”

붉은색 매니큐어가 칠해진 길고 하얀 손가락을 쳐다보며 서준은 거칠게 타이를 잡아 뺐다.

“아이, 뭐가 그리도 급하세요? 그러지 말고 우선 숨 좀 돌리세요.”

붉은색 미니 드레스를 입은 서린이 은근히 다리를 꼬며 말했다. 스타킹도 신지 않은 맨다리가 뽀얗고 미끈해 보여 절로 침이 넘어갈 정도였다. 그런 서린의 모습을 흘끗 쳐다보며 서준은 앞에 놓인 냉수를 벌컥벌컥 들이켰다.

“별일은 아니고 제가 어제 광고료 받았잖아요. 그래서 고마움에 이사님께 한턱 쏘려고요.”

서린의 말에 서준은 피식 웃었다. 영인제약 비타민 광고료가 어제 결재된 것은 알고 있었다. 보통은 그 일을 핑계로 사주 쪽에서 작업을 거는 게 통상적인 일인데 늘 상황은 반대로 돌아가고 있었다.

“엄밀하게 말하면 내가 고맙지. 당신이 광고를 맡고부터 매출이 10%나 뛰었으니까.”

“그래요? 그럼 상무님이 제게 한턱 쏘셔야 하는 거였네요. 그럼 제가 1차 쏠 테니까 상무님이 2차 쏘세요.”

게슴츠레 눈을 빛내며 서린은 은밀하게 속삭였다. 서린이 말하는 2차의 의미를 알고 있는 서준은 그저 기막히다는 얼굴로 그녀를 바라보았다. 대한민국 남성들이라면 누구나 한번쯤은 이서린을 안고 싶은 욕망을 품고 있을 것이다. 브이넥으로 깊게 파인 가슴골은 탐스러운 과실처럼 무르익었고 수양버들처럼 낭창한 허리는 피를 솟구치게 할 만큼 뇌쇄적이었다. 그런데도 아무런 감흥도 느낌도 없었다.

"오늘 저녁은 내가 사지."

무감각한 음성으로 대꾸하고 서준은 벨을 눌렀다. 오늘 이곳에 온 자신을 한없이 저주하며 거칠게 흘러나오는 한숨을 삼켰다.

식사를 하면서도 서린은 내내 요염한 눈웃음과 함께 과도하게 상체를 숙이며 그의 눈길을 잡으려 했다. 그저 가십거리를 쏟아내는 그녀에게 서준은 고개만 한번씩 끄덕일 뿐 무감각한 얼굴로 식사만 했다. 그래서 서린은 더욱 애가 닳았다.

다른 날과 다르게 서준이 흔쾌히 약속을 허락하였기에 한껏 기대를 하고 나온 그녀였다. 드레스도 최고급으로 맞춰 입고 전신 마사지에 머리와 화장도 최고로 공을 들인 터였다. 그런데도 불구하고 서준의 눈빛은 조금도 흔들리지 않았다. 그저 이 자리가 귀찮다는 뉘앙스만 팍팍 풍겨대고 있었다. 3년 전 어느 날 밤, 잔뜩 술에 취한 그의 목소리에 정신없이 술집으로 달려갔던 날이 떠올랐다. 하지만 그날을 떠올리고 싶지 않다는 듯 인상을 팍 구기며 그녀는 세차게 머리를 흔들었다.

"다 먹었나?"

반도 다 비워지지 않은 서린의 그릇을 보며 서준이 물었다.

"네."

대답과 함께 서준은 디저트를 재촉하는 벨을 눌렀다. 야속한 마음에 서린은 입술을 꼭 깨물었다.

"혹시 마음에 두신 배우라도 있으세요?"

몇 년 동안 공을 들였는데도 눈길조차 제대로 주지 않는 남자는 처음이었다. 다른 남자들은 어떻게 해서든 침대로 데려가려고 안달하는데 이 남자만은 자신을 돌덩이 보듯 하고 있었다.

"그 말에 대답해야 해?"

대답조차도 할 필요성을 느끼지 못한다는 말투에 서린은 할 말을 잃었다. 이 남자는 아마도 고자이거나, 여자가 있다면 그 여자를 신처럼 숭배하고 있을 게 분명했다. 하지만 너무나 잘난 남자이니 한 여자에게만 목을 매지는 않을 터. 아마도 전자일 확률이 클 것이다. 그쪽으로 생각이 굳어지자 지금까지 자신이 무슨 미친 짓을 한 건지 얼굴이 다 화끈거렸다.

룸에 들어온 지 한 시간 만에 자리를 뜨는 서준과 이서린을 보며 이수는 목구멍까지 치미는 설움을 억지로 삼켰다. 심플한 붉은색 미니 드레스에 구불구불하게 세팅한 머리, 은은한 향수 냄새가 기분 좋게 후각을 자극하고 있었다. 그런 그녀 옆에 서준이 있었다.

한때는 한없이 다정했던 연인, 하지만 지금은 얼음장보다도 더 차가운 눈빛의 소유자. 무슨 급한 일이라도 있는지 계산을 마치자마자 다급하게 레스토랑을 빠져나가는 두 사람의 모습이 내내 그녀의 눈언저리를 맴돌고 있었다.

처음 이서린이 이곳을 예약했을 때 서준이 그녀의 파트너로 올 거라고는 전혀 생각지 못했다. 그녀와 그는 광고문제로 충분히 얽힐

수 있는 관계였고 대한민국 최고의 인기 여배우와 그에 버금가는 남자가 충분히 서로에게 호감을 느낄 수 있는 일이었다. 그런데도 그 자연스러운 모습이 가슴을 콕콕 찔러댔다.

그가 다른 여자와 행복해하기를 진심으로 바랐다. 꿈결에라도 그가 결혼해 아이 한둘 낳고 행복하게 살고 있다는 소식이라도 듣기를 소망했다. 그런데 도대체 이 이율배반적인 감정은 무엇이란 말인가? 두 사람의 다정한 모습에 가슴이 날선 면도날로 훑어 내리는 것처럼 지독히도 고통스러운 이유는 무슨 조화속이란 말인가.

인지하지도 못하는 사이 눈물이 흘러내렸다.

"누님, 왜 그러세요?"

와인 잔을 들고 카운터를 지나가던 남자 종업원 찬규가 놀라 소리쳤다. 귓속을 파고드는 다소 날카로운 쇳소리에 이수는 얼른 손등으로 눈물을 훔쳤다.

"무슨 일 있었어요?"

표정을 살피며 조심스럽게 묻는 그에게 이수는 어색한 미소를 지으며 입을 열었다.

"아냐, 나도 모르게 그냥 눈물이 흘렀어."

"혹시 헤어진 애인 생각 하세요?"

농담하듯 가볍게 묻는 말에 이수는 피식 웃으며 덤덤하게 대꾸했다.

"글쎄, 그랬는지도 모르겠다."

"누님이 차였을 리는 없을 테고, 왜 차 놓고 후회를 합니까."

이수의 기분을 풀어주려는 듯 찬규가 쾌활하게 말을 던지자 옅은 미소를 머금으며 이수는 나직하게 웅얼거렸다.

"그러게. 나 정말 바보인가 보다."

펄쩍 뛰진 않더라도 뭐라 되받아 칠 줄 알았는데 이수가 너무 쉽게 인정해버리자 오히려 더 신빙성이 없어보였다. 찬규는 좀 전 이수의 눈물이 말 그대로 아무 의미 없는 거라 단정하며 밝은 어조로 장단을 맞추었다.

"언제 분위기 좋은 곳에서 누님 연애담 좀 들려주시죠."

"알았어. 언제 날 잡아서 들려줄게."

"약속했습니다."

이수가 가볍게 대꾸하자 찬규는 활짝 웃으며 홀로 사라졌다. 자리에 혼자 남은 이수는 서준이 사인을 하고 간 계산서를 물끄러미 바라보다가 단정하게 파일에 끼워 넣었다. 몸을 돌리며 그녀는 한숨처럼 중얼거렸다.

"윤이수, 네 사랑은 예전에 끝났어."

퇴근 시간이 되자 이수와 일행들은 화기애애한 표정으로 건물 밖으로 나왔다. 오늘 윤혁을 만나기로 했기에 곧바로 동료들과 인사를 주고받고 도로변 쪽으로 걸음을 옮겼다. 함께 만나기로 한 현주도 아직 도착을 하지 않았다는 문자에 느긋하던 이수의 마음은 다소 조급해졌다.

평소 지하철을 이용하던 그녀는 버스 승강장 위쪽으로 걸어가 도로 아래로 몸을 내렸다. 오늘따라 도로는 한산했다. 다른 날과 달리 택시가 뜸하자 이수는 손목시계를 쳐다보며 살짝 한숨을 토해냈다.

빵빵!

초조한 얼굴로 다시 도로를 살피는데 고급 승용차가 그녀 앞에 멈춰 섰다.

"타."

자신과는 무관하다 생각한 이수가 차를 피해 도로 위로 올라서는데 낮은 바리톤 음성이 서늘하게 귓전을 때렸다. 놀란 이수는 소리 나는 쪽으로 황급히 얼굴을 돌렸다.

"당신이 어째서 여길……."

흡사 유령이라도 본 것처럼 창백해진 얼굴로 이수는 모기소리만 하게 중얼거렸다. 그런 그녀를 빤히 쳐다보며 서준은 꾸물거리지 말라는 듯 조수석을 보며 턱짓을 했다. 잠시 헛것을 본거라 생각하며 눈만 끔뻑거리던 이수는 살갗을 벨 듯 차가운 눈길에 번뜩 정신을 차렸다.

"약속이 있어요."

빠르게 정신을 수습한 이수가 무심한 목소리로 대꾸하자 아이보리색 민소매 원피스를 느릿하게 훑어 내리며 서준이 오만하게 말했다.

"내 알 바 아니니까 어서 타."

"그럴 이유를 못 느끼겠어요."

"이유가 있고 없고는 내가 결정해."

두말하지 말라는 듯 서준은 엄중한 경고의 눈빛을 보냈다. 정신없이 날뛰는 심장소리를 뒤로 하며 이수는 차갑게 몸을 돌렸다.

"내가 안아서 태우길 바라는 건가?"

걸음을 옮기던 이수의 몸이 홱 돌아갔다. 그녀는 기가 막혀 눈만 댕그랗게 뜬 채 그를 쳐다보았다.

"그런 거 아니면 빨리 타. 셋을 세지."

서준의 으름장에 잠시 망설이던 이수는 한숨과 함께 문을 열었다. 숫자를 다 세기 전까지 그 자세를 고수한다면 그의 품에 안겨 태워질 수밖에 없다는 것을 가차 없는 표정에서 읽을 수 있었다.

자리에 앉는 순간, 그의 체취가 일시에 후각을 점령했다. 언제 어디서나 늘 가슴을 두근거리게 했던 상쾌한 민트향이 단숨에 그녀를 사로잡았다.

"어디로 가는 거죠?"

싸늘한 눈길로 정면만 응시하는 서준을 흘끗 쳐다보며 이수는 간신히 목소리를 짜냈다.

"글쎄."

"당신답지 않아요."

"나다운 게 어떤 건데?"

입가에 삐딱한 미소를 걸고 서준은 비웃음 담긴 시선으로 물었다.

"목적 없이 움직이는 사람 아니잖아요."

"잊었나? 당신에겐 늘 예외였는데."

그랬다. 서준은 일과 다른 사생활에서는 인간미가 느껴지지 않을 정도로 치밀한 사람이었다. 언제나 계획적으로 움직였고, 한 번도 이성을 흩트린 일도, 누군가와 실없는 농담을 주고받은 적도 없었다. 단 하나 예외가 있다면 그녀와 함께 있을 때만은 더없이 자상하고 부드러웠다. 사랑을 나눌 때 또한 금욕적이었던 모습은 온데 간데 사라지고 감당할 수 없을 정도로 뜨겁고 열정적이었다.

그런데 이 남자가 왜 이곳에 있는 걸까? 지금쯤 이서린과 침대에 있어야 하는 것 같은데……. 다급하게 레스토랑을 빠져나간 게 둘만의 밀회를 즐기기 위해서라고 확신했던 이수는 지금 이 상황이 혼란스럽기만 했다.

혼자만의 생각에 빠져있던 이수는 핸드백에서 울리는 벨소리에 놀라 얼른 전화기를 꺼내들었다. 귓가로 휴대폰을 가져가자마자 곧바로 윤혁의 목소리가 날아들었다.

—어디야?

왁자지껄한 소리 때문인지 윤혁의 목소리는 제법 컸다. 그제야 이수는 윤혁과의 약속을 상기해내고 황급히 시간을 확인했다.

"서, 선배."

—거의 다 왔지?

당황스러움에 얼굴이 붉어졌다. 그런 그녀를 날카로운 눈길로 쳐다보던 서준은 갑자기 핸들을 홱 돌려 방향을 틀었다.

"앗!"

—무슨 일이야?

다급하게 묻는 윤혁에게 약간 기우뚱해진 몸을 바로 세우며 이수는 침착하게 대답했다.

"별일 아니에요, 선배."

—정말 아무 일 없는 거야?

"네."

—다행이다. 그나저나 나 몇 시까지 기다려야 해?

약간은 투정 섞인 윤혁의 음성에 서준의 미간이 확 구겨졌다.

"그게 선배……."

이수는 곤혹스러운 표정으로 서준을 힐끗 쳐다보다가 그의 온몸에서 뿜어 나오는 냉기에 황급히 고개를 돌렸다.

"선배, 미안한데요. 갑자기 급한 일이 생겨서 못 갈 것 같아요."

차를 세워달라고 해도 세워줄 상황도 분위기도 아니었기에 이수는 어쩔 수없이 약속을 취소했다. 난데없는 소리에 윤혁은 펄쩍 뛰며 물었다.

—뭐? 이제 와서 약속을 취소하면 어떻게 해?

"정말 미안해요, 다음에 제대로 한턱 쏠게요."

잔뜩 미안한 얼굴로 손톱을 물어뜯던 이수는 다음을 기약하며 황급히 전화를 끊었다. 현주가 함께 있으니 그리 걱정은 되지 않았지만 내일 두 사람에게 뭐라 둘러대야 할지 난감해 한숨만 흘러나왔다.

"그만 내려줘요."

이대로 속절없이 끌려갈 수 없다는 생각에 이수는 표정을 굳히며 단호하게 입을 열었다. 하지만 뉘 집 개가 짖느냐는 듯 서준은 가볍게 무시하며 비웃만 머금었다.

그런 그를 이수는 말없이 노려보았다. 제어할 사이도 없이 날선 목소리가 입 밖으로 튀어나왔다.

"이럴 땐 비웃을 게 아니라 미안하다고 해야 하는 거 아닌가요?"

"미안? 웃기는군."

"당신 정말……."

그녀의 말을 가차 없이 일축시키는 서준을 대차게 쏘아보던 이수가 씩씩거리며 입을 열었다. 하지만 기세 좋게 열리던 입술은 얼마 안가 조가비처럼 꽉 다물렸다. 금방이라도 자신을 부숴버릴 것 같은 눈빛에 눈앞에 뿌옇게 흐려졌다.

"내가 미안해해야 하는 거야?"

가까스로 마음을 가라앉히고 고개를 돌리자 서준이 차갑게 잇새로 내뱉었다. 정말로 미안한 일을 하고도 제대로 된 사과조차 하지 않은 그녀였다. 그렇기에 지금 이 순간, 입이 열 개라도 할 말이 없었다.

"미안해요."

이수가 진심을 담아 나직하게 읊조리자 가증스럽다는 듯 서준은 고개를 홱 돌려버렸다.

고요한 정적에 목이 졸리는 것 같았다. 차라리 나쁜 년이라고 대놓고 욕이라도 하면 그나마 숨통이 트일 것 같은데 싸늘한 침묵은 너무 힘들었다.

"내려."

눈을 꼭 감은 채 '고작 이깟 일로 힘들다고 푸념하냐'며 속으로 자책하던 이수는 서준의 말에 눈을 뜨고 주위를 살폈다.

"여기가 어디죠?"

"리베라 호텔 지하 주차장."

무감각하게 대꾸하며 서준은 문을 열었다. 리베라 호텔이라는 말에 단박에 몸이 굳어버린 이수는 가파르게 뛰는 심장을 지그시 누르며 잠시 멍하니 앉아있었다. 한참 만에 결심한 듯 그녀가 문을 열고 밖으로 나가자 엘리베이터 앞에 서 있던 서준이 곧바로 그 안으로 들어갔다.

이곳까지 온 이상 되돌아 갈 길은 없었다. 피할 수도, 피해서도 안 되는 일이었다. 마음을 애써 다잡으며 이수는 엘리베이터 안으로 성큼 발을 들여놓았다.

그가 누른 층은 지하 1층 술집이었다. 초연한 얼굴로 그의 동선을 따라가던 이수는 속을 꿰뚫으려는 듯 빤히 쳐다보는 검은 눈동자에 놀라 황급히 고개를 숙였다. 그의 검은 눈동자에 잠시 뜨거운 불꽃이 튀었다가 사라졌다. 그녀를 향한 분노의 불꽃인지 은밀한 욕망의 불꽃인지 가늠할 사이도 없었다. 물론, 당연히 분노로 이글거리는 불꽃이었겠지만 그래도 잠시 마주쳤던 뜨거운 눈길이 그녀의 여린 가슴을 사정없이 뒤흔들었다. 처음 서준이 그녀를 안았던 호텔, 그리고 다음 날 그는 곧바로 둘만의 공간을 마련했다. 우연일까? 아니면 고의일까? 왜 하필 이곳으로 자신을 데리고 왔는지 진의를 파악할 길이 없었다.

바(BAR) 크리스털은 예전 그대로였다. 처음 이곳에서 와인을 마시고 이 남자의 품에 안겼었던가? 화인처럼 뜨거우면서도 따스했던 그 품에 처음 안겼을 때 아득한 벼랑 끝으로 떨어지는 것만 같았다. 너무 황홀하고 아찔해서 기절할 것만 같은 느낌과 첫 키스…….

"편하게 숨 쉬어."

죽을 만큼 감미롭던 첫 키스를 떠올리며 그녀는 제대로 숨조차 쉴 수 없었다. 3년 전 그 어느 날이 마치 어제 일처럼 생생하게 떠올랐다.

몽롱한 얼굴로 추억에 젖어있던 이수는 냉랭한 서준의 음성에 표정을 갈무리하며 크게 숨을 들이마셨다.

매니저의 안내로 룸으로 들어오자 서준은 넥타이를 거칠게 잡아 빼며 재킷을 벗어 소파위로 던졌다. 흘러내린 앞머리를 거칠게 쓸어 올리고 문가에 어색하게 서 있는 이수를 싸늘하게 쳐다보았다.

"두려운가?"

얼음 조각상이 되어 있는 그녀에게 한발 한발 다가오며 그가 음산하게 물었다. 스프링처럼 자꾸만 이리저리 튀고 있는 심장을 억지로 추스르며 가까스로 그녀는 대답했다.

"아니요?"

두려울 이유 따윈 없었다. 다시는 만나지 않았으면 좋았겠지만 같은 하늘을 이고 있는 이상 언젠가는 한번은 부딪칠 수밖에 없는 운명이었다. 그렇기에 두려워해서도, 마음이 흔들려서도 안 된다.

덤덤한 이수의 대답에 서준은 재미있다는 듯 한쪽 입매를 비틀었다. 긴장으로 그녀의 호흡이 조금씩 가빠졌다. 의도치 않게 그녀의 풍만하게 솟아오른 가슴이 위아래로 들썩거리자 그의 눈빛이 서서히 깊어져 갔다.

"지금 내가 키스를 한다면 어떨 것 같나."

꿈에서라도 안기고 싶었던 사람이었다. 그의 손길과 숨결을 느끼고 싶은 열망에 수많은 밤들을 뜬 눈으로 지새웠다. 그렇기에 지금도 열렬히 이 남자를 원하고 갈망한다. 하지만 그럴 수가 없다. 서준이 완력을 써서 억지로 안는다면 당해낼 수야 없겠지만 스스로 이 남자 품으로 뛰어드는 일은 결단코 없어야만 했다.

"제게 키스하고 싶으세요?"

당돌한 이수의 물음에 서준은 같잖다는 표정으로 그녀를 차갑게 훑어 내렸다. 그의 눈길이 닿는 부분 부분이 미세하게 경련을 일으키며 반응하자 그는 재미있다는 듯 픽 웃으며 바르르 떨리는 이수의 입술에 눈길을 고정시켰다.

그저 무심한 눈빛인데도 입안이 바짝바짝 마르고 목구멍이 뜨겁게 타들어갔다. 숨조차 제대로 쉴 수가 없어 다리가 후들거렸다. 이러다가 질식사 할지도 모른다는 생각이 든 순간, 그가 시선을 내려 길고 매끈한 목덜미를 훑고 봉긋하게 솟은 가슴을 응시했다.

노골적이면서도 차가운 그 눈길에 블라우스 단추가 열리고 속옷이 내려가고 브래지어가 풀려 맨가슴이 되었다. 수없이 애무하고 탐하던 가슴을 그가 다시 희롱하는 느낌에 아찔해진 이수는 더 이상 버티지 못하고 질끈 눈을 감았다.

"눈 떠."

성큼 다가선 서준이 단호하게 명령했다. 나직하면서도 힘이 실린 음성에 이수는 번쩍 눈을 떴다.

"아직도 여전한가?"

노골적으로 가슴을 훑어 내리던 서준은 옅은 비웃음을 걸고 물었다.

"무슨 말인지 모르겠어요."

떨리는 목소리로 이수가 조용히 대답하자 소리 없는 미소를 지으며 서준은 느릿하게 물었다.

"날 아직도 원하느냐고."

그럴 리가 없는데도 묻는 그의 목소리에서 애틋함이 느껴졌다. 아마도 그렇게 믿고 싶은 어리석은 마음이 만들어낸 환상이겠지. 이 남자가 뭐가 아쉬워 그렇게도 끔찍한 모습을 보인 자신을 아직까지 마음에 품고 있을까.

"아니요."

한 치의 망설임 없는 대답에 서준의 얼굴이 돌처럼 딱딱해졌다.

"그렇게 말하니 직접 확인하고 싶어지는군."

말이 끝나자마자 서준은 이수의 얼굴을 양손으로 감싸 쥐고 얼굴을 내렸다. 무자비한 입맞춤이었다. 벌주듯 거칠게 입술을 머금고 단단하게 닫힌 입술을 삼켜버릴 듯 빨아들였다. 불처럼 뜨거운 혀를 입안으로 밀어 넣기 위하여 사납게 움직이다가 쉽사리 허락하지 않는 입술을 벌주기라도 하듯 아랫입술을 힘껏 깨물었다.

"아……."

고통스런 신음과 함께 이수의 입술이 벌어지자 그가 난폭하게 입안으로 파고들었다. 깊숙하게 들어온 혀가 자연스럽게 입안 곳곳을 휘젓다가 혀를 감아올려 힘껏 빨아들였다.

지난 3년 동안 그렇게도 모질게 마음을 다잡았는데도 이수는 속절없이 허물어지고 있었다. 단 한 번의 키스에 의지를 잃어버린 몸은 그를 향해 속절없이 내달리고 있었다.

모든 것을 흡수해버릴 것처럼 강렬하게 입안을 탐닉하던 그가 별안간 입술을 떼고 사악하게 웃으며 중지로 나른하게 윗입술을 쓸었다. 눈빛에 홀려버린 듯 이수는 몽환적인 눈빛으로 서준을 올려다보았다. 그런 그녀의 눈빛이 마음에 든다는 듯 그가 매혹적인 미소를 머금으며 천천히 곡선을 그리듯 입술을 매만졌다. 하얗고 긴 손가락이 피아노를 연주하듯 감미롭게 움직일 때마다 이수의 입에선 뜨거운 숨결이 쏟아졌고 그럴 때마다 그의 손끝도 조금씩 떨렸다.

"눈감아."

나른한 목소리에 이수는 눈을 감았다. 어루만지듯 부드럽게 입술을 쓸던 그가 천천히 얼굴을 내려 더없이 부드럽게 입술을 머금었다. 좀 전의 난폭했던 키스를 모두 지워버리려는 듯 그 어느 때보다도 부드럽고 달콤하게 키스했다. 점점 몽롱해지는 가운데 이수는 마치 처음 그의 입술이 닿았던 그날로 돌아간 것 같은 착각에 빠졌다.

한참 동안 달래듯 부드럽게 입술을 어루만지던 서준이 한순간 긴 한숨과 함께 입안을 갈랐다. 또다시 두 사람의 혀가 엉켜들었다. 그리고 그 다음은 사나운 폭풍이었다.

숨도 쉬기 힘들 정도로 뜨거운 열정 앞에 무너져 버린 이수는 팔을 들어 서준의 목을 휘감으며 고개를 한껏 뒤로 젖혔다. 자진해서 그의 몸에 가녀린 여체를 밀착시키고 그의 혀를 휘감고 빨아들이며 더할 수 없이 열정적으로 매달렸다. 지금 이곳이 어딘지, 왜 이곳에서 있는지 까마득하게 잊었다. 그저, 그 옛날 그의 격정적인 사랑이

늘 함께 했던 그 시절이라 믿어 의심치 않았다.

"여전히 뜨겁군."

완벽하게 환상 속에 사로잡혀 있던 이수는 서준의 말에 천천히 눈꺼풀을 들어올렸다. 그의 눈 속에 떠다니는 비웃음이 그녀의 동공 안으로 선명하게 들어찬 순간 그녀는 절망하며 그의 상체를 힘껏 밀어냈다.

자신의 타액으로 번들거리는 입술을 거칠게 문질러대는 이수를 노려보며 서준은 싸늘하게 내뱉었다.

"그렇게 열렬히 반응하면서도 날 원하지 않는다고?"

그동안 이 남자를 기억 속에서 몰아내기 위해 끝없이 발버둥쳤는데 미소 하나에, 뜨거운 키스 한 번에 처참하게 무너져버리고 말았다. 거기에 완전히 넋이 나간 것도 모자라 안아달라고 온 몸으로 신호를 보냈다는 사실에 이수는 경악했다.

"이건 조건반사일 뿐이에요. 당신에게 잠식됐던 그 6개월에 반응한 것뿐이라고요."

열대처럼 뜨거웠던 열정을 차갑게 식히며 이수는 태연한 음성으로 대꾸했다.

"풋! 하, 하하하!"

한껏 비웃듯 어깨가 들썩거릴 정도로 큰 소리로 웃으며 서준은 소파로 걸어갔다. 그가 자리에 앉자마자 기다렸다는 듯 종업원이 안으로 들어와 쟁반에 든 독한 위스키와 안주를 대리석 테이블에 세팅했다. 서준이 양주잔도 아닌 물 컵에 꼬냑을 반쯤 채우며 물었다.

"왜 돌아왔나?"

냉랭하게 말을 쏟아내는 그는 전보다 많이 야위어 있었다. 그 모습에 가슴이 울컥 치밀어 이수는 살짝 고개를 숙였다.

"대답해."

그녀의 기분 따윈 안중에도 없다는 듯 그가 싸늘하게 노려보며 다그쳤다.

"약속을 어겨서 미안해요. 하지만 이제 3년이나 지났고……."

"그래서 마음 놓고 서울 땅을 밟았다? 내가 당신을 어떻게 할 것 같나."

따라놓은 잔을 단숨에 비우고 그가 물었다. 치명적인 유혹 앞에 단단히 사로잡힌 이수는 어찌해야할지 몰라 눈만 깜빡였다.

"전 그만 가겠어요."

뭔가 모를 불길함이 온몸을 엄습해오자 재빨리 말하고 이수는 몸을 돌렸다.

탁!

서준이 들고 있던 술잔이 거칠게 테이블위로 내려졌다. 놀란 그녀가 눈을 동그랗게 뜨고 돌아보자 그가 한쪽 입꼬리를 말아 올리며 느긋하게 말했다.

"앉아, 3년 만에 만났는데 환영인사는 해줘야지."

"우리가 다정하게 앉아 환영인사를 나눌 처지는 아니잖아요."

"그건 당신 입장이고. 난 분명 지난번에 경고했어. 다시는 내 눈에 띄지 않게 조심하라고."

"그래서요? 원하는 게 뭔지 빙빙 돌리지 말고 얘기해요."

"여자가 필요해. 지금 여기서 날 만족시켜 준다면 원하는 걸 다 주지."

노골적으로 모욕감을 안겨주는 서준을 이수는 설핏 미소를 머금고 쳐다보았다. 그녀는 그의 눈을 똑바로 바라보며 도전적으로 물었다.

"그럼, 당신 심장도 줄 건가요?"

그 말에 서준은 픽 웃고는 입매를 비틀었다. 그는 몹시 기분이 더럽다는 듯 인상을 팍 구기며 말했다.

"내 심장은 누구 때문에 3년 전에 죽어버렸어. 그러니 주고 싶어도 줄 수가 없지."

심장이 죽어버렸다는 말에 이수는 그대로 굳어졌다. 머릿속이 단단한 둔기로 얻어맞은 듯 얼얼해졌고 심장은 날카로운 통증으로 전율했다. 잠시 아련한 시선으로 바라보던 이수는 결심한 듯 그에게 걸어갔다. 망설임도 없이 그의 무릎에 걸터앉고 양손으로 목을 감쌌다. 갑작스러운 그녀의 행동에 조금은 당황했는지 서준의 검은 동공이 미세하게 흔들렸다.

뚫어버릴 것 같은 시선에도 아랑곳없다는 듯 이수는 태연하게 그의 입술을 덮었다. 촉촉하고 부드러운 입술로 윗입술을 머금고 천천히 입술 곡선을 애무하다가 아랫입술을 살짝 물고 치열을 두드렸다. 성자라도 무릎 꿇게 할 만큼 달콤한 입맞춤이었지만 여자가 필요하다는 말과는 달리 그는 전혀 반응을 보이지 않았다. 다시 한 번 더 그의 입술 주름을 세심하게 핥으며 입안으로 들어가기 위해 입술을 움직였지만 여전히 꿈쩍하지 않았다. 마치 싸늘하게 얼어버린 그의 마음 같았다.

서준의 입술 위에서 한참 동안 배회하던 이수는 얼굴을 틀어 굵은 그의 귓불을 깨물었다. 어루만지듯 다시 조심스럽게 핥다가 귓바퀴를 따라 나른하게 혀를 움직였다.

춥, 추르릅 춥…….

혀를 말아 귀안으로 밀어 넣고 입술을 움직이자 원색적인 소리가 귓속을 선명하게 파고 들었다. 여전히 손 끝 하나 움직이지 않고 있었지만 소파를 잡은 서준의 손에 점점 힘이 들어갔다.

현란하게 움직이던 혀가 방향을 틀어 파르르 떨리는 목울대로 내려왔다. 동시에 머리칼을 부드럽게 헝클이던 손이 서준의 와이셔츠에 닿았고 단추가 풀리기 시작했다. 한 개, 두 개, 세 개…….

풀어진 와이셔츠 사이로 단단하고 매끈한 가슴이 드러나자 농밀하게 혀를 움직이던 이수는 그의 가슴 안으로 손을 집어넣고 딱딱해진 돌기를 손가락 사이에 끼웠다. 이성의 끈을 단번에 끊어버리려는 듯 그녀가 유혹적인 신음소리를 내며 강하게 자극했다.

"그만."

눈을 꼭 감고 있던 서준이 음산하게 공기를 갈랐다. 가슴으로 혀를 내리던 이수는 날카로운 쇳소리에 한순간 동작을 멈추고 그를 바라보았다. 도톰하게 부풀어 오른 붉은 입술과 열기를 머금은 눈동자가 치명적인 매력을 뿜어내며 단박에 그의 동공을 가득 채우자 고통이 스며든 눈으로 서준이 입술을 열었다.

"윤이수, 차라리 죽어버리지 그랬니."

쿵! 사형선고나 다름없는 말에 심장이 발 밑으로 툭 떨어졌다. 가슴을 강타하는 붉은 폭풍에 가슴이 온통 난도질을 당하는 것처럼 쓰라렸고 숨조차 쉴 수 없을 만큼 고통스러웠다. 패닉상태에 빠진 얼굴로 그녀는 천천히 몸을 일으켜 문 쪽을 향해 걸었다. 줄에 매달린 인형처럼 의식 없이 걸음을 옮기던 그녀가 문고리를 잡으며 힘겹게 목소리를 끌어 모았다.

"당신 눈에 뜨인 건 정말 유감이에요. 다시는…… 이런 일 없을 거예요."

잠겨든 음성으로 조용히 내뱉은 이수는 미련의 싹을 완전히 잘라 내듯 단호하게 문을 열었다.

퍽! 쨍그랑! 탕탕!

그녀가 나오자마자 테이블을 쓸어버린 듯 유리 깨지는 소리가 연이어 들려왔다. 그 소리에 잠시 움찔하던 이수는 뿌옇게 흐려지는 눈가를 재빨리 손등으로 훔쳐냈다. 억지로 내딛는 걸음이 천근만근이었다.

일주일이나 더 근무를 해야 했지만 이수는 다음 날 몽마르뜨에 사직서를 제출했다. 그동안 한 번도 결근한 일도 꾀를 부린 일도 없었지만 어쩔 수 없이 유종의 미를 거두지 못하고 그곳을 나와야만 했다. 너무나 미안해하는 그녀에게 사장은 남은 열흘 치까지 계산해 월급을 정산해 줬고 일주일 정도는 무리 없다며 그녀의 마음을 편안하게 해주려 했다. 거하게 송별회를 해준다는 것을 간단한 저녁으로 대신하고 이수는 그곳과 완전히 작별을 고했다.

현주가 출근하자 이수는 설거지를 마치고 청소기를 돌렸다. 겨우 13평 남짓한 원룸이라 청소는 금방 끝이 났다. 한숨 돌린 이수는 진한 원두커피를 손에 들고 베란다로 걸어갔다. 더위가 한풀 꺾였는지 창으로 들어는 바람이 기분 좋게 그녀의 맨다리를 스쳐갔다. 옅은 미소를 지으며 그녀가 가만히 창밖을 응시했다.

전망과는 거리가 먼 도심은 그저 삭막하고 분주했다. 하지만 태양을 받아 황금빛으로 물든 사람들의 얼굴은 더없이 밝고 활기찼다. 이제 내일이면 이곳을 떠나 부모님이 계시는 시골로 내려갈 그녀였기에 오늘의 이 한가로움이 더없이 아름답고 소중했다.

딩동, 딩동.

말간 미소를 지으며 커피 잔을 들어 올리는데 초인종이 울렸다. 이 시간에 올 사람이 없는데 누굴까 생각하던 이수는 다시 한 번 울려대는 벨소리에 천천히 몸을 일으켜 인터폰을 들었다.

쿵!

문밖에 서 있는 남자를 보는 순간, 이수의 손에서 인터폰이 추락했고 심장은 아득한 나락 속으로 떨어졌다. 잠시 숨을 몰아쉬던 그녀가 창백해진 얼굴을 손으로 감싸며 위태롭게 문 쪽으로 걸어갔다.

"여긴 무슨 일로……."

애써 담담하게 묻는 이수에게 남자는 가차 없이 말했다.

"상무님께서 윤이수 씨를 데려오라고 하셨습니다."

시원해 보이는 물빛 블라우스에 검은색 스커트를 입은 이수는 비교적 차분한 표정으로 영인제약 상무실 앞에 섰다. 다시는 마주하지 않기를 바랐지만 그건 그녀의 간절한 바람이었을 뿐이었다.

똑똑!

이수가 절도 있는 동작으로 감색 원목 문을 두드렸다. 하지만 5분이 지나도 그 어떤 기척도 들려오지 않았다. 이수는 다시 노크를 했다. 역시나 이번에도 무응답이었다. 그냥 이대로 문을 열어야 하나, 아니면 돌아서야 하나 한참 동안 생각했다.

"상무님이 들어오시랍니다."

한 시간 동안 꼿꼿하게 서 있는 이수를 안타깝게 바라보던 여직원이 인터폰을 내려놓으며 상냥하게 말을 마치고 밖으로 나갔다. 눈을 감고 호흡을 가다듬던 이수는 떨리는 손으로 조용히 문을 열었다.

넓은 사무실 안은 언제나처럼 말끔하게 잘 정돈되어 있었다. 모든 것이 최상급으로 조화롭게 인테리어가 되어 있었고 따사로운 햇살이 포근하게 사무실 안을 휘감고 있었다.

그런데 그런 정겨움과는 너무도 다르게 사무실 안 공기는 소름이 돋을 정도로 음산하고 무거웠다. 한발 한발 걸음을 내딛을 때마다 몸을 휘감는 음습함에 소름이 돋을 정도였다.

서준은 등을 보이고 선 채 창밖을 응시하고 있었다. 날렵한 베이지색 재킷위로 눈부신 햇살이 쏟아져 잔잔한 은물결을 이루고 있었다. 이수는 멍하니 정신을 놓고 그의 등을 하염없이 바라보았다.

"몽마르뜨를 그만뒀더군."

몸을 홱 돌린 서준이 아련해지는 이수의 눈빛을 사납게 잡아채며 말했다.

"제 사생활입니다."

오늘만 지나면 다시는 이 남자를 대면할 일은 없을 거였다. 차라리 죽어버릴까 생각도 했지만 그래도 이 남자와 한 하늘을 이고 살고 싶은 작은 소망만은 버릴 수가 없었다.

"혹시 이윤혁 간병이라도 하려고 그만둔 거야?"

"간병이라뇨? 그럼 당신이……."

호텔에서 정신없이 뛰어나온 다음 날 윤혁에게 전화를 걸자 그날 접촉사고가 나서 병원에 입원해 있는 중이라고 했다. 현주와 문병이라도 가겠다는 말에 윤혁은 펄쩍 뛰며 바로 퇴원할 거라고 했었다.

"이제야 알았나? 그래도 꼴에 사내라고 입단속은 했나보군."

"선배한테 무슨 짓을 한 거죠?"

"무슨 짓은. 그냥 몇 군데 티 안 나게 손봐줬을 뿐이야. 아마 최소한 몇 개월은 허리를 쓸 수 없겠지만 그래도 불구가 되는 것보다는 낫겠지."

"당신 깡패예요?"

"깡패? 그날 파리에서 잡혔으면 지금쯤 지옥 불에 떨어질 인간이었어. 그런데 그 정도로 끝냈으면 감격해 눈물이라도 흘려야지."

헉! 이수는 속으로 절규했다. 그날 호텔에서 자신의 감정만 생각하느라 서준이 윤혁을 알아볼 거라는 생각조차 하지 못했다.

못난 후배 하나 잘못 둬 죄 없는 윤혁이 고통을 받는다는 생각에 가슴이 미어졌다.

"왜 갑자기 꿀 먹은 벙어리가 됐지? 날 기만하고 그놈과 놀아난 사실을 내가 알게 된 게 그렇게 충격인가?"

"속인 건 미안해요."

"미안? 분명 외로워서 클럽 갔다가 만난 남자라고 했어. 그런데 실상은 대학 때부터 알고 지냈던 사이더군. 그럼 내겐 돈 때문에 접근한 건가? 한몫 단단히 챙겨 그놈 사업자금에 쓰려고?"

"오해예요. 그런 생각 따윈 결코 없었어요."

"진심인가?"

"네."

"좋아, 그 말이 사실이라면 당분간 내 옆에 있어."

"그게 무슨 소리예요?"

놀란 이수가 간신히 목소리를 짜내자 그가 삐딱한 미소를 지으며 말을 이었다.

"그렇게 쉽게 보내준 걸 내내 후회했어. 당신과의 섹스는 기가 막혔거든. 오죽하면 물불 안 가리고 결혼까지 하려 했을까. 그래서 이제 노선을 변경하려고. 그러니 앞으로 4개월 동안 죽은 듯이 내 옆에 있어."

"그럴 수 없어요. 우린 완전히 끝난 사이에요."

서준의 말에 이수는 강력하게 반발했다. 절대로 이 남자 옆에 있고 싶지 않았다. 그건 죽음보다 더한 형벌일 테니까.

"그럴 수가 없다! 도대체 뭐가 두려운 거지? 아직도 내가 당신을 보는 것만으로도 발정 난 짐승처럼 달려들 거라 생각하는 거야?"

"아니에요. 그런 게 아니에요."

이수가 세차게 고개를 내젓자 서준이 속삭이듯 음산하게 내뱉었다.

"그럼, 매일 내 얼굴을 볼 생각만으로도 숨이 턱턱 막힐 것 같아서 그래?"

숨이 턱턱 막힌다는 말은 사실이었다. 하지만 그가 생각하는 것처럼 고통스러워서가 아니라, 사랑하는 사람의 매정한 눈빛을 봐야 한다는 이유 때문이었다.

"그건 당신에게 결코 좋은 일이 아니에요. 그냥 전처럼 절 비포장도로에 깔려 있는 돌멩이처럼 무시해줘요."

절대 그런 일이 있어서는 안 된다는 생각에 이수는 애원을 담아 말했다. 그가 어림없다는 눈빛으로 냉정하게 말을 쏟았다.

"영원히 그러려고 했지. 하지만 당신이 날 두 번이나 기만했다는 걸 알고 생각을 바꿨어."

"당신을 위해서예요. 서로 얼굴을 마주해봐야 괴로울 뿐이라는 거 당신이 더 잘 알잖아요."

"지금 쥐가 고양이 생각해 주는 거야? 웃기는군. 남 걱정하지 말고 당신 걱정이나 해. 내 옆에 있는 게 그리 녹록할 거라 생각해?"

서준은 코웃음을 치며 가차 없이 등을 돌렸다. 더 이상의 대화는 없다는 뜻이었다.

"하지만……."

"당장에 한성 어패럴을 날려줄까?"

서준의 말에 이수는 터져 나오려는 비명을 삼키기 위해 얼른 입을 막았다. 아무 죄 없는 윤혁 선배 회사를 쓸어버린다는 말에 그녀의 눈에 커다란 공포가 드리워졌다.

동종 제약업계에서 3위를 달리던 영인은 서준이 경영 일선에 뛰어들고 단 1년 만에 2위로 올라섰다. 그리고 현재는 선두주자인 대한제약을 맹추격하고 있는 중이었다. 그러니 아마도 대한이 영인에게 1위 자리를 내주는 건 시간문제일 것이다. 그만큼 서준은 타의 추종을 불허할 만큼 사업가로서 빈틈없고 냉철했다. 그런 그이니 이제 조금씩 자리를 잡아가고 있는 작은 중소기업을 위험에 빠트리는 건 아마도 식은 죽 먹기일 것이다.

"제발 그러지 말아요."

이수가 고개를 저으며 간절히 애원하자 그의 눈에서 시퍼런 불꽃이 춤을 추며 일렁거렸다. 어금니를 사려 물며 그가 차갑게 그녀를 다그쳤다.

"내가 행동을 하고 안 하고는 당신 한마디에 달렸어. 그러니 그만 항복해."

잠시 이리저리 눈망울만 굴리던 이수는 포기한 듯 나직하게 웅얼거렸다.

"좋아요. 당신 옆에 있을게요."

지금의 이 결정은 결코 서준의 협박 때문만은 아니었다. 그저, 이렇게 피하는 게 최선의 선택이 아니라는 생각이 들었다.

그 누구보다도 자신만만하고 자존심 강했던 남자였다. 그런데 그에게 깊은 상처와 좌절을 안겨줬으니 이 적개심은 온전히 그녀가 감당해야 할 몫이었다. 그것이 모든 것을 주고 한없는 사랑으로 보듬어준 남자에게 마지막으로 그녀가 해줄 일이었다. 그러니 기꺼이 받아낼 것이었다.

"그리고 한 가지 명심해야 할 게 있어. 나와 함께 있는 동안 이윤혁을 포함해서 절대로 다른 놈 품에 안길 생각 하지 마. 만약 그런 일이 일어난다면 그땐 철저히 지옥을 경험하게 될 거야."

"좋아요. 그렇게 하죠."

너무도 산뜻한 이수의 대답에 서준은 당황스러운 표정을 지었다. 그녀의 속마음을 가늠하려는 듯 눈을 가늘게 뜨는 그를 향해 이수가 덧붙였다.

"남자와 차 마시고 밥 먹는 건 상관없죠?"

그의 인상이 한껏 찡그려졌다. 하지만 그것까지는 달리 어쩔 도리가 없는지 그는 앓는 소리로 대꾸했다.

"마음대로."

"그럼 얘기 끝났으니 전 이만 가볼게요. 내일 뵙겠습니다."

말을 마친 이수가 고개를 꾸뻑 숙이고 빠른 걸음으로 사무실을 빠져나가자 허탈한 얼굴로 서준은 담배를 꺼내 물었다. 길게 한 모금 빨아들인 담배 연기를 허공으로 뿜어내는 그의 모습이 오늘따라 지독히도 공허해 보였다.

제3장

월요일 아침 9시, 이수는 영인제약 7층 건물로 들어섰다. 문을 열자 상무실 여직원이 자리에서 벌떡 일어났다.

"안녕하세요?"

이수가 옅은 미소를 지으며 인사를 건네자 여직원이 황급히 그녀 앞으로 걸어왔다. 어제 몇 시간 동안 서 있던 게 내내 마음에 걸렸는지 그녀의 얼굴엔 미안한 기색이 역력했다. 크고 선한 눈망울을 쳐다보며 이수가 환하게 웃자 그녀도 하얀 이를 드러내며 활짝 웃었다.

"어제 왜 말씀하지 않으셨어요? 전 그것도 모르고."

"무슨 말이에요?"

여직원의 말에 이수는 모호한 표정으로 물었다.

"괜히 쑥스러워 하실 거 없어요. 상무님이 기다리고 계시니까 어서 안으로 들어가세요."

"고마워요. 잠시 후에 봐요."

살가운 여직원의 태도에 고맙다는 말을 전하고 이수는 노크를 했다. 상무실 안으로 들어선 그녀를 힐끗 쳐다보던 서준이 손님용 소파를 향해 턱짓을 했다. 검은 머리칼과 흰색 와이셔츠가 완벽하게 조화를 이룬 모습이 무척이나 근사했다.

"정확한 시간에 도착했군."

"첫날부터 늦으면 안 되니까요."

서준에게 꽂았던 시선을 재빨리 거둬들이며 이수는 덤덤하게 대답했다.

"좋은 자세군. 그럼……."

서준이 뭐라 말을 이으려는데 노크소리와 함께 여직원이 안으로 들어왔다. 곧바로 두 사람을 향해 걸어온 그녀가 테이블위에 조심스럽게 커피 잔을 내려놓고 조용히 밖으로 나갔다.

김이 모락모락 나는 커피를 이수는 물끄러미 바라보았다. 늘 원두커피만 마시던 사람이었는데 그동안 기호가 변했는지 믹스 커피가 잔에 담겨있었다.

"마셔."

둘만 남겨지자 커피 잔을 들어 올리며 서준은 경쾌하게 말했다.

"설탕, 프림 들어간 커피 안 좋아하잖아요."

제어할 사이도 없이 말이 튀어나왔다. 커피를 한 모금 머금은 그가 조소어린 눈빛으로 이죽거렸다.

"별일이군. 그걸 아직도 기억하고 있다니."

"미안해요."

전혀 기죽지 않은 표정으로 이수가 대꾸하자, 피식 웃으며 서준은 커피를 다시 입안으로 흘려 넣었다.

출근하기 전 이수는 단단히 결심했다. 서준이 무슨 말을 해도 절대로 상처받지 말자고. 그리고 자신 또한 죄인처럼 굴지 않을 거라고. 배신자가 죄인처럼 구는 건 더욱 꼴사나운 일일 테니까.

"아주 개선장군이 따로 없군. 좋아, 내가 원하던 바야. 업무는 1년 동안 해봤으니까 따로 배우지 않아도 되겠지?"

"네."

"그런데 앞으로 당신이 내 수행비서 노릇까지 해줘야겠어. 내 스케줄 관리와 함께 필요에 의해선 출장도 동행해야 해. 한마디로 말해서 사무실에서 내게 속한 모든 것은 당신이 관리해야 한다는 뜻이야."

"김 실장님은요?"

"일산 신약개발연구소로 잠시 파견 보냈어. 그러니 그동안 당신이 그 일을 대신해."

"얼마나요?"

"4개월."

"4개월이나요? 전 못해요. 알다시피 전 수행비서 일은 해 본 적이 없습니다."

당황해하며 이수가 강경하게 고사하자 서준은 왼쪽 눈썹을 가파르게 치켜 올렸다. 뭔가 심히 마음에 안 드는 일이 있을 때 보이는 습관이었다. 전 같으면 서준이 이렇게 눈썹만 찡그려도 황급히 입을 다물었을 텐데 이수도 이번만은 양보할 수가 없었다.

수행비서라면 수족처럼 그의 옆을 지켜야하는 자리다. 일거수일투족을 그와 함께 하면서 업무를 보좌하며 그림자처럼 붙어있어야 하는데 흔들리지 않을 자신이 없다. 지금도 이렇게 가까이 있는 것만으로도 살 떨리고 가슴이 미쳐 날뛰는데 유혹의 향기가 가득한 밤까지 함께한다는 건 가스통을 짊어지고 불속으로 뛰어드는 거나 마찬가지였다.

“정말 자신 없습니다.”

이수가 다시 한 번 단호하게 말하자 그가 조각처럼 날렵한 턱을 검지로 천천히 쓸어내렸다.

“좋아, 정 그렇다면 꼭 필요한 일 외에는 저녁시간은 나 혼자 움직이도록 하지.”

이건 완전한 합의점이 아니었다. 필요에 따라서 저녁시간에 동행할 수도 있다는 뜻이니까. 이수가 항의하기 위하여 다시금 입술을 달싹거렸다.

“하지만…….”

“더 이상 토 달지 마. 나도 최대한 양보한 거니까. 누구보다도 당신과 함께 시간을 보내고 싶지 않은 사람은 나야.”

서준의 말에 이수의 얼굴이 붉어졌다. 아무 감정도 없는 사람에게 혼자 사심을 보인 꼴이라 민망하기 그지없었다.

“당신이 김소희 씨보다는 연장자이고 경력도 있으니까 주임 정도의 직함이면 괜찮을 거야.”

“주임이라고요? 말도 안돼요. 고작 새내기로 1년 있었던 게 전부인데 너무 과합니다. 게다가 전 고작 4개월만 있을 사람인걸요.”

“내내 날짜만 세기로 했나? 4개월만 눈 딱 감고 참으면 자유가 찾아올 거라고 부르짖으면서?”

“그런 게 아니라……. 사실이잖아요. 어차피 4개월이면 이곳에서 사라질 텐데 직함을 달 이유가 없잖아요."

"이봐. 당신은 내 수행비서 업무 대행을 맡은 사람이야. 그러니 그에 맞는 합당한 대접은 기본이야. 당신이 이곳을 떠나면 그땐 김소희 씨한테 그 직함을 물려줄 거니까 그렇게 알고 있어."

여직원에게 직함을 물려준다는 말에 이수는 입을 다물 수밖에 없었다. 더 이상의 사양은 미덕이 아니라 고집일 뿐이었다.

"알겠습니다. 상무님 뜻이 정 그러하시다면 따르겠습니다."

"좋아, 그럼 1시간 후에 오늘 일정에 대해서 듣도록 하지."

상무실을 빠져나온 이수는 그제야 편하게 숨을 쉴 수 있었다. 내내 그의 따가운 눈초리 때문에 마음 편하게 숨조차 쉴 수조차 없었다. 그러면서도 소파에 본드라도 붙여놨는지 엉덩이는 쉽게 들리지 않았다.

서준과의 인연은 4년 전 그녀가 영인제약 상무 비서실에서 아르바이트를 하게 되면서 시작되었다. 대학 4년 내내 과외로 등록금 일부와 용돈을 충당했던 이수는 K대 의상학과 졸업을 앞두고 호기심에 비서실 아르바이트를 결심했다. 물론 그녀가 그런 결심을 한 배경에는 현주의 공이 지대했다.

그녀의 육촌 언니가 영인제약 상무 비서실로 발령을 받았는데 그 남자가 어찌나 잘생겼는지 밥 안 먹어도 배가 부르다는 둥, 잘 안 웃는 사람이 한번 웃으면 아주 온몸이 녹아난다는 둥, 한창 이성에 관심 많은 처녀들의 호기심에 부채질을 해댔다. 그러던 차에 그녀가 둘째 아이를 출산하러 들어갔고 천운 같은 기회가 이수에게 다가왔다. 비록 3개월짜리 아르바이트였지만 이수는 쾌재를 부르며 그곳에 출근을 했다. 그리고 운명처럼 이 남자를 만났다.

성격은 까칠하고 결벽증에 가까울 정도로 깔끔했지만 정말이지 외모 하나는 끝내줬다. 그래서 김 실장님께 아무리 혼이 나고 지적을 받아도 행복했다. 그리고 3개월간의 아르바이트가 끝나는 날, 생각지도 않게 서준의 고백을 받았고 그때부터 둘은 불같이 사랑했다.

처음엔 그저 능력 있는 사람인 줄만 알았다. 그런데 알고 보니 영인제약의 주인이 될 사람이었다. 처음 그 청천벽력 같은 사실을 알았을 때는 그저 당황스러웠고 나중엔 화가 치밀어 올랐다. 그래서 일방적으로 이별을 선언했고 먼 곳으로 잠적해버렸다. 하지만 그런 일은 한서준이라는 사람을 몰랐기에 가능한 거였다. 그가 얼마나 소유욕 강하고 두려움 없는 사람인지 이수는 그때 비로소 체험할 수 있었다.

결국 완강하게 반대하던 부모님의 마음을 돌려놓고 결혼 허락까지 받아낸 그에게 이수는 철저히 항복할 수밖에 없었다. 그리고 그 앞에 더 당당하게 서기 위해 이수는 몇 년 전부터 꿈꾸던 파리 유학길에 올랐다. 유학을 다녀오는 즉시 두 사람은 약혼식도 건너뛰고 곧바로 결혼식을 올릴 예정이었다.

사장님의 엄명으로 서준은 한 달에 한번 파리로 그녀를 만나러 왔다. 하지만 그의 주위에 너무나 아름다운 꽃들이 진한 향기를 뿜어내며 늘 유혹의 시선을 보내고 있다는 걸 알기에 내심 불안하기도 했었다.

그렇게 한 달이 지나고 두 달이 지났다. 하지만 그녀가 우려한 상황은 절대로 일어나지 않았다. 오히려 시간이 흐를수록 그의 마음은 더욱 애틋해져 갔고 사랑은 더욱 간절해져갔다. 하지만 두 사람을 시샘했는지 운명은 그녀를 한 순간 깊은 나락으로 밀어 넣었다. 가슴을 갈기갈기 찢어놓고 서준을 사랑한 깊이만큼 고통스럽게 만들었다.

그때를 회상하는 이수의 눈가에 말갛게 습기가 차올랐다. 더 이상은 생각하고 싶지 않았다. 암담하고 지옥 같았던 그때를 회상하기엔 그녀의 심장은 너무도 나약했다.

"괜찮으세요?"

어느새 다리의 힘이 풀렸는지 이수는 문 앞에 주저앉아버렸다. 놀란 소희가 뛰어와 그녀를 부축했다.

"괜찮아요. 잠시 현기증이 난 것뿐이에요."

옅은 미소를 지으며 이수가 책상에 앉자 소희는 걱정스러운 표정으로 탕비실로 들어갔다.

"이거 청심환인데 드셔보세요."

가쁜 숨을 몰아쉬며 소희가 재빨리 포장지를 벗겨 청심환을 꺼내 건넸다. 걱정 가득한 여린 눈망울 때문에 거절도 못하고 이수는 어색하게 청심환을 받아들었다.

* * *

다음 날 아침 이른 시각, 출근한 이수는 탕비실로 들어가 옷장에 가방을 넣고 능숙하게 원두커피를 내렸다. 그리곤 깨끗한 타월을 적셔 상무실 안으로 들어가 책상과 소파, 테이블을 먼지 한 톨 없이 깨끗하게 닦아냈다. 1년 가까이 해왔던 일이라 그런지 모든 것이 손에 착착 붙었다. 옷장까지 말끔하게 닦아내고 습관처럼 사무실 안을 빙 둘러보던 그녀는 뭔가 허전한 느낌에 고개를 갸웃거렸다. 그리곤 잠시 후 힘없는 목소리로 중얼거렸다.

"모두 버렸구나."

그녀가 예쁘다며 걸어놓았던 작은 액자들과 창틀에 매달려있던 아기자기한 선인장들이 모두 사라지고 없었다. 그럴 거라 예상했으면서도 확인하고 나니 어쩐지 가슴이 저릿했다.

잠시 시무룩하게 서 있던 그녀가 손을 탈탈 털며 몸을 곧추세웠다. 언제 그랬냐는 듯 시무룩했던 표정을 산뜻하게 지워내며 씩씩하게 걸음을 옮겼다.

탁!

문 가까이 걸어온 이수가 한걸음 더 내딛으려는 순간, 갑자기 벌컥 문이 열렸다. 깜짝 놀라 눈을 동그랗게 뜨는데 산뜻한 바람과 함께 서준이 성큼 안으로 들어왔다. 그 순간 이수의 얼굴이 여지없이 그의 가슴팍으로 날아들었고 그의 몸은 바위처럼 굳어졌다.

"아!"

새빨갛게 달아오른 얼굴로 허둥대던 이수가 멍하니 그를 올려보기만 하자 묘한 눈빛으로 내려다보던 서준이 차갑게 몸을 틀었다.

"윤 주임."

아침부터 제대로 뻗친 망신살에 허탈해져 망연히 서 있는데 책상으로 걸어간 서준이 지극히 사무적인 음성으로 그녀를 불렀다.

"네, 상무님."

잡생각을 황급히 털어버리며 이수는 몸을 돌리고 침착하게 대꾸했다.

"원두커피 내렸나?"

묻는 목소리에서 싸한 냉기가 느껴졌다.

"네."

"난 그 냄새만 맡으면 속이 메슥거리니까 당장 치우고 환기시켜."

"네 알겠습니다."

매정하게 몰아치는 서준에게 공손하게 대답한 이수는 곧바로 창문을 열고 사무실을 나왔다. 그리곤 탕비실로 들어가 곱게 내려진 원두커피를 꺼내 싱크대에 쏟았다.

서준이 처음부터 원두커피를 즐긴 건 아니었다. 어쩌면 싫어했는지도 모른다. 그저 그녀가 그걸 즐겨마셨고 어느 순간부터 서준도 그걸 찾기 시작했다. 그리고 그녀만큼이나 원두커피를 사랑하게 되었다. 그런데 이제 그는 둘이서 즐겨 마시던 커피가 메스껍단다. 아마 자신도 그 커피만큼이나 메스꺼울지도.

잊힌다는 건 이런 느낌일까? 황량해진 사막만큼이나 건조하고 그 어떤 말로도 설명할 수 없는 지독한 서러움…….

"좋은 아침입니다!"

아련한 눈빛으로 창밖을 응시하던 이수는 활기찬 소희의 음성에 몸을 돌렸다. 뛰어왔는지 소희의 숨소리가 제법 거칠었다.

"뛰어왔어요?"

"네. 제가 원래 아침잠이 많거든요. 늦어서 죄송합니다."

"아니에요. 그리고 내일부터는 천천히 와요. 내가 준비 다 해놓을 테니까."

이수의 말에 소희는 두 손을 휘저으며 황급히 말했다.

"그럴 수는 없죠. 내일부터는 절대 늦지 않겠습니다."

"내가 원래 아침잠이 없어서 그래요. 그러니까 부담스러워 하지 말고 근무 십 분 전까지만 와요."

"정말 그래도 될까요?"

부드러운 이수의 눈길에서 진심이 느껴지는지 소희는 주저하며 물었다.

"당연하죠. 원래 아침 일찍 일어나기 힘들어하는 체질이 있어요. 그 대신 밤만 되면 쌩쌩해지죠?"

"네. 그걸 어떻게 아셨어요? 전 딱 카지노 체질인데 집에선 그 얘기만 꺼내면 기함하세요."

"아마 아직 적응이 안 돼서 그럴 거예요. 시간이 지나면 점점 좋아져요."

"정말 그럴까요?"

"네."

이수가 확신을 담아 대답하자 근심 어렸던 소희의 얼굴이 단번에 환해졌다.

소희가 다시 입을 벙긋거리려는데 인터폰이 울렸다. 날개를 달았는지 소희가 책상까지 잽싸게 뛰어가 전화를 받았다.

"네, 알겠습니다."

"차 내오래요?"

"네. 생전 전화로 재촉하지 않으셨는데 오늘은 이상하시네요."

은은한 커피 향을 남기고 소희가 탕비실을 나가자 이수는 조용히 자신의 책상으로 돌아와 앉았다. 곧바로 서준의 동선을 파악하기 위해 스케줄 표를 펼쳐들었다.

10시에 소회의실에서 임원들 회의, 2시엔 경제인 연합회 참석, 5시엔 회계 팀장과 미팅……. 하나하나 체크하던 그녀가 손을 멈칫했다. 3년 전이나 지금이나 서준은 조금의 여유도 없이 움직이고 있었다.

"상무님이 안으로 들어오시래요."

문을 열고 나오자마자 소희가 작게 소곤거렸다. 고개를 끄덕이며 이수는 스케줄 표가 든 서류철을 들고 몸을 일으켰다.

책상에 앉아 커피를 마실 거라 생각했는데 서준은 느긋한 자세로 소파에 앉아있었다. 약간 경직된 표정으로 이수는 그 앞에 서서 서류철을 펼쳤다.

"오늘 상무님 스케줄입니다. 10시에 소회의실에서 임원회의가 있고, 2시에는……."

"앉아."

"네?"

"소파에 앉으라고."

얼떨떨한 표정으로 서류철을 덮은 이수는 맞은편 소파로 가서 앉았다. 커피 잔을 내려놓으며 그가 무심한 눈길로 이수를 쳐다보았다. 어느새 눈길은 무릎 위에 가지런히 올려있는 손끝에 고정되었다.

고개를 숙이고 있었지만 그의 눈길에 손가락이 따끔거리는 건 막을 길이 없었다. 하얗던 손가락이 어느새 서서히 붉게 물들고 있었다.

"원두커피는 버렸나?"

한참 만에 서준은 입을 열었다.

"네."

"어젯밤 곰곰이 생각해봤는데 당신을 수행비서로 옆에 붙이는 건 아무래도 무리인 것 같아. 앞으로 총무 팀 이준희 씨와 움직일 테니까 그렇게 알고 있어."

서준을 보좌하지 않아도 된다는 사실에 마땅히 기뻐해야하는데 왠지 모르게 기운이 쭉 빠졌다.

"알겠습니다."

이수의 힘없는 대답에 서준의 미간이 살짝 찌푸려졌다. 잠시 곰곰이 생각하던 그가 단호하게 말했다.

"그 대신 내가 원하면 낮이건 밤이건 함께 동행해야 해."

"그건……."

"아마도 그럴 일이야 없겠지. 하지만 앞날은 모르는 거니까 그냥 대비책이라고 생각해 둬."

단호한 서준의 말에 이수는 더 이상 토를 달지 않기로 했다. 누구보다도 자신과 감정적으로 얽히고 싶지 않은 사람은 바로 이 사람일 테니까.

"알겠습니다."

"그럼 스케줄 표 책상에 내려놓고 나가봐."

"네."

덤덤한 표정으로 자리에서 일어난 이수는 살짝 목례를 하고 서준의 책상으로 걸어갔다. 조용히 책상위에 스케줄 표를 내려놓는데 자꾸만 등 뒤가 따끔거렸다. 순간, 수전증에 걸린 사람처럼 그녀의 손끝이 사정없이 떨려왔다. 이대로 동요하는 모습을 보여서는 안 된다는 생각에 그녀는 질끈 눈을 감고 차분하게 숫자를 셌다.

하나. 둘, 셋…… 일곱.

어느 정도 손끝 떨림이 잦아들자 이수는 허리를 꼿꼿하게 세우고 침착하게 걸음을 옮겼다. 한 치의 흐트러짐도 없는 걸음걸이로 사무실을 나가는 그녀를 서준은 그저 뚫어지게 바라보았다.

오전에 천안 생산 현장으로 시찰을 나간 서준은 퇴근시간이 훌쩍 지난 시간까지도 돌아오지 않고 있었다. 소희를 먼저 퇴근시키고 이수는 총무과에서 올린 보고서를 천천히 펼쳤다. 먼저 오타가 있는지 살펴보고 내용을 꼼꼼하게 다시 살폈다. 마지막 회계팀장이 올린 보고서의 숫자까지 검토를 마치자 어느새 시간은 여덟 시를 향해 있었다. 벽시계를 흘끗 쳐다본 이수는 조용히 전화기를 들었다. 일곱 시 이후로 내내 통화가 안 되었기에 말없이 퇴근한다 해도 뭐라 하진 않겠지만 그래도 마지막이다 생각하고 다이얼을 눌렀다.

—네, 한서준입니다.

피곤한지 전화를 받는 음성이 잔뜩 가라앉아 있었다. 곧바로 들려온 서준의 음성에 잠시 당황한 이수는 몇 번 속눈썹을 깜빡이고 입을 열었다.

“저 윤 주임입니다. 지금 어디세요?”

—회사로 들어가는 중이야. 당신은?

수화기를 막고 이수는 잠시 창밖으로 눈길을 주었다. 어둠이 내려앉은 창밖엔 오렌지 빛 가로등만이 희미하게 흔들리고 있었다.

“죄송합니다. 저 먼저 퇴근했습니다.”

거짓말을 한 이수는 긴장해서 낮게 한숨을 내쉬었다.

—죄송할 거 없어. 시간이 늦었으니 퇴근하는 게 당연하지. 그 때문에 전화했나?

묻는 말투에서 귀찮다는 기색이 역력하게 느껴지자 무안해진 이수는 황급히 말을 이었다.

“네. 그럼 일 보고 들어가세요.”

전화를 끊고 이수는 서둘러 책상을 정리했다. 황급히 가방을 들고 출입문 쪽으로 걸어가는데 문이 벌컥 열리며 서준이 들어왔다. 너무 놀란 이수는 그대로 굳어진 채 웅얼거렸다.

"상무님……."

"뭐지? 지금 스무고개 놀이라도 하자는 건가?"

"전 그저 상무님께서 신경 쓰실까봐……."

"확실히 신경 쓰이게 하는군. 내가 저승사자라도 돼?"

"아, 아닙니다. 죄송합니다."

"그만 가 봐."

차갑게 일갈한 그가 몸을 돌렸다.

"윤이수."

나직하게 한숨을 내쉬고 출입문을 향해 걸어가는 이수를 서준이 불러 세웠다. 그녀가 고개를 돌리자 그가 느릿하게 물었다.

"저녁 먹었나?"

"아니요."

이번에도 거짓말을 할 수 없어 이수는 솔직하게 대답했다. 그가 어색하게 입꼬리를 말아 올리며 말했다.

"그럼 함께 가지. 나도 아직 저녁을 못 먹었거든."

"아, 아닙니다. 집에 가서 먹으면 됩니다."

"그럴 수야 없지. 야근까지 하며 열심히 일했는데 저녁은 먹여 보내야지. 왜, 혹시 내가 잡아먹을까봐 걱정돼?"

웃음을 머금은 그의 눈동자가 네가 자초한 일이라며 비웃는 것만 같았다. 여기서 더 뻗대봐야 비웃음만 살 뿐이라는 것을 알면서도 오기가 치솟았다.

"절 잡아먹고 싶은 생각은 있으신가요?"

"당연하지. 생각 있으면 홀딱 벗고 덤벼보든지."

"아마 구역질나서 금방 뱉어버릴 텐데요?"

"당신 몸에서 썩은 내가 난다는 걸 알긴 아는 모양이군. 그런데 뭐가 두려운 거지?"

"두려워서가 아니라 그저 입맛이 없을 뿐입니다. 하지만 상무님이 정 원하신다면 가죠. 뭐. 식. 사. 하. 러."

마지막 말을 한 자 한 자 끊어내듯 말하고 이수가 몸을 돌렸다.

"브라보, 윤이수! 뻔뻔한 캐릭터가 환장하게 마음에 드는군. 앞으로도 계속 그 캐릭터를 고수하도록 해. 그래야 내가 덜 미안해질 테니까."

출입문을 밀던 이수는 움찔 어깨를 떨었다. 하지만 잠시 후 고개를 돌린 그녀의 얼굴은 화사하기 그지없었다. 그런 말 따위 아무렇지도 않다는 듯 그녀가 미소를 지으며 말했다.

"미안해하지 마세요. 그런 동정 받을 만큼 나약하지 않으니까요."

이수가 사라지고 문이 닫히자 서준은 재미있다는 듯 한참을 웃어댔다. 그러던 그가 어느 순간 웃음기를 싹 지우며 음산하게 내뱉었다.

"좋아, 윤이수. 어디한번 씩씩하게 견뎌봐."

서준을 따라 온 곳은 한정식 집이었다. 인사동 골목 안에 고고하게 자리하고 있는 건물을 바라보는 이수의 눈빛이 잠시 아스라해졌다.

개량한복을 입은 종업원의 안내로 들어선 방 안엔 은은한 꽃향기가 났다. 그 향기를 조용히 들이마시며 이수는 어둑해진 창밖만 바라보았다.

그러길 20분쯤 지나자 돌솥 밥과 된장찌개, 갈비찜과 조기구이와 그리고 3월부터 5월까지 채취한 50여 가지의 약초들로 양념을 만들어 버무렸다는 산나물들이 정갈하게 차려졌다. 표정을 굳히고 있던 서준이 먼저 수저를 들었다.

"다음부터 내가 늦을 땐 알아서 퇴근하도록 해."

다시는 이런 일로 신경 쓰이게 하지 말라는 따끔한 일침에 이수는 곧바로 대답했다.

"알겠습니다."

장소는 같지만 3년 전과는 너무나 다른 상황, 자리에 앉는 순간부터 내내 미소가 떠나지 않던 서준의 얼굴엔 내내 무심함만이 감돌고 있었다.

많이 먹어. 모두 약이 되는 음식이니까 갈비찜, 조기, 산나물 하나도 빼놓지 말고 먹도록 해.

찰진 밥 위에 연신 음식을 얹어주며 서준은 내내 이수의 입만 쳐다보았었다. 그럴 때마다 이수는 투덜거리며 수저를 비웠고 서준은 발라놓은 조기 살을 다시 냉큼 밥 위에 올렸다.

당신은 몸이 부실하니까 많이 먹어야 해. 뭐해? 어서 먹지 않고.

정력이 남아도는 서준을 이수가 버거워하자 자신의 밥공기는 비울 생각도 않고 서준은 연신 이수만 거둬 먹였다.

사랑에 빠진 남자의 정석을 보여주듯 서준은 너무나 변해있었다. 처음 오만하고 차갑던 이미지는 온데간데없이 사라지고 자상하고 다정한 모습만 남아 있었다.

"다 먹었나?"

"네."

밥공기를 어느새 다 비웠는지 서준은 수저를 내려놓았다. 아련한 추억 속에서 헤매던 이수는 대답과 함께 들고 있던 수저를 얼른 내려놓았다. 찰나처럼 이수의 밥공기로 서준의 눈길이 재빨리 닿았다가 사라졌다.

"입이 짧은 건 변하지 않는 모양이군."

서준이 인상을 쓰며 냉랭하게 한마디 하고는 벨을 눌렀다. 기다리고 있었다는 듯 종업원들이 곧바로 들어와 테이블을 정리했다.

잠시 후 두 사람 앞에 민들레, 생강뿌리, 헛개나무 등을 넣어 끓인 약차가 놓여졌다. 노란 찻물을 조용히 머금으며 이수는 서준을 가만히 건너보았다.

자리에 앉자마자 와이셔츠를 느슨하게 풀어내고 소매를 걷어 올리는 습관은 여전한 듯했다. 그 작은 동작만으로도 가슴이 쿵쾅거리고 열이 올랐던 그녀였다.

한 번도 사랑이라는 걸 해본 적이 없었기에 아무리 마음을 숨기려 해도 생각이나 감정이 고스란히 얼굴에 드러나는 터라 늘 곤혹스럽고 부끄러웠다. 그런 그녀를 서준은 보물처럼 귀히 여겼고, 감당할 수 없는 소유욕을 드러내며 정신없이 몰아쳤다. 그렇기에 이수는 그 무엇도 아깝지 않았다. 그가 원하는 모든 것을 아낌없이 주고 과한 사랑을 받으며 더없이 행복해했다.

"내일부터 차는 당신이 내와."

아련하게 지난날을 회상하던 이수는 서준의 말에 당황해하며 눈을 크게 떴다.

"그건 소희 씨가 하던 일이었는데요?"

"당신은 상사가 하는 말에 복종하는 법부터 배워야겠군. 윤이수, 내가 그렇게 만만한가?"

서준이 차를 내오라는 속뜻을 그제야 어렴풋하게 깨달은 이수는 곧바로 담백하게 대답했다.

"알겠습니다. 그렇게 하겠습니다."

"그리고 당신이 마실 차도 함께 내오도록."

이수의 눈동자를 뚫어지게 쳐다보며 서준은 다시 덧붙였다.

"네."

아무 감정 없다는 목소리로 이수가 대답하자 마음에 안 든다는 듯 서준의 왼쪽 눈썹이 위로 홱 치켜 올라갔다.

"그런데 사장님께서는 제가 비서실에서 근무한다는 것을 알고 계시나요?"

"아니, 아셔야 할 이유라도 있나?"

차를 한 모금 머금은 서준이 차갑게 물었다.

"그래도 나중에 아시면……."

"그런 것까지 신경 쓰는 걸 보니 아직 마음의 여유가 있는 모양이군. 당신은 그저 4개월 동안 내 옆에 있다가 조용히 사라져주면 돼. 그런데 굳이 아버지께 이 일을 말씀 드려야 해?"

싸늘한 서준의 일갈에 이수는 혀가 굳어 그저 입술만 달싹거렸다. 더없이 매정한 말에 코끝이 시큰거렸다.

"죄송합니다. 제가 괜한 오지랖을 떨었습니다."

"알면 다음부턴 주제넘게 나서지 마."

기운 없이 대꾸하는 이수에게 서준은 다시 차갑게 일갈하고 수저를 내려놓았다.

"차 다 마셨어요."

길지 않은 시간동안 너무나 많은 감정을 소모한 탓에 신경 줄이 팽팽하게 당겨져 있었다. 어서 집으로 가 침대에 눕고 싶다는 생각에 이수는 조심스럽게 말을 건넸다. 그녀의 말이 끝나자마자 서준은 자리에서 일어났다. 성큼성큼 걷는 그의 등 뒤로 차가운 바람이 지나갔다.

늘 그렇듯 차 안은 그의 성품처럼 깔끔했다. 무심한 얼굴로 창밖을 응시하고 있었지만 이수의 신경은 온통 서준에게 닿아있었다.

지난 3년 동안 이 남자 옆에는 누가 있었을까. 호시탐탐 기회만 엿보던 여자들이 그동안 앞다투어 품 안으로 뛰어들었겠지.

그 여자들 중 몇 명이나 이 남자와 함께 밤을 보냈을까…….

"사는 곳 주소."

감정의 격랑에 젖어있는 이수와 달리 서준은 아무런 미련도 감흥도 없다는 눈빛으로 물었다.

"관악구 봉천동 태경주택 323번지요."

내비게이션으로 향하던 그의 손이 그녀의 대답에 잠시 멈칫했다. 하지만 언제 그랬냐는 듯 패드에 손을 얹고 침착하게 주소를 찍었다.

"아직도 그 원룸에 사는 모양이군. 여전히 남자들을 향해 '도움 따윈 필요 없어요.' 하며 내숭을 떠나?"

"그럴지도요."

"후, 후훗."

못 당하겠다는 듯 양손을 들어 올리며 서준은 비웃음을 날렸다. 그런 그에게 이수는 더없이 환한 미소로 되받아쳤다.

그 후로 한참 동안 차 안은 침묵에 휩싸였다. 그러는 사이 자동차는 어느새 원룸 앞에 도착했다.

"고맙습니다."

시동을 끈 서준이 아무 대꾸 없이 정면만 응시하자 이수는 꾸벅 인사를 하고 문을 열었다. 그녀가 몸을 바닥으로 내딛자마자 서준은 곧바로 핸들을 돌렸다.

끼이익!

고요한 어둠속에 날카로운 쇳소리가 포효하듯 울려 퍼졌다. 가슴에 강한 스크래치를 남기는 무자비한 소리였다.

어스름한 저녁, 검은색 벤츠 한 대가 비탈길을 올라와 잘 다듬어진 한옥 담장 앞에 멈춰 섰다. 서까래가 그대로 드러난 고풍스러운 대문으로 슬쩍 눈길을 주며 서준은 리모컨을 눌렀다. 문이 스르르 열리자 미끄러지듯 안으로 들어선 자동차를 반듯하게 세우고 그가 느긋하게 자동차에서 내려섰다. 돌계단으로 이루어진 층계를 지나던 그가 잠시 걸음을 멈추고 잘 다듬어진 정원 쪽으로 시선을 주었다.

몇 년 전 작고하신 할아버지께서 한씨 가문의 5대 독자인 자신을 잉태한 기념으로 지어주셨다는 이곳은 여러 종류의 관목과 사시사철 피어나는 꽃들로 아름다웠다. 미소를 머금고 성큼성큼 걷던 그가 소나무 아래 놓여있는 벤치를 물끄러미 바라보았다. 이수가 처음 이곳으로 인사를 왔을 때 너무 예쁘다며 한참 동안 앉아있던 곳이었다. 잠시 그의 눈길이 아련해지는 듯싶더니 이내 싸늘하게 변해버렸다.

어느새 현관을 향해 걸어가는 발소리에서도 차가운 냉기가 뚝뚝 떨어졌다.

"오빠!"

서준이 굵은 발을 걷고 대청마루로 올라서자마자 주방에서 인희가 뛰어 나오며 반겼다.

"여긴 무슨 일이지?"

함빡 반기는 인희에 비해 서준은 달갑지 않다는 표정을 고스란히 드러냈다. 그런 반응이 하나도 이상할 것 없다는 듯 인희는 생글거리며 연신 고운 미소를 흘렸다.

"어머니가 부르셨어요."

"어머니가?"

왼쪽 눈썹을 홱 치켜 올리며 서준은 차갑게 물었다.

"네."

"어머니는?"

"급한 약속이 생기셔서 방금 나가셨어요."

"그러는 넌?"

무슨 용무로 아직까지 남아 있느냐는 뉘앙스에도 인희는 여전히 생글거렸다.

"어머니가 오빠 오면 보고 가라고 신신당부하셨어요."

"그래? 그럼 잠시 기다려."

무뚝뚝하게 말을 내뱉은 서준은 대청마루와 연결된 별채를 향해 빠른 보폭으로 걸어갔다.

"가자, 바래다줄게."

어느새 평상복으로 갈아입고 내려온 서준은 인희를 재촉했다.

"조금만 더 있다가 가면 안 돼요?"

인희가 애원하듯 묻자 야박하게 고개를 저으며 서준이 말했다.

"안 돼. 다 큰 녀석이 남자랑 둘이 있는데 겁나지도 않아?"

인희의 얼굴이 단박에 붉어졌다. 왼쪽 볼로 손을 가만히 쓸어내리며 그녀가 미동 없이 서 있자, 서준은 재촉하듯 현관 쪽으로 앞서 걸었다.

"기다려요, 오빠!"

성큼성큼 걸어가는 서준을 다급하게 불러 세운 인희가 종종걸음 치며 주방으로 들어갔다. 그런 그녀를 서준은 피곤하다는 눈으로 쳐다보았다.

"이거 필리핀에서 직접 공수해온 열대과일이에요. 어서 드셔보세요."

갈색 통 원목 테이블에 망고와 망고스틴, 오렌지를 멋스럽게 담아온 접시를 조심스럽게 내려놓으며 인희가 미소 지었다.

서경그룹 고명딸 서인희. 아들 둘을 내리 낳고 마지막으로 낳은 게 인희였다. 그래서인지 호랑이 같은 서 회장도 인희 앞에서는 말랑말랑한 홍시로 변했다. 어릴 때부터 애지중지 보물단지처럼 자라온 그녀가 지금 한서준에게 더 있다 가라고 사정을 하고 있었다.

"고맙다, 잘 먹을게."

응접실 소파에 털썩 앉으며 서준은 인희가 건네는 과일을 받아들었다.

"됐지? 어서 가자."

다소 급하게 과일을 해치운 서준이 재촉하며 자리에서 일어나자 인희는 아무 대꾸 못하고 멍하니 서준만 바라보았다. 얼굴이라도 뚫을 것 같은 그녀의 시선에 어색하게 얼굴을 쓸며 서준은 물었다.

"내 얼굴에 뭐 묻었어?"

"오빤 제가 그렇게 부담스러우세요?"

"무슨 말이야?"

인희와 서준의 집은 증조할아버지 때부터 왕래하던 사이였다. 그렇기에 대를 이어 오면서 자연스럽게 인연을 쌓아오고 있었다.

"제가 유학 다녀오고부터 오빠는 변했어요. 전에는 한 번씩 저녁도 사주셨잖아요. 그런데 요즘은 잠깐도 시간을 안내주세요. 혹시 제가 유학간 사이에 무슨 일이라도 있었어요?"

"인희야, 네가 뭔가 대단한 착각을 하는 것 같은데, 이제 널 기쁘게 해주고 저녁시간을 함께 하는 일은 남자친구가 해야 하는 거야."

나직하게 한숨을 흘린 서준이 타이르듯 조용히 말했다.

"싫어요. 전 남자친구 따윈 사귀지 않을 거예요. 오빤 아직도 제 마음을 모르세요?"

한 번도 이렇게 떼쓴 적이 없던 인희였다. 침착하면서도 차분한 성격이라 늘 사리분별을 잃지 않던 그녀가 오늘은 고스란히 감정을 드러내고 있었다.

"이 녀석, 어디서 떼를 쓰고 그래? 얼른 가. 자꾸 그렇게 이상한 말 하면 형님한테 다 일러버릴 테다."

유학을 마치고 돌아오면서부터 묘하게 신경 쓰이게 하는 인희 때문에 서준은 단 둘만 있는 시간을 피해왔었다. 어쩌다 마주쳐도 무심하게 대했고 곧바로 자리를 떠났다.

"미안해요 오빠. 오늘 제가 신경이 좀 예민한가 봐요."

커다란 눈망울에 물기를 담고 인희는 서준을 바라보았다. 화려한 이목구비와는 다르게 체구는 야리야리한 코스모스 같았다. 그런 인희를 보며 서준은 속으로 한숨지었다. 천성적으로 밝고 명랑한 성격이지만, 온실 속에서만 자라 마음이 한없이 여리기만 한 아이라 이럴 때마다 마음이 편치 않았다.

"언제 저녁 사줄 테니까 회사에 들러."

"정말이요? 꼭 갈게요."

서준의 말 한마디에 언제 우울해 있었냐는 듯 인희의 얼굴에 대번 웃음꽃이 피었다. 그런 그녀에게 미소를 건네면서도 서준은 착잡했다.

아무래도 인희와 한번은 조용히 얘기를 해야 할 듯싶었다. 요즘 들어 언뜻 언뜻 느껴지는 석연찮은 감정이 사실이라면 한시라도 빨리 확실한 태도를 보여야 한다는 생각이 들었다.

인희를 집까지 데려다주고 돌아온 서준은 곧바로 자신의 방으로 들어왔다. 전등도 켜지 않은 채 그가 가느다랗게 새어 들어오는 빛을 따라 걸음을 옮겼다. 위용 높은 소나무와 그 아래 곱게 핀 야생화들이 희미한 어둠속에서 은은하게 주위를 밝히고 있었다.

어느 날 갑자기 그 앞에 뚝 떨어진 여자, 윤이수. 30년 동안 이런 회오리는 없었다. 그동안 많은 여자들이 수없이 유혹의 눈길을 던졌지만 끄떡도 하지 않던 그였다. 그런데 이수를 본 순간 감전이라도 된 것처럼 온몸이 찌르르했다.

키스하고 싶고, 만지고 싶어 애가 닳았다. 생각과 마음이 고스란히 얼굴에 드러나는 것도 신기했고 뭘 해도 예뻤다. 뭐랄까? 불순물이 섞여 있지 않은 깨끗한 느낌? 맑고 투명한 유리잔 같았다. 그런 그녀가 철저히 자신을 기만하고 이중생활을 했다는 게 지금까지도 믿어지지 않는다.

하지만, 아무리 부정해보아도 그건 피할 수 없는 진실이고 되돌릴 수 없는 과거였다.

"젠장, 윤이수!"

회상에 잠겨있던 그가 우드득 이를 갈며 힘껏 주먹을 말아 쥐었다. 잔잔했던 눈빛이 북극의 빙하보다 더 싸늘하게 얼어붙었다.

또다시 하루가 시작되었다. 괴로우면서도 자신도 모르게 가슴이 들뜨고 마는 시간들이…….

오늘도 서준은 민트향과 함께 나타났다. 언제나 그렇듯 그는 인사하는 그녀에게 눈길도 주지 않은 채 곧장 상무실로 들어갔다.

이곳으로 출근한지 벌써 보름, 서준은 8시 정각이면 출근을 했고 20분 후에 두 사람은 마주 앉아 차를 마셨다.

처음엔 둘 사이에 흐르는 침묵이 마치 고문 같았다. 하지만 시간이 흐른 지금은 그의 시선을 무심하게 받아낼 만큼의 내공이 쌓였다.

"오늘은 매실차입니다."

늘 그렇듯 서준은 한마디 대꾸 없이 차를 들어 한 모금 머금었다. 오늘따라 정수리로 내리꽂히는 시선이 다른 날보다 더욱 싸늘하게 느껴져 이수는 고개를 숙인 채 가만히 찻잔만 그러쥐었다.

"다음 주말에 시간 좀 내."

명령이 깃든 단호한 말투에 이수는 고개를 들었다.

"수행비서 자격인가요?"

"그래."

잠시 눈동자를 굴리던 이수가 산뜻하게 대답했다.

"알겠습니다."

"무슨 일 때문인지 궁금하지 않나?"

"수행비서 자격이라면 공적인 일일 테니까요."

"아니? 당신의 입장에선 사적인 일일 수도 있어. 칵테일파티에 가는 거니까."

"그런데 왜 수행비서 자격으로……."

얼굴이 붉어진 이수가 항의하기 위해 말을 잇는데 서준이 재빨리 말을 끊었다.

"여자를 꼭 동반해야 하는 자리야."

"그런 거라면 제가 알아보겠습니다. 어떤 스타일을……."

"그 입 다물어."

싸늘한 목소리가 가차 없이 이수의 말허리를 자르자 그녀는 눈을 동그랗게 뜨고 서준을 보았다.

"생각이 바뀌었다면 그렇다고 말해. 비겁하게 말 돌리지 말고."

불쾌한 빛이 역력한 얼굴로 서준이 차갑게 내쏘자 그를 차분하게 응시하며 이수가 대답했다.

"솔직히 그런 자리에 여자를 데려가는 이유, 즐기기 위해서 아닙니까?"

"그래서?"

피식 웃은 서준이 차갑게 되물었다.

"그러니 절 데려가실 이유가 없다는 뜻입니다."

"지금 내 사생활까지 걱정해 주는 건가. 그렇게 내가 걱정되면 당신이 날 즐겁게 해 주든가. 어때? 옛날 실력을 발휘해서 그날 밤 날 미치게 만들어볼 테야?"

찻잔을 든 이수의 손이 부르르 떨렸다. 저도 모르게 입 안쪽 여린 살을 꽉 깨물었다. 느긋하게 이수의 손가락을 주시하던 그가 얼굴을 바짝 들이대며 물었다.

"왜, 이런 소리 듣는 게 억울해?"

억울할 리가 없었다. 그녀가 자처했던 일이었고, 그렇게 받아들이길 원했으니까. 그런데도 가슴이 아팠다. 다시는 이 남자의 다정한 눈빛도, 손길도, 목소리도 들을 수 없다는 사실이 더없이 서글펐다.

"그럴 리가요."

"그렇다면 한 가지 묻지. 지금 날 상사로 생각하나? 아니면 이성으로 느끼나."

그 말에 허를 찔린 듯 이수는 몸을 움찔거렸다. 분명 서준은 자신을 수행비서 자격으로 파티에 데려간다고 했었다. 그런데 무엇이 두려워 도망치려 했을까?

"대답해."

서늘한 서준의 음성에 이수는 상념을 지우고 단호하게 대답했다.

"상사로 생각합니다."

아직도 그날 서준의 눈부신 미소만 생각하면 가슴은 폭주하는 기관차처럼 가파르게 뛴다. 하지만 이젠 죽어버린, 아니 죽여 버린 심장은 더없이 차갑고 이성적이다.

"그렇다면 앞으로 맡은 업무에 불만 가지지 마."

냉정하게 일갈한 서준은 쌩하니 자리에서 일어나 책상으로 걸어갔다. 얼음이 뚝뚝 떨어질 것 같은 그의 등을 바라보는 이수의 눈이 조용히 젖어들었다.

"제가 그때 얼마나 황당했는지 아세요? 오후에 김 실장님께서 갑자기 전화하셔서 당분간 일산으로 출근하는데 얘기 못하고 나와서 미안하다고 하시더라고요. 그러면서 자신의 업무를 대행해줄 윤이수 주임을 앞으로 잘 보좌해 달라는데 얼마나 기가 막혔는지 몰라요. 아무리 바빠도 그렇지. 어떻게 그걸 말하지 않고 갈 수가 있느냐고요. 평소에는 초시계처럼 정확한 분이 그걸 잊어버렸다는 게 말이나 돼요? 그건 아마도 제가 입사한지 5개월 밖에 안 된 신입이기 때문에 무시한 거라고요."

어느 정도 시간이 지나 둘 사이가 자연스러워지자 소희가 그때의 서운함을 드러내며 툴툴거렸다.

"절대 소희 씨 무시해서 그런 건 아닐 거예요. 그러니 그만 화 풀어요."

이제 갓 대학을 졸업한 사회 초년생이라서인지 발랄하면서도 통통 튀는 소희의 모습이 너무 예뻐 볼 때마다 이수의 입가에 절로 미소가 그려졌다.

"정말 그럴까요? 그야 갑작스러운 결정에 이것저것 정리하실 게 많으셨겠죠."

이수의 말 한마디에 소희는 금방 헤헤 웃었다.

"솔직히 전 주임님이 오셔서 너무 좋아요."

"내가 그렇게 마음에 들어요?"

갑가지 웬 여자가 주임입네 하고 나타난 게 거슬릴 수 있을 텐데도 소희는 진심으로 기뻐하고 있었다.

"네. 꼭 백합 같으세요."

"백합이요? 설마요."

"아니에요. 청초하면서도 얼마나 우아해 보이시는데요."

"소희 씨, 너무 비행기 태우지 말아요, 어지러워요."

이수가 손을 머리에 얹으며 쓰러지는 시늉을 하자 소희는 씩 웃으며 다시 말을 이었다.

"거기에 몸매는 얼마나 착한데요."

"알았어요. 내가 오늘 저녁 살게요."

못 말린다는 듯 이수가 고개를 흔들며 대답하자 소희는 얼른 덧붙였다.

"밥 대신 우리 오빠 좀 만나주시면 안될까요?"

"오빠를요?"

소희의 말에 황당하다는 표정으로 이수가 반문하자 소희는 작게 웅얼거렸다.

"우리 막내 오빠가 검사인데 여자한테 관심이 없어 부모님이 엄청 걱정하시거든요. 그런데 오빠가 말한 이상형을 종합해보니까 딱 주임님 스타일인 거예요."

소희의 말에 이수는 그저 웃을 수밖에 없었다. 함께 일한지 한 달도 채 안됐는데 이렇게 절대적으로 자신을 신뢰하고 따르니 부담스럽기도 하면서 한편으로는 굉장히 기분이 좋았다. 보지 않아도 소희 오빠 또한 매우 유쾌하고 매력적인 사람일 것 같았다.

"고맙지만 사양할게요."

"역시 애인이 있으시군요. 그야 주임님처럼 괜찮으신 분을 남자들이 그냥 놔둘 리가 없죠."

이수의 딱 부러지는 대답에 소희는 아쉬워하며 혼자 추측했다. 그 말을 긍정하듯 이수는 그저 말갛게 웃었다.

"그런데 전략기획실장님을 어떻게 생각하세요?"

"어떻게 생각하냐니요? 무슨 뜻으로 묻는 건지 모르겠네요."

"남자로서 매력 있으시죠?"

"네."

망설임 없는 이수의 대답에 소희는 나직하게 한숨을 내쉬다가 심각한 얼굴로 다시 물었다.

"그럼 주임님도 이 실장님을 마음에 두고 계시는 거예요?"

"아니요. 그런데 그건 왜 물어요?"

이수의 대답에 쳐져있던 소희의 입꼬리가 단번에 위로 치켜 올라갔다. 숨길 수 없는 미소를 눈까지 담고 소희는 말을 이었다.

"다행이에요! 전 주임님이 이 실장님을 마음에 두고 계시면 어쩌나 했어요."

"혹시, 이 실장님 좋아해요?"

단도직입적으로 묻는 이수에게 소희는 대답을 못하고 얼굴만 붉혔다. 그런 소희를 보며 빙그레 웃던 이수는 무안해하는 그녀를 위해 재빨리 관심을 다른 곳으로 돌렸다.

"소희 씨, 확대간부 회의 때 쓸 자료는 복사해놨어요?"

"아참! 깜빡했어요. 3시죠? 얼른 해놓을게요."

조금 전의 대화를 말끔하게 잊은 듯 소희가 다급하게 자료를 챙겨 들고 복사기로 향하자 이수는 탕비실로 들어가 회의 때 쓸 음료수와 컵을 챙겨 한쪽에 가지런히 놓았다.

회의는 정확히 3시에 진행되었다. 랩톱의 파워를 연결하는 동안 하나 둘 팀장들이 자리를 채워 갔고 소희는 음료수를, 이수는 회의

자료를 각각의 책상위에 올려놓았다. 시간이 되자 빠르게 자리가 채워졌고 서준이 마지막으로 회의실 안으로 들어왔다. 자리에 앉기 전 건조한 그의 눈길이 잠시 사선으로 앉아있는 이수에게 닿았다. 언제나처럼 무심하면서도 건조한 눈길이었다.

서준이 자리에 앉자 전략기획실장이 일어나 곧바로 발표를 시작했다.

"앞으로 유럽과 북미 경제성장은 둔화되고 브라질과 중국, 인도네시아, 러시아 등이 신흥 경제국으로 부상할 거라 생각합니다. 그래서 우선 내년 상반기부터 러시아 시장 쪽으로의 진출을 계획했습니다.

"공략할 제품은요?"

기다렸다는 듯 서준이 차분한 목소리로 물었다.

"CT조영제 '네오비스트' 입니다.

"제휴할 제약회사는 어딥니까?"

"네 알빌스 사입니다."

전략기획실장 선우의 말에 서준은 만족스럽다는 듯 고개를 끄덕이며 말을 이었다.

"러시아 조영제 시장은 연간 400억원 규모로 연평균 33.7%의 높은 성장률을 보이는 블루 오션입니다. 이에 영인은 앞으로 러시아를 필두로 조만간 유럽, 중동, 중국까지 시장을 확장해갈 방침입니다."

서준의 말에 모두들 고개만 끄덕였다. 러시아 진출 계획은 이미 서준이 일 년 전부터 추진해 오던 일이고 지금 거의 막바지에 다다른 상태였다.

보고를 마친 전략기획실장이 자리에 앉자 잠시 날카로운 눈으로 보고서 자료를 훑어보던 서준이 마케팅 팀장을 쳐다보며 입을 열었다.

"마케팅 팀장님, 요즘 국내 마케팅에 문제가 많다는 생각 안 해보셨습니까?"

"네? 그, 그게 무슨 말씀이신지……."

서준의 서늘한 음성에 멍해있던 마케팅 팀장이 버벅거리며 말을 잇지 못했다.

"요즘 마케팅부에서는 차별화된 전략보다 기존의 판매 방법에 안주하는 경향이 짙어졌습니다. 아무리 제품이 우수하고 대중들에게 전폭적인 지지를 받고 있다하더라도 결코 안심해서는 안 된다는 것을 모릅니까? 다른 곳에서 만든 유사제품이 언제 발목을 잡을지도 모르는 상황에서 안일하게 관망만 한다는 것은 이미 조금씩 도태되고 있다는 증거입니다. 전에 서진제약의 제품을 모방해 도전했던 여러 회사들이 왜 쓴맛을 보았다고 생각하십니까? 그건 바로 차별화된 전략을 세우지 않아서입니다. 신제품을 만들기보다는 인기 있는 제품을 모방해서 만들었기 때문에 그렇게 된 것입니다. 마케팅도 마찬가지입니다. 참신함과 차별화된 마케팅은 제품의 이미지를 소비자에게 인식시키는데 절대로 필요한 요인들입니다. 다음 주까지 비타링크 혁신 시안을 세워 보고하세요."

"네, 알겠습니다."

마케팅 팀장이 그 어떤 변론도 펴지 못한 채 빠르게 대답하며 이마를 훔쳤다.

정신없이 회의 내용을 받아 적던 이수는 살짝 고개를 들고 곁눈질로 서준을 훔쳐보았다. 일에 있어서 매사에 정확하고 빈틈없는 사람이라는 것은 알고 있었지만 이렇게 철저할 줄은 몰랐다. 숫자 하나

하나부터 시작해서 부서에서 보고하는 사안을 모두 꿰뚫어 대안까지 제시하고 있었다. 그렇기에 자리에 앉아있는 사람들은 하나같이 실수라도 할까봐 잔뜩 긴장한 모습들이었다.

전에 잠시 비서업무를 봤을 땐 김 실장이 회의업무를 전반적으로 맡았었기 때문에 회의실 분위기가 어땠는지 전혀 알 길이 없었다. 늘 부드럽고 다정한 모습만 보아왔던 이수는 말로만 듣던 서준의 카리스마를 보며 속으로 감탄을 흘렸다. 너무 강해서 절대 건드려서는 안 될 거대한 킬리만자로의 표범 같았다.

"영업팀장님, 며칠 전 대림병원 외과 과장에게 검은 돈, 즉 리베이트를 건넸다는 얘기가 공공연하게 나돌고 있는데 사실입니까?"

국내영업팀장을 향해 서준이 날카롭게 물었다.

"그, 그건 사장님께서도 묵인하신 일이었습니다. 그리고 리베이트는 검은 돈이라기보다는 판촉비용으로 분류되고 있습니다."

"판촉비용이라면 정당하게 하십시오. 괜히 뒷거래를 하니까 그런 소문이 도는 것 아니겠습니까?"

서준이 더욱 냉랭한 음성으로 몰아치자 영업팀장의 얼굴이 눈에 띄게 굳어져갔다. 다소 불만스러운 어조로 그가 입을 열었다.

"그러면 다국적 제약회사가 병원을 모두 잠식해버릴 겁니다. 그러지 않으려면 어쩔 수 없이 의사들에게 뒷돈을 건넬 수밖에 없는 상황이고요."

"그만큼 우리 회사 제품에 자신이 없습니까? 어느 정도의 판촉은 당연히 해야 된다고 생각합니다. 하지만 과하게 리베이트를 건네게 된다면 결국 소비자들만 비싼 약값을 지불해야 하는 거 아닙니까? 더 이상 소비자들에게 짐을 지우는 건 안 됩니다. 명심하십시오. 그리고 지금 경리 팀에서 결재하던 판촉비는 앞으로 제게 먼저 서면보고 하시고 결재를 신청하십시오."

"알겠습니다."

참으로 민감하고 어려운 사안이었다. 쉽게 접근할 수도 없고 그렇다고 마냥 방치할 수도 없는 문제였다. 하지만 서준은 지금 관행처럼 내려왔던 리베이트 문제를 어떻게든 해결하겠다는 의지를 보이고 있었다.

중요한 대화 부분을 기록하는 이수의 손끝이 긴장으로 살짝 떨렸다. 문제를 해결한다는 게 쉽지는 않겠지만 의지를 보이는 그가 더없이 믿음직스러웠다.

모두를 팽팽한 긴장감으로 몰아넣던 회의는 3시간 만에 끝이 났다. 길고 긴 회의에 모두들 기운이 소진됐는지 발소리에서 지친 기색이 역력했다. 텅 빈 회의실에서 잠시 멍하니 서 있던 이수는 두 팔을 쭉 뻗어 스트레칭을 한 다음 회의실 안을 정리하고 보고서와 음료수 컵을 챙겨 바구니에 넣고 회의실을 빠져나왔다.

비서실로 들어온 이수는 바구니에서 보고 자료를 꺼내 책상위에 올려놓고 탕비실로 들어갔다.

"주임님, 회의는 잘 끝났어요?"

탕비실에 있던 소희가 이수의 기척을 듣고 들뜬 목소리로 물었다.

"네."

이수의 대답에 소희가 몸을 홱 돌렸다. 그녀 옆으로 바짝 다가서던 이수는 갑작스러운 소희의 행동에 놀라 그대로 발을 멈추었다.

"주임님, 이제부터는 말 놓으세요."

"왜요, 불편해요?"

애교스럽게 말하는 소희에게 이수는 환한 미소를 지으며 물었다.

"네. 엄청 불편해요. 전 주임님하고 많이 친해지고 싶은데 주임님은 은근히 거리를 두시려는 것 같아서요."

서운하다는 듯 입을 삐죽 내미는 모습이 귀여워 속으로 웃음이 났다. 웃으면 안 되는 상황인데도 자꾸만 미소가 번졌다.

"알았어요. 소희 씨가 그렇게 불편하다면 말 놓을게요."

진지하게 표정을 바꾸며 이수가 대꾸하자 언제 뾰로통해있었냐는 듯 소희는 활짝 웃었다.

"정말이시죠?"

"네."

"아이, 지금 또 존대하시잖아요."

소희가 다시 미간을 찡그리며 어린애처럼 투덜거렸다.

"알았어. 소희야."

"와! 너무 좋아요. 앞으로도 지금처럼 다정하게 불러주세요."

소희가 천진난만한 미소를 머금으며 기뻐하자 이수의 얼굴도 덩달아 환해졌다.

"앗! 배야. 주임님, 지금 상무님 방에 손님이 와계시는데 이것 좀 내주실래요? 전 아무래도 또 설사가 나오려나 봐요."

창백해진 얼굴로 소희가 갑자기 배를 움켜잡자 이수가 황급히 말했다.

"알았어. 여긴 걱정 말고 어서 가봐."

상체를 구부리고 밖으로 나가는 소희를 걱정스러운 눈으로 바라보던 이수는 빛깔 좋게 우려낸 설록차를 쟁반에 얹고 탕비실을 나왔다.

상무실 안으로 발을 들여놓자 은은한 향수 냄새가 코끝을 휘감았다. 순간적으로 어떤 불안감이 그녀의 가슴을 세차게 두드렸다.

응접실 소파엔 화사한 세련미가 돋보이는 여자가 서준과 마주하고 있었다.

반사적으로 심호흡을 크게 하며 테이블로 걸어간 이수가 조심스럽게 찻잔을 드는데 여자가 입을 열었다.

"바쁘신데 찾아온 거 아닌지 몰라요."

여자의 목소리 톤은 맑고도 더없이 조심스러웠다. 어딘가 낯이 익다는 생각이 들었지만 이수는 재빨리 생각을 몰아내고 들었던 찻잔을 테이블위에 내려놓았다.

"아냐. 그렇지 않아도 회의 때 너무 많은 에너지를 소모해서 바로 식사하러 가려던 중이었어."

"그래요? 그럼 제가 때맞춰서 찾아온 거네요?"

문이 닫히며 들려온 여자의 목소리는 더할 나위 없이 발랄하고 사랑스러웠다. 남자들의 모성본능을 자극할 정도로 연약한 몸매에 목소리마저 기품이 배어있었다.

가슴이 미친 듯이 휘몰아쳤다. 서준 앞에서 아무 거리낌 없이 미소를 나누고 다정한 눈빛을 주고받는 여자가 질투가 나서 미칠 지경이었다. 그런데도 그녀는 아무것도 할 수가 없다. 그저 피가 나도록 입술을 깨물고 주먹을 움켜쥐는 일만이 그녀가 할 수 있는 전부였다.

이런 더러운 기분도 그에게 한 짓에 비하면 아무것도 아니겠지…….

이런 질투조차 느껴서는 안 되는데, 그가 다른 여자와 결혼해서 행복하게 살아가기를 진심으로 바랐으면서도 아직도 쓸데없는 미련

따위를 품고 있는 자신이 너무나 한심했다.

'윤이수, 너 아직도 멀었다.'

자신에게 조소를 날리며 억지로 마음을 다잡는 이수의 눈에서 주르륵 눈물이 흘러내렸다.

하지만 이수는 곧바로 현실을 직시했다. 지금 이 감정이 얼마나 하찮고 부질없는 일인지 뼈아프게 상기해냈다.

억지로 미소를 짓고 탕비실로 들어온 이수는 곧바로 컵들을 닦았다. 다 헹구어진 컵을 마른행주로 닦기 위해 집어 드는데 전화벨이 울렸다. 급한 마음에 그녀는 그 상태로 밖으로 나와 자신의 책상으로 걸어갔다.

"감사합니다. 상무 비서실입니다. 앗!"

짧은 외마디 소리와 함께 와장창 유리 깨지는 소리가 났다. 한손에 들고 있던 컵이 미끄러져 바닥으로 추락해버린 것이었다. 당황한 그녀가 얼른 전화기를 내려놓고 무릎을 구부렸다.

"어머, 주임님!"

화장실에 다녀오던 소희가 맨손으로 바닥을 휘젓고 있는 이수를 보더니 놀라 그녀를 일으켜 세웠다.

"아니, 이게 다 무슨 일이래요."

때마침 상무실에서 나오던 인희가 바닥에 널려있는 파편을 보고 혼잣말처럼 중얼거렸다. 서준의 눈길이 자동적으로 이수에게 닿았다. 이리저리 쓸린 손가락에서 조금씩 핏물이 흐르고 있었다.

"죄송합니다. 제가 그만 실수를 해서……."

"김소희 씨, 그렇게 서 있지 말고 얼른 바닥부터 치우세요."

이수의 말이 끝나기도 전에 서준은 소희를 향해 싸늘하게 말했다.

이수 옆에서 발만 동동 구르던 소희가 '알겠습니다.' 한마디 하고는 곧장 탕비실로 들어갔다.

무안하고 당황스러운 마음에 이수도 탕비실로 몸을 돌리는데 날카롭게 질책하는 서준의 목소리가 들려왔다.

"정신 제대로 못 차립니까? 앞으로 일 똑바로 하세요."

"죄송……."

서늘하게 내뱉은 서준은 대답 따윈 필요 없다는 듯 성큼성큼 걸어가 문을 열었다. 말없이 그를 따라가던 인희가 살짝 몸을 돌려 이수를 바라보았다. 잔뜩 붉어진 얼굴로 입술을 꾹 깨물고 있는 모습을 새쭉한 표정으로 보다가 화사한 미소를 피워 올리며 몸을 돌렸다.

밤색 격자 원목 문이 닫힌 방안에 서준과 인희가 마주 앉았다. 이국적인 소품과 유니크한 조명이 눈송이처럼 곱게 펼쳐진 자연산 활어회와 고급 해산물들을 더욱 돋보이게 만들었다.

"많이 드세요."

미각을 돋우는 음식을 앞에 놓고 창밖만 바라보는 서준을 향해 인희는 조심스럽게 말했다. 그 말을 듣지 못했는지 서준은 대꾸 없이 무표정한 얼굴로 여전히 시선을 그곳에만 못 박았다.

"오빠!"

인희는 아까보다 더 큰 소리로 서준을 불렀다. 그제야 그가 고개를 돌리고 그녀를 바라보았다.

"어, 왜?"

"회 드시라고요."

"그래, 너도 어서 먹어."

새빨갛던 이수의 손가락이 아까부터 눈앞에서 춤을 추었다. 손가락에서 피가 나든, 머리통이 깨져서 박살나든 그건 그가 알 바 아니었다. 하지만 자꾸만 가슴이 저릿저릿 했다. 손가락을 타고 흐르던 핏물이 어른거릴 때마다 심장이 따끔거리고 머릿속이 쿵쿵 울렸다. 그런 자신이 너무나 마음에 안 들어 내내 인상을 쓰고 있었지만 마음은 여전히 답답하기만 했다.

"오빠, 아까 그 여직원 많이 다친 건 아니에요?"

어느 정도 접시가 비워지자 인희는 은근한 어조로 물었다.

"모르지."

조금도 관심 없다는 듯 매정하게 대답한 서준이 다시 젓가락을 놀렸다. 그 모습을 물끄러미 바라보던 인희가 다시 조심스럽게 입을 열었다.

"그러고 보면 오빠는 회사에서 꽤 엄한 상사인가 봐요. 유리에 찔려 피가 나는 여직원에게 그렇게까지 매정하게 대하시고."

싱싱한 전복을 집어 올리던 서준의 손이 멈칫하더니 소리 나게 젓가락을 내려놓았다. 당황한 인희가 변명하듯 얼른 덧붙였다.

"그게 아니고 한 카리스마 한다고요."

안절부절 못하는 인희를 물끄러미 쳐다보던 서준은 단도직입적으로 물었다.

"서인희, 솔직히 말해봐. 혹시 나한테 관심 있니?"

"갑자기 그건 왜 물으세요?"

발그레해지는 인희의 볼을 마음에 안 든다는 듯이 바라보며 서준은 단호하게 말했다.

"혹시라도 날 남자로 느끼고 있다면 이쯤에서 마음 접으라고. 난 널 단 한 번도 여자로 생각해본 적도, 그렇게 느껴본 적도 없으니까."

가차 없는 서준의 말에 인희의 눈가가 파르르 떨렸다. 역시나 하고 확신하는 순간이었다.

"저 또한 오빠를 남자로 생각해본 적 없으니까 안심하세요."

덤덤한 표정으로 인희가 담백하게 대답하자 서준의 입에서 안도의 한숨이 새어나왔다. 혹시라도 인희가 심각하게 나오면 서로 얼굴을 붉힐 수도 있다는 생각에 마음이 편치 않았던 그였다.

"다행이다. 괜히 내가 오버했나 보다."

"아니에요. 그럴 수도 있죠 뭐. 전 오로지 오빠를 사심 없이 따르는 것뿐이니까 혹시라도 마음에 둔 여자 있으면 마음껏 만나세요."

"그것까지 네가 걱정해 줄 건 없고."

"대신요. 지금처럼 가끔씩 밥 사주시는 건 끊으시면 안 돼요. 그리고 집에 놀러 가면 뉘 집 개가 왔냐, 하는 표정도 짓지 마시고요. 그냥 친 여동생이다 생각하고 딱 그만큼만 대우해 주세요."

"언제까지 그럴 건데?"

"제게 남자친구가 생길 때까지요. 저도 남자친구 생기면 절대로 오빠 귀찮게 할 일 없어요."

"지난번엔 남친 안 사귄다며?"

명쾌한 인희의 대답에 마음이 풀어진 서준은 농담처럼 물었다. 그 말에 인희가 입술을 삐죽이며 말했다.

"그건 오빠가 하도 차갑게 구니까 심술 나서 그런 거고요. 앞으로 좀 더 다정하게 대해주시면 그런 소리 절대로 안 하죠. 저도 뭐 오빠처럼 나이든 노친네는 싫다고요."

"뭐라고? 내가 노친네라고?"

서준이 황당하다는 듯이 묻자 인희는 씩 웃으며 대꾸했다.

"그럼요, 요즘엔 동갑 아니면 연하랑 사귀는 게 대세거든요? 그러니 다섯 살 차이는 완전 할아버지라고요."

인희의 말에 기가 막혀 서준은 너털웃음을 지었다. 공연히 혼자 앞서간 게 미안할 정도였다.

"그럼 자주 징징대지는 마라."

"알았어요. 오빠 하는 거 봐서요."

까칠한 그의 말에도 생글거리며 대답하는 인희를 보며 서준은 혹시나 하는 기우를 완전히 접었다.

서준과 헤어지고 집으로 돌아온 인희는 화를 삭이며 술잔을 들었다. 벌써 독한 양주를 반병이나 비웠는데도 여전히 화기가 가라앉지 않았다. 무엇 하나 부족한 것 없는 자신이 남자 하나 때문에 쩔쩔매는 모습에 이젠 웃음마저 나왔다.

그동안 마음을 숨기고 지내온 세월이 몇 년이던가. 그런데 아직까지도 그의 마음 한 자락도 얻지 못했다. 아니, 희망에 부풀었던 3년 전보다 더욱 절망스러웠다.

"후훗!"

술잔을 비운 그녀가 비릿하게 웃었다. 순간적으로 비서실에서 보았던 여직원이 떠올랐다.

독특한 분위기와 저 깊은 내면까지 꿰뚫어버릴 것 같은 맑고 투명한 눈동자가 이상하게 가슴을 파고들었다. 어떤 남자라도 기꺼이 그 호수 속으로 풍덩 빠져들 것만 같은 묘한 여자였다.

하지만 그녀는 이내 고개를 저었다. 그 여자에게 특별한 감정을 가지고 있다면 서준이 그렇게 냉랭하게 대하진 않았을 터였다.

잠시 불안하게 떨리던 눈동자가 차분히 가라앉았다. 명색이 실연당한 날인데 코가 삐뚤어지도록 마시고 취해야 한다고 노래하듯 웅얼거리며 인희는 빈 술잔에 가득히 술을 따랐다.

제5장

사람들이 빼곡히 들어찬 음식점 안은 매캐한 연기와 고소한 기름 냄새로 가득했다.

이수 일행이 음식점 안으로 들어서자마자 때맞추어 한 자리가 났고 그걸 발견한 현주가 종종걸음 치며 그곳으로 달려갔다.

동그란 원통 탁자에 동그란 네발 의자가 왁자지껄한 이곳과 잘 어우러졌다. 그곳에 엉덩이를 붙인 세 사람은 불고기와 김치찌개를 시켜놓고 마주보며 씩 웃었다.

"여긴 늘 한결같네."

현주가 음식점 안을 빙 둘러보며 추억을 곱씹자 이수와 윤혁도 고개를 끄덕이며 주위를 둘러보았다. 오늘따라 이곳 불고기가 엄청 당긴다며 현주가 강요하다시피 해서 온 곳이었다.

"아! 대학 시절로 돌아갔으면 좋겠다."

현주가 턱을 괴며 한숨을 푹 내쉬었다. 그 모습을 본 윤혁이 혀를 끌끌 차며 말했다.

"대학 때는 어서 빨리 졸업하고 싶다며?"

"그땐 회사생활이 이렇게 고달플 줄 몰랐으니까 그렇죠."

"그때는 대학생활이 고달파 죽겠다고 했다."

"그건…… 그땐 아르바이트와 공부에 찌들대로 찌들어서 그런 거구요!"

열이 뻗치는지 대답을 하려던 현주가 눈꼬리를 홱 치켜뜨며 냅다 소리를 질렀다. 그러자 윤혁이 점잔을 빼며 타이르듯 말했다.

"넌 어떻게 나이가 들어도 철 들 줄을 모르냐. 제 성질 못 이겨 팩하는 건 여전하다니까."

"그러는 선배는요? 지금 제아무리 점잖은 척 온갖 폼을 다 잡아도 대학 때 껄렁껄렁했던 모습 다 기억하거든요?"

대학 때부터 만나기만 하면 아웅다웅하던 두 사람은 나이가 든 지금도 여전히 서로를 갈구고 있었다.

"이젠 하다하다 케케묵은 옛날얘기냐? 아무튼 멘탈에 문제가 많다니까."

"멘탈이요? 그 멘탈이라는 게 찢어진 청바지에 노랑머리를 하고 다녔던 대학시절, 선배가 똥 폼 잡으며 부르짖던 헤비멘탈을 말하나 본데, 전 그런 시끄러운 멘탈 따윈 가까이 해본 적도 없거든요?"

"헤비멘탈? 이래서 무식은 어디서건 탄로가 난다니까. 헤비멘탈이 아니고 헤비메탈이거든?"

가볍게 콧방귀를 뀌는 현주를 향해 어이없다는 표정을 지으며 윤혁은 퉁사리를 주었다. 하지만 이에 굴할 현주가 아니었다.

"멘탈이나 메탈이나. 한 끗 차이로 무식 운운하는 것 자체가 벌써 교양과는 멀어지는 거라는 걸 아셔야죠."

"그래. 니 팔뚝 아주 가늘다."

"현주야, 이제 그만하고 고기 먹자. 선배도 어서 드세요."

두 사람의 살풀이에 절로 미소가 지어져 이수는 내내 미소 띤 얼굴로 고기를 뒤집었다. 이수가 노릇노릇하게 구워진 불고기를 두 사람에 앞에 한 덩이씩 올려놓자 언제 그랬냐는 듯 두 사람의 얼굴에 미소가 한가득 피어났다. 잽싸게 젓가락을 든 현주가 불고기로 젓가락을 내리 꽂으며 감격에 겨운 목소리로 입을 열었다.

"반갑다, 불고기야. 너 보고 싶어 그동안 눈이 다 짓물렀단다."

재회의 기쁨도 누릴 새 없이 불고기가 현주의 입안으로 급격하게 사라지자 그 모습을 지켜보던 윤혁은 불고기가 불쌍하다며 혀를 끌끌 찼다. 그러거나 말거나 현주는 김치찌개에 김이 깔린 밥을 넣고 쓱쓱 비볐다.

"와우! 밥맛이 끝내줘요."

한입 가득 볶음밥을 넣은 현주가 숟가락을 번쩍 치켜들며 감탄사를 흘리자, 이수와 윤혁은 동시에 웃음을 터트렸다. 화기애애한 분위기 속에서 세 사람은 한참 동안 술잔을 돌렸다. 오늘따라 술이 잘 받는지 현주가 계속 술잔을 비워댔지만 셋이서 함께 하는 자리가 너무 오랜만인지라 이수는 굳이 만류하지는 않았다.

"회사생활은 할 만하니?"

소주 한 잔을 원 샷한 윤혁이 웃음기를 거두며 조심스럽게 물었다.

서준을 만나고 온 다음 날 이수는 두 사람에게 잠시 영인제약 상무실로 출근하게 됐다는 폭탄선언을 했다. 시골로 내려간다던 그녀가 갑자기 영인제약으로, 그것도 한서준의 비서로 가게 됐다는 말에 두 사람은 기함할 정도로 놀랐지만 더 이상 캐묻지 않고 행운을 빌어 주었다.

윤혁의 물음에 이수는 덤덤한 얼굴로 가볍게 대꾸했다.

"네."

말갛게 웃기까지 하는 그녀를 힐끗 쳐다본 현주는 못마땅하다는 듯이 고기를 거칠게 뒤적거렸다.

"혹시 힘들게 하지는 않고?"

"힘들게 하긴요."

"4개월이라고 했지? 꼭 그 기간을 채울 필요가 있을까?"

옆에서 쇳소리를 내는 현주를 힐끗 쳐다보며 윤혁은 다시 물었다.

"그렇게 해서라도 그 사람 마음이 풀린다면 전 상관없어요."

"뭐가 상관없어? 너 그렇게 하고도 마음이 편하니? 겉으론 아무렇지 않은 척하면서도 꿈속에서조차 울고 있을 텐데."

"강현주, 그만해."

갑자기 현주가 버럭 성질을 내자 윤혁은 나직하게 그녀를 타일렀다. 하지만 소주 한 병을 해치운 현주의 입은 쉽사리 닫히지 않았다.

"뭘 그만해요?"

늘 이수를 먼저 배려하던 현주였다. 그런데 오늘은 이수의 아픈 상처를 먼저 끄집어내고 있었다. 이수의 몸이 눈에 띄게 뻣뻣하게 굳어지는 것을 감지한 윤혁은 얼른 화제를 돌렸다.

"강현주, 오늘 회사에서 안 좋은 일 있었구나? 이 오빠가 다 들어줄 테니까 허심탄회하게 얘기해 봐."

제법 믿음직스러운 윤혁의 말에 현주는 심드렁하게 대꾸했다.

"말하면 선배가 해결해주게요?"

"사안에 따라서."

느긋한 미소를 머금으며 윤혁이 대꾸하자 현주는 비꼬듯 말했다.

"맞다! 그러고 보니 선배가 그런 일엔 선수구나?"

그 말에 공기가 일순 싸해지며 이수의 눈동자가 파르르 떨렸다.

"너 아무리 술 취했어도 그렇게 생각 없이 내뱉지 말아라."

윤혁이 싸늘하게 일갈하자 현주가 사납게 그를 노려보며 악다구니를 썼다.

"왜 그랬어요? 이수하고 작당해서 왜 그런 일을 저질렀냐구요!"

3년 전 이수가 갑작스럽게 한국으로 돌아오자 현주는 몹시 당황해했다. 그리고 서준과 헤어졌다는 얘기를 듣는 순간, 길길이 날뛰며 집을 나섰다. 그래서 이수는 진실을 얘기할 수밖에 없었고 연유를 다 들은 현주는 망연한 표정으로 눈물만 흘렸다. 그리고 지금까지 금기처럼 그 얘기를 한 번도 입 밖으로 꺼낸 적이 없었는데 무슨 이유인지 오늘은 대놓고 가슴을 후벼 파고 있었다.

"그럼 어떻게 해. 내가 안 해주면 다른 남자를 물색한다는데. 그럴 바엔 차라리 내가 하는 게 낫잖아."

"어떻게 해서든지 이수를 설득했어야죠."

어제 새벽에 목이 말라 잠에서 깬 현주는 비몽사몽간에 이수의 방으로 들어갔다. 그때 나직하게 흐느끼는 소리에 정신이 번쩍 든 현주는 소리가 나는 쪽으로 천천히 몸을 움직였다. 그리고 그녀는 보았다. 이수의 눈에서 흐르는 굵은 눈물방울들을…….

그 순간 현주는 깨달았다. 겉으론 아무렇지 않은 척 웃고 있었지만 이수는 꿈에서조차 울고 있었다는 사실을.

의식이든 무의식이든 그건 중요하지 않았다. 중요한 건 이수가 아직도 서준을 잊지 못하고 있다는 사실이었다. 그래서 울화가 치밀었다. 혼자 나쁜 년이 되어 주홍글씨를 짊어진 친구가 너무나 가여워 가슴이 미어졌다.

"현주야, 선배는 아무 잘못 없어. 그러니까 그만해."

망연히 앉아있던 이수가 덤덤히 웃으며 나직하게 말했다.

"잘못 없긴. 옆집으로 이사 왔다기에 잘 챙겨 줄 줄 알고 좋아했는데 그런 사달을 만들 줄 누가 알았냐고."

"선배도 날 많이 설득했어. 그래도 내가 굽히지 않으니까 어쩔 수 없었던 거야. 네가 자꾸만 이러면 앞으로 난 선배 얼굴을 어떻게 보니?"

가뜩이나 지난번에 서준이 주먹을 날렸다는 말에 잔뜩 미안해하고 있는데 현주까지 윤혁을 몰아치니 이수는 정말이지 쥐구멍에라도 들어가고 싶은 심정이었다.

"옘병, 하여간 지 코가 석자이면서 꼭 남 걱정만 하고 지랄이야."

말할 수 없이 속이 상한지 현주는 벌컥 화를 내며 소주를 한입에 털어 넣었다.

"현주야, 나 때문에 너무 속상해 하지 마. 난 그때 일 단 한 번도 후회한 적 없어."

"그깟 자식이 다 뭐야? 둘만 좋으면 되는 거지 애를 못 낳는다는 이유 때문에 헤어진다는 게 말이나 돼?"

마음과는 다르게 현주가 꽥하고 소리를 지르자 씁쓸한 미소를 머금으며 이수는 차분하게 말을 이었다.

"그래, 네 말이 맞아. 하지만 내 목숨보다 사랑한 사람에게 그의 분신을 줄 수 없다는 게 얼마나 서글프고 고통스러운 일인 줄 아니? 게다가 그 사람은 5대 독자야. 그 집에 딸 하나만 더 있었어도 솔직하게 사실을 털어놓고 그 사람의 결정을 기다리지 나도 그런 끔찍한 연극 따윈 하지 않았을 거야. 서준 씨 집에 처음 인사드리러 갔을 때 부모님께서 가장 먼저 하신 말씀이 뭔 줄 아니? 다른 건 다 못해도 괜찮으니까 부디 떡두꺼비 같은 아들 하나만 낳아달라더라. 그러면 신주단지 모시듯 귀히 여기시겠다고. 그땐 그게 별거 아니라고 생각했어. 하나 아니라 열이라도 낳아드리겠다고 속으로 결심했었으니까."

"이수야……."

입은 웃고 있는데 눈에선 눈물이 흘렀다. 그 모습에 가슴이 미어져 현주는 나직하게 이수를 불렀다.

"서준 씨, 내가 그런 모습 안보였으면 절대로 나 안 놨을 거야. 아무리 독하게 밀어내고 도망가도 끝까지 따라왔을 거고, 사실을 알게 된다 해도 날 설득해 결혼했을 거야. 그때 그 사람은 완전히 나한테 미쳐 있었으니까. 누군가 말했지? 사랑에 콩깍지가 씌는 기간은 기껏해야 고작 3년이라고. 그 시간이 지나 사랑이 식어버리면 그 사람은 어떨까? 주위에 아름다운 꽃들이 즐비한데 나 같은 게 눈에나 들어올까? 분명 후회할 거야. 사랑도 식어버리고 몸도 마음도 지쳐갈 거고, 그걸 바라보는 나 또한 지쳐 만신창이가 되어가겠지. 이래도 내가 뻔뻔스럽게 그 사람을 잡아야 했니?"

"미안하다, 함부로 떠들어서."

"난 그 사람만이라도 행복했으면 좋겠어. 예쁜 아내 얻어 아이 낳고 행복하게 사는 모습을 볼 수만 있다면 난 더 이상 바랄게 없어."

차라리 속내를 모두 털어놓고 나니 가슴에 응어리져 있던 아픔이 조금은 희석되는 것 같았다. 오랜만에 이수는 편안한 미소로 친구를 바라보았다.

"그래, 사실 나도 그런 상황이었다면 그런 선택을 할 수 밖에 없었을 거야. 하지만 서준 씨가 너무 아까워서 그냥 눈 딱 감아버렸으면 좋았을 거라는 아쉬움이 크더라."

"그러니까 그 사람을 잡아두면 안 되는 거잖아."

모든 것을 놓아버린 초연한 얼굴로 이수는 중얼거렸다. 한없이 담담하기만한 그 말이 애잔하게 가슴을 파고들어 현주와 윤혁은 말없이 술잔만 비워냈다.

인희를 보내놓고 친구들과 진탕 술을 마신 서준은 다음 날 묵직한 두통을 안고 회사로 출근했다. 비서실 문을 열자마자 서준은 습관적으로 이수의 자리를 훑었다. 그런 자신이 너무나 한심했지만 순간적으로 일어나는 반응까지 통제할 수는 없었다. 인상을 쓰고 상무실로 들어온 그가 좀 전의 행동에 화풀이를 하듯 거칠게 재킷을 벗어 던지고 접대용 테이블로 걸어갔다.

늘 앉았던 자리에 앉아 한쪽 다리를 꼬고 신문을 들어 헤드라인 기사를 훑는데 노크소리가 들려왔다. 언제나 그렇듯 잠시 틈을 두고 문이 열리고 경쾌한 구두 굽 소리가 들려왔다.

쿵쾅, 쿵쾅…….

그녀의 발소리가 가까워져 올수록 여지없이 그의 심장은 소란스럽게 뛰었다. 아무리 막아보려 해도 어찌할 수 없는 울림에 서준은 딱딱하게 표정을 굳혔다.

"레몬 아이스차입니다."

기계적인 음성으로 말한 이수가 맞은편 자리에 앉자 서준은 굳어진 얼굴을 들었다. 느릿하게 찻잔을 휘감으며 재빨리 이수의 손가락을 훑었다. 다섯 손가락에 훈장처럼 밴드가 하나씩 감겨있었다.

찌릿.

쿵쿵거리던 심장이 잠시 움직임을 멈추었고 따끔한 통증을 일으켰다. 미련하게 손으로 유리파편을 휘저었을 모습이 선명하게 떠올라 따끔하던 가슴이 파르르 경련했다.

"손은 괜찮나?"

이건 분명 윤이수가 걱정돼서 묻는 것은 아니다. 그저 부하직원이니까 예의상 묻는 것일 뿐이다.

"네, 괜찮습니다."

기계적인 말투와 별반 다르지 않은 표정이었다. 늘 한결같은 저런 표정과 말투는 어디서 배웠을까? 늘 신경을 긁어대고 기분을 바닥까지 치게 만드는 모습이 오늘따라 더욱 심하게 거슬렸다.

"오늘 점심은 사적인 자리에 갈 거니까 스케줄 변경하고, 나가는 즉시 재무과 김 과장 들어오라고 해."

"알겠습니다. 다른 변경사항은 없으십니까?"

"없어. 그리고 혹시 모르니까 병원에 가 봐. 속으로 유리파편이 들어갔을지도 모르니까."

서준의 말에 이수는 잠시 당황한 표정을 지었다. 하지만 곧바로 그녀의 얼굴은 표정 없는 밀랍인형으로 되돌아갔다."

"괜찮습니다. 그저 만약을 대비해 밴드를 붙인 것뿐입니다."

"혹시라도 파상풍이라도 생겨 입원하면 당장 피곤해지는 사람은 나니까 두말 말고 다녀와.”

그제야 서준의 말뜻을 알아차린 이수는 살짝 고개를 숙이며 대답했다.

“알겠습니다.”

언제나처럼 그의 잔이 비워지자 이수는 손을 뻗어 컵을 들어 쟁반에 올렸다. 그녀의 잔은 반쯤 비어있는 상태였다.

“그럼 전 이만.”

쟁반을 든 이수가 정중하게 인사를 하고 몸을 돌렸다. 이미 서준의 시선은 신문 활자에 못 박힌 상태였다.

또각또각, 늘 경쾌하기만 한 구두 굽 소리가 문 닫히는 소리와 함께 사라지자 내내 한곳만 응시하던 서준은 신문을 내려놓고 피곤한 듯 등받이에 몸을 기댔다. 분명 나쁜 여자는 윤이수인데 언제나 자신이 나쁜 놈이 된 것만 같아 기분이 몹시도 더러웠다.

구내식당에서 점심을 먹고 돌아온 이수는 서준이 오후에 결재해야 할 보고서들을 정리해 책상위에 가지런히 올려놓았다.

“이수 씨, 점심 맛있게 먹었어요?”

커피를 마시려고 몸을 일으키던 이수는 사무실 안으로 들어오는 전략기획실 이선우 실장을 보고 미소 지었다.

“네, 실장님도 맛있게 드셨어요?”

외국의 유명한 대학을 졸업한 이 실장은 30대 초반임에도 벌써 회사의 핵심부서인 전략기획실의 책임자를 맡고 있었다. 외모도 핸섬한데다가 능력도 있어서인지 서준 다음으로 여직원들에게 호감을 받고 있는 사람이었다. 서준이야 이 회사의 후계자인데다가 워낙 차가워서 그저 관상용으로 바라볼 뿐이지만 이 실장은 달랐다. 매너도 좋고 유머감각도 있어 여직원들에겐 더욱 현실성 있게 다가왔다.

"혹시 커피 마셨어요?"

"아니요? 지금 마시려던 중이었어요."

"그럼 내 것도 부탁해도 될까요?"

"알겠습니다. 둘, 셋, 둘이죠?"

"오케이."

엄지와 검지를 둥글게 말며 선우가 유쾌하게 대답하자 활짝 웃으며 이수는 탕비실로 들어갔다. 무슨 기분 좋은 일이라도 있었는지 선우는 소파에 앉은 이후 내내 휘파람을 불었다. 커피를 타던 이수가 그 소리에 다시 미소를 머금었다.

"여기 다방커피 대령했습니다."

"다방커피? 네. 윤 마담님, 잘 마시겠습니다."

선우가 곧바로 맞장구를 치자 미소를 머금고 있던 이수는 소리 내어 크게 웃었다. 이상하게도 이선우 실장 앞에서는 긴장이 풀어졌다. 소희는 가슴이 두근거려 말조차 붙이기 어렵다는데 이수는 처음부터 이 실장이 편했다.

"주말에는 주로 뭐해요?"

커피를 한 모금 마신 선우는 미소로 물었다.

"친구하고 시장 구경도 가고 늘어지게 잠도 자고 그래요."

"남자친구는 안 만나요?"

"남자친구요? 전 그런 거 안 키우는데요?"

발랄한 이수의 대답에 선우의 낯빛이 눈에 띄게 환해졌다.

"정말이요? 이수 씨같이 근사한 여성이 남친이 없다는 게 믿어지지 않는데요."

"그러는 실장님은 주말이면 어장 관리하느라 바쁘시죠?"

"하하! 제가 그렇게 바람둥이로 보입니까?"

호쾌하게 말하고 선우는 웃으며 커피 잔을 내려놓았다.

"매너도 좋으신데다가 유머감각도 뛰어나시니까 여자들이 많이 따를 것 같아서요."

"얼굴이 핸섬하다는 얘기는 왜 뺍니까?"

선우가 정색하며 묻자 당황한 듯 이수는 얼른 사과하듯 덧붙였다.

"네? 아! 죄송해요."

"농담입니다."

장난스럽게 말하며 선우가 큰 소리로 웃자 긴장해있던 이수는 눈을 흘기며 소리 없는 미소를 머금었다.

탁!

문 열리는 소리와 함께 서준이 들어오자 선우가 벌떡 일어나 고개를 숙였다.

"상무님, 식사 맛있게 하셨습니까?"

미소를 머금고 찻잔을 내려다보던 이수는 선우의 목소리에 황급히 웃음기를 지우고 벌떡 일어났다.

"무슨 재미있는 일이라도 있습니까?"

선우를 향해 고개를 끄덕인 후 걸음을 옮기던 서준이 이수를 향해 물었다. 그저 덤덤하기만 한 음성인데도 무슨 죄라도 지은 것처럼 가슴이 두근거려 이수는 똑바로 그를 쳐다볼 수가 없었다.

"그저 일상적인 대화였습니다."

"그래요? 이 실장님, 제가 지금 급하게 처리해야 할 업무가 있는데 보고서는 내일 검토하도록 하죠."

"네? 아, 알겠습니다."

"그만 가보세요."

멍한 얼굴로 선우가 자리에서 미적거리자 서준은 싸늘하게 일갈했다.

"아, 네."

허둥지둥 사무실 밖으로 나온 선우는 허탈해진 표정으로 한숨을 푹 내쉬었다.

신약개발에 대한 보고서를 급히 작성해 올리라는 서준 때문에 며칠간 야근을 한 그였다. 그런데 아침나절까지만 해도 여직원을 통해 아직도 멀었냐며 재촉까지 하더니 다른 급한 일 때문에 검토를 미룬다는 건 선뜻 이해가 되지 않았다.

'도대체 신약 개발 프로젝트보다 더 급한 일이 뭘까?'

한편 혼자 남겨진 이수는 '쾅' 소리를 내며 문이 닫히자 참고 있던 숨을 한껏 내쉬었다. 상무실로 들어가기 전 언뜻 마주친 서준의 차가운 눈초리가 자꾸만 심장을 파고들어 가슴을 벌렁거리게 했다. 소희라도 있으면 대신 들여보내련만 공교롭게도 그녀는 오늘 휴가 중이었다. 어쩔 수 없이 이수는 서류를 챙겨들고 문을 노크했다.

이수가 들어온 기척을 느꼈음에도 서준의 눈길은 컴퓨터 모니터에만 못 박혀 있었다. 조심스런 걸음걸이로 그의 책상으로 걸어간 그녀가 조용히 서류를 내려놓고 돌아서는 순간까지도 그는 여전히 시선조차 주지 않았다.

밖으로 나와 이리저리 서성거리던 이수는 결심한 듯 탕비실로 들어갔다. 이제 곧 상사에게 커피를 대령할 시간이었다.

살짝 노크를 하고 상무실로 들어온 이수는 습관처럼 서준의 책상을 살폈다. 예상과 다르게 책상이 텅 비어있자 그녀의 시선이 자연스럽게 접대용 소파로 옮겨갔다. 긴 다리를 꼬고 산뜻한 얼굴로 서준은 소파에 앉아 신문을 보고 있었다. 아직 결재서류는 펼치지도 않은 상태였다.

눈부시게 흰 와이셔츠가 햇빛을 받아 눈부시게 반짝였고, 걷어 올린 소매 아래로 드러난 강인한 팔은 마력처럼 이수의 눈길을 사로잡았다. 저도 모르게 긴장하며 이수는 그곳을 향해 걸어갔다.

"잠시 앉지."

최대한 소리 나지 않게 찻잔을 내려놓고 돌아서는 이수를 서준이 잡아끌었다. 주춤거리며 이수는 소파에 앉았다.

"아까 이선우 실장과 꽤 즐거워 보이던데 무슨 재미난 얘기라도 했나?"

표정만큼이나 산뜻한 목소리였다. 아까부터 살얼음판 같은 분위기에 주눅 들어 있던 이수는 표정을 풀며 밝은 음성으로 대꾸했다.

"별 얘기 아니었습니다. 이 실장님이 쉬는 날은 뭐하냐고 물으셨고 그에 답변하면서 웃음이 불거졌습니다."

이수의 대답에 서준은 피식 웃으며 커피 잔을 들었다.

"뭐라고 답변했는데?"

"그냥 친구하고 시장 구경을 가거나 늘어지게 잠을 잔다고 했습니다."

"이 실장 대답은?"

"남자친구는 안 만나냐고요."

"그래서?"

"그런 거 안 키운다고……."

대답하는 이수의 핑크빛 입술을 서준이 빤히 쳐다보자 그녀는 말끝을 흐리며 고개를 살짝 숙였다.

"왜 시선을 피하지?"

나직하게 묻는 서준의 말에 혀가 굳었는지 이수는 입술만 실룩거렸다.

"여전히 달콤해 보여. 남자들의 애간장을 녹아내리게 할 만큼."

나른한 음성이 귓가를 파고들자 등줄기로 뜨거운 전율이 일었다. 그녀가 정신을 가다듬을 사이도 없이 언제 왔는지 뜨거운 숨결을 흩뿌리며 서준이 옆자리에 앉았다. 당황한 이수가 번쩍 고개를 들고 말을 이었다.

"무슨 말씀……."

신음하듯 작게 새어나온 목소리가 서준의 입안으로 급격하게 빨려 들어갔다. 단단한 팔로 어깨와 등을 휘어 감고 부드럽게 입술을 어루만지자 달콤함에 취해버린 이수가 살며시 입술을 열었다.

너무 뜨거웠다. 거침없이 밀려드는 숨결과 혀가 감당할 수 없을 만큼 뜨겁고 사나웠다. 입안 구석구석을 탐욕스럽고 무자비하게 점령한 그가 혀를 옭아 매 강렬하게 빨아들이고 혀끝으로 부드럽게 자극을 가하자 정신이 혼미해진 이수는 서준의 목을 힘껏 끌어안으며 얼굴을 젖혔다.

"하!"

열정으로 한껏 흐릿해진 서준의 입에서 나른한 신음이 쏟아졌고 이수는 손을 올려 그의 얼굴을 가만히 매만졌다. 그 손길에 한껏 어두워진 욕망이 일시에 폭발했다. 당장에라도 그녀를 삼켜버릴 듯 가슴을 거칠게 움켜쥐며 사납게 입술을 삼켰다.

"하아……."

갑작스러운 열정 앞에 이수의 머릿속이 하얗게 탈색되어갔다. 수도 없이 느꼈던 쾌락의 파도가 한순간 그녀를 덮쳤다. 그의 손이 어느새 원피스 속으로 들어와 맨가슴을 애무하고 있었다. 단단하게 일어선 유두를 손바닥으로 비비다가 손끝에 끼워 살살 돌렸다. 입안으로 들어온 혀는 목구멍까지 잠식해 들어갔고 사납게 일어선 분신은 그녀의 여성을 무섭게 위협했다.

입안을 온통 잠식해버렸던 혀가 턱을 타고 내려와 매끈한 목덜미를 살짝 깨물고 깊게 파인 쇄골을 힘껏 빨아들였다. 그 힘이 너무나 강해 그녀의 전신에 오싹 소름이 끼치고 전신이 부르르 떨렸다.

"아아, 서준 씨……."

황홀경에 취해 이수는 미친 듯이 서준의 머리칼을 헝클었다. 다잡아야할 이성은 멀리 날아가고 육체는 온전히 욕망에 사로잡혔다. 뜨거운 혀로 이곳저곳에 쉼 없이 낙인을 찍던 그가 등 뒤로 손을 뻗어 원피스 지퍼를 잡아챘다.

챙그랑!

흔들리던 찻잔에서 밀려나간 스푼이 바닥으로 떨어지자 이수는 번쩍 눈을 떴다. 아스라이 멀어지는 이성을 순식간에 다잡으며 그녀는 신음처럼 말했다.

"그만해요."

"하…조금만 더……."

이미 욕망에 사로잡힌 서준은 제 품 안에 안겨있는 여자가 누군지 잊어버린 듯했다. 오직 걷잡을 수 없는 욕망에 사로잡힌, 지독히도 뜨거운 남자만이 존재할 뿐이었다. 서준의 혀가 집요하게 이수의 가슴 언저리를 파고들었다.

"저, 윤이수예요."

낮게 가라앉은 음성이 지독히도 차가웠다. 맹렬한 서준의 행동을 제어할 만큼 음산하고 잔인했다. 그대로 굳어버린 서준은 천천히 얼굴을 들어올렸다. 그리고 물끄러미 이수를 바라보다가 황급히 몸을 일으켰다.

"젠장, 그만 나가 봐."

잔뜩 쉰 음성으로 차갑게 말을 뱉어낸 그가 창가 쪽으로 걸어갔다.

옷매무새를 추스른 이수가 황급히 밖으로 나가자 서준은 재빨리 담배를 꺼내 물었다.

후우…….

깊숙이 빨아들인 담배 연기를 길게 허공에 내뿜자 이제야 돌아버렸던 머리가 정상으로 돌아오는 듯했다.

이선우 실장과 다정하게 미소를 주고받는 모습을 본 순간부터 돌아버린 뇌였다. 아니, 그건 기폭제였을 뿐 이수를 다시 본 순간부터 숨죽이고 있던 욕망이 일시에 솟구쳐 올라 그를 고통스럽게 만들고 있었다. 수많은 여자들의 자극적인 옷차림과 간드러진 콧소리에도 내내 무심하던 아랫도리가 무뚝뚝하기 그지없는 목소리만으로도 단박에 반응을 보인 것이다.

사랑하는 마음과 욕망이 별개라곤 하지만 이런 상황에서 윤이수를 옆에 두는 게 잘 하는 일인지 모르겠다. 하지만 이제 와 돌이키기에는 너무 늦어버렸다. 끝없이 갈망하는 육체가 어느새 그녀를 집요하게 좇고 있었다.

"이젠 억지로라도 그녀를 안아야 하는 걸까?"

공허한 목소리로 혼잣말을 내뱉는 그의 얼굴이 한없이 복잡하기만 했다.

* * *

어제부터 슬슬 몸살기가 돌더니 머리가 지끈거렸다. 이수는 오늘 하루 휴가를 낼까 하다가 서준을 볼 수 있는 시간이 하루라도 줄어드는 게 아쉬워 억지로 출근을 했다. 이런 자신이 한심하면서도 어쩔 수가 없었다. 그만 생각하면 생인손을 앓는 것처럼 가슴이 아플 뿐이었다.

뚜벅뚜벅, 오늘도 어김없이 제 시간에 구둣발 소리가 들려왔다. 힘없이 소파에 앉아있던 이수는 한숨을 내쉬고 탕비실 문을 열었다.

"안녕하세요?"

그의 등에 대고 인사를 했지만 서준은 곧장 사무실로 들어가 버렸다. 동요 없이 돌아선 이수는 따뜻한 녹차를 쟁반에 받쳐 들고 노크와 함께 상무실 안으로 들어갔다. 서준이 앉아있는 테이블로 향하는데 갑자기 머리가 빙글빙글 도는 것처럼 현기증이 일었다. 이수는 혹시라도 실수라도 할까봐 쟁반을 꼭 쥔 채 속도를 줄였다.

"어디 아픈가?"

녹차를 한 모금 마신 서준은 무심하게 물었다. 자신에게 눈길조차 주지 않는 사람인데 꼭 안색이라도 살핀 것처럼 묻고 있었다.

"아닙니다."

창백해진 볼을 손바닥으로 꾹 누르며 이수는 아무렇지 않게 대답했다.

"그렇다면 다행이군."

다시 녹차를 한 모금 머금으며 서준은 곁눈질로 또다시 이수를 살폈다. 늘 보기 좋게 윤기가 흐르던 입술이 다른 날과 달리 메마르고 건조했다.

"그만 나가 봐."

차를 한 모금 더 마시고 소리나게 찻잔을 내려놓은 서준이 차갑게 말했다. 이수의 초췌한 얼굴이 자꾸만 그의 신경을 잡아끌어 마음을 불편하게 만들었다.

서준의 말에 사선으로 시선을 내리꽂고 있던 이수는 반가운 얼굴로 찻잔을 거둬들였다. 미동 없이 정 자세를 유지하는 게 오늘따라 너무나 버겁기만 하던 그녀였다.

찻잔을 정리한 그녀가 쟁반을 들고 주섬주섬 몸을 일으키자 서준은 다리를 꼬며 신문을 펼쳐들었다. 그런 그를 향해 꾸벅 인사를 하고 이수는 조심조심 그곳을 나왔다.

오전에 틈틈이 탕비실에 들어와 휴식을 취했지만 점심을 먹고 나선 두통이 더 심해졌다.

"주임님, 재무과에서 올라온 이 결재서류…… 괜찮으세요?"

소희가 무언가를 물으려다가 화들짝 놀라 눈을 댕그랗게 떴다.

"괜찮아."

"괜찮긴요? 이마가 펄펄 끓는데요."

곧바로 손을 뻗어 이마에 댄 소희가 낮게 소리쳤다. 희미하게 웃으며 이수가 말했다.

"그럼 가서 해열제 좀 사다 줄 테야?"

"해열제요? 해열제보다 얼른 병원에 가보셔야 할 것 같은데요?"

"고마운데, 그것만 먹으면 괜찮아질 거야."

"안돼요. 그러다가 큰일 나세요."

소희가 제법 강경하게 나오자 아찔해지는 정신을 다잡으며 이수는 기운 없이 말했다.

"그럼 상무님 들어오시면 들어갈게."

"상무님껜 제가 잘 말씀 드릴 테니까 제발 주임님 걱정이나 하세요."

곧 쓰러질 것 같은 파리한 얼굴을 바라보며 소희는 다시 한 번 강경하게 말했다. 퇴근시간까지 어떻게든 버텨보려던 이수는 몸이 물 먹은 솜처럼 축축 가라앉자 할 수 없이 고개를 끄덕였다.

"잠시만 기다리세요. 콜택시 부를게요."

지갑에서 재빨리 명함을 꺼낸 소희가 다급하게 다이얼을 눌렀다. 택시기사에게 숨넘어가는 소리로 말을 쏟아내고 그녀는 종종걸음으로 탕비실로 들어갔다. 30초도 안 돼 나온 그녀의 손에 젖은 손수건이 들려있었다.

"주임님, 택시 올 때까지 이거 이마에 얹고 계세요."

"고마워."

손수건을 물끄러미 바라보던 이수는 그것을 받아 이마에 댔다. 집에 간다는 생각에 긴장이 풀려서인지 몸은 더욱 욱신거리고 흐물거렸다.

늘 이맘때면 연례행사처럼 찾아오는 몸살. 3년 전, 수술을 받았던 그날만 되면 늘 이렇게 열이 오르고 아팠다. 아마도 그때 죽을 것처럼 아팠던 심장이 터져버리지 않기 위해 일정하게 신호를 보내오는 듯했다. 그렇기에 약이 있을 리 없었고 극심한 통증을 무방비 상태로 버텨낼 수밖에 없었다. 다행인 건 이렇게 심한 고통도 하루만 지나면 언제 그랬냐는 듯 말끔하게 사라진다는 거였다.

택시 올 시간이 되자 손수건을 내려놓으며 이수는 몸을 일으켰다. 소희가 벌떡 일어나 가방을 챙겨들고 그녀를 부축했다. 휘청거리는 두 사람의 그림자가 엘리베이터 앞에서 소리 없이 멈추었다.

"그럼 조심해서 가세요. 괜찮아지시면 늦게라도 문자 주시고요."

"알았어. 수고해."

현관 앞까지 이수를 부축해주고 싶었지만 비서실을 오래 비울 수 없기에 소희는 안타까움에 발을 동동 굴렀다. 괜찮다는 듯 미소로 안심을 시킨 이수는 어서 들어가라며 손짓을 하고 엘리베이터 닫힘 버튼을 눌렀다.

오늘따라 1층까지 내려가는 시간이 너무나 길게 느껴졌다. 이마에서 땀이 비 오듯 쏟아지고 눈앞이 빙글빙글 돌았다. 엘리베이터 난간에 간신히 몸을 지탱하고 서 있던 이수의 숨소리가 조금씩 거칠어졌다. 그리고 눈앞이 노래졌다고 느낀 순간 새까만 어둠이 그대로 그녀를 덮어버렸다.

자신의 무릎을 베고 뜨거운 숨을 토해내고 있는 여자를 서준은 복잡한 눈으로 바라보았다. 핏기라곤 하나 없는 얼굴로 힘겹게 숨을 몰아쉬는 모습이 그의 가슴을 아프게 쑤셔댔다.

"병원은 아직 멀었나?"

친구들과 해장국을 먹고 돌아오던 서준은 엘리베이터 안에 쓰러져 있는 이수를 발견하고 곧바로 차에 태웠다. 생각이라는 걸 할 시간도 없었다. 쓰러진 이수를 보는 순간, 심장이 그대로 멈추었다. 다급하게 달려가 그녀를 품 안에 안고 숨소리를 확인한 순간 그제야 그는 숨을 쉴 수가 있었다.

"왜 이렇게 속도가 안 나지?"

땀을 삐질삐질 흘리며 운전을 하는 황 기사에게 차갑게 묻고 서준은 한껏 어두워진 눈으로 다시 이수를 바라보았다. 시든 꽃처럼 진이 모두 빠져버린 모습으로 그녀는 간신히 숨만 쉬고 있었다. 그 모습이 너무 애처로워 절로 손가락이 움직였다. 떨리는 손을 들어 얼굴로 가져가던 그가 이를 악물며 힘껏 주먹을 말아 쥐었다. 결국 목적지에 도착도 하지 못한 손은 한참 동안 허공에 떠 있다가 천천히 바닥으로 내려졌다.

"음……."

낮은 신음소리와 함께 이수는 힘겹게 눈꺼풀을 움직였다. 천천히 속눈썹을 들어 올리던 그녀가 멈칫하더니 눈에 한껏 힘을 주었다.

"당신이 어떻게……."

그녀의 갈색 동공 안으로 서준의 얼굴이 선명하게 들어오자 놀란 목소리로 이수는 웅얼거렸다.

"병원 가는 중이야."

무뚝뚝하게 대답한 서준이 그녀에게 향하던 시선을 거두고 정면을 응시했다. 병원이라는 말에 소스라치게 놀란 이수는 다급하게 입을 열었다.

"병원은 안 가요. 그러니 차 돌리세요."

"뭐라고? 지금 당신 상태가 어떤 줄 알아? 온 몸이 펄펄 끓고 있어."

이런 위급한 상황에서 병원을 마다하는 이수에게 화가 난 서준은 차갑게 대꾸했다.

"내 몸은 내가 더 잘 알아요. 집에 가서 쉬면 괜찮아진다고요."

"지금 나 때문에 이래? 내 무릎을 베고 누운 게 몸서리 쳐지도록 싫어서?"

서준이 화를 참으며 잇새로 내뱉었다. 이수는 세차게 도리질 치며 말했다.

"그 때문이 아니에요. 집에 가고 싶어서 그래요."

"아무리 그래도 병원에서 진료를 끝내기 전까지는 어림없어. 황 기사, 10분 안에 병원에 도착 못하면 그땐 해고할 테니까 알아서 해."

"싫어요, 병원은 절대 싫어요. 제발요, 서준 씨. 제발요……."

불안한 눈동자로 이수는 말을 토해냈다. 필사적으로 애원하는 그녀를 혼란스러운 눈으로 쳐다보다가 서준은 답답하다는 듯 길게 한숨을 쏟아냈다. 그저 오기를 부려보는 것이라 생각했는데 생각 외로 이수는 필사적이었다. 흥분을 가라앉히며 그가 차분하게 물었다.

"그렇게도 병원이 싫어?"

"네."

"집에서 쉬면 나아진다는 말 믿어도 돼?"

확신에 찬 표정으로 이수는 힘주어 고개를 끄덕였다. 잠시 창밖을 내다보던 그가 쏟아져 나오는 한숨을 삼키며 단호하게 말했다.

"좋아, 만약 시간이 지나도 차도가 없으면 지체 없이 병원으로 간다고 약속해."

"네."

안도하며 고개를 끄덕이는 이수를 뚫어지게 바라보던 서준이 황 기사를 향해 말했다.

“차 돌려.”

이수가 사는 원룸에 도착하자 황 기사가 뒷좌석으로 달려왔다. 이수를 등에 업히라는 듯 그가 바짝 몸을 내리자 서준이 차갑게 말했다.

“내가 안지.”

그제야 순간적으로 오버했음을 깨달은 황 기사는 멀찌감치 떨어져 섰다.

“곧바로 약국으로 달려가 해열제하고 몸살 약 좀 사 가지고 와.”

이수를 안아든 서준은 황 기사에게 지시를 내리고 성큼성큼 원룸을 향해 걸어갔다. 서준의 모습이 원룸 안으로 사라지자 우두커니 서 있던 황 기사는 열려있는 문을 닫고 휴대폰을 그 안에 던져버렸다. 채 5분도 안 돼 재촉 전화가 올 것을 미리 예감했기 때문이었다.

비밀번호를 물어 집 안으로 들어온 서준은 눈을 감고 있는 이수를 침대에 눕히고 수건을 적셔 왔다. 불덩이 같은 이마에 재빨리 수건을 얹고 재킷 안주머니에서 휴대폰을 꺼내들었다.

어서 해열제부터 먹여야한다는 생각에 황 기사에게 전화를 걸었지만 아무 반응이 없자 서준은 초조한 얼굴로 방안을 이리저리 서성거렸다. 오늘따라 황 기사가 전에 없이 마음에 들지 않았다.

만약 이수가 깨기 전에 병원에 도착했더라면 지금쯤 확실한 조치도 취했을 테고 느긋한 마음으로 이수를 보고 있을 거였다. 그러니 거북이 걸음걸이같이 운전을 한 황 기사가 곱게 보일 리 만무했다.

사실 서울 시내의 교통 체증을 감안하면 황 기사는 최선을 다해 운전을 한 것일 텐데도 서준은 그런 것 따윈 염두에 둘 정신이 없었다. 한껏 초조해진 그가 바닥에 내던진 휴대폰을 들어 다시 전화를 걸었다.

"젠장!"

사람 목소리 대신 음악소리만 내내 들려오자 서준은 짧은 욕설을 내뱉고 이수에게 다가갔다.

"멍청이 윤이수."

그녀의 젖은 머리를 쓸어주며 그가 중얼거렸다. 분명 아침부터 몸이 좋지 않았을 텐데도 지금까지 버틴 미련함에 화가 치밀어 올랐다.

딩동, 딩동.

애잔한 눈으로 이수를 바라보는데 구원 같은 초인종소리가 들려왔다. 황급히 몸을 일으킨 그가 뚜벅뚜벅 걸어가 현관문을 열었다.

"늦어서 죄송합니다. 헉헉, 여기 약……."

"차에 가서 대기하도록 해."

그가 가차 없이 약봉지를 잡아채고 매정하게 문을 닫았다. 어서 이수에게 약을 먹여야겠다는 생각 뿐 그 어느 것도 안중에 없는 그였다. 뛰듯이 후다닥 방으로 들어온 그가 침대 머리맡에 앉아 이수를 조심스럽게 일으켜 안고 약 수저를 디밀었다.

"아, 해."

한없이 부드러운 음성에 이수는 살짝 눈을 뜨고 입을 벌렸다. 그가 입 안까지 넣어준 오렌지 빛 액체를 힘겹게 두 번을 삼킨 그녀가 기운 없다는 듯 다시 눈을 감았다. 그런 그녀를 조심스럽게 침대에 눕히고 서준은 물수건을 들었다.

바쁘게 욕실을 오가던 그는 잠시 침대에 걸터앉아 시계를 들여다보았다. 네 시에 사장실에 해외영업실적 보고를 하기로 한 게 문득 떠오르자 잠시 골똘히 생각하다가 전화기를 들었다.

서준은 급한 일이 생겨 조금 더 자리를 비울 것 같으니 미팅을 내일로 조정해달라는 말을 소희에게 전하고 곧바로 전화를 끊었다. 망설임도 없이 전화기를 내린 손이 곧바로 이수의 이마에 닿았다. 해열제를 먹인지 벌써 두 시간이 지났는데도 아직도 열은 떨어질 기미가 보이지 않았다. 어느새 뜨뜻해진 물수건을 집어 들고 또다시 욕실로 향하려는데 휴대폰이 울려댔다. 미간을 찡그리며 전화기를 바라보던 그는 발신자를 확인하고 곧바로 손을 뻗었다.

"네."

—상무님, 지금 회사에 일이 생겨 사장님께서 급하게 찾으십니다.

"무슨 일입니까?"

서준의 물음에 당황한 듯 소희는 곧바로 답변을 하지 못했다. 그동안 아무리 급한 출장길이라 해도 한 번도 이렇게 되물은 적이 없던 그였다. 하물며 제주도로 출장을 갔을 때도 두 말 않고 날아온 그였는데 지금은 뭔가 심각한 일이 있는 듯 미적거리고 있었다.

—우리 회사 영업사원이 자살을 했다고 합니다. 그게 방금 전 뉴스에 떴고요.

"30분 후에 다시 통화하죠."

잠시 말이 없던 서준은 단호하게 말하고 전화를 끊었다. 생각지도 못한 상사의 반응에 멍해진 소희는 끊긴 전화기를 들고 한참 동안 눈만 굴렸다.

한편 전화를 끊은 서준은 아무 일도 없었다는 듯 태연한 얼굴로 욕실로 들어갔다. 서늘한 수건을 머리에 얹어주고 초조하게 바라보던 그는 이수의 숨소리가 한결 편안해진 걸 느끼고 수건을 걷고 이마에 손을 얹었다. 이제야 약이 효과를 보이는지 불덩이 같던 이마가 조금은 서늘해졌다. 안도의 한숨을 내쉬며 서준은 다시 욕실로 들어갔다. 지금 이 상태로 몇 시간만 더 유지된다면 어느 정도 안심할 수 있는 상황이었다.

약속대로 전화를 끊은 지 정확히 30분 만에 서준은 소희에게 전화를 걸었다. 사장실에는 휴대폰이 꺼져 있어 통화가 안 된다고 말하라고 일러두고 아예 휴대폰 전원을 꺼버렸다. 지금은 그 무엇보다도 이수가 제일 중요했다. 하지만 이건 분명 바보 같은 짓이었다. 그리고 윤이수는 그에게 이런 대접을 받을 만한 여자가 아니었다. 오히려 처절하게 증오해야 할 대상이었다. 그런데도 미친놈처럼 왜 이러는지 모를 일이었다.

도저히 머리로는 이해할 수 없는 행동은 아마도 깊은 내면에 도사리고 있는 진실일 것이다. 말로는 윤이수를 잊었다 자신하면서도 다 비워내지 못한 그 무언가가 남아 있었기에 지금 이토록 강하게 잡아끄는 것이리라. 그렇기에 이젠 그 어느 것도 확신할 수가 없다. 자신이 윤이수를 정말로 증오하고 있는 건지, 아니면 미치도록 그녀를 갈망해서 제대로 된 판단 자체가 불가능해진 건지 도무지 모르겠다.

서준은 사고 소식을 들은 지 네 시간 만에 회사로 들어왔다. 다행히 사무실로 들어오기 전에 영업부 직원들을 소집해놨었기에 곧바로 회의는 시작되었다.

세 시간 동안 마라톤 회의를 끝내고 서준은 자정이 가까워서야 사장실로 들어섰다.

"도대체 뭐하는 인사야?"

온몸의 신경 줄을 팽팽하게 당기고 있던 한 사장은 서준을 보자마자 버럭 소리부터 질렀다.

"죄송합니다."

재떨이가 날아올지 모른다고 각오했던 서준은 한 사장의 고함소리에 묵묵히 고개를 숙였다.

"도대체 뭐에 정신 팔려 이제야 코빼기를 보이는 게냐?"

"죄송합니다."

"무슨 일인지 말 못하겠다?"

"죄송합니다."

한결같은 서준의 대답에 울화가 치밀어 한 사장은 서류로 책상을 탕탕 내리쳤다.

"죄송하다는 말만 벌써 몇 번째인 줄 아니? 차라리 벽에 대고 묻는 게 빠르겠구나."

"……."

복장 터진다는 한 사장의 말에 서준이 침묵하자 한숨을 길게 내쉬며 한 사장은 체념하듯 말했다.

"네 녀석이 묻는다고 냉큼 대답할 인사도 아니니 더는 묻지 않겠다. 그래, 대책 회의 결과는?"

서준은 침묵을 깨고 곧바로 입을 열었다.

"지금 당장 아버님과 제가 빈소로 가서 고인의 영정 앞에 명복을 빌어주고 유족들에게 조의를 표하는 게 우선일 것 같습니다."

서준의 말에 한 사장은 고개를 끄덕였다.

"그래야겠지. 그럼 사후 처리에 대한 방안은 윤곽이 잡힌 게야?"

"이번 기회에 영업사원들 임금 체계를 전면 재조정해야 할 것 같습니다. 목표치도 실현 가능한 금액으로 다시 책정하고 영업 사원들의 스트레스 지수를 최대한 낮출 수 있는 방안을 고심해야 할 것 같습니다."

"사람이 스트레스로 죽었다는데 잘못된 시스템은 완전히 뿌리 뽑아야겠지. 그리고 언론에는 굳이 대응할 것 없이 행동으로 보이도록 해라."

"알겠습니다."

"이번 일, 설렁설렁 할 생각 말고 직원과 회사, 쌍방 모두에게 득이 되는 방안을 연구해서 확실한 개선책을 수립하도록 해."

"네. 다시는 이런 일이 일어나지 않도록 철저히 준비하겠습니다."

"그럼 고인에 대한 처우는 내일 다시 논의하기로 하고 당장 빈소로 출발하자꾸나."

"네, 아버지."

이미 중역을 통해 고인에 대한 보상 문제 및 언론 대응 문제에 대해 한 차례 보고를 받은 한 사장이었다. 하지만 이상하게도 마음이 진정되지 않았다.

현재 국내 제약 회사들은 외국계 회사에 비해 신약 특허권을 갖고 있지 않은 관계로 전체수익 가운데 약 판매가 차지하는 비율이 너무 큰 상황이었다. 그러다보니 회사에서는 영업사원들을 빠듯하게 조일 수밖에 없었고 한미 FTA 체결로 시장경쟁이 과열된 상황이어서 부담은 더 클 수밖에 없었다.

그렇다 해도 이젠 영업시스템에 어떤 식으로든 변화는 꼭 필요한 상황이었다. 그 일을 아들이 맡은 이상 잠시 혼란은 겪게 되겠지만 결국엔 노사 모두에게 흡족할 만한 결과물이 나올 거라는 걸 한 사장은 확신했다. 누가 뭐래도 아들은 명석했고 신중하며 자기가 내뱉은 말에 대해서는 끝까지 책임지는 사람이었다. 그런데 회사 일이라면 그 무엇보다도 우선인 아들이 무슨 급한 일이 있었기에 이제야 얼굴을 내밀었을까? 혹시…….

잠시 골똘히 생각하던 한 사장은 문득 윤이수를 떠올렸다. 말도 안 되는 생각이라는 걸 알면서도 아들의 철통같은 이성을 단번에 무너뜨릴 수 있는 사람은 윤이수 한명 밖에 없기에 자연스럽게 연상되었다.

"혹시, 너……."

머릿속에 빙빙 맴도는 가능성에 대해 물으려던 한 사장은 고개를 저으며 입을 닫았다. 이미 3년 전에 두 사람은 끝이 났고 서준은 분명 이수가 싫증이 나서 차버렸다고 했으니 두 사람이 다시 만날 일은 절대로 없는 것이다. 서준은 자신의 입으로 한번 내뱉은 말을 절대로 번복할 위인이 아니기에 지금 이 추측은 공연한 노파심에 불과했다.

"가자."

한 사장은 재빨리 생각을 털어버리고 성큼 걸음을 옮겼다. 그 뒤를 서준은 묵묵히 따랐다.

3년 전 이수는 급격한 아랫배의 통증으로 응급실을 찾았다가 뜻하지 않게 수술을 받게 되었다.

원인은 난소 낭종. 왼쪽 난소에 12센티미터 가량의 커다란 물혹이 있었는데 그 혹이 꼬여있었고 초음파 검사 상 종괴가 관찰되고 격막이 있는 다발성 소견을 보였다.

응급 수술을 마치고 마취에서 깨어나자마자 이수는 의사에게 필사적으로 물었다. 아이를 가질 확률은 얼마나 되느냐고. 그 말에 파란 눈의 여의사는 그녀를 한참 동안 바라보다가 힘겹게 입을 열었다.

한쪽 난소 제거로 난소 기능이 점차 저하될 확률이 큰 데다가 자궁 내벽이 워낙 얇아 아이를 가질 수 있는 확률은 지극히 희박하다며 지금은 불임에 대한 걱정보다 종괴가 더 이상 다른 곳으로 전이

되지 않게 신경 쓰는 게 가장 급선무라고 했다. 결국 기적이 일어나지 않는 한 아이를 가질 수 없다는 선고에 이수는 그대로 혼절했고 무저갱의 암흑 속을 해매다 이틀 만에 깨어났다.

그 후 이수는 학교도 그만두고 방 안에만 틀어박혀 지냈다. 빛이란 빛은 모조리 차단하고 어둠속에서 막막한 현실을 저주하며 한탄했다. 그리고 정확히 일주일 만에 빛으로 걸어 나온 그녀는 함께 병원에 동행했었던 윤혁에게 연극을 제안했고, 그럴 수 없다며 펄쩍 뛰던 윤혁은 다른 남자를 물색하겠다는 이수의 말에 어쩔 수 없이 승낙을 하게 되었다.

공교롭게도 윤혁이 옆집으로 이사를 한 상태여서 갑작스럽게 찾아온 서준을 감쪽같이 속일 수가 있었다. 물론 그 연극이 완벽한 시나리오가 될 수 있었던 데에는 경비 아저씨의 공이 가장 컸다. 매달 이수를 찾아올 때마다 서준은 경비실에 빵이며 음료수를 빼놓지 않고 챙겼고, 그 덕에 불시에 찾아온 서준의 행보를 이수에게 미리 귀뜸해줄 수 있었다. 정말이지 기가 막힌 타이밍이었고, 감히 그 상황을 의심조차 할 수 없는 완벽한 연출이었다.

"무슨 생각을 하는 거지?"

묵묵히 운전에만 열중하던 서준이 나직하게 물었다. 물끄러미 창밖을 응시하며 회상에 잠겨있던 이수는 가만히 고개를 돌려 그를 바라보았다.

드디어 이수는 오늘 서준의 수행비서 자격으로 함께 시간을 보내게 되었다.

2주 전 앓았던 몸살로 두 사람 사이에 흐르던 싸늘한 기류는 미세하게 달라져 있었다. 늘 가시를 세운 것처럼 뾰족했던 서준은 조금은 유해진 모습이었고 그녀를 향해 신랄하게 내뱉던 독설도 거의 사라진 상태였다.

"세상은 참 씩씩하구나 생각했어요."

담백하게 대답하고 그녀가 또 다시 창밖으로 얼굴을 돌리자 서준은 짙어진 눈으로 그녀의 실루엣을 훑어 내렸다.

구불구불하게 세팅한 윤기 나는 긴 갈색 머리와, 팔과 다리를 의도적으로 망사로 감싸고 있는 드레스를 더듬어가던 서준이 어느 순간 인상을 썼다.

아무리 끔찍했던 옛 일을 떠올리려 해도 이젠 그의 이성이 좀처럼 말을 듣지 않는다. 그날, 엘리베이터에 죽은 듯 쓰러져있던 모습과 열이 펄펄 끓어 금방이라도 신기루처럼 사라져버릴 것 같은 모습만이 자꾸만 눈앞에 어른거려 그의 심장을 옥죄었다.

혼란스러운 마음을 억지로 몰아내듯 서준은 퉁명스럽게 물었다.

"오늘 동행하는 파티가 많이 부담스러운가?"

"조금은요."

창가에 시선을 고정시킨 채 이수는 무덤덤하게 대답했다.

"어째서?"

"파티는 처음인데다가 그런 자리 별로 좋아하지 않으니까요."

파티가 처음이라는 말에 서준은 피식 웃었다. 하지만 오늘만은 이수의 말을 전적으로 믿고 싶었다. 조금은 부드러워진 음성으로 그가 다시 물었다.

"처음이라면서 좋을지 안 좋을지 어떻게 알지? 의외로 체질에 맞을 수도 있어."

"그랬으면 좋겠네요."

시니컬하게 대답하는 이수를 보며 서준은 설핏 웃었다.

"나한테만 시큰둥한 건가? 아니면 다른 남자에게도 그런가?"

"글쎄요. 아마도 공적으로 가는 자리라 그리 즐겁지만은 않은지도 모르겠어요."

한없이 무감각해 보이는 이 여자가 잠자리에서 얼마나 뜨겁고 열정적인지 몇 명의 사내들이 알고 있을까? 자신에게 했던 것처럼 다른 남자들에게도 그렇게 열렬하게 반응했을까? 당장이라도 이수의 입술에서 뜨거운 신음소리를 이끌어내고 싶은 마음이 간절하게 솟아올랐다.

"당신이 원한다면 사적인 자리로 바꿀 수도 있어."

"농담 그만하세요."

서준의 대답에 가슴이 쿵하고 내려앉은 이수는 말갛게 웃으며 말을 돌렸다.

"농담이라……."

이수의 말을 조용히 읊조리던 서준은 맥없이 웃으며 길고 섬세한 손가락으로 핸들을 꽉 움켜쥐었다. 말도 안 되는 상상, 세상에 여자가 윤이수 단 한명만 남는다 해도 절대로 품지 않을 거라는 맹세가 한순간에 무너질 수도 있다는 사실에 그는 속으로 경악했다.

그 충격으로 서준은 별장에 도착할 때까지 한마디도 하지 않았다. 하지만 길게 이어지던 침묵은 차에서 내리는 순간 곧바로 사라졌다.

서울 근교에 위치한 별장은 힐사이드 스타일과 레이크사이드 스타일이 공존된 건물로 언밸런스하면서도 서로 묘하게 조화를 이루고 있었다. 산뜻한 노란색 철문이 가로등 불빛에서 생동감 있게 빛났고 푸른 정원은 그림처럼 아름다웠다.

"마치 그림 같아요."

감탄하며 중얼거리는 이수에게 다가온 서준이 표정을 풀며 낮게 속삭였다.

"저곳을 우리들은 뭐라 부르는 줄 알아?"

"뭐라고 부르는데요?"

기대에 찬 눈빛으로 묻는 이수의 얼굴이 마치 호기심 가득한 어린 애 같았다.

"식인종의 오두막."

그 말에 이수는 이해가 안 간다는 듯 고개를 갸웃거렸다. 설명하듯 서준이 덧붙였다.

"이곳으로 여자들을 데려오면 제 아무리 콧대 높은 여자라도 친구 놈 밥이 되거든. 아름다운 정원 풍경과 나른한 분위기에 홀려서."

그제야 이수는 이해한다는 듯 고개를 끄덕이며 질문을 했다.

"그렇게 비명횡사한 여자들이 몇 명이나 되는데요?"

"모르지. 열 명, 어쩌면 백 명?"

서준의 대답에 이수는 긴장을 풀며 방긋 웃었다. 그 미소에 기분이 좋은지 서준은 은근한 톤으로 다시 말을 이었다.

"당신도 조심하라고. 그 녀석이 언제 식인종으로 돌변할지 모르니까."

거짓말이라는 걸 알면서도 순간적으로 오싹해하던 이수가 어깨를 움찔거리며 놀란 표정을 짓자 슬그머니 고개를 돌린 서준은 속으로 미소를 머금었다. 잠시 후 그가 무뚝뚝한 어조로 말했다.

"팔짱 껴."

"……."

이수가 눈을 동그랗게 뜬 채 말없이 쳐다보기만 하자 서준이 볼멘 소리로 덧붙였다.

"제대로 업무수행 좀 하지."

그 말에 이수는 떨떠름한 표정을 지으며 조심조심 그의 팔에 손을 끼워 넣었다. 지극히 사무적인 음성이 곧바로 흘러나왔다.

"부탁하지. 오늘만큼은 완벽한 수행비서가 돼 줘."

서준의 요구에 아랫입술을 지그시 깨물던 이수가 덤덤하게 대답했다.

"알겠습니다."

마치 가면을 뒤집어 쓴 것처럼 딱딱하게 굳어버린 얼굴을 가만히 내려다보며 서준은 씁쓸하게 웃었다. 아까부터 의지를 배반한 심장이 점점 거세지는 소리에 온몸의 신경이 예민하게 곤두섰다.

"한서준!"

속으로 욕설을 내뱉으며 정원 안으로 들어서는데 진성이 그를 불러 세웠다. 오늘의 주인공답게 머리부터 발끝까지 말쑥하기 그지없었다.

"생일 축하한다."

"고맙다. 내 죽마고우."

한 발 그에게 다가간 서준이 먼저 축하 인사를 건넸다. 진성은 서준을 힘차게 포옹하며 무방비 상태에 있는 이수에게 윙크를 날렸다. 연한 갈색머리에 화사한 베이지 톤 재킷을 걸친 진성은 딱 보기에도 바람둥이처럼 보였다. 그에 비해 온통 검은색으로 휘감은 서준은 권위적이면서도 날렵한 한 마리 흑표범 같았다.

"네놈 덕에 여기 온 여자들 오늘 제대로 눈 호강 좀 하겠다."

"미친놈."

서준이 콧방귀를 뀌며 야유 섞인 눈빛을 보내자 진성은 툴툴거렸다.

"너 이 자식, 이런 자리 얼마 만에 온 줄 알아? 3년 전에 정신없이 경식이네 집에서 뛰쳐나가고선 처음이다. 그나저나 저 아리따운 아가씨는 누구? 혹시 네놈 반쪽이냐?"

진성은 비스듬히 얼굴을 기울이며 은근한 목소리로 물었다. 서준이 애매한 표정으로 피식 웃자 진성은 눈가에 잔뜩 호기심을 매달고 이수를 관찰했다.

"그 썩은 동태 눈깔 좀 치우고 빨리 안내나 하지?"

점점 게슴츠레해지는 눈빛이 마음에 안 드는지 서준의 말투가 뾰족했다. 서준이 그러거나 말거나 아예 이수에게 눈길을 못 박은 채 진성은 바짝 다가섰다.

"저 녀석 외모만 끝내주지 실속은 하나도 없지 않습니까? 원하신다면 제가 대신 즐겁게 해드릴 수도 있는데 어떻습니까?"

진성의 너스레에 이수는 참지 못하고 웃어버렸다. 좀 전 서준이 말해준 식인종의 오두막이 생각나자 핸섬한 진성의 얼굴위로 이빨만 하얀 새까만 식인종 얼굴이 덧씌워졌다.

"웃는 모습이 상큼한 오렌지 같습니다. 미스……."

"윤이수예요."

"아, 윤이수 씨? 그런데 언제 우리가 만난 적이 있었던가요?"

"글쎄요?"

애매하게 대답하고 이수는 말끄러미 진성을 응시했다. 한 번 본 사람을 잘 기억하지 못하는 진성이 고개를 갸웃거리며 진지하게 고민하자 이수는 또다시 웃음을 터트렸다. 진성이 머쓱해하며 은근한 어조로 속삭였다.

"아무래도 파티 끝나고 조용히 만나서 심도 있는 대화를 나눠봐야 기억이 날 것 같은데 어떻습니까? 콜!"

"농이 지나치다 박진성. 오늘 밤 파트너에게 얼마나 시달리려고 수작질이냐?"

끝까지 느물거리는 진성을 향해 서준이 차갑게 내쏘자, 가자미눈을 한 진성은 기회라는 듯 서준을 놀렸다.

"한서준, 너 지금 지금 이 포스 뭐냐? 혹시 질투?"

"괜히 욕 벌지 말고 빨리 네 파트너에게나 가봐라. 지금 눈이 눈썹 위까지 올라와 있으니까."

"알았다, 인마. 내 눈치 빠르게 사라져주마. 이수 씨, 어서 안으로 들어가시죠."

말과 달리 진성이 이수 옆으로 바짝 다가서자 서준은 못 말린다는 듯 고개를 흔들고 재빨리 이수의 손을 잡아끌었다.

초록 융단이 시원하게 펼쳐진 정원은 이미 모여든 사람들로 화사했다. 얼떨결에 손을 잡힌 채 안으로 들어온 이수는 어느 순간 손바닥으로 전해지는 뜨거운 열기에 깜짝 놀라 황급히 손을 빼냈다.

"여어, 한서준, 오랜만이다."

얼굴을 붉힌 채 시선을 돌리고 있는 이수를 서준이 아쉬운 눈길로 쳐다보는데 한 무리의 남자들이 그를 향해 걸어왔다. 그것을 신호로 어느새 여기저기 무리를 지어 있던 남자들이 약속이나 한 듯 모두 그 주위로 모여들었다.

한껏 긴장으로 굳어있던 이수는 서준이 친구들에게 빙 둘러싸이자

들릴 듯 말 듯 안도의 한숨을 내쉬며 조용히 몸을 돌렸다. 조용하고 한산한 정원 끝으로 걸어와서 와인을 한 손에 든 채 차분하게 주위를 둘러보았다.

저 멀리 잔잔하게 흔들리는 호수가 희미한 가로등 불빛에 보석을 깔아놓은 듯 반짝거렸다. 이래서 나른한 분위기에 홀린다고 했던가? 은은하게 흘러나오는 음악과 주위 풍경에 어느새 이수의 마음은 조금씩 들떠 갔다. 감탄한 얼굴로 잔잔하게 미소 짓던 이수는 문득 몸을 돌려 환하게 웃고 있는 서준을 바라보았다.

눈이 부실 정도로 근사한 미소를 짓고 있는 서준은 그 무리 속에서도 단연 돋보였다. 와인이 들린 긴 손가락과 미풍에 흔들리는 부드러운 머리칼이 가슴을 한없이 설레게 만들고 호탕한 웃음소리가 감각을 아찔하게 만들었다. 미련한 마음이라고 한껏 조소를 보내면서도 그와 함께 있는 순간순간이 얼마나 심장을 전율케 하는지를 떠올리게 만들었다.

어찌하지 못하는 무기력함과 단칼에 끊어내지 못하는 아둔함이 그녀를 한껏 비웃었다. 이러지도 저러지도 못하는 상황에 쓴웃음만 짓던 이수는 괴로운 마음에 손에 들고 있던 보라색 와인을 숨도 쉬지 않고 들이켰다.

"와인을 좋아하나 봐요?"

바로 옆에서 들려오는 간드러진 음성에 이수는 잔을 내리고 황급히 몸을 돌렸다.

돌부처도 돌아보게 할 만큼 요염한 눈빛과 환상적인 몸매의 소유자 이서린이 그녀를 빤히 쳐다보고 있었다.

"네, 조금은요."

어느새 냉정을 되찾은 이수는 미소를 되돌렸다. 서린이 조급하게 물었다.

"한서준 씨와 함께 왔죠?"

"네."

"한서준 씨 굉장히 까다로운 사람인데 어떻게 잡았어요?"

붉은 빛 드레스에 감싸인 서린의 풍만한 가슴이 무척이나 섹시하다고 생각하던 이수는 대답 대신 옅은 미소를 지었다.

"전에 결혼할 여자 있다는 소문이 돌던데 혹시 당신은 아니죠? 그야 당신이었다면 벌써 결혼했을 테죠. 뭐 죽고 못 사는 여자가 있다더니 그것도 다 뜬소문이었나 봐."

서린의 말이 이수의 심장을 날카롭게 후벼 팠다. 죽어도 좋을 만큼 행복했던 그 시절이 폭주하듯 심장을 뚫고 빠져나오려 했다.

"사실 그 남자 내가 몇 년 동안이나 목매며 애 닳아 했어요. 3년 전 어느 날인가, 한밤중에 술이 만취해서 날 불러냈을 땐 이제야 이 남자가 내 품으로 떨어지는구나 하고 속으로 쾌재를 불렀죠. 그런데 호텔에서 그 남자 어땠는지 알아요? 온갖 기술을 동원해 남성을 일깨우려 했는데도 전혀 반응을 보이지 않더군요. 그래도 희망의 끈을 놓지 않았는데 얼마 전에 그 남자를 다시 만나고서야 깨달았어요. 왜 그동안 수많은 여자들의 유혹 앞에서도 그가 무심할 수 있었는지를."

서준과 서린이 오래전부터 연인 사이일 거라고 확신했던 이수는 당황스러웠다. 혼란스러운 표정을 그대로 얼굴에 드러내며 이수가 물었다.

"무슨 이유였는데요?"

"한서준 씨 발기불능이죠? 그렇죠?"

자신의 추측이 맞기를 간절히 바라는 서린의 눈빛에 이수는 말없이 미소만 지었다. 초조하게 그녀의 입술이 열리기만을 기다리던 서린은 답답한지 재촉하듯 다시 말을 이었다.

"누구한테도 말 안 할 테니까 솔직하게 얘기해 봐요."

"제가 알고 있기론 한서준 씨 지극히 정상적인 남자예요. 아마도 그날은 술이 너무 과해서 그랬을 거예요."

황당하고 기막힌 상황에서 이러지도 저러지도 못하던 이수는 가까스로 말을 둘러댔다.

"당신이 직접 확인한 건가요?"

눈을 반짝이며 서린은 은근히 간을 보았다. 입 밖으로 튀어나오려는 '네' 소리를 재빨리 삼키며 이수가 대답했다.

"알다시피 한서준 씨 아무한테나 잡히는 남자 아니잖아요. 저도 건너들은 얘기예요."

"그래요? 그 말이 사실이라면 한서준 씨 정말 지독한 남자네요. 도대체 어떤 여자를 만나고 있기에 꽁꽁 싸매고 있는지 몰라. 그나저나 이번엔 무슨 바람이 불어 아무 여자나 데리고 생일파티에 참석했는지 모르겠네요."

안도해하면서도 청초하고 우아한 이수의 모습에 다소 심기가 불편해진 서린은 불쑥 내뱉었다. 자신을 비하하는 말에도 이수는 불쾌한 표정 대신에 미소를 머금고 말없이 그녀를 응시했다. 그 시선에 머쓱한지 서린은 입술을 삐죽 내밀며 볼멘소리로 말했다.

"그렇다고 당신이 형편없다는 말은 아니에요. 솔직히 질투 날 만큼 충분히 매력 있어요."

"당신도 아름다워요."

진심을 담아 이수가 대꾸하자 당연하다는 듯 서린은 어깨를 으쓱하며 와인을 입으로 가져갔다. 천천히 와인을 음미하던 그녀가 눈을 가늘게 뜨며 속살거렸다.

"저기 당신의 파트너가 오네요. 그럼 난 이만."

서린이 황급히 자리를 뜨고 얼마 지나지 않아 서준이 다가왔다. 그의 손에 노란 빛깔의 샴페인이 들려 있었다.

"백만 불짜리 호수를 본 소감이 어때?"

건조하게 물었지만 내려앉는 숨결이 제법 뜨거웠다. 분위기와 방금 마신 와인으로 묘하게 들떠 있던 이수는 뜨거운 숨결이 느릿하게 귓속을 파고들자 가늘게 몸을 떨며 나직하게 대꾸했다.

"식인종에게 홀릴 만해요."

서준은 큰 소리로 웃었다. 오랜만에 듣는 그 웃음소리가 잔잔하게 그녀의 가슴을 파고들었다.

"배고프지 않아?"

반짝이는 이수의 눈동자를 지그시 바라보며 서준은 눈을 빛냈다.

"조금은요."

"그럼 식사하러 가지."

서준은 자연스럽게 이수의 어깨를 감쌌다. 갑작스러운 동작에 얼굴이 화끈 달아오르고 심장이 사정없이 조여들자 이수는 흠칫 어깨를 떨며 그를 보았다.

"파티니까 감수해."

태연한 서준의 말에 이수는 두근거리는 가슴을 애써 진정시키며 옅은 미소를 머금었다. 느릿하게 걸음을 옮기며 서준은 동그란 그녀의 어깨를 조심스럽게 매만졌다. 뭐라 말하기도 애매한, 그러면서도 점점 더 뜨거워지는 손길에 이수는 슬며시 서준을 살폈다. 하지만, 불처럼 뜨거운 손길과 다르게 그의 얼굴엔 그 어떤 동요도 없었다. 마치 그녀의 어깨가 늘 그의 손에 닿았던 것처럼 자연스러운 표정과 움직임이었다. 그런 모습에 안도해하면서도 어느 순간, 그 어떤 상실감이 빠르게 그녀를 훑고 지나갔다.

"이런 자리 늘 귀찮았는데 오늘은 오길 잘했다는 생각이 들어."

밝은 표정으로 서준이 입을 열자 이수는 잠시 대답을 망설였다. 그럴 리가 없는데도 자신과 함께 온 이 자리가 기껍다는 소리로 들려와 기분이 묘했다.

"오늘 이곳에 참석하지 않으면 친구 분이 인연 끊는다고 했다면서요?"

마음의 동요를 감추기 위해 부러 장난스럽게 묻는 이수를 물끄러미 바라보던 서준은 빙그레 웃으며 물었다.

"이서린이 얘기해줬나?"

"네."

"맞아. 그래서 오긴 했지만 즐거운 건 사실이야."

산뜻한 서준의 대답에 이수의 입가에 옅은 미소가 피어올랐다. 그녀 또한 이런 자리가 한없이 어색하고 불편할거라 생각했는데 생각외로 거부감은 들지 않았다.

조금은 풀어진 마음으로 두 사람은 뷔페 음식이 세팅되어있는 곳에 다다랐다. 그리고 약속이나 한 것처럼 두 사람은 접시를 들고 음식을 덜어 한적한 테이블로 향했다. 하지만 자리에 앉는 순간부터 사람들의 시선이 두 사람에게 따라 붙었다.

서준에겐 여자들의 몽롱한 시선이, 이수에겐 질투와 감탄이 뒤섞인 시선이 식사를 하는 내내 머물렀다.

이상하게 그 눈길들이 그녀의 마음을 더없이 차분하게 가라앉혀주고 있었다. 미칠 듯이 뛰어대는 심장도 터질듯이 조여들던 아랫배도 어느새 고요해졌다.

"음식은 입에 맞아?"

이수의 손이 바쁘게 움직이는 것을 뿌듯한 얼굴로 바라보던 서준이 속삭이듯 물었다.

"네, 야외에서 먹으니까 더 맛있는 것 같아요."

오늘 만큼은 자신도 긴장을 풀고 가볍게 이 자리를 즐기리라 결심했다. 상사의 기분을 살피는 것 또한 수행비서가 해야 할 일 중에 하나니까.

"다행이군. 많이 먹어."

근사한 정원만큼이나 음식도 근사해 이수는 한 접시를 모두 비웠다. 이수가 포크를 내려놓고 와인을 한 모금 머금자, 잔을 내려놓는 서준의 눈꼬리가 살짝 접혀 올라갔다.

시원한 미풍과 나른한 음악이 기분 좋게 살갗을 휘감자 이수는 상기된 표정으로 서준을 바라보았다. 그녀를 마주하는 그의 눈가에 어느덧 따스함이 스며들었다.

식인종의 오두막에 홀린 듯이 한참 동안 두 사람은 서로를 바라보았다. 그러는 사이 재즈 풍으로 흐르던 음악은 감미로운 선율로 바뀌었고, 그것을 신호로 커플들이 정원 한가운데로 모여들었다. 어느 순간, 정원을 환하게 비추던 불빛들이 그윽해지자 커플들의 몸이 점점 틈 없이 밀착되었다. 그 광경을 물끄러미 바라보던 서준이 이수를 향해 조심스럽게 말을 건넸다.

"우리도 나갈까?"

스무 쌍 중 이미 반 이상이 블루스에 동참했고 남은 사람들도 하나 둘 플로어로 걸음을 옮기고 있었다. 이런 상황 속에서 서준만 멍하니 자리를 지키게 할 수 없어 이수는 가만히 고개를 끄덕였다.

정원 플로어로 나오자마자 서준은 이수의 양손을 잡아 올려 자신의 목에 두르게 한 다음 자연스럽게 허리를 끌어안았다. 단단한 두 팔이 예고 없이 허리를 감싸자 이수는 잠시 움찔했다. 하지만 이내 그의 품에 가만히 얼굴을 기대고 리듬을 따라 천천히 몸을 움직여 갔다.

꿈속에서도 잊지 못했던 매혹적인 서준의 체취는 단번에 후각을 점령하고, 다소 거칠게 들려오는 심장 소리는 어느새 그녀의 가슴 안으로 아릿하게 감겨들었다.

"윤이수……."

감미로운 서준의 음성에 고개를 든 이수는 흑요석처럼 까맣고 태양처럼 강렬한 서준의 눈동자에 그대로 빨려들어 갔다. 이성을 마비시키고 모든 것을 내던지게 만드는 그 눈빛에 이수는 두려움 섞인 눈으로 그를 보았다.

"내가 말 안했던가? 당신 오늘 너무 아름다워."

언제나 그녀를 달뜨게 했던 눈부신 미소를 매단 서준을 이수는 홀린 듯 멍하니 바라보았다. 애태우듯 느릿하게 움직이는 손끝이 척추를 매만지다가 조용히 아래로 내려갔다. 숨쉬기도 힘들 정도로 황홀한 쾌감을 안겨주는 손길에 어느새 이수의 몸은 마시멜로처럼 말랑말랑해졌다.

어느 순간, 외면할 수도 도망칠 수도 없는 서준의 마력에 야금야금 갇혀버린 이수는 숨조차 쉬지 못한 채 거대한 블랙홀처럼 그에게 빨려들고 있었다.

* * *

"나이스 샷!"

서준 부(父), 한 사장이 핀 홀 가까이 있는 공을 살짝 밀어 홀 안으로 밀어 넣자 인희가 뛸 듯이 기뻐하며 환호했다. 그런 인희를 향해 서 회장은 은근한 타박을 늘어놓았다.

"넌 애비보다 한 사장이 홀인 한 게 더 기쁜 게야?"

"그럴 리가 있겠습니까? 오랜만에 제가 점수가 나니까 반가워서 그러는 게지요."

온통 그린 빛으로 시원하게 펼쳐져있는 티잉그라운드 안, 서 회장 부녀와 한 사장 부자가 정답게 골프장을 누비는 중이었다. 3개월에 한 번, 양가의 두 부자(父子)는 함께 라운딩을 하며 친목을 나누었다. 늘 함께 나오던 서 회장의 장남이 태국으로 급하게 출장을 간지라 오늘만은 특별히 인희가 따라나섰다.

"그래도 그렇지 애비가 홀인 할 때는 일언반구 없더니만 한 사장이 홀인을 하니 난리도 아주 이런 난리가 없네그려. 이거 아무래도 나보다 한 사장이 더 좋은가 보이."

"아빠도 참! 아까부터 자꾸만 왜 그러세요?"

서 회장의 말에 인희는 얼굴을 붉히며 서준을 바라보았다.

흰색 골프웨어를 입고 무감각한 얼굴로 한 사장의 뒤를 따르는 서준은 아까부터 내내 침묵을 고수하고 있었다.

장신의 키에 역삼각형 몸매가 멀리서도 한눈에 들어오는데 근접해 본 모습은 꼴깍 침이 넘어갈 정도로 멋졌다. 바짝 다물어진 붉은 기가 도는 입술과 강인한 턱 선을 지나 탄탄한 구릿빛 팔뚝으로 시선을 내리던 인희는 어느 순간 서준의 검은 눈동자와 시선을 마주치자 어색하게 미소를 지었다.

"한 사장, 오늘은 그만하고 식사나 하러 가세."

"그렇게 하시지요."

서 회장이 골프채를 옆구리에 붙이며 시원한 음성으로 말을 건네자 한 사장은 흔쾌하게 대답했다.

"아빠, 저 오늘 캐비아 먹고 싶어요."

한 사장이 캐비아를 가끔 즐긴다는 것을 알고 있는 인희는 서 회장의 팔짱을 끼며 애교 있게 말했다. 그 말에 서 회장은 너털웃음을 지으며 고개를 끄덕였다.

한옥의 정취가 물씬 풍기는 음식점으로 들어선 네 사람은 곧바로 VVIP실로 안내되었다. 건물이 한옥으로 지어져 전통 한정식집일 것 같지만 예상과는 다르게 동, 서양의 메뉴가 공존하는 퓨전 음식점이었다. 그 중에서도 캐비아 요리가 가장 유명해 부유층들이 즐겨 찾는 곳이었다.

"한 상무, 자네는 너무 빈틈이 없어. 젊은 사람이 가끔은 여자문제로 입방아에도 오르고 그래야지 어째 한 번도 그런 소문이 없는 게야."

난향이 은은하게 스며든 방안을 미소를 머금고 둘러보던 서 회장이 한 치의 빈틈도 없이 꼿꼿하게 앉아있는 서준을 향해 말을 던졌다.

"제 자식이 변변치 못해서 그렇습니다."

서준이 말없이 미소만 머금자 한 사장이 말을 받았다.

"그런 말이 아니고, 뒷수습이 깔끔하여 그러는 것인지, 아니면 정말로 사생활이 그리 깨끗한 건지 궁금해 묻는 게지."

"아빤 사람 무안하게 왜 그러세요. 서준 오빠가 어디 오빠들처럼 아무 여자한테나 껄떡대는 줄 아세요?"

"제가 백 프로 장담은 못하지만 아직은 남의 입방아에 오르지 않을 정도의 처신은 하고 있는 것으로 알고 있습니다."

"부전자전이라더니 딱 자네인가 보구먼."

날카로운 눈빛으로 서준을 유심히 살피던 서 회장이 호탕하게 말을 잇자 자부심 깃든 눈길로 서준을 응시하며 한 사장은 대답했다.

"전 이 녀석처럼 재미없게 살지는 않습니다."

서 회장이 껄껄 웃으며 농담조로 말했다.

"혹시, 남자 구실을 못하는 건 아니겠지?"

"아빠!"

가만히 미소를 머금고 있던 인희가 소리를 빽 지르자 서 회장은 놀라는 시늉을 하며 덧붙였다.

"저리도 훤칠한 외모에 너무도 뒤가 깔끔하니 그런 게지. 하여간 한 사장은 자식 하나는 참 반듯하게 키웠어."

"회장님께선 아들을 셋이나 두지 않으셨습니까?"

서 회장이 한없이 부러운 눈길을 보내자 머쓱해진 한 사장은 만면에 미소를 머금으며 대답했다. 그 말에 서 회장은 혀를 끌끌 찼다.

"아들이 세 놈이면 뭐하나? 한 상무 하나보다 못한데. 내 한 상무 같은 아들 하나만 있었어도 진즉에 웃으며 황천길로 떠났네."

"무슨 그런 말씀을 하십니까? 눈에 넣어도 아프지 않은 따님에 듬직한 아드님들까지 다 가지신 회장님이십니다. 그만 놀리십시오."

서 회장의 넋두리에 한 사장이 펄쩍 뛰며 위로하자 그의 눈빛이 절로 따사로워졌다.

"그야, 우리 인희야 어디 내놔도 나무랄 데가 없지. 그래서인지 오래 전부터 쟁쟁한 집안에서 혼담이 물밀듯 밀려든다네."

"축하드립니다, 회장님. 저도 인희 양 같은 예쁜 딸 하나만 더 있으면 소원이 없겠습니다."

한 사장의 말이 더없이 반가운지 서 회장은 그 말을 덥석 받아 멀리 치고 나갔다.

"그리도 우리 딸이 어여쁘면 우리 사돈을 맺는 것이 어떠한가. 난 자네 아들이 욕심나고, 자넨 내 딸아이가 욕심이 난다 하니 이보다 더 좋은 방법이 어딨겠나."

"그 말이 참이십니까? 그렇게만 된다면 저야 더 할 나위 없이 좋습니다."

갑자기 분위가가 이상하게 돌아가자 표정을 굳히며 서준은 난감한 표정을 지었다. 농인지 진담이지 분간하기 애매해 그저 관망만 하고 있었지만 오가는 대화가 한없이 불편했다.

어젯밤 이수와 함께 했던 시간이 내내 머릿속을 어지럽히는 통에 즐기던 골프 라운딩마저 재미를 느낄 수가 없었던 그였다.

꿈같던 지난밤의 여운이 아직도 그의 몸에 작은 파장을 일으키고 욕망을 뜨겁게 부추기고 있었다. 그녀를 만지면 어떤 기분인지, 그녀 안은 얼마나 황홀한지 샅샅이 알고 있는 녀석은 밤새 그녀를 내놓으라며 미친 듯이 날뛰어댔다.

'그냥 모른 척 안아버렸으면 순순히 안겼으려나? 그러다 지난번처럼 거부하면? 아마도 멈출 수 없었겠지. 그래도 이렇게 고통스러울 줄 알았더라면 이성이고 나발이고 다 던져버릴걸 그랬다.'

끈끈한 긴장감과 뜨겁게 달아오른 육체를 제어하지 못할 것 같아 손끝하나 건드리지 않고 조용히 이수를 보낸 걸 서준은 내내 그렇게 후회에 후회를 거듭하고 있었다.

"한 상무는 어떤가?"

생각에 빠져있던 서준은 서 회장의 말에 얼른 생각을 몰아내며 입을 열었다.

"죄송합니다. 전 아직 결혼 생각이 없습니다."

서준의 대답이 의외라는 듯 서 회장의 얼굴에 일순 당황한 표정이 스쳐갔다.

"그게 무슨 소린가? 결혼생각이 없다니."

"아빠! 갑자기 결혼 얘기를 꺼내시니까 오빠가 당황해 하잖아요. 그리고 저도 아직은 결혼 생각 없어요. 그러니 그 얘긴 그만하세요."

서준의 표정을 내내 살피던 인희가 투정 섞인 어조로 단호하게 말하자, 서 회장은 아무 말도 못하고 눈동자만 굴렸다. 정색하는 서준을 바라보던 한 사장이 조심스럽게 입을 열었다.

"갑자기 말이 나오니 아무래도 두 사람이 쑥스러운가 봅니다."

"십대들도 아니고, 나이가 몇인데 결혼 생각들이 없어."

작은 태양이라 불리는 자연산 캐비아와 블리니, 그리고 몇 가지의 요리들이 테이블위로 세팅되는 것을 물끄러미 쳐다보며 서 회장은 혀를 찼다.

"아빠, 그러지 마시고 이것 좀 드셔보세요."

사슴뿔로 만든 스푼으로 용기 안에 들어있는 캐비아를 한 수저 떠서 인희가 서 회장 앞으로 들이밀자 한 사장은 부러운 듯 쳐다보았다. 과하지 않을 정도의 애교와 발랄하고 구김살 없는 인희가 더없이 마음에 든다는 눈빛이었다.

"아저씨도 많이 드세요."

생글생글 웃으며 인희가 한 사장을 챙기자 서 회장은 눈을 가늘게 뜨고 인희를 바라보았다.

점심을 먹고 돌아오는 차 안에서 한 사장은 말없이 창밖만 응시하는 서준을 물끄러미 바라보다가 조심스럽게 입을 열었다.

"인희를 보고 있으면 마음이 햇살처럼 환해지더구나."

"네."

아무 감흥 없다는 듯이 무뚝뚝한 대답에 한 사장은 입 밖으로 새어 나오려는 한숨을 꾹 삼켰다. 역시나 인희에게는 조금도 관심이 없는 듯했다. 그야, 단 한 여자를 제외하고는 그 어떤 여자에게도 관심이 없던 아들이었다. 그래도 그 여자를 만나기 전에는 가끔씩이나마 여자를 가까이 하는 듯도 하더니 그때 이후로는 영 여자와 담을 쌓고 지내는 눈치였다.

그렇게나 죽고 못 살더니 떨어져 지낸지 고작 6개월 만에 아들의 마음이 변했다는 게 지금까지도 선뜻 납득이 가지 않는다. 그렇다고 오로지 아들만을 눈에 담고 있던 이수가 변했을 리도 만무하니 그저 난감할 뿐이었다.

이수와 헤어지고 난 후, 아들의 눈은 생기라곤 찾아볼 수 없을 정도로 공허하게 말라버렸다. 괴로운 심정을 조금도 내보이진 않았지만 한 사장은 어렴풋이 느끼고 있었다. 감당 못할 정도로 뜨겁게 뛰어대던 아들의 심장이 북극의 얼음덩어리만큼이나 싸늘하게 식어버렸음을.

그렇기에 영 마음에 차지 않는 이수와 헤어졌다는 사실이 기쁘기보다는 가슴이 저릿했었다. 그런데 그 상처도 이젠 어느 정도 아물었는지 요즘 들어 아들의 눈빛이 조금씩 생기를 찾아가고 있었다. 그 이유가 인희 때문인가 하고 조심스럽게 점쳐보았지만 그건 아닌 것 같았다. 조금은 서운하기도 하지만 그래도 조금씩 되살아나는 아들의 생기어린 눈빛이 한 사장은 마냥 반가울 뿐이었다.

"이제 너도 적지 않은 나이니 하루라도 빨리 배우자감을 찾아보도록 해라. 혹시라도 따로 마음에 둔 여자라도 있는 거니?"

"아닙니다."

단호한 서준의 말에 한 사장은 나직하게 한숨을 내쉬며 강경하게 말했다.

"손이 귀한 집에서 그동안 얼마나 배려하며 기다려 줬는지는 네가 더 잘 알 것이다. 아버님이 생존해 계셨다면 어림도 없는 일이었고, 지금도 네 어미와 난 애간장이 다 녹아내릴 지경이야. 그러니 올해까지만 기다려보고 가망 없다 싶으면 내가 나설 것이다."

"……."

"왜 대답이 없니?"

서준이 묵묵부답하며 한숨만 삼키자 한 사장은 재촉하듯 다시 물었다.

"알겠습니다."

서준아, 넌 우리 가문의 보물이다. 만약 네 어미가 널 낳지 못했다

면 소박을 놓았을 텐데, 때마침 네가 들어서서 이 집안에 평화를 안겨줬단다. 그러니 너도 스무 살만 넘으면 당장 결혼부터 하도록 하거라. 그것이 이 할애비를 가장 기쁘게 하는 일인 게야.

철이 들기도 전부터 귀에 딱지가 앉도록 할아버지께 들었던 소리였다. 그리고 서준이 대학에 입학을 하자마자 또다시 시작된 설교들…….

아무리 요즘 시대가 바뀌었다고 하지만 뒤로 여러 명의 첩을 거느리는 사내들이 얼마나 많은 줄 아느냐? 그건 그만큼 남자로서 능력이 있다는 소리니 너도 여러 명의 여자를 거느렸으면 좋겠구나. 그렇지 않다 해도 네 아버지처럼 한 여자만 바라보는 모범생은 절대로 되지 말거라. 알겠니?

하지만 할아버지의 바람과는 달리 서준은 여자들에게 무관심했다. 그렇다고 여자를 전혀 만나지 않은 건 아니지만 심장을 화들짝 깨어나게 만드는 여자는 단 한 번도 만날 수가 없었다.

아버지께 알겠노라 대답은 했지만 다른 여자와 함께 지낸다는 상상만으로도 가슴이 세차게 조여들었다. 이수와 결혼을 결심했을 때 온 세상이 장밋빛으로 물들었던 것과는 확연하게 다른 느낌. 그렇다 해도 더 이상 결혼을 미룰 수 없는 게 그가 처한 현실이었고 떠안아야 할 운명이었다.

* * *

"오늘 저녁은 뭐 해 먹을까?"

거실 바닥에 누워 이리 뒹굴, 저리 뒹굴, 엑스레이를 찍어대던 현주가 눈을 반짝 빛내며 물었다.

"뭐가 먹고 싶은데?"

무언가 당기는 것이 있을 때 더없이 화사해지는 현주의 눈빛을 캐치한 이수는 미소를 담고 물었다.

"스파게티. 로제 스파게티가 먹고 싶당."

크림과 토마토소스를 혼합해 만든 로제 스파게티를 먹고 싶다는 현주의 말에 이수는 벌떡 몸을 일으켜 주방으로 걸어갔다.

"역시 윤이수는 멋진 여자야. 말 한마디에 즉시 궁뎅이가 들린다니까. 여자인 나도 가끔씩 널 볼 때마다 가슴이 뛴단다."

"그만 입 다무시지. 지금 한 말은 아부가 아니라 완전 폭탄 수준이다."

몸을 돌린 이수가 미소를 머금은 채 퉁사리를 주자 현주는 몸을 벌떡 일으키며 눈꼬리를 홱 치켜 올렸다.

"뭐시라? 이 고매하신 인격의 소유자더러 폭탄?"

"그러니까 아부도 적당히 해. 그런 아부는 오 과장님한테 하면 아주 유용할 것 같은데."

이수가 현주만 보면 이상야릇한 눈빛을 보낸다는 노총각 과장을 들먹거리자 그녀의 눈에서 새빨간 불길이 뿜어졌다.

"미쳤냐? 내가 그 꼴통한테 그런 느끼한 아부를 하게. 그러느니 차라리 이대로 자폭하고 만다."

현주가 거실 바닥을 박박 긁으며 절규하자 빙그레 웃던 이수는 다시금 현주를 놀렸다.

"대머리면 어때? 그런 남자가 그렇게 정력이 좋다잖아. 그리고 집안도 빵빵하다면서."

"네 이년! 내 오늘 널 잡아 물고를 낼 게야!"

매섭게 눈을 치켜뜨며 벌떡 일어난 현주가 이수의 허리를 잽싸게 잡아챘다.

"살려줘, 제발 살려줘, 현주야."

현주가 이수의 몸 곳곳을 간질이자 허리를 꺾으며 이수는 죽는 시늉을 했다.

"그러게 왜 남의 아픈 가슴을 건드리냐, 건드리길? 넌 오늘 죽은 목숨인 줄 알아, 이것아."

"얼른 로제 스파게티 해줄게. 그리고 아까 탐내던 와인도 오픈할게. 제발 현주야……."

어제 별장을 나올 때 진성이 챙겨준 와인이었다. 오늘 밤 이 와인에 취해 달콤하고 진득한 밀어를 나누라며 그는 덤으로 윙크까지 보탰다. 그 말에 왜 그리도 가슴이 두근거리던지, 그대로 심장이 튀어나오는 줄 알았다.

결국 아무런 소득도 없었지만 진득하게 가라앉은 서준의 눈동자를 얼핏 보아버린 이수의 몸 곳곳은 잔잔한 떨림을 시작으로 거칠게 파동 쳤다. 그리고 그 떨림의 여운은 지금까지 계속 이어지고 있었다.

한편, 아침에 눈을 뜨자마자 거실 장에 들어있는 와인을 발견한 현주는 큰 소리로 '심봤다!' 를 외쳤다. 그야, 감히 살 엄두는 못 내고 늘 탐만 내며 입맛을 다시던 보르도 샤토 슈발 블랑을 발견했으니 제 정신이 아닐 수밖에. 그리고 개봉하자는 말은 차마 못하고 지금까지 내내 이수의 눈치만 보고 있었다.

"그 말 진심이야?"

"그럼."

이수의 대답에 현주는 얼른 팔을 풀고 느끼한 미소를 날리며 콧소리를 냈다.

"고마웡. 내 사랑."

스파게티 면을 삶는 동안 이수는 준비해둔 재료를 올리브유에 볶았다. 마지막으로 먹기 좋은 크기로 썬 베이컨과 미리 데쳐둔 칵테일새우를 넣어 생크림을 부어주자 근사한 소스가 완성 되었다.

"우리 윤혁 선배도 부를까? 죽여주는 와인 있는데 우리만 먹으면 미안하잖아."

멀쩡한 집 놔두고 자유를 만끽하고 싶다며 두 사람이 살고 있는 옆 동네로 이사 온 윤혁은 쉬는 날 가끔씩 이곳을 찾아왔다. 그럼 이수는 잽싸게 안주를 만들었고, 윤혁이 사온 술을 마시며 세 사람은 담소를 나누었다.

그게 솔솔 재미가 붙는지 현주는 은근슬쩍 윤혁을 거론했다. 나쁠 것 없다는 생각에 이수가 선선히 고개를 끄덕이자 현주는 잽싸게 전화를 걸었고 윤혁은 알았다며 흔쾌히 대답했다.

면을 삶으려던 불을 끄고 와인 잔을 꺼내 닦는데 거실에 놓아둔 이수의 휴대폰이 울렸다. 잠시 물끄러미 바라보던 이수는 와인 잔을 든 채 거실로 향했다.

"네."

낮게 잠긴 음성이 매혹적으로 전화선을 따라 흘렀다.

—…….

전화를 건 상대방이 침묵하자 그 어떤 느낌으로 이수의 몸이 가늘게 떨려왔다.

"여보세요?"

—나야, 한서준.

잔잔하던 가슴 안으로 세찬 밀물이 들이치는 느낌에 이수의 숨소리가 잠시 거칠어졌다. 눈빛이 아련해지며 심장 부근에 작은 불길이 치솟자 와인 잔을 들고 있는 손이 조금씩 떨려오며 한껏 긴장이 차올랐다. 소리 없이 잔을 바닥에 잔을 내려놓은 이수는 떨리는 손을 심장 근처로 가져가며 입술을 움직였다.

"네."

—지금 뭐해?

"스파게티 만들고 있어요."

이수의 대답에 서준은 잠시 침묵했다.

전에 그의 오피스텔에서 자주 즐겨 먹었던 메뉴, 스파게티와 와인을 근사하게 식탁에 세팅해놓고 한껏 분위기를 내다가 결국은 스파게티 대신 그녀를 먹어치우던 그였다.

그녀가 손수 인테리어를 했던 그 추억의 장소에서 지금은 또 다른 사람들이 추억을 만들고 있을 것이다.

—잠깐…… 나올 수 있나?

한참 동안 침묵을 지키던 서준이 잠긴 음성으로 나직하게 묻자, 잠시 할 말을 찾지 못하던 이수는 조용히 물었다.

"업무수행인가요?"

—그렇다면?

수행비서는 언제 어디서건 상사가 원하면 그 옆을 지켜야 하는 거라 자위하며 이수는 대답했다.

"나갈게요."

—그럼 바로 나와.

그 말과 함께 전화는 끊어졌다. 전화기를 그대로 든 채 '뚜 뚜 뚜' 하는 결코 작지 않은 기계음을 이수는 멍하니 듣고 있었다. 아니, 그 소리보다 더 크게 울려대는 심장소리가 그녀의 정신을 아득하게 만들었다.

흰 블라우스에 무릎 위까지 오는 하늘빛 플레어스커트를 입고, 가는 회색 가죽 벨트로 허리를 감싼 이수가 모습을 드러냈다. 실핏줄이 다 보일 정도로 투명한 피부와 같은 빛깔의 흰 색 블라우스, 거기에 결 좋게 찰랑이는 긴 생머리가 그녀를 한없이 청순해 보이게 만들었다. 마치 갓 대학에 입학한 신입생이라고 해도 믿을 만큼 앳된 모습으로 걸어오는 이수를 서준은 취한 듯 몽롱한 눈으로 바라보았다. 이수가 자동차 가까이 걸어오자 서준은 문 손잡이로 손을 뻗어 힘껏 당겼다.

차 밖으로 몸을 내려서자마자 그가 긴 몸을 문에 기댄 채 담배 한 개비를 꺼내 입에 물었다. 폐부 속 깊이 담배 연기를 빨아들이자 터져버릴 것처럼 뛰어대던 심장이 이제야 조금은 진정이 되는 것 같았다.

담배 연기를 몇 모금 진하게 빨아들이고 그는 담배를 비벼 껐다. 옆에 있는 휴지통에 가볍게 잔해를 내던지고 고개를 돌리는데 이수가 그 앞으로 성큼 다가서며 목례를 했다. 그의 동공에 이수의 붉은 입술만이 생생하게 들어찼다.

"타."

서준이 조수석 문을 열어주며 단조롭게 말하자 이수는 말없이 자동차 안으로 몸을 밀어 넣었다.

"피곤하지 않아?"

정면으로 시선을 못 박은 채 부드러운 음성으로 서준이 물었다. 무릎 위에 올린 손을 꼭 말아 쥐던 이수는 긴장을 풀며 가볍게 대꾸했다.

"네. 당신은요?"

"어때 보여?"

시원한 블루빛 셔츠와 하얀 면바지, 거기에 흰 캔버스 운동화를 신은 서준의 모습은 무척이나 산뜻해보였다. 약간 흐트러진 검은 머리칼이 석양빛을 받아 부드럽게 일렁이는 걸 멍하니 바라보며 이수는 입을 열었다.

"하루 종일 휴식을 취한 사람 같아요."

"그 정도로 컨디션이 좋아 보여?"

"네."

"그래 보인다니 다행이군. 실은 아침부터 바쁘게 돌다가 이제야 겨우 여유가 생겼어."

서준의 대답에 이수의 얼굴이 잠시 그늘졌다.

"그럼 피곤하시겠네요."

"천만에. 저녁으로 파스타 괜찮지?"

걱정이 묻어나는 이수의 음성에 기분이 좋아진 서준은 미소를 머금으며 상쾌하게 물었다. 이수가 조용히 고개를 끄덕이자 그가 시동을 걸고 핸들에 손을 얹었다. 어느새 핸들을 돌리는 그의 손끝이 통통 튀는 공기방울 만큼이나 가벼워 보였다.

온통 화이트로 인테리어가 된 레스토랑 실내는 솜사탕처럼 달콤해 보였다. 곳곳에 걸려있는 갤러리 액자도, 야자수 나뭇잎에 가려져 있는 그랜드 피아노도 모두 하얀색이었다.

"마치 천사의 집에 온 것 같아요."

실내를 가만히 둘러보던 이수가 눈을 빛내며 말했다. 그런 그녀를 서준은 고요한 시선으로 바라보았다.

흰색과 유난히 잘 어울리는 이수였다. 처음 보았을 때 그는 그녀를 빛이라 착각했었다. 그 빛은 한순간에 그를 홀렸고, 한없이 무감각한 그를 돈키호테로 만들었다. 처음엔 그저 일시적인 혼돈일 뿐이라며 마음을 인정하지 않으려 했지만 결국 항복했고, 사랑을 인정한 순간부터 헤어지는 순간까지 그는 한마음으로 이수를 원하고 소유했었다.

그땐 마약처럼 하루라도 이수를 안지 않으면 죽을 것 같았다. 그래서 데이트다운 데이트 한번 즐기지 못하고 내내 그녀를 오피스텔에만 가두었었다. 둘이 유일하게 밖에서 시간을 보냈던 게 맛난 것을 먹이는 정도였고, 그 시간도 느긋하게 보내지 못한 채 오피스텔로 돌아가야 했다.

다른 연인들처럼 영화도 보고, 손잡고 놀이공원도 가고, 분위기 좋은 카페에서 느긋하게 서로를 마주보며 뜨거운 눈길을 주고받은 적도, 끓어오르는 욕망을 억지로 눌러 삼키며 고이 돌려보내준 적도 없었다. 그땐 몸과 마음이 주체 못할 정도로 타올라서 여자들이 그런 것을 얼마나 꿈꾸고 원하는지 생각조차 하지 못했다.

그리고 지난 시간 동안 가끔씩 생각했었다. 어쩌면, 이수는 이런 자신에게 질려 자유를 꿈꾸었던 것은 아니었을까? 대학을 갓 졸업한 생기발랄한 여자가 내색은 안 해도 그런 사랑을 꿈꾸는 것은 당연한 일이었을 테니까.

그런 상황에서 낯선 이국땅에서 만난 매력적인 젊은 남자들과 국적이 다른 여러 남자들에게 마음이 흔들리는 건 당연했다. 그 또한 타국에서 여자를 접했을 때 이상야릇한 느낌에 혼란스러웠었으니까.

그래서였을까? 이수가 처음 패션 공부를 하러 파리로 간다고 했을 때 완강히 반대했었다. 6개월 동안 수도 없이 안고 또 안았는데도 그녀를 향한 갈망이 사그라지기는커녕, 더욱 간절해졌기 때문만은 아니었다. 혹시라도 이수가 타국에서 다른 남자를 눈에 담으면 어쩌나 하는 기우 때문이었다. 결국 고집을 꺾지 못하고 파리로 보내기는 했지만 그래도 이수가 정말 그럴 거라고는 생각하지 못했다. 그렇기에 배신의 광경을 목격한 그 순간, 단칼에 그녀를 쳐냈고 자신의 심장마저 베어버렸다.

그럼에도 불구하고 또다시 가슴이 설렌다. 이제 그에게 허락된 시간은 고작 두 달하고 보름…….

"랍스타 테일 파스타 어때?"

매력적인 미소와 함께 서준이 묻자 이수는 조금은 상기된 표정으로 고개를 끄덕였다. 그러면서도 마치 처음 사랑을 고백했을 때와 같은 눈빛으로 빤히 쳐다보는 서준을 불편한 시선으로 바라보았다. 마치 둘 사이에 아무런 일도 없었다는 듯 행동하는 의도가 도무지 머릿속에 잡히지 않아 마음이 불안했다.

"먹어봐. 갓 구운 빵이라 부드러울 거야."

먹음직스럽게 세팅되어있는 애피타이저를 이수가 말없이 바라보기만 하자 서준은 작고 동그란 빵을 집어 이수 앞으로 밀어 주었다.

"맛있어요."

말은 그렇게 했지만, 달콤하면서도 녹아내릴 듯 부드러운 빵을 삼키면서도 이수는 아무런 맛도 느낄 수가 없었다. 전에 없이 부드럽고 다정한 서준 때문에 가슴이 정신없이 뛰어댔다.

"어제 잠은 잘 잤어?"

"네? 네. 피곤했는지 씻자마자 곧바로 쓰러졌어요."

서준의 말에 이수는 눈길을 피하며 어색하게 대답했다. 하지만 말과 달리 지난밤 파티의 여운으로 밤새 뒤척인 그녀였다. 서준의 품에 안겼던 순간이 생생하게 되살아나 내내 한숨만 내쉬었다.

"어젠 고마웠어. 친구 녀석들이 많이 부러워하더군."

"그래요? 도움이 됐다니 다행이네요. 저도 파티가 생각보다 즐거웠어요."

"그럼 앞으로도 종종 파티에 동석해주겠어?"

"네? 아, 네."

서준의 말에 당황한 이수는 얼결에 대답하고 시선을 내렸다. 그런 그녀를 서준은 깊어진 눈길로 바라보았다.

"흠, 금요일 날 보고 드린 대로 내일 오전 10시쯤 장 전무님 댁으로 꽃바구니가 배달될 예정입니다."

낮게 헛기침을 하며 이수는 사무적인 톤으로 빠르게 입을 열었다. 한번 들은 걸 잊어버릴 서준은 아니지만 그래도 이수는 다시 한 번 장 전무의 32주년 결혼기념일을 상기시켜 주었다. 이 자리는 사적인 자리가 아닌 업무의 일환일 뿐이라는 것을 저 자신에게 확실하게 인지시키고 싶었다.

"그래."

"그리고 출근하시자마자 일산 연구소로……."

"윤이수."

이수의 말꼬리를 자르며 서준은 낮게 이수를 불렀다. 일순 말을 멈춘 이수는 서준을 마주 볼 자신이 없어 커다란 눈을 한번 깜빡이고는 비스듬히 시선을 내렸다. 서준이 강렬한 시선으로 그녀를 잡아끌며 천천히 입을 열었다.

"혹시…… 3년 전 일을 후회한 적 없나?"

그동안 의식적으로 외면해 왔던 그날을 갑자기 끄집어내는 서준이 낯설게만 느껴져 이수는 소리 없이 눈만 깜빡였다.

"그건 왜 물으시죠?"

한참 만에 흘러나온 목소리가 그녀조차도 낯설게 느껴져 미간이 절로 모아졌다.

"문득 궁금해서."

무심한 어조였지만 서준의 얼굴에 미세한 긴장감이 서리는 걸 이수는 보았다. 한 번도 이 남자가 자신에게 미련이 남아 있을 거라고는 생각해 보지 않았다. 그 누구보다도 자존심 강하고 오만한 사람이기에 한번 버린 것에 미련을 가질 거라고는 감히 짐작조차 하지 못했다. 그렇기에 그 방법을 선택했던 거고, 그 선택은 완벽했다 믿고 있었다.

"듣지 않는 편이 좋을 거예요."

"그래도 듣고 싶다면?"

답은 이미 나와 있는 거나 마찬가지였다. 듣지 않은 편이 낫다는 말이 무슨 뜻인지 서준처럼 머리 좋은 사람이 모를 리가 없었다. 그럼에도 불구하고 왜 이렇게 집요하게 묻는 걸까?

무슨 의도로 대답을 강요하는지 도무지 가늠이 되지 않아 이수는 한참 동안 대답을 망설였다.

"후회했나?"

"그렇지 않다는 거 아실 텐데요?"

이수의 대답에 서준은 인상을 찡그렸다. 그는 무감각한 표정으로 그녀를 잠시 건너보다가 가벼운 어조로 물었다.

"만약 지금이라도 내가 다시 손을 내민다면 잡을 건가?"

이수는 놀라서 들고 있던 포크를 그대로 놓아버렸다. 조용한 실내에 '챙그랑' 하는 소리가 날 서게 울렸지만 이수는 서준의 얼굴만 뚫어지게 응시했다.

늘 꿈속을 떠돌던 부드럽던 손길과 관능적인 입술, 그리고 달콤한 환희……. 하지만 그것은 그녀가 절대로 꿈꾸어서는 안 되는 금단의 열매였다.

"사양하겠습니다. 전 그때 일은 까맣게 잊었으니까요."

소리 없는 눈물을 삼키며 이수는 입을 열었다. 감정이라곤 전혀 실리지 않은 대답에 서준은 쓰게 웃었다. 잠시 전 세팅된 랍스타 테일 파스타를 느릿하게 휘저으며 그가 중얼거리듯 말했다.

"그렇군. 앞서 말했듯이 문득 궁금해서 물어본 것뿐이야. 그러니 그만 긴장 풀어."

삐딱하게 웃는 서준의 표정은 산뜻했다. 뭐라 크게 비웃을 줄 알았는데 생각보다 덤덤한 모습에 이수는 한숨을 돌렸지만 왠지 모르게 기운이 쭉 빠졌다. 아니라는 걸 알면서도 내심 진심이길 바라는 어리석은 미련이 가슴을 짓눌렀다.

"우리 건배 한번 할까?"

보랏빛이 감도는 와인을 들어 올리며 서준이 경쾌하게 말하자 이수도 얼떨결에 잔을 들었다.

"세상의 모든 연인들을 위하여."

술잔을 부딪치며 서준은 나직하게 읊조렸다. 단숨에 와인을 비운 그가 한껏 깊어진 눈으로 이수를 바라보았다. 아까부터 자꾸만 눈길이 가던 핑크빛 입술이 어느 순간 유혹적으로 오므려지자 그의 단전에 한껏 힘이 들어갔다.

와인 한 병을 다 비운 후에야 두 사람은 밖으로 나왔다. 와인을 제법 많이 마신 서준은 대리운전 기사에게 차 키를 건네고 뒷좌석에 이수와 나란히 앉았다.

고르지 못한 숨소리와 고요한 침묵, 거기에 무릎이 맞닿을 만큼의 거리. 좀 전 와인으로 풀어진 마음이 또다시 세차게 소용돌이쳤다.

의식적으로 서준과 거리를 둔 이수는 애써 마음을 가라앉히며 창밖만 뚫어져라 쳐다보았다. 그러느라 스커트가 허벅지 위까지 말려 올라간 것도, 블라우스 안에 감싸인 가슴이 유난히 도드라져 보이는 것도 의식하지 못했다.

술기운에 눈을 감고 있던 서준은 아까부터 잔잔하게 떨려오는 묘한 흥분에 숨 쉬기가 불편했다. 게다가 은은한 라일락 향기를 풍기며 약간 몸을 틀고 앉아있는 이수의 모습은 그 떨림을 더욱 가속화시켰다.

3년 전, 철저하게 감정을 죽였다 생각했는데 그건 그렇게 믿고 싶어 하는 환상이 빚어낸 신기루였다. 언제나 무의식을 사로잡고 있던 그녀, 그렇기에 그 어떤 여자도 그를 흥분시키지 못했다.

"도착했습니다."

상념을 일깨우듯 대리 기사가 무거운 침묵을 가르자 눈을 뜬 서준은 재킷 안주머니에서 지갑을 꺼냈다.

"수고했습니다."

다시 돌아가야 할 서준이 대리 기사에게 지폐를 건네는 것을 본 이수는 문손잡이로 손을 뻗으며 황급히 말했다.

"오늘 감사했습니다. 그럼."

"잠시만."

이수가 문을 열려는 순간 갑자기 서준이 그녀의 손을 잡았다. 그 사이 대리 기사가 문을 열고 밖으로 나갔다.

"하실 말씀이 뭐…… 앗!"

말도 끝나기 전에 서준은 강한 손길로 이수를 잡아끌었다. 그의 품 안에 갇혀버린 그녀가 자세를 바로 하려 몸을 바르작거리자 그가 그대로 그녀를 자동차 시트 위에 눕혔다.

"이, 이러지 말아요."

뜨거운 숨결이 바로 코끝으로 밀려들자 이수는 눈을 동그랗게 뜨며 그를 밀쳐내려 애썼다.

"쉿……."

그녀의 입술에 손가락을 대며 그가 나른하게 속삭였다. 어둠속에서 까만 눈동자가 그녀를 삼켜버릴 듯 거세게 일렁거리자 두려움과 설렘으로 그녀의 심장이 거칠게 뛰었다. 이수가 홀린 듯 멍하니 그를 쳐다보기만 하자 그가 천천히 얼굴을 내려 그녀의 입술을 덮었다.

부드러운 그의 입술 감촉을 느낀 순간 이수의 몸이 빠르게 깨어났다. 그를 밀어내야겠다는 생각은 어느새 방향을 잃고 흩어졌고 가슴은 풍선처럼 부풀어 올랐다. 반항하던 손길을 내리고 이수가 가쁘게 숨을 몰아쉬자 그는 서서히 입술을 움직였다. 혀끝으로 입술을 간질이고 할짝거리다가 힘껏 빨아들였다.

그 자극만으로도 그간 억눌러왔던 감각이 폭발할 것 같았다. 허리 아래서 시작된 열기가 어느새 파문처럼 번져나가 온몸을 짜릿하게 만들었다.

다시는 욕심내서는 안 되는 남자, 그렇기에 늘 표정을 중무장하고 덤덤해지려 애썼다. 하지만 한낱 신기루일지도 모를 지금, 그녀는 간절히 서준을 원했다. 이 순간이 어쩌면 신이 마지막으로 그녀에게 자비를 베푸는 것일지도 모른다고 애써 자위하며 스스로를 합리화시켰다. 결심한 듯 그녀가 손을 올려 부드럽게 서준의 등을 쓸었다. 넓고 단단한 등을 천천히 쓰다듬다가 군살 하나 없는 옆구리를 꽉 움켜쥐었다.

"하, 윤이수……."

이수의 입술을 섬세하게 애무하던 서준이 앓는 소리를 내며 다소 거칠게 입안을 파고들었다. 숨을 앗아버릴 듯이 입안 공기를 모조리 삼키고 구석구석을 맹렬하게 휘젓다가 보드라운 혀를 감아올렸다.

그의 불같이 뜨거운 키스에 그녀의 손이 더욱 대담하게 움직였다. 허리를 쓰다듬던 손이 셔츠 안으로 들어가 맨살을 쓸자 그가 부르르 몸을 떨며 그녀의 입안을 삼켜버릴 듯 흡입했다. 몸에서 불이 나는 것 같았다. 아니 차 안은 이미 불바다로 변해 있었다.

욕망의 화신이 된 서준은 거침없이 움직였다. 그녀의 귓가로 뜨거운 숨결을 불어넣으며 블라우스 단추를 하나씩 풀어 내렸다.

하나 둘, 셋…… 마침내 허리 아래까지 단추를 풀어 내린 그가 블라우스를 젖히자 새하얀 가슴골이 달빛 아래 드러났다. 언제나 그의 눈을 사로잡았던 완벽한 가슴 계곡이 눈앞에 펼쳐지자 그의 눈동자가 욕망으로 까맣게 이글거렸다. 태워버릴 것 같은 그의 눈빛에 크림빛 브래지어에 감싸인 가슴이 세차게 들썩거렸다.

"하아!"

흡사 먹이를 노리는 맹수처럼 어둠속에서 날카롭게 눈을 빛내던 서준은 커다란 손으로 가슴을 움켜쥐고 입술을 내렸다. 브래지어에 감싸인 가슴을 손으로 애무하며 혀를 내려 가슴 계곡을 음미하듯 천천히 핥았다. 그 자극만으로도 한껏 민감해진 이수는 앓는 소리를 내며 관능적으로 몸을 비틀었다. 그 모습에 숨죽이고 있던 허벅지 사이의 불기둥이 금방이라도 그녀를 뚫어버릴 듯 한껏 팽창됐다.

"미치겠군."

그를 불구덩이에 몰아넣으려는 듯 이수가 그의 하체를 은밀하게 자극해오자 서준이 으르렁거리며 나직하게 읊조렸다. 좀 더 여유를 두고 싶은데 점점 더 참기가 힘들어져 갔다. 목을 뒤로 한껏 젖히고 거칠게 숨을 몰아쉬던 그가 재빨리 등 뒤로 손을 넣어 능란하게 브래지어 훅을 풀고 아래로 끌어내렸다.

보는 것만으로도 숨을 멎게 하는 아름다운 가슴과 그의 입술을 기다리듯 꼿꼿하게 일어선 분홍빛 유두가 그를 숨도 쉴 수 없을 만큼 몰아붙였다. 이미 사나워질 대로 사나워진 욕망이 허리 아래서 맹렬하게 들끓어댔다.

"하아……."

감당할 수 없는 뜨거운 열망에 그가 미친 듯이 혀를 놀렸다. 그 사나운 불길이 이수를 태워버릴 듯 휘감자 그녀의 몸이 활활 타올라

격렬하게 꿈틀거렸다.

"하흣, 하! 하아……."

그의 혀가 집요하게 움직일수록 이수의 신음소리도 점차 끈적해져 갔다. 그의 등에 손톱을 박아 넣으며 뇌쇄적인 신음을 흘리다가 요염한 허리짓으로 그를 유혹했다. 언제나 끝 모를 환희를 안겨주던 샘 안에 강하게 욕망을 묻어버리고픈 욕구에 온몸이 빠근해지고 혈관의 피가 미친 듯이 소용돌이치자, 아플 정도로 유두를 빨아대던 서준이 손을 내려 스커트 속으로 집어넣었다. 단숨에 스타킹과 속옷을 끌어내리고 음부를 매만지다가 곧바로 샘 안으로 파고들었다.

"하!"

흠뻑 젖어있는 속살로 굵은 손가락이 단숨에 파고들자 이수가 숨을 참으며 짧은 비명을 쏟아냈다. 3년 전과 다름없이 뜨거운 속살이 손가락을 꽉 물자 서준의 몸이 바르르 떨렸다.

"아픈가?"

너무나 갑작스러운 침입에 걱정이 된 서준은 나직하게 물었다. 괜찮다는 듯 이수가 곧바로 옅게 미소 짓자 그가 내부를 더듬으며 깊숙이 손을 밀어 넣었다. 마침내 그의 손에 부푼 돌기가 매만져지자 있는 힘껏 그곳을 자극했다.

"하아……. 흐응……."

서준의 가슴을 부드럽게 애무하던 이수가 흐느끼며 젖꼭지를 힘껏 비틀자 눈을 질끈 감고 신음을 삼키던 서준은 벨트를 풀고 지퍼를 내렸다. 살짝 몸을 들어 거칠게 바지를 잡아 빼고 그녀의 중앙에 자세를 잡고 탱탱한 엉덩이를 움켜잡았다. 마사지를 하듯 천천히 주무르다가 허리를 받치고 거대하게 솟은 불기둥을 여성 입구로 가져가자 붉은 꽃잎이 바르르 떨렸다. 까맣게 타오르는 눈빛으로 그곳을 응시하며 미끌미끌하게 젖은 귀두로 살짝 벌어진 꽃잎을 살살 문지르다가 천천히 샘 안으로 밀어 넣었다.

"흡!"

터져 나오려는 신음을 황급히 삼키며 이수는 어금니를 꽉 깨물었다. 흠뻑 젖어있었지만 여전히 서준은 버거웠다. 어둠 속이라 이수의 찡그린 얼굴을 자세히 볼 수 없었던 서준은 자신을 품은 속살이 전보다 더 빈틈없이 조여오자 숨을 참으며 상체를 뒤로 젖혔다. 그가 생각했던 것보다 그녀 안은 더 비좁았고 쾌감은 상상을 초월할 만큼 강렬했다.

"힘 빼."

뿌리 끝까지 파고들고 싶은 걸 간신히 참으며 서준은 부드럽게 말했다. 그 말에 이수는 희미하게 웃었다.

그 미소에 서준은 왠지 모르게 가슴이 먹먹해졌다. 심장이 뻐근해지고 뜨거운 감자를 삼킨 것처럼 목구멍이 얼얼했다.

"힘든가?"

"아니요."

산뜻한 이수의 대답에 안심한 서준은 잔뜩 움츠렸던 엉덩이를 움직여 단번에 여성 안을 꿰뚫었다.

"헉!"

거대한 불기둥이 내장을 뚫어버릴 듯 파고들자 이수는 짧게 비명을 내질렀다. 끊을 듯이 분신을 조여 대는 뜨거운 속살 때문에 짐승처럼 울부짖던 서준은 금방이라도 사정을 할 것 같은 얼굴로 이수를 바라보았다. 아픈 듯 찡그린 이마와 살짝 핏물이 밴 입술을 가만히 바라보다가 서준은 한숨을 내쉬었다. 긴 한숨 소리에 이수는 얼른 표정을 풀고 괜찮다는 듯 그의 허리를 쓰다듬었다.

그가 무슨 말인가를 하려는 듯 입술을 달싹이다가 그대로 얼굴을 내려 어루만지듯 입술을 머금었다. 비릿한 피 맛이 느껴지는 입술을 녹여버릴 것처럼 부드럽게 핥고 쓸어내리다가 입안을 가르고 조심스럽게 들어갔다.

날카로운 통증으로 숨도 쉴 수 없었던 이수는 서준의 다정하고 배려 깊은 키스에 조금씩 몸을 열기 시작했다. 구석구석 입안을 애무하고 휘감은 혀를 정성껏 쓰다듬던 그가 얼굴을 내려 가슴을 희롱하자 간질간질한 감각이 온몸으로 퍼져나가 그녀를 적셨다.

어느새 달아오를 대로 달아오른 여체가 엉덩이를 들썩이며 불기둥을 조였다 풀었다를 반복하자 몽롱한 얼굴로 서준은 천천히 허리를 움직였다. 자궁 안을 빈틈없이 채운 남성이 내벽 주름을 샅샅이 훑고 자극하자 신음하던 이수는 그의 어깨를 움켜쥐며 리듬에 맞춰 허리를 돌렸다. 지독히도 황홀한 쾌감과 흥분으로 흠뻑 젖은 샘 안에서 어느새 단물이 뚝뚝 흘러내렸다.

"미쳐버릴 것 같아."

그녀 안으로 파고 들 때마다 폭발할 것처럼 저릿저릿한 열기가 머리끝까지 솟구치자 서준은 신음처럼 내뱉었다. 그의 힘찬 동작에 용광로처럼 타들어가던 이수는 엉덩이를 흔들며 끊을 듯이 그를 조여댔다.

이수의 가슴을 양손으로 문지르며 속력을 내던 서준이 미끈한 두 다리를 번쩍 들어 어깨에 걸쳤다.

"하읏! 하! 하아……."

너무나 강렬하게 파고드는 서준 때문에 이수는 까무러칠 듯이 숨을 헐떡거렸다. 쉴 새 없이 몰아치는 욕망이 지독히도 강렬해 그녀는 몇 번이나 자지러지며 날아올랐다.

"하, 서준 씨……."

이대로 온몸이 폭발할 것만 같아 이수는 애원하듯 서준을 불렀다. 그 속삭임에 숨차게 움직이던 그가 입술을 뜨겁게 덮었다. 구석구석을 탐하다가 물어뜯을 것처럼 강렬하게 혀를 옭아매고 폭주하듯 엉덩이를 움직였다.

퍽! 퍽퍽! 퍽…….

자궁 안을 부숴버릴 것처럼 거세게 파고들던 그가 분신을 빼냈다가 어느 순간 무서운 속도로 안을 채웠다. 그 순간 가슴을 간질이던 수만 마리의 나비 떼가 힘차게 날아올랐고 이수의 몸도 함께 붕 떠올랐다.

"하읏……."

"우욱……."

그가 짐승처럼 울부짖으며 뜨거운 정액을 자궁 안에 한가득 쏟아부었다. 몽롱한 표정으로 파라다이스를 헤매던 이수는 여성 안이 흠뻑 젖어들자 또다시 세차게 몸을 떨었다. 혼미해진 의식 사이로 서준의 뜨거운 입술이 내려앉았다. 온몸을 녹여버릴 것 같은 부드럽고 다정한 버드키스를 온몸에 흩뿌리던 그가 그녀를 번쩍 안아 허벅지 위에 앉혔다. 온몸의 감각을 일깨우는 손길에 기운 없이 늘어져 있던 이수는 천천히 눈꺼풀을 들어올렸다. 온몸을 녹아내리게 할 뜨거운 밤의 향연이 또다시 시작되고 있었다.

다음 날, 사무실로 들어서는 서준의 발걸음은 그 어느 때보다도 경쾌했다.

"굿모닝!"

"안녕하세요."

서준의 목소리를 들은 이수가 탕비실에서 나와 인사를 했다. 때 아니게 목에 스카프를 두르고 긴 머리를 단정하게 틀어 올린 모습으로 살짝 고개를 숙이는 그녀를 서준은 다정한 눈길로 바라보았다.

3년 동안의 금욕을 말끔히 보상해주듯 어젯밤은 더없이 만족스러웠다.

편한 곳으로 옮기자는 말에 완강하게 고개를 내젓는 이수 때문에 어쩔 수없이 다시 비좁은 차안에서 안아야 했지만 그런 건 문제도 안 될 만큼 황홀했었다.

"몸은 괜찮나?"

"네."

베이지 색 실크 스카프를 가만히 응시하며 서준이 묻자 이수는 담담한 음성으로 대답했다. 목소리만큼이나 담담한 이수의 표정을 보며 서준은 왠지 모르게 서운함이 느껴졌다. 어젯밤엔 그렇게도 뜨겁게 안겼으면서 오늘은 선을 긋듯 지극히 사무적인 표정이 신경을 긁어댔다.

"오늘은 원두커피로 하지."

메스껍다며 치우라던 원두를 주문하자 로봇 같던 이수의 얼굴에 잠시 표정이 스쳤다. 하지만 이내 포커페이스를 되찾으며 명료하게 대답했다.

"알겠습니다."

"그럼."

뭔가 마음에 안 든다는 듯 미간을 좁힌 서준이 가볍게 말하고 상무실로 들어갔다. 서준은 재킷을 옷걸이에 걸고 창가로 걸어갔다. 오랜만에 바라본 하늘은 더없이 청명했다. 씁쓸한 미소를 머금으며 그는 담배와 라이터를 꺼내들었다.

철컥! 곧바로 담배를 문 그가 라이터를 켜 불을 붙이고 또다시 하늘을 바라보았다.

똑똑!

담배 연기가 훅 뿜어져 나옴과 동시에 경쾌한 노크 소리가 들렸다. 아스라한 담배 연기가 창에 휘감기는 걸 물끄러미 바라보며 담배 끝을 길게 빨아들이는데 안으로 들어서던 이수가 콜록콜록 잔기침을 했다. 그 소리에 몸을 돌린 그가 황급히 책상으로 걸어가 담배를 비벼 껐다.

"미안.

"괜찮습니다."

서준의 대답에 이수는 무표정하게 대답하고 접대용 테이블로 걸어갔다. 그녀가 조심스럽게 찻잔을 내려놓자 서준은 성큼 걸어와 소파에 앉았다.

"맛있군."

커피를 몇 모금 마신 서준이 잔을 내려놓으며 이수의 도톰하게 부풀어 오른 입술을 응시했다. 그것만으로도 주책없이 아랫도리가 뻐근하게 조여들었다.

"이제부터 아침을 원두로 시작하지."

"네? 원두로요?"

표정 없이 커피를 한 모금 머금던 이수가 뜬금없는 말에 잔을 내리며 물었다.

“당신 그 커피 굉장히 좋아하잖아.”

“아닙니다. 믹스커피도 먹어보니까 맛있습니다.”

조금도 곁을 내주지 않는 이수를 보며 서준은 속으로 한숨지었다.

“이젠 내가 마시고 싶어졌어. 그러니까 내일 아침부터는 원두커피로 시작하자고.”

“지난번엔…….”

무슨 말인가를 꺼내려다가 이수는 입을 닫았다. 서준이 빙그레 웃으며 장난스럽게 말했다.

“왜 변덕을 부리냐고? 내 맘이니까 토 달지 마.”

“알겠습니다.”

오늘따라 양을 적게 가져왔는지 몇 모금 마시지도 않았는데 커피잔은 금세 바닥을 드러냈다. 다 비운 잔을 테이블에 내려놓자마자 기다렸다는 듯 이수가 찻잔을 정리했다.

“윤이수, 어제 일은…….”

“어제 일은 마음 쓰지 않으셔도 됩니다.”

쟁반을 들고 일어서려던 이수가 말을 끊으며 냉정하게 말했다. 그 말에 서준의 왼쪽 눈썹이 가파르게 치켜 올라갔다.

“무슨 뜻이지?”

“그저 분위기에 휩쓸린 것 뿐 아무 의미도 없었다는 뜻입니다.”

서준은 기가 막혀 잠시 아무 말도 하지 못했다. 서늘한 눈길로 잠시 그녀를 바라보다가 나직하게 물었다.

“지금 한 말 진심이야?”

"네."

일 초의 망설임도 없는 단호한 대답에 서준의 눈빛이 냉정해졌다. 아까부터 참고 있던 불만이 고스란히 목소리에 실렸다.

"당신 그렇게 헤픈 여자였어? 겨우 와인 몇 잔에 남자 품으로 뛰어들 만큼?"

"어제 일로 왜 상무님께 질책을 받아야하는지 모르겠어요. 먼저 절 잡은 건 상무님이셨잖아요."

감정이라곤 전혀 섞이지 않은 건조한 목소리가 서준의 가슴을 차갑게 내리쳤다. 혹시라도 어젯밤 일을 이수가 후회하면 어쩌나 하는 기우가 현실이 되는 순간이었다. 격렬했던 지난밤을 일깨우듯 열기를 담은 눈동자가 이수를 훑으며 말했다.

"그랬지. 하지만 그런 날 받아들인 건 당신이야. 그것도 온몸이 녹아내릴 만큼 뜨겁고 열정적으로."

노골적인 서준의 시선에 이수의 얼굴이 화끈 달아올랐다. 그 반응이 만족스러운지 미소를 머금으며 그가 덧붙였다.

"어제 일로 내가 사과하길 바라는 건 아니겠지?"

"물론입니다. 그저, 전과 같이 대해주세요."

"윤이수!"

"그래 주실 거라 믿고 전 이만 나가보겠습니다."

서준의 기분은 안중에도 없다는 듯 이수는 사무적인 말투로 대답하고 몸을 돌렸다. 한 치의 흐트러짐 없이 멀어지는 뒷모습이 더없이 차갑고 무정했다.

커피를 마시자마자 곧바로 일산 연구소로 향했던 서준은 늦은 시간에 사무실로 돌아왔다.

"다녀오셨어요?"

퇴근 준비를 하던 이수가 벌떡 일어나 인사를 하자 그 말에 대꾸 없이 서준은 쌩하니 상무실로 들어갔다. 냉기가 가득 서린 그의 등을 멍하니 쳐다보던 이수는 문이 닫히자 기운 없이 의자에 앉았다.

어젯밤 한숨도 자지 못한 그녀였다. 마지막이라고 생각하고 열정적으로 서준을 받아들였지만 시간이 지날수록 그 선택이 잘한 일인지 확신이 서지 않았다.

혹시라도 서준이 계속 관계를 요구해온다면 어찌해야할지 밤새 고민하다가 어느 순간 그녀는 실소를 터트렸다.

아직도 끊어내지 못한 미련, 그리고 영원히 이 남자 옆에 있고 싶다는 욕심이 어느새 턱끝까지 차올라 있었다. 아무리 몸부림을 쳐도 그와 결혼을 할 수 없는 이상, 그를 향해 눈곱만큼도 연정을 품어서는 안 된다는 것을 알면서도 가끔씩 그녀도 제어할 수 없는 감정에 숨을 쉴 수가 없다.

그렇기에 그녀는 전보다 더 마음을 다잡고 냉정한 가면을 뒤집어써야만 했다. 그리고 그 가면은 지금껏 그녀를 잘 지탱시켜 주었다.

생각에 잠겨있던 이수는 인터폰 소리에 놀라 번쩍 눈을 떴다. 상무 전용 벨이 다급하게 울리고 있었다. 자동적으로 그녀의 손이 전화기를 향해 뻗어나갔다.

"네, 상무님."

—할 일 많이 남았나?

"아닙니다."

—그럼 5분 내로 퇴근 준비해.

"알겠습니다."

기계적으로 대답한 이수는 재빨리 서류를 정리하고 가방을 꺼내들었다. 서준에게 퇴근 보고를 하기 위해 상무실로 걸어가는데 문이 열리며 그가 나왔다.

"가지."

단호한 음성으로 서준이 말했다. 5분 내로 퇴근 준비하라는 말을 빨리 사무실을 비우라는 뜻으로 알아들었던 이수는 서준의 행동에 적잖이 당황했다.

한숨을 삼키며 이수가 터덜터덜 회전문을 열고 밖으로 나오는데 기다렸다는 듯 서준의 차가 곧바로 다가와 섰다. 서준이 문을 열고 조수석을 향해 턱짓을 했다.

거부할 수 없는 표정과 눈빛에 이수는 자연스럽게 자동차 문을 열었다. 자리에 앉자마자 벨트를 끌어당기는 그녀에게 서준이 물었다.

"혹시, 가고 싶은 곳 있나?"

"산책하고 싶어요."

혼란스러운 마음에 멍하니 서준을 바라보던 이수가 체념하듯 대답하자 알았다는 듯 고개를 끄덕이며 서준은 산뜻하게 말했다.

"좋아, 원하는 대로 하지."

침묵을 유지한 채 한참을 달리던 자동차가 플라타너스 나무가 늘어선 대학로 공원에 멈추었다. 주차장에 차를 주차시키고 두 사람은 천천히 공원 안으로 들어왔다. 제법 늦은 시각인데도 젊은 연인들이 드문드문 눈에 띄었다.

상쾌한 공기를 들이마시며 둘은 외벽을 따라 걸었다. 감히 누구도 정적을 깨트릴 용기가 없는지 말없이 걷기만 했다.

"잠시 앉을까?"

갑자기 발을 멈춘 서준이 공원 한 귀퉁이에 자리하고 있는 벤치를 가리키며 물었다. 이수가 고개를 끄덕이자 그가 그녀의 손을 살며시 잡았다. 두툼한 그의 손에 뒤덮인 손등이 불에 덴 듯 후끈거렸다.

"가서 커피 빼올게요."

이수가 손을 빼내며 황급히 말을 쏟아냈다. 그가 대답할 사이도 없이 그녀는 종종걸음 치며 자판기 쪽으로 걸어갔다.

자판기 앞에 선 이수는 지폐를 꺼내들고 물끄러미 기계만 바라보았다. 아까부터 가슴이 제어 못할 정도로 뛰고 있었다. 잠시 불안하게 이리저리 서성거리던 이수는 마음을 다잡듯 크게 심호흡을 하고 지폐를 밀어 넣었다. 두 잔의 커피를 손에 쥔 그녀는 결연한 표정으로 벤치를 향해 걸어갔다.

"고마워."

담백하게 말하고 서준은 그녀가 내민 커피를 받아들었다. 그 옆에 살짝 걸터앉으며 이수는 커피를 머금는 그를 가만히 바라보았다. 희미한 달빛 아래 그의 옆모습이 조각처럼 아름다웠다.

너무나 완벽해서 부담스럽기까지 했던 남자, 외모도 배경도 사랑하는 모습까지도 무엇 하나 버릴 게 없었다.

"무슨 생각해?"

커피를 한 모금 더 마시고 서준은 고개를 돌렸다. 그의 입가에 어느새 따스한 미소가 걸려있었다.

"당신은 참 아름다운 사람이구나 생각했어요."

달빛에 홀렸는지 속의 말이 그대로 튀어나왔다. 순간, 서준의 눈길이 부드럽게 그녀를 파고들었다.

"다른 여자들에게 그런 소리를 들었을 땐 버터처럼 느끼했는데 당신에게서 흘러나온 말은 와인처럼 달콤하군."

피식 웃으며 그가 쓸쓸히 대꾸했다. 고개를 돌리는 그에게서 불현듯 아련한 고독이 느껴졌다. 그럴 리가 없는데도 자신과 닮은 회색빛 쓸쓸함이 그의 주위를 온통 감싸고 있는 것만 같았다. 갑자기 원인 모를 아픔이 날카롭게 그녀의 가슴을 후려치자 고요하게 서준을 응시하던 이수가 절박한 음성으로 물었다.

"그동안 어떻게 지냈어요? 행복했어요?"

"이제 와서 왜 그게 궁금하지?"

얼굴을 돌린 그가 표정 없이 묻곤 시선을 돌렸다.

"모르겠어요. 갑자기 궁금해졌어요."

이수의 목소리가 살짝 떨려나오자 서준은 가벼운 한숨과 함께 싸늘히 물었다.

"어떤 대답을 원하지?"

"당신이 행복했길 바랐어요."

제법 호소력 있는 대답에 서준의 한쪽 입술이 시니컬하게 비틀렸다. 그가 혼잣말처럼 중얼거렸다.

"그렇게 잔인하게 버리고 행복하길 바랐다? 지나치게 모순적이군."

"미안해요."

어쩔 수 없이 죄인이 될 수밖에 없는 이수는 모기만한 소리로 대꾸하고 고개를 숙였다. 그 모습을 물끄러미 바라보던 서준이 다소 누그러진 음성으로 말을 이었다.

"첫사랑에게 실연을 당했는데 행복했을 리가 없잖아."

"제가 첫사랑이라고요? 설마……요."

"당신이 첫 여자가 아니라고 해서 첫사랑이 아니라고 단정 짓지 마. 젊은 혈기에 여자들을 안긴 했지만 마음을 준 여자는 당신뿐이야."

그래서 그렇게 맹목적이었던가? 사랑을 고백하는 순간부터 헤어지는 순간까지 서준은 한순간도 그녀를 사랑하지 않은 적이 없었다. 무한한 사랑과 한없는 애정은 늘 그녀를 특별한 여자로 생각하게 만들었고 환상을 꿈꾸게 만들었다.

"몰랐어요. 제가 첫사랑일거라고는 상상도 못했어요."

이제 와서 이런 고백을 들은 게 천만다행이었다. 만약 3년 전에 이 얘길 들었더라면 그를 보내는 게 너무 아파 심장이 터져버렸을지도 모른다.

"윤이수, 지난 3년 동안 단 한 번도 여자를 안은 적이 없다면 비웃을 건가?"

청천벽력 같은 말에 이수는 번쩍 고개를 들었다. 한쪽 입매를 살짝 말아 올리고 있었지만 그의 얼굴은 더없이 진지했다.

지난번 이서린이 서준을 화제에 올릴 때만 해도 그저 서준이 그녀에게 마음이 없었겠거니 생각했었다. 그런데 그건 그녀 한 사람에게만 국한된 문제가 아니었던 것이다. 그런데 왜 그렇게도 혈기왕성하고 정력적인 남자가 결코 짧지 않은 시간을 수도승처럼 지냈을까? 아무리 생각해도 도무지 이해할 수 없는 일이었다.

"어째서죠?"

문득 한기가 느껴져 그녀는 양팔을 쓰다듬었다. 잠시 침묵하던 서준이 무감각하게 대꾸했다.

"글쎄. 그 어떤 여자에게도 몸이 동하지 않더군. 분명 당신 때문은 아니어야 했는데 아이러니하게도 당신만은 또 안고 말았어. 아마도 당신과 함께한 6개월이 생각보다 깊고 강렬했었나봐."

지극히 덤덤한 말이 심장을 아프게 비틀었다. 괴로웠다고, 죽을 만큼 고통스러웠다고 울부짖는 것만 같았다. 하지만 그에게 그 어떤 위로의 말도 해줄 수가 없었다. 그저 이렇게 될 수밖에 없었던 현실이 한없이 원망스러울 뿐이었다.

"제가 어떻게 하면 되죠?"

그에게 잔인하게 각인된 자신의 흔적을 지울 수만 있다면 뭐든지 할 작정이었다. 죽으라면 죽고, 피를 뽑아 제물로 바치라면 그렇게 할 것이다.

"남은 시간 동안 내가 원하는 대로 따라와. 데이트를 원하면 응해주고 섹스를……."

거침없이 말을 잇던 서준은 섹스란 단어에서 입을 다물었다. 무슨 말을 하려는지 짐작한 이수가 덤덤한 어조로 말을 이었다.

"거기에 섹스도 포함된다는 말인가요?"

서준은 아무 거리낌 없이 섹스를 입에 담는 이수를 물끄러미 바라보았다. 죽을 만큼 사랑했던 여자에게 섹스란 말을 꺼내놓고 속으로 울컥했던 그였다. 지난날 너무나 아름다웠던 사랑의 행위가 이젠 단순히 쾌락만을 상징하는 단어로 전락해버린 것이 더없이 못마땅했다. 분명 이수에게 원하는 게 쾌락이라는 것을 부정할 수 없으면서도 산뜻하게 받아들여지지가 않았다.

"최대한 자제는 해볼게. 하지만 아무리 그래도 못 참겠으면 한순간 야수로 돌변할 거야. 어때, 내 제안을 받아주겠나? 아니, 무조건 받아줘야만 해."

올곧은 눈으로 이수를 바라보며 서준은 마지막 말에 강하게 악센트를 주었다.

"당신의 제안을 받아들이는 대신 약속해 줄 수 있어요?"

요구를 말하라는 듯이 그가 고개를 까딱했다.

"두 달 후 깨끗이 절 놓아주세요."

이수의 말에 서준은 그대로 눈을 감았다. 살얼음처럼 싸늘한 침묵이 삽시간에 두 사람을 휘감았다. 그 침묵에 서서히 목이 조여들 것 같다고 느낀 순간 서준이 감았던 눈을 떴다. 옅은 갈색 빛으로 일렁이는 그녀의 동공을 단번에 꿰뚫으며 그가 말했다.

"좋아, 당신이 원한다면 기꺼이. 대신, 당신도 남은 시간동안 후회 없을 정도로 완벽한 내 연인이 되어줘."

가차 없는 그 말에 이상하게 안도감이 느껴졌다. 어쩌면, 서울 땅을 다시 밟는 순간부터 오늘을 꿈꾸었는지도 모르겠다.

"그럴게요."

이 선택으로 두 사람의 앞날이 어찌 될지는 장담할 수 없다. 남은 기간을 다 채우지 못하고 서준이 먼저 싫증을 낼지, 아니면 예기치 않은 상황으로 시간이 단축될지 그 누구도 예측할 수가 없다. 그렇기에 그 어떤 가정도, 그 후에 떠안게 될 상처도 생각하지 않기로 했다. 그저 다시 주어진 시간동안 하루하루 최선을 다해 서준을 사랑하리라고 이수는 다부지게 결심했다.

결심을 실행하듯 이수는 용기를 끌어 모아 가만히 손을 뻗었다. 살짝 말아 쥔 넓은 손등 위로 가만히 손을 내리자 그가 잠시 당황한 표정을 지었다. 이에 조금은 민망해진 이수가 슬쩍 시선을 내리자 빙그레 미소 짓던 그가 깊고 뜨거워진 눈길로 그녀를 빨아들일 듯 응시했다. 타들어갈 것 같은 열기에 이수가 간신히 숨을 참는데 그가 손을 뒤집어 깍지 끼며 말했다.

“화끈한 윤이수 씨, 우리 그만 내려갈까?”

깍지 낀 손에서 뭉근하게 퍼지는 열기 때문에 이수의 두 볼이 숙성된 토마토처럼 빨개졌다. 그녀가 화끈거리는 볼을 감싸고 겸연쩍게 웃는데 서준이 놀리듯 말했다.

“얼굴이 불타는 고구마 같군. 한입에 삼켜버리기 전에 빨리 도망가.”

서준의 말에 화들짝 놀란 이수가 황급히 자리에서 일어났다. 하지만 서준의 은근한 손길에 휘청거리며 그대로 그의 무릎위로 주저앉았다.

“아…….”

“신음소리 한번 섹시하군.”

허리에 바짝 손을 감으며 서준이 귓가에 소곤거렸다. 온몸을 태울 것 같은 뜨거운 숨결에 예민한 솜털들이 일제히 곤두서자 이수의 몸이 벌에 쏘인 개구리처럼 팔짝 뛰어올랐다.

“참 좋다.”

이수의 속도 모른 채 서준은 태연하게 이수 등에 얼굴을 묻었다. 등에 밀착된 서준의 가슴에서 탱크 굴러가는 소리가 요란하게 들려왔다. 그 소리에 이상하게 긴장이 풀리고 마음이 차분해지자 꿈을 꾸듯 그녀가 말했다.

“이런 기분일 줄은 몰랐어요.”

“어떤 기분인데?”

"글쎄요? 그냥 마음이 꽉 찬 것 같은 기분? 머리도 상쾌하고 몸이 날아오를 것처럼 가벼워요."

대답하며 이수는 무의식적으로 주의를 살폈다.

"안 되겠다, 윤이수."

다급하게 말을 쏟아낸 서준은 이수를 돌려 안고 그대로 얼굴을 내렸다. 새하얀 달빛과 함께 뜨거운 숨결이 나른해진 호흡을 거세게 삼켜버렸다.

제7장

"요즘 상무님이 변하신 것 같아요."

물기가 남아 있는 컵을 키친타월로 닦아내며 소희는 중얼거리듯 말했다. 옆에서 차 정리를 하던 이수가 미소를 머금으며 물었다.

"뭐가?"

"뭔가 느낌이 묘하단 말이에요. 전엔 칼바람이 부는 것처럼 싸늘하기만 하셨는데 요즘은 뭔가 들뜬 살랑거리는 바람이 느껴져요."

소희가 열심히 머리를 굴리는 걸 보며 이수는 조용히 웃었다.

공원에서 서준과 대화를 나눈 지 보름이 지났다. 신선놀음에 도끼자루 썩는 줄 모른다더니 요즘 그녀가 그러했다. 아침에 눈을 뜨면 서준을 볼 생각에 마음이 설레었고, 잠자리에 누우면 그가 남긴 여운을 되새김질하느라 어둠속에서 한참 동안 서성거렸다.

"무슨 좋은 일이 있으신가 보지."

"맞아요. 지난번에 왔던 그 여자, 서경그룹 고명딸이더라고요. 역시 상무님이 잘나긴 잘나셨나 봐요. 재벌 딸까지 꼬이는 걸 보니."

소희의 말에 이수의 표정이 잠시 어두워졌다.

서경그룹 고명딸이라면 3년 전 하버드대학에서 석사 학위를 받고 현재는 한국호텔을 총 지휘하는 여자였다. 그녀가 경영을 맡고 단 2년 만에 매출이 10%나 껑충 뛰어 대한민국에서 가장 기대되는 여성 경영자로 경제 신문과 여성잡지에 실린 적이 있었다. 그때 시골에 내려가 있던 이수는 동네 미용실에서 잡지에 실린 그녀를 보고 명성만큼이나 외모도 아름답다는 생각을 했었다.

"그 여자가 상무님 보는 눈빛이 예사롭지 않던데 잘하면 올 안에 둘이 결혼하는 거 아닌지 모르겠어요. 가만! 그럼 비서실 테러당하는 거 아니에요? 상무님을 속으로만 흠모하던 여직원들부터 시작해 각계각층에 있는 여자들이 개떼처럼 들고 일어나 회사로 쳐들어오면……."

상상의 나래를 끝없이 펼치며 흥분하던 소희가 갑자기 동작을 멈추고 이수를 빤히 쳐다보았다.

"왜?"

멍하니 생각에 빠져있던 이수는 소희의 얼굴이 코앞으로 바짝 다가오자 눈을 휘둥그레 뜨며 물었다.

"혹시, 상무님과 무슨 일 있으신 건 아니시죠?"

소희가 미심쩍다는 듯 묻자 어설픈 미소를 지으며 이수는 입을 열었다.

"일은 무슨……."

"지난번에 주임님 손에 유리가 찔려 피가 났을 때 상무님 반응이 아주 쇼킹하더라고요. 제가 전에 한번 유리에 베어 손을 다쳤을 땐 앞으로 조심하라며 걱정하는 표정을 보이셨는데 명색이 수행비서 몫을 하는 주임님껜 너무나 살벌하시더라고요."

"그게 뭐 어때서. 마음에 안 들어 그러신 건데."

"글쎄요, 꼭 그럴까요? 주임님처럼 일 깔끔하게 하시고 외모도 끝내주는 분에게 생각외의 반응을 보이시는 게 왠지 더 수상하세요. 나중엔 똑바로 하라며 호통까지 치시는데 왠지 기분이 묘하더라고요."

"그거야 내가 수행비서니까 다쳐 출근이라도 못하면 일에 지장이 생기니까 화가 나서 그러신 거겠지."

"맞다. 주임님이 수행비서니까 그러셨구나. 다쳐 병원에라도 입원하면 김 실장님도 없는데 상무님만 불편해 지시니까요. 전 그것도 모르고 왜 그렇게 심하게 하시나 의아해했어요."

소희의 말에 이수는 그저 옅은 미소만 머금었다. 둘 사이의 내막을 알 리 없는 소희였기에 둘 사이에서 묘한 느낌을 받은 건 어쩌면 당연한 일이었다.

"그런데 서인희라는 여자는 전생에 무슨 덕을 쌓았기에 배경에 외모까지 우월하게 태어났을까요? 부러워요."

잠시 조용하던 소희가 한없이 부럽다는 얼굴로 다시 서인희를 화제에 올렸다.

"많이 부러워?"

"네. 주임님은 안 부러우세요?"

상식적으로 그런 사람을 부러워하지 않는다는 건 불가능한 일이었다. 하지만 이수는 자신에게 주어진 삶에 만족하려 애썼다. 올바른 정신과 건강한 육체로 살아갈 수 있다는 것만으로도 감사한 일이라 생각하며 하루하루를 열심히 살아왔다. 하지만 어쩔 수 없이 오늘만은 그녀가 부러웠다. 서준에게 모든 것을 완벽하게 줄 수 있는 그녀가 샘날 만큼 부러웠다.

"나도 그 여자가……."

"차 한 잔 줘요."

소희의 말에 맞장구를 치려는 순간, 서준이 탕비실 안으로 불쑥 얼굴을 들이밀고 말했다.

"네. 알겠습니다."

당황한 소희가 활짝 웃으며 대꾸하자 이수를 눈에 담으며 서준은 몸을 물렸다.

"저것 보세요. 상무님 정말 이상하시다니까요. 다른 때 같으면 곧바로 상무실로 들어가셨을 텐데 탕비실까지 얼굴을 내미시잖아요. 회의하면서 차도 여러 잔 마셨을 텐데."

"오늘따라 목이 마르신가 보지."

"아무리 그래도 이해가 안 가요. 전엔 아무리 급해도 탕비실 근처는 절대 걸음도 안 하셨거든요."

출근하자마자 사장실에서 열리는 간부 회의에 들어가는 서준을 보며 조금은 아쉬워하던 이수였다. 그런 그녀의 마음이 통했는지 서준은 사무실로 들어오자마자 곧바로 차를 주문했다. 그의 목소리를 듣자마자 잠시나마 가라앉았던 이수의 기분은 언제 그랬냐는 듯 상쾌해졌다. 아무리 그 옆에 잘난 여자가 버티고 있다 해도 앞으로 두 달 동안은 온전한 그녀의 남자였다. 그러니 마음 상할 일도, 부러워할 이유도 없었다.

꿀 차를 들고 상무실로 들어온 이수는 곧바로 접대용 테이블로 걸어갔다. 그녀가 가까이 다가오자 서준은 경제신문을 접으며 미소를 건넸다.

"회의는 어땠어요?"

방긋 웃는 얼굴로 서준 앞에 찻잔을 내려놓으며 이수가 묻자 찻잔을 들며 서준은 시큰둥하게 대답했다.

"글쎄."

"왜요? 잘 안 풀렸어요?"

눈에 넣어도 아프지 않은 아들이지만 일에 있어서의 실수는 조금도 용납지 않는 한 사장이었다. 그런 아버지를 닮아서인지 서준 또한 일에 있어서는 그 누구보다도 치밀하고 철두철미했다.

"응. 망쳤어."

한껏 걱정스러운 표정으로 콧등을 찡그리는 이수를 가만히 건너다보며 서준은 말했다. 음울한 표정과는 달리 무릎에 놓여있는 손가락이 자꾸만 들썩거렸다. 콧잔등을 찡그리고 있는 이수의 모습이 너무 귀여워 당장이라도 끌어안고 입 맞추고 싶었다.

서준에게 무슨 말로 위로를 해줘야 하나 이수는 한참 동안 생각했다. 마침내 그녀가 고개를 들고 입을 열려는 순간 서준은 빠르게 덧붙였다.

"당신이 끓여준 차를 못 마시고 갔더니 기운이 하나도 없어 보고도 못하고 쓰러지는 줄 알았어."

입술을 달싹거리던 이수는 장난스러운 미소를 머금는 서준을 멍한 얼굴로 쳐다보았다. 요즘 들어 서준은 종종 장난을 쳤다.

"못됐어요. 만날 농담만 하고."

이수가 눈을 흘기며 고개를 홱 돌리자 서준이 상체를 기울여 두 손으로 이수의 얼굴을 감쌌다. 쪽! 눈 깜짝할 사이에 서준은 이수의 콧잔등에 입을 맞췄다. 놀라 눈을 동그랗게 뜨는 그녀에게 그가 웃음을 참으며 말했다.

"당신 모습이 너무 귀여워서 참을 수가 없었어."

이수의 이마를 손가락으로 살짝 튕기며 서준은 입술 끝을 쓱 끌어올렸다. 순간, 창을 뚫고 내려온 햇살이 그의 얼굴을 부드럽게 감쌌다.

"그럼 전 그만 나가볼게요."

희고 고른 치아사이로 싱그럽게 말려 올려간 미소가 너무 눈부셔 이수는 정신이 몽롱해졌다. 이대로 있다간 저도 모르게 서준의 입술을 덮쳐버릴 것만 같아 그녀는 허둥지둥 몸을 일으켰다.

차라리 지난번 차 안에서처럼 욕망을 마음껏 표출해 버린다면 이런 아찔함은 없었을 것이다. 하지만 최대한 자제해 보겠다는 말을 그대로 실행하듯 서준은 그동안 갓 데이트를 시작한 연인들처럼 참으로 바람직한 데이트를 고수했다. 그 덕분에 이젠 조금만 감정이 몰입되어도 가슴은 아찔하게 전율하고, 심장은 금방이라도 터져버릴 것처럼 요동친다.

"자, 이거."

이수가 황급히 걸음을 옮기는데 어느새 뒤따라온 서준이 그녀의 어깨를 살며시 잡았다. 뒤돌아서는 그녀에게 그가 찻잔이 든 쟁반을 내밀었다.

"아, 네."

싱긋 웃으며 서준은 이수의 손에 쟁반을 쥐어주었다. 붉어진 얼굴로 돌아서는 그녀에게 그가 나직하게 말했다.

"오늘은 느긋하게 데이트하자."

내일 오후에 터키 카파도야에서 개최되는 신제품 발매 심포지엄에 참석하는 한 사장 때문에 그동안 무척이나 바빴던 그였다.

동남아 국가들이 모두 참석하는 중요한 미팅인지라 한 치의 오차나 실수도 허용되지 않는 상황이기에 서준은 내내 신경을 곤두세우고 그 일에만 몰두했었다.

그래서 이수와 함께 보내는 시간은 극히 짧았다. 그나마 며칠에 한번 어렵게 만든 시간은 분위기 좋은 곳에서 와인 한잔 마시거나 가까운 곳으로 잠시 드라이브 다녀오면 끝이 났다. 그렇게 짧기만 한 시간이 아쉬웠던 이수였기에 느긋하게 데이트하자는 서준의 말은 그녀를 들뜨게 만들었다.

"네."

가슴이 벅차올라 들릴 듯 말 듯 작게 대답하고 이수는 방긋 웃었다. 수줍은 듯 살짝 붉어진 볼이 더없이 아름다웠다. 서준은 뜨거운 손길로 그녀를 품에 안았다. 머릿결을 가만히 쓸어주며 정수리로 얼굴을 내리는 그의 숨결은 한낮의 태양보다 더 뜨겁게 달아올라 있었다.

"어때, 일몰 전경 끝내주지?"

절벽을 깎아 리모델링했다는 음식점은 벽면의 거친 느낌이 모던한 실내 인테리어와 조화를 이뤄 독특한 분위기를 풍겼다. 테라스에 앉아 북촌 길과 삼청동의 전경을 감상하던 이수는 서준의 말에 얼굴을 돌렸다.

"네. 너무 아름다워요."

"우리 식사하고 술 한잔 하러 갈까?"

"술이요?"

서준의 말에 아이스크림을 떠먹던 이수의 눈이 휘둥그레졌다.

"왜 안 내켜?"

"아니요. 가고 싶어요."

환하게 웃으며 대꾸했지만 어쩔 수 없이 가슴이 두근거렸다. 왠지 오늘은 진도 좀 나갈 것 같은 분위기였다.

공연히 기분이 야릇해져 아이스크림만 휘젓는데 서준이 얼굴을 바짝 붙이며 입을 떡 벌렸다.

"아."

어쩜 치아도 저리도 완벽한지, 눈처럼 희고 깨끗했다. 잠시 서준을 바라보던 이수는 미소를 머금으며 아이스크림을 떠서 입에 넣어주었다.

"맛있다."

서준이 아이스크림을 단번에 삼키며 한쪽 눈을 찡긋했다. 그 모습에 얼굴이 달아올라 이수는 얼른 시선을 돌렸다.

달콤하게 저녁을 먹은 두 사람은 청담동에 있는 회원제 클럽으로 이동했다. 말이 클럽이지 바(BAR)와 클럽의 중간 풍의 술집이었다.

룸 안으로 들어온 두 사람은 깔끔하면서도 고급스러운 가죽소파에 앉았다. 조명보다 촛불이 주를 이룬 룸 안은 상당히 몽환적이었다.

어색한 분위기에 이수는 시선을 내내 다른 곳에 못 박고 있었다. 서준은 재킷을 벗어 소파에 걸치고 느슨하게 넥타이를 잡아 뺐다.

마지막으로 커프스단추를 풀어 소매를 걷어 올리는 모습을 살짝 곁눈질로 훔쳐보던 이수는 사무실에서 빈틈없어 보이던 모습과는 달리 살짝 풀어진 그의 나른한 모습에 숨이 턱 막혀왔다.

"한잔 따라 줘."

뜨거운 숨을 억지로 삼키는데 서준이 양주잔을 내밀었다. 거리를 두고 앉았다 생각했는데 어느새 서준은 그녀 옆에 바짝 다가와 있었다.

아까부터 은은하게 코끝을 휘감는 서준의 체취에 점점 정신이 몽롱해지자 이수는 눈에 힘을 주며 옅은 갈색 빛이 감도는 양주병을 들어 조심스럽게 잔을 채웠다. 딱 떨어지게 잔을 채우자 그가 잔을 내려놓고 얼음을 채운 잔을 그녀에게 건넸다.

"클럽은 종종 와봤겠지?"

양주를 조용히 머금는 이수를 서준은 그윽한 눈빛으로 바라보았다.

"대학 때 친구들과 가끔 왔었어요."

"그래? 그럼 부킹도 했었겠네."

"네."

"어땠어?"

미세한 긴장감이 느껴지는 말투에 이수는 여유롭게 미소를 머금으며 대꾸했다.

"별로였어요. 혹시나 하고 들어갔다가 역시나 하고 나왔죠."

"늘 그랬어?"

"네."

"많이 아쉬웠겠네."

이수의 대답에 서준은 안타깝다는 반응을 보였지만 그의 눈가에 숨길 수 없는 미소가 피어올랐다.

"당신은요?"

서준을 향한 현주의 육촌 언니의 찬양 때문에 그 어떤 남자에게도 느낌이 오지 않았다는 말을 속으로 삼키며 이수는 물었다.

"난 친구 녀석들과 수도 없이 드나들었지."

남아 있는 술을 단숨에 입에 털어 넣고 서준은 시니컬하게 웃었다.

"날라리였네요?"

다른 여자들과 눈을 맞추고 밀어를 나누는 모습이 불현듯 상상이 되자 이수의 목소리가 다소 까칠하게 흘러나왔다.

"훗, 말이 그렇게 되나? 하지만 공부는 어느 누구한테도 뒤지지 않았어."

"그건 확인할 길이 없으니 인정할 수 없어요."

"너무 신랄한데?"

"그래서 서운해요?"

"당연하지. 아무래도 지금 이 기분을 전환시키려면 춤이라도 춰야겠다."

서운하다는 말과 달리 서준은 환하게 웃으며 이수에게 손을 내밀었다. 씽긋 웃으며 그녀가 손을 잡자 그가 손등을 감싸며 몸을 일으켰다. 가볍게 걸음을 옮기던 그가 문을 열려다가 멈추고 이수를 돌려세웠다. 서준은 영문을 몰라 눈을 껌뻑이는 그녀를 그윽하게 내려다보다가 가만히 양손을 들어 단정하게 위로 틀어 올린 머리핀을 쓱 풀었다. 그의 손에서 결 좋은 생머리가 폭포처럼 물결치듯 아래로 쏟아졌다.

"이제야 스타일이 사는군. 나가지."

멍한 상태로 눈만 깜빡이는 이수의 어깨를 안으며 그가 산뜻하게 말했다.

조용했던 룸 안과는 다르게 스테이지는 뜨거운 열기로 가득 차 있었다. 그 열기만큼이나 이수의 호흡도 뜨거워졌다.

사람들 틈에 선 이수는 어색하게 몸을 흔들며 서준에게 눈길을 고정시켰다. 그의 춤 동작은 한마디로 세련미가 넘쳤다. 과하지 않으면서도 몸놀림은 가벼웠고 테크닉도 적당했다. 아까부터 무대 위에서 노래를 부르던 유명한 아이돌 가수가 한참 동안 서준에게 유혹의 눈길을 던지는 걸 이수는 느꼈지만 그런 눈빛 따윈 전혀 관심 밖이라는 듯 서준의 눈길은 내내 이수에게만 못 박혀 있었다.

한참 동안 서로에게만 집중한 채 춤을 추던 두 사람은 어느새 바뀌어버린 음악에 맞춰 자연스럽게 몸을 밀착시켰다. 어두워진 조명과 잔잔하게 가슴을 파고드는 감미로운 음악이 두 사람을 더없이 행복하게 만들었다.

서로에게 흠뻑 취해 있던 두 사람은 음악이 다시 바뀌자 손을 잡고 스테이지를 빠져나왔다. 룸 안으로 들어온 서준은 소파에 앉자마자 술잔에 얼음을 가득 채우고 양주를 따라 단숨에 삼켰다.

"이제 그만 나갈까?"

잔을 내려놓자마자 자리에서 일어난 서준은 재킷을 집어 들고 성큼성큼 걸어갔다. 팽팽해진 룸 안 공기에 숨을 죽이고 있던 이수는 갑작스러운 상황에 어리둥절해하다가 황급히 가방을 챙겨들고 뒤를 따랐다.

엘리베이터 문이 열릴 때까지 두 사람은 묘한 침묵으로 서 있었다. 한껏 긴장한 표정으로 간신히 호흡을 뱉어내는 이수를 한껏 어둑해진 눈길로 가만히 내려다보던 서준은 문이 열리자 그녀의 어깨를 살며시 감싸 안았다.

그의 손은 타는 듯 뜨거웠다. 정수리로 쏟아지는 숨결 또한 너무나 뜨거워 숨이 막힐 것 같았다. 오늘은 서준이 자신을 고이 돌려보내지 않을 거라는 걸 이수는 조용히 예감했다.

땡!

내내 시선을 바닥에 내리고 있던 이수는 문이 열리자 가슴을 진정시키며 걸음을 옮겼다. 호텔 1층 로비를 가로지르며 이수는 다시 한 번 참았던 숨을 힘껏 토해냈다. 서준의 품에 안길 생각에 가슴은 좀처럼 진정되지 않았고, 두려움과 기대감이 숨 막히게 교차됐다.

하지만 그녀의 예상을 뒤엎고 서준은 객실이 아닌 호텔 밖으로 걸음을 옮겼다. 내내 시선을 피하던 이수는 얼떨떨한 표정으로 서준을 보았다. 너무나 담백하고 덤덤한 표정, 그의 몸에서 뿜어져 나오는 뜨거운 열기와는 정반대의 표정에 허탈해하며 그녀는 피식 웃었다. 공연히 혼자 마음 졸이고 들떴던 게 미안할 정도였다.

“10분 후에 보죠.”

대리 기사가 운전하는 차가 원룸 앞에 세워지자 서준은 기사를 향해 말했다.

“알겠습니다.”

눈치 빠른 기사가 곧바로 대답하고 밖으로 나가자 아쉬움을 털어내며 이수가 입을 열었다.

“오늘 즐거웠어요. 조심해서 가세요.”

인사와 함께 미련 없이 차 문을 열려는데 서준의 손이 이수의 얼굴에 닿았다. 마주본 그의 눈빛이 황금빛으로 거세게 일렁거리자 이수는 눈을 동그랗게 떴다. 상대방의 영혼을 송두리째 빨아들일 것 같은 강렬한 눈빛에 이수가 가만히 눈을 감자 기다렸다는 듯 서준의 입술이 뜨겁게 내려앉았다.

향기를 머금은 입술이 촉촉하고 부드러운 입술을 머금고 나른하게 움직였다. 미세한 입술주름을 하나하나 세심하게 훑어내리며 입술 위를 맴돌았다.

눈물이 날만큼 애잔한 키스에 이수의 마음이 울컥 젖어들었다. 치열을 톡톡 건드리며 감각을 일깨우던 그가 아랫입술을 물고 다정하게 핥다가 살짝 깨물었다.

"아……."

야릇한 고통으로 이수의 입술이 살며시 벌어지자 그가 각도를 틀어 뜨거운 혀를 입안으로 밀어 넣었다. 달콤한 입안으로 들어가 부드러운 혀를 휘감고 애태우듯 빨다가 세차게 휘감았다.

구석구석을 집요하게 탐하던 혀가 어느 순간 목안 깊숙이 들어왔다가 혀를 말고 치아와 연약한 살집을 탐닉하며 강렬하게 빨아들였다.

점점 더 열렬해지고 거세지는 키스에 이수는 몸을 떨며 상체를 밀착시켰다. 보드랍고 말캉한 가슴이 서준의 단단한 가슴에 닿자 그에게서 거친 신음이 터져 나왔다. 손이 가슴으로 내려오고 혀가 목구멍 안쪽까지 파고들었다.

짜릿하게 척추를 관통하는 아찔한 감각에 이수는 숨을 헐떡이며 서준의 어깨를 힘껏 움켜쥐었다. 순간, 목덜미로 입술을 내리던 서준이 불현듯 동작을 멈추고 이수를 품 안에 가두었다.

말없이 그녀의 정수리로 내리는 숨결이 폭염처럼 뜨겁고 야수의 포효처럼 거칠었다. 으깨버릴 듯이 그녀를 꼭 안고 있던 그가 긴 한숨과 함께 천천히 팔을 풀었다. 터져버릴 것처럼 강렬한 욕망과 흥분으로 어느새 회색빛이 되어버린 눈동자가 멍해있는 이수를 뚫어지게 응시했다.

"오늘은 여기까지."

잔뜩 쉬어버린 음성으로 말을 쏟아내고 서준은 이수의 볼을 부드럽게 쓸었다. 아쉬움 서린 눈길로 바라보는 그녀의 눈가에 살며시 입을 맞추며 부풀어 오른 입술을 손끝으로 쓸었다.

달래듯 부드럽게 어루만지는 손끝에서 떨림이 감지되자 이수의 심장이 아프게 조여들었다. 그녀가 안타까운 얼굴로 바라보기만 하자 서준은 단호하게 문을 열고 밖으로 나갔다. 잔뜩 굳어진 몸을 곧게 세운 그가 한숨을 내쉬며 담배를 꺼내 물었다. 폐부 속까지 깊숙이 빨아들인 담배 연기가 허공을 향해 파편처럼 흩어질 때쯤 이수가 다가섰다.

"오늘따라 유난히 달이 밝다."

좀 전 팽팽했던 긴장감을 담배 연기에 모두 날려버린 듯 서준의 목소리는 덤덤했다.

"아마도 달 토끼가 떡방아를 찧나 봐요."

무심하게 대답하는 이수를 향해 서준은 빙긋 웃었다. 그가 장단을 맞추듯 가볍게 말했다.

"한밤중에 왜 저러고 있을까?"

"아마도 친구들이 놀러오는 모양이에요."

또다시 이어진 말에 서준은 피식 웃고 진담 반 농담 반 말했다.

"그 말 들으니까 떡이 먹고 싶은데 내일 찰떡 먹을까?"

그 말에 이수는 방긋 웃으며 고개를 끄덕였다. 그녀의 미소에 기분 좋은지 활짝 웃으며 서준은 손을 잡았다.

얼마 되지 않는 거리를 두 사람은 한참 동안 걸었다. 걷다 우뚝 서서 마주보다가 또 걷고 몇 발자국 걷다가 다시 섰다. 섹스를 하고 나면 어느 정도 식어버릴 열정이 지금은 내내 흥분으로 남아 가슴을 떨리게 했다. 보고 또 봐도 그립고 가슴 안에 따스한 무언가가 가득 채워진 색다른 기분이었다.

"잘 자, 내 꿈꾸고."

문 앞까지 바래다 준 서준은 재빨리 이수의 이마에 입을 맞추고 계단을 내려갔다. 미소 띤 얼굴로 그의 등을 좇던 이수가 현관문에서 손을 떼고 빠르게 계단 창가로 달려갔다.

순간, 원룸 밖으로 나가 자동차를 향해 뚜벅뚜벅 걸어가던 서준이 한없이 아쉬운 얼굴로 고개를 돌렸다. 그의 시선이 잠시 2층 창문에 머물다가 천천히 어두운 밤하늘로 옮겨갔다.

달그림자가 조용히 내려앉은 아련한 모습을 숨죽인 채 바라보던 이수가 속삭이듯 중얼거렸다.

"사랑해요."

거실 소파에 앉아 차를 마시던 강 여사는 거실을 가로질러 오는 인희를 보고 반색하며 자리에서 일어났다. 갈색 투피스를 곱게 차려

입은 인희가 강 여사 가까이 다가와 공손하게 인사를 했다.

"그동안 평안하셨어요?"

"인희구나, 어서 오너라."

살가운 강 여사의 말에 인희는 미소를 지으며 손에 들고 있는 상자를 테이블 위에 내려놓았다.

"이거 자연산 옥돔인데 엄마가 전해드리래요."

"그래? 어머니께 잘 먹겠다고 전해드려라."

"네."

"전주 댁!"

강 여사의 부름에 주방에 있던 전주 댁이 앞치마에 물기를 닦으며 바쁘게 걸어 나왔다.

"네, 사모님."

"이거 가져가서 냉동실에 넣어요."

"알겠습니다."

전주 댁이 테이블을 돌아오는 동안 수고를 덜어주려는 듯 인희는 상자를 들어 다가온 전주 댁에게 조심히 건넸다. 사려 깊은 인희의 행동을 강 여사는 흐뭇한 시선으로 바라보았다.

"귀한 선물도 받았는데 오늘 맛난 거 해줄까?"

소파에 앉는 인희에게 강 여사가 미소로 묻자 함박웃음을 지으며 인희는 대답했다.

"네, 저 어머니가 해주시는 낙지전골 먹고 싶어요."

"낙지전골?"

"네. 지난번에 그거 먹고 완전 반했거든요."

생글생글 웃으며 살갑게 대답하는 인희를 강 여사는 다정한 눈길로 바라보았다.

"그게 그렇게도 맛있었어?"

"네. 유명한 음식점에서 먹는 것보다 훨씬 더 맛있었어요."

"우리 인희가 먹고 싶다면 해줘야지. 마침 바깥양반도 일찍 오신다고 했으니 서준이도 함께 오라고 해야겠구나."

강 여사의 말에 인희는 얼굴을 붉혔다. 지난번 골프장에서 서준을 보고 지금껏 얼굴을 볼 수가 없어 옥돔을 핑계로 찾아온 길이었다.

"오빠 요즘 바쁜 것 같던데요?"

"한 상무야 늘 회사일로 늘 바쁘지. 가만, 말 나온 김에 전화 넣어 볼까?"

강 여사는 곧장 전화기를 들었다. 번호를 누르고 신호음이 가자 강 여사는 인희를 보며 환하게 웃었다.

—감사합니다. 영인제약 상무 비서실입니다.

낭랑하면서도 묘하게 마음을 파고드는 음성이 들려오자 강 여사가 잠시 눈을 깜빡였다.

"여보세요?"

잠시 멍해있던 강 여사가 고개를 갸웃거리며 입을 열었다.

"여기 한 상무 본가인데 한 상무 있으면 바꿔줘요."

나직하면서도 권위 있는 강 여사의 음성에 상대방이 잠시 침묵하다가 공손하게 말을 이었다.

—안녕하세요? 상무님 연결해드리겠습니다.

상냥한 인사와 함께 여직원이 전화를 돌리자 곧바로 서준의 목소리가 들려왔다.

—네, 한서준입니다.

아들의 음성에 잠시 생각에 빠져있던 강 여사는 화사하게 웃으며 입을 열었다.

"한 상무, 지금 바빠?"

—어머니가 웬일이십니까?

정 급한 일이 아니면 회사로 전화를 하지 않는 강 여사였다. 그래서인지 아들의 음성에 놀라는 기색이 역력했다.

"급한 일은 아니고 오늘은 내가 아들하고 저녁 좀 같이 먹고 싶은데 일찍 올수 있나 해서."

어쩌다 일 년에 한두 번 강 여사가 일찍 들어오라는 전화를 넣을 때면 서준은 그 말에 흔쾌히 따랐었다. 서준은 창밖을 바라보는 이수를 쓱 살피고 입을 열었다.

—죄송합니다만 오늘은 중요한 선약이 있습니다."

"아, 그래? 중요한 선약이 있다면 어쩔 수 없지. 난 아버지와 함께 먹으면 되니 신경 쓰지 말아라."

한참 만에 들려온 아들의 말에 일순 서운하면서도 공연히 바쁜 사람을 신경 쓰게 했나 싶어 강 여사는 마음이 편치 않았다. 아들을 신경 쓰이게 하는 일은 웬만해선 하고 싶지 않았지만 그래도 이렇게 전화를 넣은 건 이제는 인희와 아들이 슬슬 진도를 나가도 된다는 생각에서였다. 말은 안 해도 인희가 오래전부터 아들을 마음에 들여놓았다는 것은 알고 있는 그녀였다. 전에야 이수가 있어 체념하고 있었다지만 이젠 서준도 어느 정도 마음을 잡은 것 같으니, 둘 사이에 진도가 나가도 무방할 듯싶었다.

—죄송합니다, 어머니. 다음에 제가 분위기 좋은 곳에서 맛난 거 사드리겠습니다.

"아, 아니다. 난 신경 쓸 거 없어. 늘 바쁜 사람이라는 걸 내가 깜빡했구나. 그럼 바쁠 테니 이만 전화 끊으마."

—들어가세요, 어머니.

전화기를 내려놓는 강 여사의 얼굴에 서운한 기색이 스쳐가는 걸 물끄러미 바라보던 인희가 부러 밝은 목소리로 물었다.

"오빠가 바쁘대요?"

"그래, 중요한 선약이 있다는구나. 미안해서 어쩌니?"

"미안하시긴요. 전 괜찮아요."

인희가 아무렇지도 않다는 얼굴로 생글거리자 강 여사의 음성이 더욱 부드러워졌다.

"널 누가 데려갈지 몰라도 그 남자는 아주 복이 터졌다."

"좋게 봐주셔서 고맙습니다, 어머니."

"고맙긴. 그럼 난 전주 댁한테 잠시 가 볼 테니까 넌 2층 서준이 방 좀 둘러보련?"

"오빠 방을요? 네 좋아요."

냉큼 대답한 인희는 한 달음에 2층으로 올라가 서준의 방문을 열었다.

심플하면서도 화사한 벽지와 단조로운 가구들이 조화를 이루며 정제된 품격이 느껴졌다. 역시나 그의 성품처럼 방안도 깔끔하면서도 남성적이었다. 마치 서준과 함께 있는 것 같은 착각 속에 빠진 인희는 조용히 미소를 머금으며 찬찬히 방안을 둘러보았다.

볼펜 한 자루, 연필 한 자루까지도 모두 질서정연하게 제자리에 놓여있는걸 보며 인희는 피식 웃다가 책장으로 걸어갔다. 따로 서재가 있는데도 책장엔 많은 책들이 꽂혀 있는걸 보자 뿌듯한 미소가 절로 피어올랐다.

황금빛 저녁노을을 등지고 비스듬히 책상에 기대 책에 시선을 주고 있는 그를 상상하는 것만으로도 가슴이 세차게 요동쳤다. 언젠가는 자신을 바라봐 줄 거라 믿으며 오랜 시간 그만을 바라보던 인희였다. 한때는 그가 자신을 여자로 보지 않는다는 사실에 절망하며 유학길에 올랐지만 여전히 그를 향한 마음을 끊을 수 없었기에 또다시 그를 해바라기하고 있었다.

자신이 없는 동안 서준에게 여자가 있었다는 건 어렴풋이 짐작하고 있었다. 그가 누군가를 마음에 담았던 것을 한 번도 본 적이 없었기에 처음으로 마음을 빼앗아간 행운의 여자가 어떤 여자인지 너무 궁금했지만 이젠 과거일 뿐이기에 더는 생각하지 않기로 했다. 어차피 서준도 내년이면 결혼을 해야 하니 그때까지 조용히 기다리면 될 일이었다.

인희는 그의 여자가 된다는 생각만으로도 너무나 행복해 저절로 입이 벌어졌다. 얼굴을 붉히며 입가에 길게 포물선을 그리는데 문득 책장 맨 앞에 꽂혀있는 책이 시선을 잡아끌었다. 그와 영 어울리지 않는 로맨스 책이었다. '영원한 사랑' 이라고 궁서체로 쓰여 있는 책을 인희는 가만히 꺼내들었다.

"후훗, 오빠가 이런 책도 다 읽다니."

그와는 전혀 어울리지 않는 책이라는 생각에 미소를 지으며 인희는 책을 펼쳤다. 첫 장부터 가슴을 애절하고 짜릿하게 만드는 문구에 홀려 열심히 책장을 넘기던 그녀는 어느 순간 바닥으로 팔랑거리며 떨어지는 사진을 발견하고 재빨리 몸을 숙였다. 하지만, 무심코 보아 버린 사진 속의 풍경은 그녀를 한순간에 꽁꽁 얼려버렸다.

* * *

웃고 행복해하는 사이 또다시 시간은 흘러갔다. 이제 약속된 시간은 한 달 남짓. 처음 차안에서 이수를 안고 난 후 서준은 지금까지 키스와 포옹 외엔 그 어떤 행동도 하지 않았다. 분명 그의 눈동자는 욕망으로 하루하루 짙어지고만 있는데 수도승처럼 억지로 욕망을 가두고만 있었다. 그래서 이수는 더없이 혼란스러웠고 허무함에 애가 탔다.

"윤 주임, 요즘 연애해요? 얼굴에서 빛이 나는데?"

비서실로 들어선 전략기획실장 선우가 황홀하다는 눈길로 이수를 바라보았다. 하필이면 소희가 업무 차 총무과로 간 사이에 그가 들어오자 아쉬운 마음에 이수는 속으로 혀를 찼다.

"감사합니다. 그런데 상무님 아직 안 들어오셨는데요?"

"아, 그래요? 점심식사가 길어지시나 봐요?"

"네. 오랜만에 친구 분들과 점심 약속이 있으셔서 조금 멀리 나가셨어요."

이수의 말에 시계를 들여다보던 선우가 몸을 일으켰다.

"그럼, 상무님 들어오시면 연락 줄래요?"

"네. 그런데 바쁘시지 않으시면 차 한 잔 드릴까요?"

10분 정도면 소희가 돌아올 거라 생각하고 이수는 선우를 불러 세웠다. 몸을 돌리던 선우가 기뻐하며 흔쾌히 대답했다.

"나야 좋죠. 그렇지 않아도 차 한 잔 청하고 싶었는데 윤 주임 바쁠까봐 눈물을 머금고 돌아서는 중이었어요."

선우의 말에 미소를 머금으며 이수는 탕비실로 들어갔다. 잠시 후 달달한 커피를 타들고 나온 이수는 유리알처럼 맑은 찻잔을 그에게 건넸다.

"윤 주임, 나한테 눈먼 뮤지컬 표가 굴러들어 왔는데 시간 되면 함께 갈래요?"

"어디서 굴러들어왔는데요?"

이수가 바짝 호기심을 보이자 선우는 상체를 앞으로 기울이며 은밀하게 대답했다.

"어제 포켓볼 동호회에서 내기를 했는데 내가 일등을 했거든. 그래서 공짜로 굴러들어왔어요."

"어머, 축하드려요. 포켓볼을 참 잘 치시나 봐요."

"그냥, 뭐 웬만한 내기에선 이길 정도는 돼요."

감탄한 얼굴로 묻는 이수에게 선우는 어깨를 으쓱하며 시크하게 웃었다.

"그럼, 정말 여자 친구는 없으신 거예요?"

"없다니까요. 윤 주임 같은 여자 있음 소개 좀 해요."

선우가 조심히 마음을 떠보았지만 이수는 소희 생각에 그의 말은 안중에도 없었다.

"저, 정말 제가 따라가도 되는 거예요?"

"당연하죠. 그럼 약속했어요?"

"네, 그런데 만약 급한 일이 생길수도 있으니까 다른 사람도 한 사람 물색해 놓는 건 어떨까요? 아시다시피 제가 상무님 수행비서이다 보니 언제 급한 일이 생길지 모르거든요."

이수의 말에 선우는 긴 손가락으로 턱 끝을 문질렀다.

“그런데 누가 대신 갈 사람이 있을지 모르겠네요. 만약 불발되면 아까워도 버리지 뭐.”

“비싼 표데 그러면 안 되죠. 소희 씨가 뮤지컬이나 연극을 굉장히 좋아한다고 하더라고요. 그래서 말인데요, 혹시 제가 못 가게 되면 대신 소희 씨를 보내도 될까요?”

단 한 번만이라도 이 실장님과 사적인 시간을 보내봤으면 소원이 없겠다던 소희에게 이수는 기회를 만들어 주고 싶었다.

“그래요, 그럼.”

자신과 무려 10살이나 차이나는 소희에게 전혀 딴 마음이 없던 선우는 흔쾌히 그러마고 승낙을 했다. 하지만 소희가 이 실장을 마음에 두고 있다는 것을 안 순간부터 이수는 그를 면밀하게 관찰했다. 그리고 옆에서 지켜본 결과 선우의 인성과 성품이 생각대로 바르고 따뜻한 사람이라는 걸 확신하게 되었다.

처음부터 은근히 이수를 마음에 두었던 선우의 입가가 기대감으로 길게 휘었다. 양 볼에 보조개를 만들며 매력적으로 웃는 그를 이수는 뜻 없는 미소를 머금고 바라보았다.

타닥!

각자의 생각에 빠져 미소 짓던 두 사람은 다소 신경질적인 발소리에 문득 고개를 돌렸다.

“상무님.”

“지금 들어오세요?”

선우보다도 더 먼저 자리에서 일어난 이수는 반가운 얼굴로 말을 건넸다.

“이 실장님, 안으로 들어오시죠.”

"네. 알겠습니다."

이수에겐 눈길도 건네지 않은 채 서준은 그대로 상무실로 들어갔다. 황급히 서류를 챙겨든 선우가 찬바람이 쌩하게 부는 그의 뒤를 성큼성큼 따랐다.

다소 애매한 표정으로 이수는 천천히 자리에 앉았다. 그러다 차를 준비해야겠다는 생각에 벌떡 몸을 일으켰다.

Rrrrrr.

걸음을 옮기려던 이수는 상무전용 벨소리에 발을 멈추고 전화기를 들었다.

—차는 됐어요.

"네, 알겠습……."

그녀의 말이 끝나기도 전에 전화가 끊어졌다. 그러고 보니 그의 목소리가 다소 차가웠던 것도 같았다.

'밖에서 무슨 안 좋은 일이라도 있었나?'

고개를 갸웃거리며 이수는 천천히 자리로 돌아왔다. 조금은 서준이 신경 쓰이는 상황이었지만 소희가 돌아오면 많이 기뻐할 거라는 생각에 그녀의 입가엔 함빡 미소가 피어났다.

"앉아요."

재킷을 벗어 옷걸이에 걸고 서준은 넥타이를 거칠게 잡아당겼다. 왠지 모를 긴장감에 선우는 주춤주춤 소파로 가서 앉았다.

"내년 글로벌 경영전략부터 들어보죠."

"우선은 영업과 마케팅 부분에서는 내년 수익성 악화에 대비, 품목 구조 조정을 통해 내실 있는 성장을 꾀하는데 최대한 중점을 두려고 합니다."

"구체적인 계획안은요."

묘하게 날이 선 목소리와 눈빛에 기가 죽은 선우가 잠시 허둥댔다. 곧바로 보고를 하지 못하고 산만하게 서류를 뒤적이는 선우를 싸늘하게 쳐다보며 서준은 다그치듯 물었다.

"준비 안 된 겁니까?"

"아, 아닙니다. R&D부문은 차별화된 개량신약 개발에 주력하고, 신약분야는 신경병증성통증치료제와 알츠하이머 치매치료제등의 임상개발을 가속화하여 글로벌 신약 개발을 앞당길 예정입니다. 그리고 해외시장은……."

당황해하던 선우가 곧바로 페이스를 찾으며 시원스럽게 보고를 하자 고개를 끄덕이며 서준은 탐색하듯 그를 바라보았다. 가뜩이나 긴장으로 등줄기가 서늘한데 상사의 찜찜한 눈초리까지 받으려니 선우는 숨이 턱 막혔다. 혹시 자신도 모르는 사이 무슨 실수라도 했나 싶어 저도 모르게 천천히 기억을 더듬었다.

"그럼 연말까지 해외 시장을 어떤 방식으로 공략해 나갈지 구체적인 계획안을 작성해 보고하세요."

얼굴이 뚫어질 것처럼 따가워 볼을 쓱 문지르는데 서준의 날카로운 목소리가 들려왔다. 그제야 참았던 숨을 조용히 내쉬며 선우는 힘주어 대답했다.

"네, 알겠습니다. 그럼 다음은 내수 시장 전략에 대한 보고입니다."

"오늘은 여기까지만 듣죠."

피곤하다는 듯이 서준은 한손으로 얼굴을 훑어 내렸다.

"네? 하지만 급하시다고……."

"그 건은 며칠 후에 들을 테니까 그때까지 완벽하게 정리해 오십시오."

"네, 알겠습니다."

오늘 보고서는 더 이상 손댈 수 없이 완벽하게 작성해온 것이었다. 그렇기에 보고는 제대로 해놓고도 왠지 질책 받는 것 같은 묘한 분위기에 기분이 찜찜했다.

"상무님, 혹시 제가 무슨 실수라도 했습니까?"

걸음을 옮기던 선우가 몸을 돌려 조심스럽게 물었다. 순간 서준의 날카로운 눈초리가 다시 한 번 그를 향해 날아들었다.

"왜, 찔리는 거라도 있습니까?"

"아, 아닙니다."

"그럼 괜한 일에 신경 쓰지 말고 나가 보세요."

다소 부드러운 어조였지만 여전히 날이 선 음성이었다.

개운치가 않은 기분에 아무리 머리를 굴려 봐도 딱히 실수한 게 떠오르지 않자 선우는 살짝 고개를 갸웃거리며 뚜벅뚜벅 걸음을 옮겼다.

"이 실장님."

"네, 상무님."

문을 열려던 선우가 몸을 홱 돌리며 대답했다. 어느새 창가에 선 서준이 나직하면서도 힘 있는 목소리로 말했다.

"윤이수 주임, 남자 있습니다."

"네?"

복부를 강타당하는 듯한 충격에 선우는 멍하니 되물었다. 하지만 더 이상 할 말 없다는 듯 창밖으로 시선을 주고 있는 상사의 뒷모습은 싸늘했다. 한숨과 함께 문을 열며 선우는 불현듯 스치는 생각에 경악하며 몸을 굳혔다.

선우가 창백해진 얼굴로 상무실에서 나오자, 소희 혼자 비서실을 지키고 있었다. 선우를 보자마자 소희가 반색하며 일어나 인사를 했다.

"실장님, 안녕하세요?"

"윤 주임은요?"

소희의 말에 대꾸없이 선우는 비어있는 이수의 자리를 쓱 훑었다.

"잠시 외출하셨는데요?"

"그래요? 그럼, 수고해요."

선우는 늘 침착하던 사람이었는데 귀신에라도 홀렸는지 반쯤 넋이 나간 모양새였다.

"상무님께 진탕 깨지시기라도 하셨나?"

혼자 중얼거리던 소희는 걱정스러운 얼굴로 의자에 털썩 주저앉았다.

묘한 긴장감을 동반한 채 시간은 흘러갔다. 스케줄 조정과 각 과에서 올라온 결재서류를 검토하느라 훌쩍 시간을 보낸 이수는 벽시계를 보고 고개를 갸웃했다. 전에는 이런저런 핑계로 두 시간 마다 한 번씩은 불러대던 서준이었다. 그런데 오늘은 네 시간째 꿈쩍도 하지 않고 있었다. 그제야 이수는 점심때 가벼이 흘려 넘겼던 그의 표정과 조금은 냉랭했던 목소리가 신경 쓰이기 시작했다. 잠시 골똘히 생각하던 이수는 국화차를 타 들고 상무실 문을 두드렸다.

그녀의 발소리를 들었을 텐데도 서준은 고개도 들지 않았다. 방긋 웃으며 걸어간 이수가 은은한 향기가 솔솔 풍기는 차를 조용히 책상 위에 올려놓았다.

"바쁘세요?"

여전히 시선조차 주지 않는 서준을 향해 이수는 나직하게 물었다. 한숨 소리와 함께 그가 고개를 들었다.

"밖에서 무슨 일 있었어요?"

여전히 미소를 머금은 채 되묻는 이수를 물끄러미 바라보던 서준은 무감각하게 대꾸했다.

"아니."

아무 감정도 실려 있지 않은 눈빛에 눈물이 핑 돌았다. 분명 이 남자, 무언가에 단단히 화가 나 있는 상태였다.

"혹시 제게 화났어요?"

점심을 먹고 오기 전까지만 해도 민망스러울 정도로 살가웠던 사람이었다. 그런데 지금은 차가운 냉기가 흐르고 있었다. 설사 밖에서 안 좋은 일이 있었다 해도 사무실에서 그런 내색을 할 사람이 아니었다. 전에도 그랬고 지금도 여전히 서준은 그 누구에게도 속을 내보이지 않는 사람이었다. 그렇기에 결국 생각의 끝은 그녀 자신에게로 향했다.

이수의 물음에 서준은 고개를 들고 삐딱하게 물었다.

"왜 그렇게 생각하지?"

"모르겠어요. 그냥 그렇게 느껴져요."

"혹시 그럴 만한 이유라도 있어?"

"아니요."

일 초의 망설임도 없이 이수가 대답하자 서준의 미간이 살짝 찌푸려졌다.

"그럼 더 이상 내게 신경 쓰지 말고 그만 나가봐."

단호하고 냉랭한 모습에 이수의 눈가가 붉어졌다. 뭔가 두껍고 단단한 벽이 두 사람 사이를 가로막고 있는 느낌이었다.

"말해주세요. 당신 지금 제게 화나 있잖아요."

"그만 나가라고 했어."

이수의 말을 가차 없이 자른 서준은 의자를 홱 돌렸다. 무정한 그 모습에 화가 난 이수가 홱 쏘아붙이며 세차게 몸을 돌렸다.

"알았어요. 전 이만 나갈 테니까 혼자 천년만년 고민하세요."

차가운 이수의 일갈에 서준은 의자를 돌렸다. 또각또각 멀어지는 이수의 뒷모습을 표정 없이 바라보다가 나직하게 그녀를 불렀다.

"윤이수."

"……."

그의 목소리를 듣지 못했다는 듯 이수가 묵묵히 걸음을 옮기자 서준은 자리에서 벌떡 일어났다.

"젠장, 윤이수 이리 와!"

서준의 거친 음성에 놀란 이수는 그제야 걸음을 멈추고 돌아보았다.

"당신 때문에 미치는 꼴 보지 않으려면 냉큼 와."

빠른 보폭으로 접대용 테이블로 걸어가는 그를 멍하니 바라보던 이수는 한숨과 함께 방향을 틀었다.

"옆에 앉아."

다소 경직된 표정으로 맞은편 소파로 향하는 이수를 향해 그가 단호하게 말했다. 이런 살벌한 상황에서도 자신의 옆자리를 고집하는 서준이 이해가 안 가면서도 어쩔 수 없이 가슴이 두근거렸다.

"혹시 이선우 실장한테 마음 있나?"

이수가 그 옆자리에 조심스럽게 앉자 서준은 단도직입적으로 물었다.

"아, 아니요."

이 상황에서 왜 이 실장이 거론되는 건지 이해가 되지 않아 이수는 순간적으로 말을 더듬었다.

"진심이야?"

"네, 한 치의 거짓도 없는 진실이에요."

이번엔 흔들림 없는 단호한 어조였다.

"그런데 무슨 생각으로 뮤지컬은 보러간다는 거지?"

모처럼 한자리에 모인 친구 녀석들과 기분 좋게 식사를 하고 오던 중이었다. 이수의 어여쁜 얼굴을 볼 생각에 들뜬 마음으로 문을 여는데 약간 벌어진 틈 사이로 이 실장의 목소리가 들려왔다. 무슨 이유인지 갑자기 몸이 굳어버려 그 상태로 멍하니 두 사람의 대화를 듣던 서준은 어느 순간 가슴이 쿵 하고 떨어져 내렸다. 그 후 더 이상 생각이라는 것을 할 수가 없었다. 머릿속은 뒤죽박죽 뒤엉키고 가슴은 날카로운 창에 찔린 듯 아파왔다. 그런 상태에서 이수가 들어왔고 서준은 미처 수습하지 못한 마음을 그녀에게 내보이고 말았다.

한편 이수는 그제야 지금 이 상황을 납득할 수 있었다. 이 실장의 대화를 들었다면 분명 오해할 만한 상황이었다. 하지만 아무리 서준과 허물없는 사이라고 해도 직장 동료의 프라이버시를 공개할 수는 없었다. 난감한 상황에서 무슨 말로 서준을 납득시켜야 할지 잠시 고민하던 이수는 어렵게 입을 열었다.

"그건…… 그럴만한 사정이 있었어요."

"무슨 사정?"

숨을 돌릴 사이도 없이 곧장 물어오는 서준을 가만히 바라보다가 이수는 어쩔 수 없이 거짓으로 둘러댔다.

"그 뮤지컬이 너무 보고 싶어서 승낙한 거예요. 절대 사심 따윈 없었다고요."

눈을 가늘게 뜨고 이수를 살피던 서준이 한참 만에 부드러워진 음성으로 말했다.

"알았어. 그런데 미안하지만 내일 야근이야. 그러니까 당장 이 실장한테 못 간다고 전화해."

"지금 바로요?"

이수가 주저하며 묻자 서준의 왼쪽 눈썹이 홱 치켜 올라갔다.

"왜, 싫어?"

"아, 아니요. 당장 전화할게요."

발딱 몸을 일으켜 책상으로 걸어간 이수는 재빨리 인터폰을 들고 구내번호를 눌렀다. 두 번 벨이 울리자 선우가 전화를 받았다.

—네, 이선웁니다.

군기가 바짝 든 선우의 목소리에 아랫입술을 질끈 깨물던 이수는 조심스럽게 입을 열었다.

"실장님, 저 윤 주임인데요, 아무래도 내일 뮤지컬 못 볼 것 같습니다."

말없이 숨만 내쉬던 선우는 한참 만에 기운 없이 대답했다.

—알았어요.

“저, 아까도 말씀드렸지만, 저 대신 소희 씨와 함께 가시는 건 어떨까요?”

—됐습니다. 다른 여직원에게 이미 표 넘겼으니까 걱정하지 말아요.

“네? 그게 무슨…….”

—그럼 수고해요.

“아, 네. 수고하세요.”

얼떨떨한 표정으로 인터폰을 내려놓으며 이수는 고개를 갸웃거렸다. 도무지 무슨 소린지 이해가 되지 않았다. 그사이 독심술이 생긴 것도 아닐 텐데 어떻게 이 상황을 알고 표를 넘겼다는 건지……. 그나저나 소득도 없이 이상하게 꼬여버린 일의 여파는 그녀에게 허탈함만을 안겨주었다. 정작 소희에게 기회를 만들어주려던 일은 물거품이 되었고, 공연히 서준의 마음만 언짢게 하고 말았다.

“표를 이미 다른 여직원에게 넘겼다네요. 도대체 이 실장님 마음을 모르겠어요. 뮤지컬 보러 가자고 한지 몇 시간이나 지났다고 말도 없이 다른 사람에게 표나 넘기고. 참 사람 민망하게 만드네요.”

어색한 분위기를 상쇄시키고자 이수는 어물어물 말을 이었다. 잔뜩 미안한 얼굴로 눈치를 살피는 그녀의 모습에 점차 마음이 누그러지는지 서준의 눈매가 한결 부드러워졌다.

“맹세코 다른 마음 없었으니까 이제 그만 마음 푸세요, 네?”

어색하게 콧소리까지 섞어가며 이수는 한껏 애교 섞인 음성으로 서준을 달랬다.

“안 어울려.”

말은 그렇게 했지만 그런 이수의 모습이 싫지 않은지 서준의 입매가 슬쩍 말려 올라갔다.

"뮤지컬이 그렇게 보고 싶어?"

"네? 네."

"그럼 나랑 가."

"정말요?"

서준이 봄볕을 닮은 따스한 미소를 지으며 고개를 끄덕이자, 생각지도 못한 소득에 이수는 한껏 날아올랐다. 솜사탕처럼 달콤한 이수의 눈빛에 서준의 가슴도 날개를 달고 훨훨 날아올랐다.

다음 날 두 사람은 정시 퇴근을 했다. 일식집에서 저녁을 먹은 두 사람은 곧바로 예술의 전당으로 향했다. 오늘 두 사람이 관람할 공연은 뮤지컬 '미스 사이공'.

팜플렛을 들고 VIP석에 앉은 두 사람은 손을 꼭 잡고 뮤지컬 속으로 빠져들었다.

1975년 사이공에 주둔하던 미군과 베트남 여인의 이루어지지 못한 가슴 아프고도 강렬한 이야기였다.

두 사람의 애절한 사랑에 이수는 저도 모르게 감정이 이입되어 눈물을 흘렸다. 사랑하는 여자가 죽은 줄 알고 다른 여자와 결혼했다가 마지막에 그녀가 자신의 아들과 태국에서 살고 있다는 소식을 듣고 찾아가지만, 그 여인은 이루어질 수 없는 사랑에 아파하며 아들을 남겨둔 채 자살을 선택하는 장면에서 쉼 없이 눈물이 흘러내렸다. 결국 이수가 조심스럽게 코를 훌쩍이자 서준은 그녀를 가만히 안아주었다. 지난 3년 동안 이수 없이 보낸 세월을 떠올리자 그 또한 가슴이 저릿했다.

결코 짧지 않은 시간동안 두 사람은 푹 빠져서 공연을 감상했다. 진한 여운을 안고 밖으로 나와서도 그 감동 때문에 두 사람은 한참 동안 침묵했다.

"오늘 공연 어땠어?"

묵묵히 운전만 하던 서준이 침묵을 깨며 다정한 음성으로 물었다.

"가슴 찡하게 좋았어요."

"이제 보니 당신 울보 기질 있더라?"

"네?"

"당신 눈물 흘리는 거 보고 내 마음이 다 짠했다고."

이수가 멋쩍게 웃자 서준은 이수의 손을 다정하게 감쌌다. 커다랗고 기민한 손가락이 그녀를 위로하듯 조용히 움직였다.

"당신 참 좋은 남자예요."

투명할 정도로 말간 눈빛만큼이나 깨끗한 음색이었다.

"정말 그렇게 생각해?"

"네."

하얀 이를 드러내며 이수가 말갛게 웃자 서준은 '흑' 하고 숨을 참았다. 사로잡힌 시선으로 한참 동안 뚫어지게 바라보다가 귓가에 뜨거운 호흡을 쏟아냈다.

"오늘 밤 당신을 안고 싶어."

나른한 속삭임에 이수의 심장이 주체할 수 없을 정도로 떨렸다. 식사를 하는 내내 그의 눈동자엔 짙은 욕망이 서려있었다. 다른 날과 달리 굳이 그것을 숨기지도 않는 그를 보며 이수는 어느 정도 마음의 준비를 한 상태였다. 말없이 이수가 손을 펴 긴 손가락에 깍지

끼자 그가 속력을 높였다.

팽팽한 긴장감과 함께 그의 차가 세워진 곳은 고급스러운 맨션 앞이었다.

서준과 수없이 사랑을 나누었던 곳, 둘만의 은밀한 추억이 가득 묻어있는 장소를 보자 이수는 당황스러움과 함께 가슴이 먹먹해졌다.

“왜, 긴장돼?”

뜻밖의 상황에 굳어진 얼굴로 이수가 눈만 깜박거리자 미소를 지으며 서준이 물었다.

“어째……서죠?”

그제야 이수의 혼란스러운 마음을 이해했는지 서준은 담배를 꺼내 물고 창문을 열었다. 한참 동안 말없이 정면만 응시하던 그가 담배 연기를 뿜어내며 나직하게 말했다.

“도저히 팔 수가 없었어.”

정신을 잃을 때까지 술에 취한 날이면 자신도 모르게 이곳으로 왔던 서준이었다. 이수가 쓰던 베개를 끌어안고 잠이 들었다가 아침에 정신이 들면 허겁지겁 도망치듯 이곳을 빠져나왔다. 그런 자신이 몸서리쳐지도록 싫어서 몇 번이나 맨션을 팔려고 했지만 그때마다 마지막 순간에 여지없이 무너지고 말았다.

서준의 음성이 너무 슬프게 들려와 이수의 가슴이 요동쳤다. 어금니를 깨물며 망연하게 앉아있던 이수는 간신히 미소를 지으며 말했다.

“당신 정말 바보인 거 알아요?”

“알고 있어. 하지만 후회하진 않아.”

빙그레 웃으며 서준은 이수를 품에 안았다. 포근하고 아늑한 품 안으로 깊이 얼굴을 묻으며 이수가 속삭였다.

"고마워요."

정수리에 가만히 얼굴을 묻으며 서준은 말없이 등을 쓸어내렸다. 눈물 날 만큼 다정하고 부드러운 손길이었다.

번호 키를 누르고 안으로 들어오자 센서등이 두 사람을 반겼다. 거실로 올라온 이수는 전과 조금도 변함없는 내부를 조용히 둘러보았다.

"함께 씻을까?"

회한에 찬 얼굴로 멍하니 서 있던 이수는 서준의 뜨거운 숨결에 화들짝 놀라 더듬거리며 말했다.

"돼, 됐어요."

가방을 거실 소파에 올려놓고 이수는 황급히 욕실을 향해 걸어갔다. 욕실과 한 동선인 파우더 룸에 들어설 때까지도 떨리는 가슴은 쉽사리 진정되지 않았다.

극도의 긴장감을 덜어내고자 그녀는 거울을 바라보며 크게 심호흡을 했다. 몇 번의 호흡으로 어느 정도 마음이 진정되자 이수는 다소 편안해진 얼굴로 욕실 문을 열었다.

샤워기를 들고 레버를 돌린 그녀는 마치 한 번도 사람의 손을 탄 적 없는 것 같은 투명한 나신 위로 시원하게 물줄기를 내렸다. 매끄러운 살결 위에 맺혔던 물방울이 또르르 아래로 떨어질 때마다 이수는 배꼽 아래 5센티 정도의 흉터가 희미하게 자리해 있는 부위를 쓰다듬었다. 이젠 느낄 수도 없는 흉터를 불안한 눈으로 바라보다가 이수는 마음을 다지듯 중얼거렸다.

"윤이수, 걱정하지 마. 넌 잘해낼 거야."

드레스 룸에서 머리의 물기를 어느 정도 제거한 후 이수는 거실로 나왔다. 핑크색 욕실가운을 입고 어색하게 걸어오는 그녀를 서준은 홀린 듯 바라보았다. 화장기 하나 없는 뽀얀 얼굴과 약간 젖은 생머리, 앙증맞은 슬리퍼 위로 드러난 가는 발목과 미끈한 종아리가 그의 피를 뜨겁게 만들었다.

"안 씻어요?"

입고 왔던 투피스를 다시 입었다가 이 상황과 맞지 않을 것 같아 과감하게 욕실 가운으로 갈아입은 그녀였다. 그런데 서준이 온몸을 뚫어버릴 듯이 강렬하게 바라보자 도무지 그의 얼굴을 마주할 수가 없었다.

시선을 바닥에 두고 작은 소리로 묻는 이수를 어둑하게 가라앉은 눈으로 바라보던 서준은 소파에서 벌떡 일어나 넥타이를 잡아 뺐다. 성큼성큼 걸어가는 그의 발소리에서 평소와 다르게 조급함이 묻어나왔다.

휴!

서준이 욕실 안으로 들어가고서야 이수는 참고 있던 숨을 세차게 내쉬었다. 극도의 긴장감 때문에 가만히 서 있을 수가 없어 소파로 가서 앉았다가 몸을 일으켜 안방으로 걸어갔다.

조용히 방문을 열자 제일 먼저 아로마 향이 그녀의 후각을 자극했다. 불을 켜려던 이수는 은은하게 창으로 스며든 달빛에 홀린 듯 조용히 걸음을 옮겼다.

"언제 이런 걸 준비했을까?"

침대 사선 둥그런 앤티크 테이블 위에 잔잔하게 흔들리는 촛불과 크리스털 화병에 꽂혀있는 장미꽃들이 그녀를 먹먹하게 만들었다. 서준과 사랑을 나눌 때마다 늘 그녀가 준비했던 장미와 아로마 향이 나는 초를 그가 준비해놨을 거라고는 상상도 하지 못했다.

"윤이수."

언제 다가왔는지 서준이 등 뒤에서 이수를 끌어안았다. 거칠게 뛰는 심장소리가 등 뒤에서 메아리치자 이수는 가만히 그의 손을 잡았다. 그가 그녀의 하얀 목덜미에 얼굴을 묻으며 속삭였다.

"지금 내가 얼마나 행복한지 알아?"

귓가에 뜨거운 숨결을 불어넣으며 서준은 벌어진 가운 안으로 예고 없이 손을 밀어 넣었다.

"아……."

갑작스럽게 밀려든 손이 풍만한 가슴을 부드럽게 감싸자 이수의 입에서 탄성 같은 신음이 터져 나왔다. 벨벳처럼 매끄러운 가슴을 움켜쥔 손이 천천히 원을 그리며 자극하다가 중지로 유두를 힘껏 눌렀다.

"하읏……."

서준에게 몸을 지탱한 채 떨고 있던 이수는 짜릿한 자극에 고개를 힘껏 젖히며 나른하게 신음했다. 뜨거운 혀로 귓바퀴를 애무하던 서준이 몸을 떼고 재빨리 그녀를 돌려세웠다.

꿈에도 잊지 못했던 그의 나신이 그녀 앞에 고스란히 드러나자 이수의 눈이 한껏 커졌다.

늘씬한 근육질 몸매와 장신의 키, 넓고 단단한 가슴과 탄탄한 복부, 그리고 끝없는 쾌락으로 인도했던 튼실한 남성이 그녀 앞에 당당하게 자리하고 있었다. 시선을 돌리지 못하고 빤히 쳐다보는 이수의 눈에 서서히 불꽃이 피어올랐다.

아무것도 걸치지 않은 그는 제왕처럼 당당했다. 늘 자기 절제가 완벽한 사람이었지만 성에 있어서만은 노골적일 정도로 적극적인 사람이었다. 그래서였을까? 언제나 이 남자와의 섹스는 황홀했다.

"몸살 날 정도로 안고 싶었어."

가운 매듭으로 손을 뻗은 서준이 단번에 끈을 잡아 빼며 뜨겁게 속삭였다. 가운이 확 젖혀지고 화인을 찍듯 그의 입술이 목덜미로 박혀들었다.

"흡!"

또다시 가해지는 강한 자극에 몸을 휘청거리던 이수는 얼른 손을 뻗어 그의 허리를 붙잡았다. 그런 그녀를 바짝 당겨 안고 그가 잔뜩 쉰 음성으로 말했다.

"윤이수, 키스해 줘."

이수는 최면에 걸린 사람처럼 눈을 감고 입술을 열었다. 불꽃을 머금은 듯 뜨거운 숨결을 토해내는 붉은 입술을 서준은 강하게 머금었다.

아랫입술과 윗입술을 번갈아 빨다가 혀끝으로 벌어진 입술사이를 간질여 이수의 심장을 미친 속도로 뛰게 만들었다. 이러다가 기절할지도 모른다는 생각이 번뜩 스쳤다.

몽롱해진 사이 입안으로 밀려든 혀가 도망치는 혀를 붙잡아 강렬하게 흡입하며 세차게 빨아 당겼다. 혀뿌리가 뽑혀나가는 것 같은 격렬함에 이수는 참을 수 없는 관능의 늪으로 속수무책으로 빨려들어 갔다.

욕망으로 빨갛게 타오르는 그녀의 눈동자를 여유 있게 바라보던 서준이 비스듬히 고개를 돌려 더 깊이 혀를 묻고는 탐욕스러울 정도로 입안 곳곳을 유린했다. 타액이 섞이고 호흡과 호흡이 섞여 방안 공기는 열탕처럼 뜨거워졌다.

"달콤해."

한참 동안 입안을 탐닉하던 서준은 입술을 떼고 몽롱한 시선으로 이수를 바라보다가 풀쩍 그녀를 안아들고 침대로 걸어갔다. 붉은색 커버와 시트가 다소 외설스럽게 덮여있는 침대를 건너보는 이수의 눈동자가 그 어떤 기대감으로 반짝였다.

재빨리 침대로 다가온 서준은 이수를 침대에 눕히고 그녀 위에 무릎을 꿇고 앉았다. 은은한 촛불 아래 매혹적으로 흔들리는 나신을 타오르는 눈길로 응시하며 그가 신음처럼 중얼거렸다.

"눈부시게 아름다워."

짙어진 그의 시선은 투명하고 매끄러운 가슴에 못 박혀 떨어질 줄을 몰랐다. 전에 수도 없이 탐했던 가슴이지만 마치 처음 보는 것처럼 그의 가슴은 세차게 떨렸다. 떨리는 손으로 서준은 천천히 손을 올려 순결한 젖무덤을 살며시 그러쥐었다. 조심스럽게 자극을 가하다가 손끝에 힘을 풀고 진분홍빛 유두를 살짝 건드렸다.

그 자극에 이수는 파르르 몸을 떨며 숨을 헐떡거렸다. 매혹적인 신음소리에 그가 격하게 숨을 몰아쉬며 백옥 같은 그녀의 가슴으로 얼굴을 내렸다. 한손으로 가슴을 애무하며 입술로는 욕심껏 가슴을 흡입했다가 혀로 살살 굴리며 애무했다.

미칠 것 같은 열기에 이수의 몸이 이리저리 비틀렸다. 그가 주던 쾌락을 아는 은밀한 곳이 촉촉하게 젖어들며 그녀를 달뜨게 만들었다.

쉼 없이 달뜬 신음을 쏟아내던 이수는 서준의 목에 팔을 휘감으며 녹아내릴 것 같은 몸을 밀착시켰다. 서준이 열정적으로 안겨오는 나긋한 육체에 몸서리 칠 정도로 뜨겁게 반응하며 입안에 잠긴 유두를 살짝 깨물었다.

"하윽!"

짜릿한 쾌감에 이수의 손에 힘이 들어갔다. 손톱이 그의 어깨에 박혀들고 하체가 꿈틀거렸다. 뜨거운 신음을 쏟아내며 욕심껏 가슴을 탐하던 손이 서서히 아래로 내려가 잘록한 허리를 쓰다듬고 은밀한 곳으로 돌진했다.

"아아, 서준 씨……."

그의 손이 실크 같은 음모를 느릿하게 쓸어내리며 음부를 자극하자 이수는 그의 어깨를 힘껏 붙잡으며 뜨겁게 속삭였다. 욕망에 들떠 가쁘게 호흡을 쏟아내는 이수를 만족스러운 눈길로 바라보며 서준은 가슴으로 입술을 내렸다.

노련한 손길로 그녀를 환락 속으로 인도하던 서준의 손가락이 예고 없이 여성 안을 파고들었다.

"흡!"

"긴장 풀어."

뜨거운 속살이 손가락을 바짝 조이자 더할 수 없이 부푼 남성이 사납게 꿈틀거리며 내달렸다. 이러다간 손가락 움직임만으로도 파정할 것 같아 서준은 이를 악물었다. 억지로 눌러놓았던 욕망의 봉인이 일시에 풀려 아랫도리가 미친 듯이 날뛰어댔다.

가쁜 숨을 몰아쉬며 서준은 가슴에서 입술을 떼고 아래로 천천히 혀를 미끄러뜨렸다. 움푹 파인 예쁜 배꼽으로 혀를 내리자 이수의 몸이 흠칫 굳어졌다. 하지만 곧바로 이어지는 부드러운 애무에 이수의 몸은 금세 흐물거리며 녹아내렸다. 배꼽 주위를 꼼꼼하게 훑고 아래로 혀를 내리던 서준은 어스름한 달빛에 비친 희미한 그림자를 보았다.

'이게 뭐지?'

순간적으로 생각하던 서준은 실처럼 가늘게 이어진 곳으로 천천히 혀를 내렸다. 이상하게 가슴이 저릿했지만 곧바로 그 생각은 쾌락 속으로 빨려 들어가 묻혀버렸다.

당장이라도 몸이 터져버릴 것처럼 욕망이 팽팽해지자 더 이상 여유를 둘 수가 없었다. 느긋하게 온몸 구석구석을 떠돌던 혀가 어느새 그녀의 허벅지 위에 내려졌다. 당황한 이수는 황급히 그를 저지했지만 서준은 그녀의 엉덩이를 꽉 잡고 뽀얗고 미끈한 종아리를 활짝 벌렸다.

서준은 까맣게 이글거리는 눈동자로 촉촉해진 샘 안을 쳐다보다가 곧바로 얼굴을 내렸다. 음모를 헤치고 단번에 정점을 찾아 느릿하게 혀를 움직였다.

"하악, 학……."

말로 표현할 수 없는 쾌감이 온몸을 관통하자 이수는 헐떡거리며 자지러지게 신음했다.

"윤이수, 내게 모든 것을 줘."

서준이 나른하게 속삭이자 허리를 비틀던 이수는 살짝 고개를 끄덕였다. 그런 그녀를 그는 한없이 사랑스러운 눈길로 바라보다가 입술로 정점을 머금고 세게 비볐다.

"서준 씨, 제발요!"

욕망의 불구덩이에서 허우적대던 이수의 입에서 기어이 애원의 말이 터져 나왔다. 하지만 서준은 대답 없이 얼굴을 내리고 단물이 가득 고인 샘 안으로 재빨리 혀를 밀어 넣었다. 뾰족하게 혀를 말아 내벽을 긁고 빨갛게 익은 여성 안을 부드럽게 휘저었다.

춥춥, 추르릅 춥.

쉼 없이 흘러내리는 꿀물을 빨아들이는 색정적인 소리가 방안을 가득 채우며 두 사람을 불꽃 속으로 밀어 넣었다. 이미 욕망은 한계를 넘어선 그였지만 서준은 최대한 이수를 배려하기 위해 초인적으로 자신을 절제했다.

"제발 와요, 서준 씨……."

이수가 욕정에 휩싸인 눈으로 간절하게 애원하자 서준의 자제력이 '툭' 하고 끊어졌다.

앓는 소리를 내며 그가 재빨리 무릎을 꿇고 빨갛게 충혈된 불기둥을 여성 입구에 대고 문질렀다.

"하! 윤이수……."

이수의 샘 안에서 꿀물이 한가득 쏟아지자 은밀하게 열기를 피워 올리던 서준은 이수를 부르며 여성 안으로 힘껏 파고들었다.

"흡!"

이수가 호흡을 삼키며 바르르 떨리는 속살로 불기둥을 끊을 듯이 조여오자 머릿속이 새하얗게 비어 버렸다.

"황홀해서 미쳐버릴 것 같아."

아찔한 쾌락에 전율하던 서준은 이수의 귓가에 뜨거운 숨결을 불어넣으며 나른하게 속삭였다. 눈을 꼭 감고 몸을 떨던 이수가 그 말에 화답하듯 허리를 부드럽게 쓸어내리자 그가 미소를 지으며 느릿하게 혀를 움직였다. 귓바퀴를 느릿하게 애무하다가 귀 안으로 파고 들어 강하게 훑었다. 그곳에 한참 동안 머물렀던 입술이 다시 아래로 내려와 귓불을 머금고 살짝 깨물었다. 열락에 빠져 달콤하게 신음하던 이수는 쌉싸래한 자극에 나른한 고양이처럼 가르랑거리며 그의 두툼한 가슴으로 손을 얹었다.

"만져줘."

나른한 음성에 이수는 작은 손을 천천히 움직였다. 그가 했던 것처럼 둥글게 원을 그리다가 젖꼭지를 살짝 비틀었다.

"하! 미치겠다."

섬세한 손가락 터치만으로도 서준의 온몸은 타들어갈 것 같았다. 이수의 샘 안에서 숨죽이고 있던 그가 슬쩍 허리를 움직였다. 꽉 맞물린 몸에서 진득한 열기가 피어올라 쾌락을 가속화시켰다.

허리를 돌릴 때마다 형용할 수 없는 쾌감이 온몸을 마비시켜 뇌관이 터져버릴 것만 같았다. 오로지 이 여자여야만 했다. 이수만이 그의 마르지 않는 욕망을 잠재울 수 있었다.

리드미컬하게 허리를 움직이던 서준이 붉디붉은 욕망을 천천히 빼내자 쾌락의 늪에 완전히 잠식되어 버린 이수는 앙탈하듯 보챘다.

자극적인 신음소리에 쾌락의 열기가 격렬하게 솟구치자 서준은 힘껏 샘 안으로 불기둥을 밀어 넣으며 속삭였다.

"좋아?"

"네, 너무 좋아요."

미성이 섞인 자극적인 음성에 서준은 낮게 웃었다. 낮에는 요조숙녀, 밤에는 요부. 그런 이수가 서준은 죽을 만큼 좋았다.

"그럼 더 황홀하게 해줄게."

말과 함께 서준은 그대로 이수를 안아 올렸다. 퇴폐적인 미소를 지으며 그녀의 매끈한 다리 하나를 들어 올려 어깨에 걸쳤다. 그를 품고 있는 여성 안이 전신 거울을 통해 그녀의 눈에 또렷하게 들어왔다. 거대한 분신이 샘 안에서 빠져나왔다가 다시금 밀려들어가는 걸 바라보는 그녀의 얼굴이 더할 수 없이 붉어졌다.

적나라한 정사 장면에 몸이 불덩이처럼 달아오르자 서준의 어깨에 얼굴을 묻으며 이수는 요염하게 허리를 돌렸다.

"너무 섹시해."

녹아들 것 같은 서준의 음성에 이수의 몸이 화염에 휩싸였다. 서준의 마성에 끝도 없이 빠져버린 이수는 정염의 노예가 되어 자진해서 서준의 허벅지 위로 몸을 걸쳤다. 치명적일 정도로 섹시한 미소를 머금으며 그가 이수의 입술을 덮었다. 엉켜든 혀를 무자비할 정도로 빨아들이자 이수가 불기둥을 끊을 듯이 조였다.

"윤이수, 넌 영원히 내꺼야."

웅얼거리는 목소리는 이수의 귀에까지 닿지 않았다. 그저 그의 거친 신음소리만 또렷하게 박혀들었다.

"더 빠르게."

이수의 움직임이 감질 나는지 허리를 크게 튕겨 올리며 서준은 재촉했다.

"하아……."

서준의 재촉에 이수는 눈앞에서 나풀거리는 절정의 끝을 향해 달렸다. 야수처럼 으르렁거리던 서준은 이수를 안아 침대에 몸을 누이고 양다리를 들어 어깨에 걸쳤다. 그가 몸 깊숙이 분신을 묻고 격하게 움직이자 그녀의 손이 침대시트를 꽉 말아 쥐었다.

그가 격렬하게 몸 안으로 파고들 때마다 영혼까지 태워버릴 것 같은 쾌감에 이수는 울부짖었다. 그럴수록 서준은 떨어져 있던 지난 시간을 보상받으려는 듯 강한 흔적을 남기며 무자비하게 그녀를 소유해 갔다.

"윽……."

"하아…… 하아……."

이수의 몸을 부숴버릴 듯 격하게 파고들던 서준은 어느 순간 거친 신음을 토해내며 부르르 몸을 떨었다. 뿌연 정수를 그녀의 샘 안에 흠뻑 쏟아 넣자, 절정에 다다른 이수는 새빨간 비명을 지르며 그대로 축 늘어졌다.

장시간의 정사로 두 사람의 몸은 축축하게 젖었다. 이수의 가슴에 얼굴을 묻고 있던 서준은 미소를 지으며 이수의 젖은 머리를 쓸어주었다. 힘겹게 호흡을 쏟아내는 입술에 더없이 부드럽게 입을 맞추고 보드라운 가슴으로 얼굴을 묻었다. 멀리서 들려오는 풀벌레들의 합창소리가 유난히도 아름다운 밤이었다.

반가운 소식을 알리는 까치소리가 어슴푸레 들려오고 꽃들이 가득한 정원이 보였다. 이글거리는 태양 아래 탐스럽게 피어난 장미꽃들을 바라보며 환하게 미소 짓던 이수는 뜨거운 무언가가 세차게 눈꺼풀위로 내려앉자 천천히 눈을 떴다.

좀 전 그녀를 행복하게 만들었던 풍경이 사라진 곳에는 따가울 정도로 뜨거운 햇살이 대신 자리하고 있었다. 눈을 몇 번 깜빡인 이수는 너무나도 선명했던 꿈을 다시 한 번 떠올리다가 아쉬움에 나직하게 한숨을 흘렸다.

"잘 잤어?"

경쾌한 음성과 함께 서준이 다가와 그녀의 이마에 입을 맞췄다. 상체에 딱 달라붙는 면 티와 진 팬츠를 입은 모습이 무척이나 활기차 보였다.

"몇 시에요?"

어젯밤 진했던 정사 장면이 눈앞을 스쳐가자 얼굴을 붉히며 이수가 물었다.

"11시."

"11시라고요? 어떻게 해! 완전 늦었어요."

자리에서 벌떡 일어난 이수가 패닉 상태에 빠져 멍하니 바라보자 서준이 빙긋 웃으며 말했다.

"오늘은 토요일이야."

"네?"

눈을 동그랗게 뜨며 이리저리 눈망울을 굴리던 이수는 그제야 어제가 금요일임을 상기해냈다. 어젯밤 서준이 주는 쾌락의 늪에 완전히 잠식돼 머릿속이 백지상태가 된 것 같았다.

"배고프지?"

이수의 아름다운 가슴에 시선을 못 박은 채 서준이 물었다.

"엄마야!"

서준의 눈길을 따라가던 이수는 자신의 상반신이 완전히 노출된 것을 보고 소리치며 얼른 이불을 뒤집어썼다.

"옷 입고 나와."

다정하게 말하고 서준은 침대에서 일어났다. 자리를 피해 주려는지 저벅저벅 발소리가 들려왔다.

"숨 막혀 죽는 줄 알았네."

문이 닫히는 소리에 살그머니 얼굴을 내민 이수가 중얼거리며 시트를 걷고 얼른 침대 아래로 내려섰다. 어젯밤 격렬한 정사로 아랫배가 조금은 알싸했지만 피부는 활짝 피어난 꽃처럼 생기가 넘쳐흘렀다.

저렇게 정력적인 사람이 발기불능이라니…….

이수는 얼굴을 붉히며 실긋 웃었다. 어젯밤 정열적으로 타오르던 서준의 눈빛이 생각나 가슴이 콩닥거렸다.

"윤이수, 이쪽으로 와."

소파 위에 가지런히 놓여있는 트레이닝복을 입고 거실로 나오자 서준이 큰소리로 이수를 불렀다. 소리가 나는 쪽으로 걸어간 그녀는 식탁 위에 토스트와 우유를 올려놓는 그를 보고 멈칫했다.

"이리 와서 앉아."

"먼저 씻고요."

"먹고 씻어. 배고프잖아."

단호한 서준의 말에 이수는 주섬주섬 의자로 걸어가 앉았다.

"할 수 있는 게 이것뿐이야."

"고마워요."

세상모르고 지금까지 잤다는 것만도 창피한데 아침까지 받아먹으려니 말도 못하게 민망했다. 그러면서도 이수는 서준이 정성껏 차려준 음식에 한없이 행복했다.

"어서 먹어."

토스트를 한 입 베어 물며 서준은 씽긋 웃었다. 싱그러운 미소로 화답하며 이수는 신선한 샐러드를 포크로 찍었다.

"우리 점심엔 근사한 거 먹자."

"이거 점심 아니었어요?"

이수가 장난스럽게 묻자 서준은 또다시 씽긋 웃으며 벽시계를 보았다.

"그렇군. 시간이 시간인 만큼 점심에 가깝네. 그럼 저녁 때 맛난 거 사줄게."

"네, 좋아요."

활달하게 대답한 이수는 포크를 내려놓고 토스트를 집어 올렸다.

"윤이수."

"네."

속으로 긴장하며 이수는 얼른 대답했다.

"저기……아냐. 얼른 먹어"

서준이 빙그레 웃으며 토스트를 크게 한 입 베어 물자 긴장을 풀며 이수도 토스트를 입으로 가져갔다. 배가 고팠던 두 사람은 순식간에 음식을 다 비웠다.

"다 먹었으면,가서 샤워해."

이수가 빈 접시와 컵을 들고 일어나자 서준이 냉큼 빼앗으며 말했다. 그렇지 않아도 씻지도 않고 그와 마주앉아 있으려니 너무나 찜찜하던 참이었다. 말갛게 웃으며 이수는 몸을 돌렸다. 그녀는 걸음을 옮기면서도 지금 이 행복이 믿어지지 않아 팔을 힘껏 꼬집었다.

"아얏!"

작게 비명을 내지르면서도 이수는 꿈이 아니라는 사실에 안도해하며 더없이 행복해했다.

욕실 거울에 비춰진 흐드러지게 핀 붉은 흔적들을 보자 이수는 한숨이 나오면서도 기분이 야릇했다. 유난히 키스마크가 진한 쇄골을 가만히 쓸다가 다시 거울을 보았다. 반짝이는 눈동자와 진한 키스로 부풀어 오른 입술이 그 어느 때보다도 생기 있고 아름다웠다.

"이만하면 흉하지는 않았겠네."

안도해하며 이수는 샤워기 레버를 돌렸다. 한 줄기 물이 그녀의 나신 위로 시원하게 쏟아져 몸을 적시자 나른한 느낌에 저절로 눈이 감겼다.

탁!

눈을 감고 나른한 감각에 미소 짓는데 갑자기 욕실 문이 열리며 실오라기 하나 걸치지 않은 서준이 성큼 안으로 들어왔다. 당황한 이수가 놀라 뒤돌아보자 멋쩍은 미소를 지으며 그가 말했다.

"나도 샤워를 안 했거든."

빤한 거짓말에 이수는 아무 대꾸도 못하고 황급히 몸을 돌렸다. 어느새 한달음에 걸어온 서준은 샤워기를 위에 고정시키고 등 뒤에서 이수를 안았다.

"아까부터 안고 싶은 걸 참느라 죽을 뻔했어."

풍만한 가슴을 움켜쥐며 그가 목덜미로 입술을 내렸다. 조심스럽고 부드럽던 키스가 서서히 관능적으로 변하고 조용하던 숨결이 뜨겁고 거칠어졌다.

"하아…… 하……."

뇌쇄적인 신음을 흘리며 이수가 뜨거워진 몸을 위아래로 나른하게 움직이자 가슴을 꽉 움켜쥐고 비벼대던 서준이 둥근 어깨에 이를 박으며 재빨리 한 손을 아래로 내렸다.

"아흣……."

음부를 덮고 정점을 찾아 자극을 가하던 손가락이 예고 없이 샘 안을 파고들자 이수는 신음하며 얼굴을 뒤로 젖혔다. 그녀의 등줄기에 진한 키스를 남기며 서준이 손가락을 세워 샘 안을 휘젓자 어젯밤의 정사로 가뜩이나 예민해진 몸이 곧바로 반응하며 삽시간에 달아올랐다.

붉게 달아오른 손으로 젖꼭지를 강하게 비틀며 서준은 느릿하게 손가락을 움직였다.

"하으, 하…… 하아……."

고통스러울 정도로 감각적이고 미치도록 달콤한 손놀림에 이수는 연신 달뜬 신음을 흘리며 이리저리 몸을 비틀었다. 그런 그녀를 한없이 사랑스러운 눈으로 내려다보던 그가 갑자기 손가락을 빼고 이수를 돌려세웠다.

짙은 쾌락에 잠식돼 있던 이수가 멍한 얼굴로 바라보자, 그가 퇴폐적일 정도로 나른한 미소를 머금더니 단물이 잔뜩 묻어있는 손가락을 자신의 혀로 살짝 핥았다. 그의 까만 눈동자가 촉촉하게 젖은 그녀의 입술을 바라보며 요구하듯 한쪽 눈썹을 치켜떴다.

순간, 이수의 이성은 모두 날아갔다. 기꺼이 정염의 노예가 되어 자진해서 입을 크게 벌리고 그의 입술을 마셨다. 뜨거운 혀를 휘감아 강하게 빨아들이고 그의 아랫도리를 사정없이 자극했다.

"조금만 천천히……."

숨이 넘어갈 정도로 주고받는 혀의 향연이 너무나 치열해 그것만으로도 절정에 다다를 것 같았다. 그녀의 몸속에 달궈진 뜨거운 불덩이가 그의 몸까지 태워가고 있었다.

서준의 손이 에로틱하게 가슴을 애무하다가 엉덩이를 꽉 움켜쥐었다. 그의 농밀한 자극에 이수는 몸을 떨며 진저리를 쳤다.

"학!"

입술을 내려 핑크빛 유두를 입안에 넣고 굴리던 서준이 갑자기 이수를 번쩍 안아 올려 단번에 여성 안을 파고들었다.

다리를 그의 허리에 감은 이수의 몸이 줄을 매단 인형처럼 이리저리 흔들렸다. 그가 엉덩이를 꽉 쥔 채 강약을 조절하며 움직이자 유연한 허리가 세차게 튕겨 올랐다. 쫀득쫀득하고 뜨거운 속살이 거대한 블랙홀처럼 그의 분신을 걷잡을 수 없이 빨아들이고 끊을 듯이 조였다.

"우욱!"

"학!"

극한의 오르가즘으로 치달은 서준은 목을 뒤로 꺾으며 포효했다. 함께 절정의 언덕으로 날아오른 이수도 가늘게 몸을 떨며 그의 가슴팍으로 무너졌다. 어느새 불기 시작한 산들바람이 조용히 창틈으로 들어와 포근하게 두 사람을 감쌌다.

제8장

"메인 요리는 안심 스테이크, 와인은 슈발 블랑, 그리고 디저트는 티라미수 케이크. 참! 화덕피자도 메인 요리와 함께 준비해줘요."

은가루를 뿌려놓은 것처럼 반짝이는 대리석 바닥과 파스텔 톤의 소파, 거기에 살아 움직이는 것 같은 색색의 꽃 그림이 블루빛 조명을 받아 은은하게 흔들렸다. 회사와 가까운 곳에 위치한 분위기 좋은 이태리 레스토랑으로 이수를 안내한 서준은 예전에 딱 한번 이수가 먹었던 음식을 능숙하게 주문하고 있었다. 종업원이 밖으로 나가자 한껏 미소를 머금고 있던 이수는 놀랍다는 듯이 물었다.

"어떻게 그걸 기억해요?"

서준과 헤어지기 전 딱 한 번 이곳에 왔던 이수는 호기심에 주문했던 화덕피자 맛에 푹 빠졌었다. 그걸 아직도 기억하는지 서준은 화덕피자를 따로 메뉴에 추가했다.

"내 여자가 반한 음식인데 기억하는 건 당연하지."

이수의 말에 가볍게 대꾸하며 서준은 소파에 몸을 기댔다. 그녀를 보는 것만으로도 가슴이 떨리고 기분 좋은 파동이 잔잔하게 온몸으로 퍼져나갔다.

얼굴을 붉힌 이수의 호흡이 조금씩 빨라지는 걸 짓궂게 바라보던 그가 입을 열려는 순간 노크 소리가 들려왔고, 직접 구운 마늘빵과 수프, 샐러드가 차례로 테이블 위에 세팅되었다.

서준의 눈빛만으로도 가슴이 세차게 두근거려 어색한 미소만 짓고 있던 이수는 절묘한 타이밍이 반가워 얼른 스푼을 들어 수프를 한 입 떠 넣었다. 고소하고 부드러운 양송이 수프가 위장을 촉촉하게 적시자 마음이 조금은 안정되는 것 같았다.

"많이 먹어."

메인 요리가 들어오자 서준은 자연스럽게 이수의 접시를 끌어당겨 먹기 좋은 크기로 스테이크를 잘랐다. 그녀에게 접시를 건네주는 그의 눈에 사랑이 가득했다.

"고마워요."

바둑판처럼 똑같은 크기로 썰어놓은 스테이크를 받아들며 이수가 생긋 웃었다. 그녀의 미소를 기분 좋게 바라보던 서준이 와인을 들어 한 모금 머금고 물었다.

"난 지금 너무 행복한데 당신은 어때?"

외출을 나오기 전까지 이수는 내내 침대에 붙잡혀 있었다. 지치지도 않는지 서준은 하루 종일 그녀를 물고 빨고 했다.

"저도 행복해요."

금욕이 풀린 그의 모습은 더없이 섹시했다. 보는 것만으로도 입안이 바싹 말라와 이수는 살짝 윗입술을 축였다.

"나 때문에 힘들지?"

"네."

이수가 곧바로 그 말을 인정하자 피식 웃으며 서준은 야릇한 눈길을 보냈다.

"깍쟁이. 힘들다면서 그렇게 섹시한 신음소리를 내나? 너무 자극적이어서 미치는 줄 알았어."

놀리는 말에 이수의 얼굴은 더할 수 없이 붉어졌다. 자극적인 말 한마디에 허리 아래 은밀한 곳이 젖어들었다.

"제가 그랬나요? 정신이 하나도 없어서 기억이 안 나요."

시침을 뚝 떼며 이수는 스테이크를 들고 입을 벌렸다.

"먹고 싶어."

나른한 저음에 이수의 입이 탁하고 다물어졌다. 그녀의 입술을 뚫어지게 쳐다보는 그의 눈동자가 노골적으로 짙어졌다. 표정을 수습하며 이수가 물었다.

"뭘요?"

이수의 말을 예상치 못했는지 서준은 잠시 흠칫했다. 그리고 매력적인 미소를 머금으며 느긋하게 말했다.

"집에 가서 알려 줄 테니까 빨리 먹어."

다른 때 같으면 당장 그녀를 무릎에 앉혔을 서준이 지금은 느긋하게 스테이크를 씹고 있었다. 어느 누구도 모르리라. 빈틈 하나 없이 냉철한 이 남자가 사랑을 나눌 때만은 감당할 수 없을 만큼 뜨겁고 노골적일 정도로 야하다는 사실을.

"안 되겠다. 키스 한번만 하자."

몸을 일으킨 서준이 재빨리 이수 옆자리로 와서 앉았다. 붉은 와인을 한 모금 머금고는 멍하니 바라보는 그녀의 입술을 확 덮쳐 머금었던 와인을 쏟아 부었다. 곧바로 와인과 타액이 뒤섞인 입안을 게걸스럽게 훑어 내리다가 목구멍 깊숙이 혀를 밀어 넣어 숨결마저 빼앗고, 휘청거리는 몸을 수초처럼 휘감아 욕망으로 딱딱해진 몸을 밀착시켰다.

"녹아버릴 만큼 달콤해."

혼을 쏙 빼놓을 정도로 감미롭게 키스하던 서준이 몸을 떼며 나직하게 속삭였다. 빨갛게 익은 불꽃이 그의 눈 속에서 거세게 이글거렸다.

"남기지 말고 다 먹어. 오늘 밤은 아주 긴 레이스가 될 거야."

이수를 품 안에 가두며 서준은 나른하게 속삭였다. 그가 줄 쾌락에 대한 기대감으로 이수의 몸이 세차게 떨렸다.

여운을 가득 남긴 채 서준은 자리로 돌아갔다. 태연한 얼굴로 말없이 식사에만 열중하던 그가 이수의 접시가 다 비워지자 포크를 내려놓으며 진지하게 바라보았다. 그 눈빛에 이수의 몸이 긴장으로 굳어졌다.

"윤이수."

말없이 이수를 물끄러미 바라보다가 서준은 물 컵을 들어 한 모금 마셨다. 그의 입에서 어떤 말이 나올지 초조해 이수는 스커트를 말아 쥐고 살짝 비틀었다.

"우리 결혼하자."

단도직입적인 서준의 말에 이수의 눈이 질끈 감겼다. 얼마 후 감았던 눈을 뜬 이수가 떨리는 목소리로 말을 이었다.

"전…… 저는……."

입가에 잔뜩 힘을 주고 어떻게든 말을 하려 했지만 자꾸만 단어가 입속에서만 맴돌았다.

"충분히 당황스러울 거야. 하지만 이렇게 된 이상 더 이상 시간 낭비하고 싶지 않아."

차 안에서 이수를 충동적으로 안고 그는 내내 혼란스러웠었다. 이수와 다시 재회하고 부터 그를 내내 지배했던 마그마처럼 달구어진 욕망에 끝내 굴복해버린 것 뿐 다른 의미는 없다고 자위했었다. 하지만 어느 순간 그는 깨달았다. 그건 그저 비겁한 핑계일 뿐 지난 3년 동안 이수를 그리워하지 않은 적은 단 한 번도 없다는 사실을. 그렇기에 이젠 당당하게 안겠다고 결심했다. 3년 동안 허비해온 시간을 이젠 단 하루라도 더 낭비할 생각 따윈 없었다.

"당신이 그런 말을 하리라고는 생각도 못했어요."

그의 결심에 찬물을 끼얹듯 이수는 냉담하게 말했다. 하지만 그는 아랑곳하지 않고 신호를 보내듯 길게 벨을 눌렀다. 기다렸다는 듯 곧바로 문이 열리고 장미꽃바구니와 삼단 케이크, 그리고 샴페인을 든 종업원이 모습을 드러냈다. 녹아버릴 듯이 달콤해 보이는 케이크와 눈이 부실 정도로 화사하고 아름다운 꽃바구니를 조심스럽게 테이블에 내려놓고 그들이 돌아섰다. 고맙다는 듯 서준은 살짝 고개를 숙이고 기대에 찬 표정으로 이수를 바라보았다. 그는 놀라움에 한껏 굳어진 이수에게 열정 가득한 시선을 보내다가 천천히 몸을 일으켰다. 앞에 놓인 케이크를 들어 테이블 중앙에 내려놓고 그가 꽂혀있는 초에 하나하나 불을 붙였다. 어느새 어두워진 룸 안은 신비하게 흔들리는 촛불들이 꿈을 꾸듯 찬란하게 일렁거렸다. 저벅저벅 그녀 앞으로 걸어온 서준이 부드럽게 손을 감싸며 진지하게 눈을 맞췄다.

"죽는 순간까지 당신만 바라볼 거고 매일매일 웃게 해줄 거야. 평생 당신을 숭배하고 열렬히 사랑하며 가장으로서 언제나 최선을 다할게. 그러니 망설이지 말고 나와 결혼해줘."

이건 분명한 반칙이었다. 분명 계약 기간이 지나면 보내준다고 했기에 이 남자를 받아들인 거였고 그랬기에 매순간 최선을 다했었다. 그런데 난데없이 프러포즈라니…….

"지금 진심…… 이에요?"

"그동안 매일매일 생각했었어. 도대체 윤이수가 내게 무얼까 하고. 그리고 인정해야 했어. 지난 시간 동안 당신을 한시도 떨쳐버리지 못했다는 사실을. 그래서 그 어떤 여자도 안을 수 없던 거였고 치를 떨면서도 당신을 또다시 옆에 둘 수밖에 없었던 거였어."

확신에 찬 서준의 대답에 이수는 이럴 수는 없다며 속으로 오열했다. 지난 3년 동안 뼈를 깎는 고통을 감내한 이유는 단 하나, 이 남자가 다른 여자를 만나 행복한 가정을 꾸리고 아이 낳고 행복하게 사는 모습을 보기 위해서였다. 그런데 또다시 원점으로 돌아온 상황은 그녀를 망연자실하게 만들었다.

"믿어지지 않아요. 당신을 처참하게 배신한 날 또다시 숭배한다니……."

이수는 필사적으로 부인하고 싶었다. 절대 그럴 리가 없다고. 잠시 육체의 달콤함에 현혹된 것일 뿐이라고 믿고 싶었다.

"그래. 레스토랑에서 당신과 재회한 순간, 죽어 있던 심장이 단숨에 깨어났어. 까맣게 죽어 있던 세상이 일시에 환해졌고 멈춰 있던 호흡이 되살아났어. 오직 당신이어야만 해. 윤이수, 당신만이 날 살아 숨 쉬게 한다고."

간절하게 호소한 서준이 재킷 안주머니에서 검은 벨벳 상자를 꺼냈다.

"내 마음을 받아줘."

그가 뚜껑을 열고 영롱하게 반짝이는 반지를 꺼내들었다. 그녀가 망연자실한 얼굴로 대답을 망설이자 그의 눈가에 초조한 빛이 떠올랐다.

누구보다도 간절히 이 반지를 받고 싶었다. 매일 이 남자 옆에서 눈뜨고 다정한 눈길을 받고 싶었다. 이 남자가 주는 달콤함에 취하고 그녀 또한 이 남자에게 달콤한 환희를 열정적으로 되돌리고 싶었다. 하지만 여기서 무너질 수는 없다. 이렇게 맥없이 무너질 거였으면 애초에 그렇게 잔인하게 버리지도, 스스로 천하에 몹쓸 여자라는 주홍글씨를 뼈아프게 새겨 넣지도 않았을 것이다.

세포 하나하나가 처참하게 부서지는 지독한 고통 속에서 이수는 천천히 입을 열었다.

"당신 마음을 받아들일게요. 대신 결혼은 다른 여자랑 해요."

이수의 대답에 부드럽던 서준의 눈길이 얼음장처럼 싸늘해졌다. 온몸을 얼려버릴 것처럼 노려보다가 거칠게 와인 병을 잡아채 벌컥벌컥 들이마셨다.

"마음은 받아들이되 결혼은 다른 여자와 해라? 지금 그 말은 정부가 되겠다는 소리니? 그런 거야?"

비어버린 와인 병을 소리 나게 테이블위에 내려놓은 그가 표정을 굳히며 사납게 물었다.

"그래요."

이수가 결연한 표정으로 대답하자 그가 분노의 불길을 뿜어내며 사납게 다그쳤다.

"지금 한 말 진심이야?"

"네, 진심이에요."

"미쳤어? 당장 취소해."

"싫어요."

고집스러운 이수의 대답에 서준의 눈에 불길이 치솟았다. 그가 얼려버릴 것처럼 냉혹한 눈빛으로 날 서게 노려보다가 반지를 내팽개치고 씹어뱉듯 말했다.

"좋아. 당신이 정 원한다면 그렇게 해주지. 당장 내 위로 올라와!"

알알이 얼음 박힌 눈빛에 뜨거웠던 이수의 몸이 단박에 식었다. 차마 그의 눈을 마주할 용기가 없어 시선을 피하는데 곧바로 그의 손이 날아와 턱을 움켜쥐고 얼굴을 들어올렸다. 배려심이라고는 조금도 찾아볼 수 없는 강한 악력에 이수의 얼굴이 창백하게 굳어졌다.

"흡!"

사정없이 입술을 덮치며 그가 그녀를 안아 무릎에 앉혔다. 벌주듯 강하게 입술을 머금고 스웨터와 속옷을 단숨에 밀어올리고 보드라운 젖가슴을 세게 움켜쥐었다.

"아!"

허락하지 않는 입술을 열기 위해 그가 힘주어 아랫입술을 깨물자 이수가 아프게 신음했다. 전 같으면 이수가 인상만 살짝 찡그려도 어찌할 바 모르던 사람이었지만, 지금은 아무래도 상관없다는 듯 난폭하게 입안을 파고들었다. 미처 적응할 사이도 없이 그의 혀가 폭풍처럼 입안을 쓸어버리고 도망가는 혀를 휘감아 뽑아버릴 듯 빨아들였다.

"아, 아파요."

한바탕 입안을 휘저은 혀가 재빠르게 목덜미를 짓누르며 그의 손이 터트려버릴 듯 강한 힘으로 젖가슴을 잡아 눌렀다.

"아직 멀었어."

애원하는 이수에게 싸늘하게 일갈하며 서준은 짓눌렀던 목덜미를 강하게 흡입하며 손을 내려 사정없이 여성을 움켜쥐었다. 그녀의 눈에 눈물이 고였다. 부드러움이라곤 조금도 없는 손길에 딱딱하게 몸이 굳어갔다. 둔덕을 거칠게 비비던 그의 손이 어느 순간 팬티 안으로 들어가 건조한 샘 안을 무자비하게 파고들었다. 이성을 잃은 그의 거친 신음소리가 그녀의 귓가로 뜨겁게 쏟아졌다.

"제발…… 그만해요."

울음 섞인 이수의 음성에 서준의 손이 멈칫했다. 아프게 유두를 깨물던 동작도 거짓말처럼 멈췄다.

가슴에서 입술을 뗀 그가 천천히 고개를 들어올렸다. 그의 눈동자가 고통으로 심하게 얼룩져 있었다.

"당장 내 눈앞에서 꺼져."

싸늘하게 내뱉고 그는 고개를 홱 돌렸다. 입술을 꼭 깨물며 이수는 덜덜 떨리는 손으로 재빨리 옷매무새를 정리했다. 몸을 일으키며 그녀가 말했다.

"미안해요."

"마음에도 없는 사과 따위 듣고 싶지 않으니까 당장 꺼지라고!"

모든 것을 쓸어버릴 것 같은 그의 분노가 날카로운 송곳이 되어 온몸으로 파고들었다. 빠르게 잠식당한 그녀의 심장이 잔인하게 난

도질당하고 너덜너덜 찢겨나갔다. 한번 생긴 면역으로 덜 아플 거라 생각했는데 고통은 그때와 별반 다르지 않았다.

아마 서준은 이번 일로 다시는 그녀를 돌아보지 않을 것이다. 보란 듯이 여자들을 안을 거고 결혼도 할 것이다. 그러니…… 이것이면 충분하다.

이수가 조용히 룸을 빠져나가자 서준은 미친 사람처럼 한참 동안 웃어댔다. 한 여자에게 두 번이나 거절당한 자신의 모습이 한심하기 짝이 없었다. 어차피 이수가 아니면 그 어떤 여자도 아무 의미 없었다. 그렇기에 이수의 과거 따윈 더 이상 문제가 되지 않았다. 그저 이수와 평생 함께 할 수 있다면 그것으로 족했다.

이제 결혼은 더 이상 미룰 수 없는 현실이 됐다. 이수가 안 된다면 다른 여자라도 식장에 세워야만 한다. 하지만…… 3년 전이나 지금이나, 그가 원하는 여자는 단 하나 윤이수 뿐이었다. 오직 그녀만이 그를 웃게 하고 울게도 만들었다.

* * *

"도대체 기획안 작성도 제대로 못합니까? 내가 요구한 시안은 내년도 세부 계획안이었는데 이건 그냥 월례 행사가 아닙니까?"

그 일이 있고 서준은 3일을 결근했다. 무슨 이유로 결근을 했는지는 알 수 없었고 총무과 직원이 그저 근황만 전해줬을 뿐이었다.

"죄송합니다. 기획자가 보고서의 의도를 잘못 파악했나 봅니다."

"그걸 지금 변명이라고 합니까? 하루 이틀 계획안 작성하는 것도 아니고 매년 해오던 일인데 이따위로 작성해 오면 나보고 어쩌란 겁니까? 당장 돌아가서 다시 작성하라고 하세요!"

그가 출근하자마자 결재 서류를 올린 팀장들은 아침부터 너나없이 모두 질책을 받고 있었다. 그리고 식사를 하고 난 후에도 상무실에서는 언짢은 음성이 간간이 들려왔다. 물론 그가 없는 트집을 잡는 것은 아니었다. 곳곳에 보충할 부분도 더러 있었고, 원하는 기획안이 아닌 것도 있었다. 하지만 지금껏 초벌 기획안이 그의 눈에 들었던 일은 보기 드물었고, 그럴 때마다 서준은 메모를 해서 이건 이런 방향으로 다시 해오라며 조용히 돌려보내곤 했었다. 하지만 오늘만은 달랐다. 담당 팀장들을 직접 불러 문책을 하는 통에 이수와 소희는 내내 마음을 졸여야 했다.

상사의 그런 행동이 소희에게도 많은 부담이 됐는지 소희는 입사 이래 이렇게 팀장들이 줄줄이 깨지는 것은 처음 본다며 차를 내가기 전 몇 번이나 가슴이 들썩거릴 정도로 심호흡을 했다.

그리고 마침내 숨 막히는 하루가 지나갔다. 소희에게 차 심부름을 시킨 관계로 하루 종일 서준과 얼굴을 대면하는 일은 피했지만 소희가 먼저 퇴근하고 나자 가슴이 조금씩 떨려오기 시작했다. 이수는 숨을 참으며 조용히 서랍을 열었다. 3일 전에 써 둔 사직서가 서랍 한 귀퉁이에 곤히 잠들어있었다.

사직서를 집어 들고 서랍을 닫는데 상무 전용 벨이 울렸다. 무방비 상태에서 깜짝 놀란 이수는 황급히 수화기를 낚아챘다.

"네, 상무님."

다행히도 목소리가 덤덤하게 흘러나오자 이수는 안도해하며 눈을 감았다.

—소희 씨는 퇴근했나?

무심한 음성이었지만 그의 목소리에서 조용한 냉기가 흐르고 있었다. 그 음성만으로도 가슴이 싸해지며 눈가가 아릿해졌다.

"네."

—그럼, 잠시 들어와.

"알겠습니다."

주체할 수 없을 정도로 떨리는 가슴을 애써 가라앉히며 이수는 조용히 상무실 안으로 들어갔다.

"이쪽으로 와."

뜻밖에도 그는 창가에 서 있었다. 긴장하며 이수가 그의 옆으로 다가가자 그가 무표정한 얼굴로 그녀를 쓱 훑고는 창밖으로 시선을 고정시켰다.

"사흘 동안 어땠나."

팽팽한 긴장감이 목까지 감아올 때쯤 그가 무심한 음성으로 물었다. 잠시 생각하던 이수는 표정만큼이나 초연하게 대답했다.

"별일 없이 그럭저럭 지냈습니다."

"별일 없이 그럭저럭 지냈다……. 너무 뻔한 대답이군. 나한테 똑같이 질문해 봐."

"어떻게 지내셨는데요?"

그 말에 서준은 조용히 몸을 돌려 이수를 바라보았다. 얼굴을 뚫어 버릴 것 같은 집요한 시선으로 한참 동안 바라보다가 나직하게 말했다.

"지옥이 따로 없더군."

서러움이 밀려와 이수는 마른침만 꿀꺽 삼켰다. 애써 태연한 척했지만 그녀 또한 내내 그러했었다. 하지만 다시는 어줍지 않은 감정이나 미련 따윈 품지 않을 거라고 단단히 다짐했기에 이를 악물고 마음을 다잡았다.

"뭐라 드릴 말씀이 없습니다. 그리고 이거 받아주세요."

"뭐지?"

서준이 봉투를 받아들며 묻자 조금은 떨리는 음성으로 이수가 대답했다.

"사직서입니다."

"소파로 가서 앉지."

그녀의 말에 잠시 말이 없던 서준은 인상을 쓰며 소파로 걸어갔다. 그녀가 자리에 앉고도 그는 한참 동안 말이 없었다.

"여길 떠나 내게서 영원히 숨어버릴 건가?"

이수의 동공 안으로 서준의 초췌해진 얼굴이 들어왔다. 아무리 온몸에 단단한 갑옷을 칭칭 감았어도 무용지물이었다. 당장에라도 그의 발아래 무릎 꿇고 사랑한다고 말하고 싶었다. 나중에 후회가 되더라도 이보다 더 고통스러워진다 해도 매달리고 싶었다. 제발 날 좀 잡아달라고 필사적으로 애원하고 싶었다.

"네."

하지만 그런 말이 나올 리가 없었다. 아이를 낳지 못해도 영원히 윤이수를 버리지 말아달라는 말을 차마 입 밖으로 꺼낼 수는 없었다.

"그렇군. 아무리 해도 난 안되는 거겠지."

"미안해요."

고개를 푹 숙이는 이수를 물끄러미 바라보다가 뭔가를 결심한 듯 서준이 입을 열었다.

"지난 사흘 동안 내내 생각했어. 윤이수가 없는 삶을 살아갈 수 있을까 하고."

그가 잠깐 말을 끊고 이수를 아련한 눈빛으로 응시했다. 그의 시선에 이수의 숱 많은 속눈썹이 가늘게 떨려왔다.

"하지만 아무리 당신이 발버둥을 쳐도 난 절대로 놔 주지 않을 거야."

단호한 서준의 말에 이수는 번쩍 고개를 들었다. 가늘게 떨리던 눈가가 얼어붙은 듯 정지됐다.

"어째……서죠?"

"다시는 당신 없는 지옥을 경험하고 싶지 않으니까. 정부를 원한다고 했나? 난 정부가 아닌 내 여자로 윤이수를 영원히 옆에 둘 거야. 결혼? 당신이 원하지 않으면 하지 않겠어. 둘이 함께 하는데 결혼이 꼭 필요한 건 아니니까."

이수가 세차게 몸을 휘청거렸다. 이런 말을 할 거라곤 전혀 예상치 못했다. 너덜너덜해진 헌신짝처럼 미련 없이 버려 줄 거라 생각했는데 영원히 옆에 둘 거라는 말에 눈앞이 빙빙 돌았다. 턱까지 차오르는 거친 숨을 힘겹게 참아내며 그녀가 물었다.

"부모님 생각은 안 해요? 하루라도 빨리 결혼해 손주를 안겨주길 원하시잖아요."

"내가 원하지 않는 한 그 누구도 날 억지로 식장에 세울 수는 없어. 그리고 당신과 매일 사랑을 나누다 보면 언젠가는 아이도 생기겠지."

"전 절대로 임신하지 않을 거예요. 그러니 그런 기대 따윈 깨끗이 버려요."

경기를 일으킬 정도로 싸늘하게 반응하는 이수를 보며 서준은 쓰게 웃었다. 잠시 그녀를 물끄러미 응시하다가 인정하겠다는 듯 고개를 끄덕이며 담백하게 말을 이었다.

"당신이 아이에게 그렇게 거부감을 느끼는 줄은 몰랐어. 좋아, 그럼 아이는 포기하지."

적어도 아이 다섯은 낳겠다던 사람이었다. 그런데 어떻게 이렇게 쉽게 포기할 수 있는 건지 이해가 되지 않았다. 하지만 그녀가 그 어떤 말을 해도 절대 포기하지 않겠다는 듯 서준의 태도는 더없이 단호했다.

"어떻게 그렇게 간단하게 아이를 포기해요? 당신 5대 독자인거 잊었어요?"

"알아. 뼈에 사무칠 정도로 잘 알고 있어. 하지만 나도 어쩔 수가 없어. 당신 아닌 다른 여자에겐 몸도 마음도 전혀 동하지 않는데 결혼한다 한들 아이가 생길 리가 없잖아? 그러니 윤이수, 더 이상 아무 말도 하지 마. 무슨 말을 해도 내 마음은 절대 변하지 않을 테니까."

강경한 서준의 말에 이수는 입을 다물었다. 이젠 그 어떤 말로도 서준을 설득시키지 못할 것이라는 것을 깨달았다. 그가 먼저 싫증을 내지 않는 한 그에게서 벗어날 길은 영원히 없었다.

"당신 참 대단한 여자야. 결국 내 모든 걸 움켜쥐고 마음대로 휘두르게 됐으니까."

유감스럽다는 뉘앙스와는 다르게 서준의 표정은 그 어느 때보다도 산뜻하고 행복해 보였다.

"후회되면 지금이라도 물러요."

이런 결심을 하기까지 그동안 이 남자가 얼마나 고심을 했을지, 얼마나 마음을 다잡으려 했을지 눈에 선했다. 그런데도 이런 결론을 내렸다는 건 이젠 그 어떤 것으로도 막을 수 없을 만큼 마음이 확고하다는 뜻이었다. 그렇기에 이수는 마지막으로 발악하듯 차갑게 내뱉었다. 하지만 서준은 싱긋 웃으며 항복한다는 듯 양손을 들어올렸다.

"아니, 윤이수한테 완전히 백기를 드니까 너무 행복해. 그러니까 당신이야말로 꿈 깨."

다정한 그의 눈웃음에 이수의 입가에 결국은 미소가 피어올랐다. 그걸 본 서준이 성큼 일어나 옆으로 다가오더니 그녀를 품에 안았다. 더없이 부드럽고 따스한 숨결과 둥둥둥 울려대는 거친 심장소리가 그녀를 조용히 녹여갔다. 그녀의 어깨를 부드럽게 쓸어내리며 그가 강요 아닌 강요를 했다.

"이제 영원히 내 옆에 있겠다고 맹세해."

가늘게 한숨을 삼킨 이수는 그의 품에 깊숙이 얼굴을 묻으며 속삭였다.

"그래요, 당신이 원하는 한 언제까지나 옆에 있을게요."

이수의 말에 서준의 얼굴이 더없이 환해졌다. 그가 원하는 완전한 결합은 아니었지만 이수와 함께 할 수 있다는 것만으로도 그는 이 순간 세상에서 가장 행복한 남자였다.

신비한 보랏빛 안개가 새벽을 물들이며 창문 틈으로 새어 들어왔다. 서준의 품에 폭 안겨 잠들었던 이수는 그 빛에 반응하듯 천천히 눈을 떴다. 지난 밤 진이 다 빠지도록 온몸을 집요하게 탐하던 남자는 어느새 고요히 잠이 들어 있었다. 너른 품에 얼굴을 묻고 있던 이수는 살며시 얼굴을 들어 남자의 조각 같은 얼굴을 아련하게 바라보았다.

바보 같은 남자였다. 저를 좋아하는 수많은 여자들을 마다하고 여자로서 가장 기본적인 것도 해줄 수 없는 자신을 선택한 융통성 없는 남자였다. 이럴 줄 알았으면 이 남자를 받아들이지 말았어야 했다. 처음부터 그 어떤 여지도 남겨두지 말았어야 했다.

결국 단 한 번이라 생각한 안일함이 다시금 서준을 족쇄에 묶이게 했고 또다시 번민하게 만들었다.

그런데도 양심 없는 심장은 기쁨에 한없이 들떠 있다. 아무리 다그치고 협박해도 말을 듣지 않는다. 그저 이 남자가 아직도 저만을 원한다는 사실이, 지독하게 저를 사랑한다는 사실이, 그리고 미안해서 차마 내뱉을 수 없었던 '날 좀 붙잡아 달라' 는 간절한 바람을 들어준 것이 마냥 행복할 뿐이었다.

애잔하게 남자를 바라보던 이수가 서준의 부드러운 입술을 손가락으로 쓸어내리며 중얼거렸다.

"당신을 너무나 사랑해요. 그래서 염치없지만 당신 옆에 있으려고요. 저도 당신밖에 없어요. 그리고 장담하건대 아마 제가 더 당신을 사랑할 걸요? 그러니 속상해하지 마세요. 당신 같은 사람이 어떻게 제게 왔는지 모르겠지만 그 생각만 하면 전 아직도 꿈을 꾸고 있는 것만 같아요. 사랑해요, 한서준 씨, 사랑해요, 서준 씨, 사랑해요……."

그동안 참고 참았던 말들을 오늘 다 쏟아내려는 듯 이수는 사랑한다는 말을 끝없이 반복해 중얼거렸다. 결국 눈물을 가득 머금은 눈동자가 세차게 떨려오자 아쉽게 손가락을 떼고 눈물샘을 꾹 눌렀다.

후드드득……. 어느새 끝도 없이 흘러내리는 눈물을 더 이상 막을 길이 없어진 그녀는 살며시 몸을 일으켜 침대 아래로 내려섰다. 그리고 양손으로 얼굴을 감싼 채 욕실을 향해 걸어갔다.

문이 닫히고 물소리가 났다. 어느새 보랏빛 안개는 소리 없이 사라지고 감겨있던 서준의 눈꺼풀이 스르르 위로 말려 올라갔다. 한없이 고요한 정적과 달리 딱딱하게 굳어진 얼굴 사이로 비친 검은 동공이 혼란스러움에 휩싸인 채 끝도 없이 흔들렸다.

"기껏 고른 게 수제비야?"

이수가 주문을 마치자마자 서준은 불만스럽게 물었다. 오늘 소희가 휴가를 내자 두 사람은 모처럼만에 점심을 함께 먹게 되었다.

"수제비라고 우습게 보지 마세요. 아마 한번 맛보고 나면 매일 수제비 타령만 할걸요?"

갑자기 수제비 예찬론자라도 됐는지 이수는 함빡 웃으며 너스레를 떨었다. 그런 그녀를 사랑스러운 눈으로 바라보며 서준은 입꼬리를 한껏 말아 올렸다. 어젯밤 혼을 쏙 빼놓을 정도로 열정적이었던 이수의 모습이 떠오르자 아랫도리가 또다시 뭉근하게 달아올랐다.

어느새 흥분이 얼굴까지 솟구치자 서준은 천진한 표정으로 이곳저곳을 둘러보는 이수를 태워버릴 듯 강렬하게 응시했다.

"이곳은 여전히 사람들이 들끓네요. 몇 년 전, 추운 겨울날 여기서 수제비 한번 먹겠다고 친구들과 30분을 대문 밖에서 기다린 적이 있어요. 그러면서 한마음으로 이를 갈았죠."

"뭐라고 이를 갈았는데?"

뜨거운 눈길을 얼른 망막 안에 가두며 태연한 어조로 서준이 물었다.

"맛없기만 해 봐라. 당장에 상을 뒤엎을 테다, 하면서요."

"하하! 추운데서 엄청 떨었나보군."

"맞아요. 아주 개 떨듯이 떨었어요."

이수가 진저리를 치며 말하자 서준은 재미있다는 듯 호탕하게 웃었다.

"그래서? 뒤집어엎었어?"

"아니요? 너무 맛있어서 상을 엎을 사이도 없이 모두들 순식간에 수제비를 해치웠어요. 쫄깃한 수제비와 담백한 국물이 끝내주더라고요."

"분명 춥고 배고파서 그렇게 느낀 걸 거야."

몽롱한 표정으로 그날을 떠올리는 이수를 애정이 담뿍 담긴 눈으로 바라보던 서준은 매정하게 덧붙였다. 공연히 심술을 부리는 그를 살짝 흘겨보며 이수가 물었다.

"혹시 수제비 안 좋아해요?"

"글쎄, 입맛이 없어서."

소희가 휴가를 낸다는 말에 누구보다도 기뻐하던 서준이었다. 그래서 한껏 부푼 마음으로 근사한 점심을 먹을 수 있도록 준비해놓으라고 했더니만 기껏 온 곳이 탁 트인 데서 사람들과 부대끼며 음식을 먹는 곳인데다가 수제비라는 사실에 완전히 김이 빠진 상태였다.

은근히 스태미나에 좋은 음식이 먹고 싶다는 말까지 흘렸는데도 이수는 아랑곳하지 않고 이곳을 고집했다.

'룸이 있는 곳으로 왔으면 얼마나 좋아.'

속으로 투덜거리며 서준은 이수를 살폈다. 입맛이 없다는 말에 걱정이 되는지 그녀는 시무룩한 얼굴로 테이블 모서리를 만지작거리고 있었다. 이때가 기회다 싶어 서준은 은근한 어조로 말을 이었다.

"점심 먹고 차 안에서 진하게 키스해 주면 없던 입맛도 살아날 것 같은데."

그 말에 이수의 얼굴이 붉게 달아올랐다. 미운 듯 눈을 흘기다가 가만히 고개를 끄덕였다.

"분명 약속했어?"

확인하듯 서준이 묻자 이수는 앵두 같은 입술을 달싹거렸다.

"그 대신. 맛없는 걸 억지로 먹진 말아요."

"맛이 없긴. 나 이곳 수제비 엄청 좋아해."

어머니 강 여사가 이곳 수제비를 즐겨먹어 가끔씩 이곳에 들렀던 그였다. 이수 말대로 쫄깃한 수제비와 담백한 국물이 입맛을 확 잡아끄는 곳이었다.

"뭐예요? 그럼 지금까지 절 놀린 거예요?"

능청스러운 서준의 말에 이수는 곧바로 항변했다. 슬슬 눈치를 살피던 서준이 작은 소리로 말했다.

"놀리긴. 난 그저 별로 입맛이 없다고 했을 뿐인데. 솔직히 오랜만에 함께 점심 먹는 거잖아. 그래서 좀 더 근사한 곳으로 가고 싶었어."

그 말에 이수는 곧바로 표정을 풀었다. 솔직히 서준이 은근히 둘만의 만찬을 기대하고 있다는 것은 알고 있었다. 하지만 웬일인지 오늘따라 이곳 수제비가 자꾸만 눈앞에 아른거려 도저히 유혹을 뿌리칠 수가 없었다.

"미안해요."

서준의 마음을 십분 이해한다는 듯 이수는 고개를 끄덕이며 말했다.

"미안하라고 한 말은 아니고. 솔직히 염불보다 잿밥에 더 관심 있다고, 식사하기 전에 당신 입술부터 맛보고 싶었거든. 사무실에서 그러는 거 당신 질색하잖아."

"그거야 소희 씨가 있으니까 그랬죠."

"그럼, 오늘 김소희 씨 없으니까 내 마음대로 해도 돼?"

"몰라요."

어제 그렇게 욕심껏 탐했으면서도 지치지도 않는지 서준은 또다시 요구하고 있었다. 그래도 사무실에서 그러는 건 좀 아니다 싶어 이수는 얼른 말을 정정했다.

"스킨십까지만이에요."

그 말에 헤벌쭉 벌어지던 서준의 입술이 불만스럽게 다물어졌다. 툴툴거리며 그가 말했다.

"치사하게 줬다가 뺏는 게 어딨냐?"

"물건이에요? 줬다가 뺏게. 이럴 때 보면 꼭 어린애 같다니까."

"뭐, 어린애? 이거 정말 안 되겠군. 사무실에 들어가자마자 내가 어린애가 아니라는 걸 확실하게 보여주지."

자존심이 상한다는 듯 씩씩거리는 서준이 오늘따라 귀엽게만 느껴졌다. 고개를 돌리고 살짝 미소 짓던 이수는 달래듯 말했다.

"사무실은 영 내키지가 않아서 그래요. 대신 오늘은 맨션에서 자고 갈게요."

"정말이야?"

밤새 이수를 안을 수 있다는 말에 붉으락푸르락하던 서준의 얼굴이 단번에 환해졌다. 고운 미소를 지으며 이수가 고개를 끄덕이자 서준은 어깨를 으쓱하며 씩 웃었다.

"약속했다."

"네."

다시 한 번 못을 박는 서준에게 이수가 다소곳이 대답하자 기대감으로 그의 입술이 한껏 벌어졌다. 햇살보다 더 투명한 그 미소에 이수의 가슴이 세차게 두근거렸다.

그렇게 두근거리는 마음으로 애틋하게 서준을 바라보는데 뽀얀 국물이 우러난 수제비가 나왔다. 그러자 언제 그랬냐는 듯 그 시선을 단박에 수제비로 내리 꽂았다. 그런 그녀를 서준은 서운하다는 눈빛으로 바라보았다. 원래 식탐이 없는 사람인데 오늘은 수제비를 너무나 사랑하고 있었다.

"천천히 먹어, 체해."

뜨거운 것도 아랑곳 않고 이수가 수제비를 덥석덥석 입에 떠 넣자, 서운함은 어느새 사라지고 서준은 걱정이 앞서기 시작했다.

걱정이 묻어나는 서준의 말에 수제비를 한 수저 더 떠 넣으며 이수가 우물거렸다.

"너무 맛있어서요."

그러면서도 연신 뜨거운 국물과 수제비를 호호 불어 입안에 넣었다. 먹음직스러운 열무김치까지 아삭아삭 씹는 모습에 군침을 삼키며 서준도 수저를 들었다.

두 사람 모두 만족스러운 식사였다. 무엇보다도 이수가 음식을 너무 맛있게 먹었기에 서준의 기분은 한껏 고무되었다.

* * *

임원들과 점심식사를 하고 사옥 안으로 들어선 한 사장은 회전문 앞에 서 있는 이수를 발견하고 눈을 끔뻑거렸다. 잘못 보았나 싶어 다시 한 번 뚫어지게 바라보는데 눈 깜짝할 사이에 그녀가 회전문 안으로 사라져 버렸다.

실로 어안이 벙벙했다. 설마 하는 마음으로 고개를 갸웃거리는데 이 실장이 그를 불렀다. 고개를 끄덕이며 차에서 내린 한 사장은 로비로 들어서며 혹시나 하는 생각에 그 안을 쓱 훑었다.

"무슨 일이십니까, 사장님."

혼란스러운 표정을 읽은 이 실장이 한 사장을 향해 조심스럽게 물었다. 로비에 두었던 시선을 단박에 거둬들이며 그가 단도직입적으로 물었다.

"혹시 윤이수가 이곳에서 일하나?"

그 말에 이 실장은 곧바로 대답을 하지 못하고 난감한 표정을 지었다.

이수를 상무 비서실로 들이며 서준은 일찍이 그에게 함구령을 내렸다. 하지만 좀 전, 한 사장이 회전문에 서 있는 이수를 본 순간, 이 실장은 드디어 올 것이 오고야 말았구나, 하고 생각했다. 한번 안면을 익힌 사람은 절대 잊어버리지 않는 상사이니 며느리로 들이려

했던 윤이수를 못 알아볼 리가 없었다.

거짓을 고할 수도 없고, 그렇다고 사실을 말할 수도 없었다. 그래서 이 실장이 입술만 달싹거리는데 한 사장이 다시금 물었다.

"왜 대답을 못하나?"

아무리 이곳 후계자의 명이라지만 자신의 상사인 한 사장이 우선이었다.

"네, 3개월 가까이 상무 비서실로 출근하고 있습니다."

"뭐, 뭐라고?"

충격에 말까지 더듬는 한 사장이었다. 한참 동안 뒷말을 잇지 못하던 그가 나직하게 물었다.

"왜 지금껏 사실을 숨겼지?"

"죄송합니다."

사색이 다 된 얼굴로 이 실장은 머리를 조아렸다. 한 사장은 자신의 아들이 입막음을 시켰다는 것을 어렴풋이 짐작하고 있었지만 그래도 믿었던 사람에게 뒤통수를 맞으니 너무나 불쾌했다. 그가 빙하보다 더 차가운 음성으로 물었다.

"자네 지금 내 사람인가? 한 상무 사람인가."

"때가 되면 상무님께서 직접 말씀드린다고 하시기에…… 죄송합니다. 사장님."

"내 당장 지사로 발령을 낸다면 서운해 할 텐가?"

"아닙니다. 조금도 서운하지 않습니다. 그저 사장님을 실망시켜드린 게 죄송할 뿐입니다."

"그럼 반성하고 기다려."

단칼에 이 실장을 잘라버리고 한 사장은 돌아섰다. 자신을 눈속임

하려는 일에 동조했다는 사실이 너무 괘씸했다.

사장실로 들어온 한 사장은 재킷을 벗어 걸고 곧바로 인터폰을 들었다.

—안녕하세요, 상무 비서실입니다.

두 번 신호가 울리자 낭랑한 목소리가 기분 좋게 귓가를 울렸다. 그가 템포를 조절하며 입을 열었다.

"여기 사장실인데."

—…….

사장실이라는 말에 이수는 눈을 동그랗게 뜨며 마른침을 꿀꺽 삼켰다.

—자네 이름이 뭔가?

한참 만에 들려온 한 사장의 고요한 물음에 목이 탁 막혀 이수는 황급히 수화기를 막았다. 그리고 속으로 천천히 숫자를 세며 마음을 가다듬었다. 잠시 후 수화기에서 손을 뗀 이수가 결심한 듯 입을 열었다.

"안녕하세요, 저 윤이수입니다."

—역시 너로구나. 우리 서로 할 말이 있을 것 같은데.

"죄송합니다."

—얼굴보고 얘기하지. 지금 바로 사장실로 올라오너라.

"알겠습니다."

언젠가는 한 사장도 이 일을 알게 될 거라 생각은 했었다. 그런데 그날을 대비해 생각해 놨던 말들은 하나도 떠오르지 않고 머릿속은 실타래처럼 마구 엉켜들기만 했다. 이리저리 눈동자를 굴리던 이수는 황급히 휴대폰을 꺼내 서준에게 문자를 보냈다.

급한 일이 있어 잠시 자리 좀 비울게요.

서준의 답신도 확인하지 못한 채 이수는 서둘러 그곳을 나와 사장실로 향했다.

여직원의 안내를 받아 사장실로 들어서자 난향이 그윽하게 코끝을 파고들었다. 다리가 후들거리고 마음은 타들어갈 것 같았지만 이수는 허리를 꼿꼿이 세우고 한발 한발 한 사장을 향해 걸어갔다. 그녀가 다가와 공손하게 허리를 숙이자 한 사장이 한쪽 눈썹을 치켜 올리며 날카롭게 그녀를 응시했다.

"그간 안녕하셨습니까?"

이수의 인사에 한 사장은 대답 없이 몸을 일으켜 꼿꼿한 자세로 소파로 걸어갔다. 올해 일흔이 가까운 나이였지만 50대 후반으로밖에 보이지 않을 만큼 한 사장은 체력 관리를 꾸준히 해왔고 풍채며 외모 또한 눈에 띌 정도의 호남형이었다.

"앉아라."

진중한 한 사장의 음성이 사무실 안을 고요하게 휘감자 긴장하고 있던 이수는 천천히 걸음을 옮겼다.

"3년 전과 조금도 변함이 없구나."

한 사장의 말에 고개를 숙이고 있던 이수는 얼굴을 들었다. 무릎 위에 가지런히 올려놓은 손바닥이 어느새 땀으로 축축하게 젖어들었다.

"두 사람, 3년 전에 헤어진 게 아니었니?"

"네. 헤어졌습니다."

단도직입적으로 묻는 한 사장에게 이수는 조용히 대답했다.

"그럼 거두절미하고 한 가지만 물으마. 왜 헤어진 거니?"

서늘함이 감도는 한 사장의 말에 이수의 눈꺼풀이 파르르 떨렸다.

서준을 다시 받아들이기로 한 순간부터 이수는 더 이상 아이에 대한 생각은 하지 않기로 했다. 하루하루를 그저 그를 행복하게 해주고 자신 또한 행복해지기로 했다. 하지만 한 사장이 자신의 존재를 안 이상 진실을 말해야 된다고 생각했다. 하지만 입이 떨어지지 않았다. 자신이 불임이라는 사실이 입 밖으로 튀어나가는 순간 서준의 귀에 들어가는 건 시간문제였기에.

"왜 대답을 못하는 거니?"

이러지도 저러지도 못하는 상황에서 손가락만 잡아 비트는데 한 사장의 재촉하는 목소리가 들려왔다. 더 이상 숨을 곳이 없어진 이수는 솔직하게 사실을 얘기하고 도움을 구하기로 결심했다. 어차피 일이 이렇게 된 이상 자연스럽게 서준의 마음이 변하기만을 기다리는 수밖에 달리 길이 없었다. 그러기 위해서는 한 사장 내외의 도움이 필요하다. 서준을 자극하지 않으면서도 인내심을 갖고 지켜봐야 하는 상황을 납득시켜야만 했다. 결심한 듯 이수는 시선을 들어 올곧은 눈으로 한 사장을 바라보았다. 바짝 마르는 입술을 혀끝으로 축인 그녀가 천천히 입을 열었다.

"저희 두 사람이 헤어지게 된 원인은 모두 저 때문입니다. 제가……."

말을 잇던 이수는 목이 메는지 잠시 심호흡을 했다. 어느새 안색은 창백해지고 등줄기는 한기로 서늘해졌다. 더 이상 지체하다가는 못 견딜 것 같아 그녀는 필사적으로 마음을 다잡고 입을 열었다.

"제가 아, 아이를……."

탁!

질끈 눈을 감으며 이수가 진실을 털어놓으려는 순간, 사장실 문이 큰 소리로 열렸다. 황급히 눈을 뜬 이수가 반사적으로 고개를 돌리자 서준이 다급한 걸음걸이로 두 사람을 향해 걸어왔다.

"노크도 없이 무슨 일이니?"

거친 호흡을 삼키며 서준이 그들 앞에 서자 멍하니 그를 바라보던 한 사장이 나직하게 물었다.

"죄송합니다. 아버지."

죄송하다는 말과 함께 고개를 숙였던 서준이 이수를 향해 부드럽게 말했다.

"윤이수, 일어나."

혹시라도 이수가 윤혁과의 부정을 솔직하게 말해 버릴까봐 두려워 숨도 쉬지 않고 한달음에 달려온 그였다.

"이게 무슨 짓이냐? 나와 얘기중인 게 안보이니?"

조용히 목도하던 한 사장이 목청을 높이자 서준이 차분하게 대답했다.

"아버지께서 듣고 싶어 하시는 대답, 제가 대신 드릴 수 있을 거라 생각합니다. 그러니 이수를 보내주십시오."

단호한 서준의 태도에 기가 막힌 지 한 사장은 아무 대꾸도 하지 못했다.

"어서 일어나, 이수야."

"하지만 전 지금……."

"내가 대신 말씀드릴게. 그러니까 어서 말 들어."

당황해하는 이수에게 미소를 지으며 서준은 다시금 부드럽게 말을 이었다. 아무 걱정 하지 말라는 서준의 눈빛에 이수가 안절부절 못하자 마뜩잖은 표정을 지으며 한 사장이 말했다.

"그만 나가 보아라."

한 사장의 허락에도 불구하고 이수가 여전히 움직이지 않자 그녀의 손을 잡아끌며 서준이 말했다.

"일어나라시잖아."

"그럼, 전 이만 나가보겠습니다. 사장님."

제법 센 서준의 악력에 어쩔 수 없이 몸을 일으킨 이수는 한 사장을 향해 공손하게 인사를 했다. 그러면서도 이곳을 벗어나는 게 영 편치 않은지 문을 열기 전 근심어린 표정으로 몇 번이나 뒤를 돌아보았다.

이수가 조용히 밖으로 나가자 한 사장은 재빨리 맞은편 소파를 향해 눈짓했다. 서준이 빠른 걸음으로 그곳에 가서 앉았다.

"이 실장한테 들었니?"

"네."

"아주 잘 통하는구나. 한데 무슨 구린 게 있기에 이성을 잃고 미친놈처럼 뛰어들어?"

늘 이성적이던 아들이 노크도 없이 사무실로 뛰어드는 걸 보며 한 사장은 기가 막혀 말도 나오지 않았다. 이수 일에 있어서만 이성을 잃는 아들이 다소 한심하면서도 한결같은 마음이 기특하다 생각했던 한 사장이었다. 하지만 오늘만은 그 마음이 영 못마땅했다.

"죄송합니다. 이수가 놀랄 것 같아서."

"이수 놀랄 건 걱정되고 아비 놀랄 건 안중에도 없는 모양이구나."

"죄송합니다."

"됐다. 입에 발린 소리 그만하고 3년 전에 왜 헤어졌는지나 말해라."

"……."

한 사장의 말에 서준은 곧바로 대답하지 못하고 눈길을 내렸다. 냉정한 눈으로 서준을 바라보던 한 사장이 혀를 끌끌 차며 말했다.

"방금 호기롭던 기상은 어디가고 대답이 없어? 혹시, 지난번처럼 네 잘못으로 헤어진 거라며 대충 얼버무리려 든다면 당장 이수를 부를 테니 그리 알아라."

단호한 한 사장의 말에 서준은 눈을 들어 시선을 마주했다. 그의 입술이 천천히 열리자 긴장으로 한사장의 목울대가 크게 꿈틀거렸다.

"그 말은 사실입니다. 3년 전 어느 날, 이수에 대한 그리움을 참지 못하고 불시에 파리로 날아간 적이 있었습니다. 그리고 예고 없이 들어선 아파트에 웬 남자가 이수와 다정하게 앉아 와인 잔을 기울이고 있었습니다. 그 모습을 본 전 순간적으로 이성을 잃었고 그 남자에게 폭력을 휘둘렀습니다. 결국 이수의 저지로 그 남자는 그곳을 무사히 빠져나갔고 그녀의 행동에 더욱 화가 난 저는 자초지종을 듣지도 않고 심한 손찌검과 함께 매정하게 밖으로 내쫓았습니다. 이수가 절 배신했다는 생각에 밤새 술을 퍼마시고 다음 날 눈을 떴을 때는 이미 이수의 짐이 모두 사라진 상태였고, 저는 저대로 배신감 때문에 이수를 찾지 않았습니다. 그런데 얼마 전 이수와 함께 있던 남자를 우연히 만나게 됐습니다. 그리고 그날 제가 오해를 했다는 사실을 알게 되었습니다."

"그래서 이수를 불러들인 거니?"

"불러들인 게 아니고 억지로 데려다가 마음이 풀리기만을 기다리는 중입니다."

서준의 대답에 한 사장은 한심한 눈초리로 서준을 쏘아보았다. 화를 억누르며 그가 물었다.

"그 남자와 이수 사이는 어떻게 된 거니?"

"대학 다닐 때부터 선후배 사이로 친하게 지내오던 중이었는데 그가 파리로 유학을 오며 이수가 사는 아파트로 이사를 왔답니다. 그 기념으로 와인 한잔 한 거고요."

"확실한 거니? 둘이 정말 아무 사이도 아닌 거야?"

"네, 확실합니다."

"이런 팔푼이 같은 놈! 그렇게 이수 일이라면 물 불 안 가리고 달려들더니 결국 큰 사고를 치고 말았구나. 그래서 내 한 달에 한 번만 들르라 했지? 쯧쯧!"

소리를 버럭 지르고는 안타까움에 한 사장은 혀를 찼다. 늘 자부심 강했던 아들이 여자에게 손찌검을 했다는 사실이 너무나 실망스러웠다. 아무리 그래도 이수가 어디 그럴 아이던가. 배경은 보잘 것 없지만 기품 있고 단정함이 어느 누구에게도 뒤지지 않는 아이였다. 그런데 그 아이가 남자와 함께 있었다는 이유 하나만으로 아들이 눈이 뒤집혀 큰 상처를 줬다는 사실에 가슴이 뻐근했다.

"그래서 지금은 어느 정도나 앙금이 풀린 게야?"

"거의 다 풀린 상태입니다."

"에잇! 하여간 네 녀석 때문에 나까지 찍히게 생겼구나. 아까 이수한테 따뜻한 말 한마디도 못해 줬는데."

"그런 거 가지고 꽁할 여자 아닙니다."

"당연하지. 이수가 네 놈처럼 밴댕인 줄 아느냐?"

"밴댕이라서 죄송합니다."

비꼬는 한 사장의 말에 서준은 씩 웃으며 대꾸했다.

"밸도 없는 놈. 꼴도 보기 싫으니 당장 나가거라. 그리고 이번 주말에 집에 데리고 와. 네 녀석 때문에 상한 속 우리라도 풀어주련다."

"하지만 아버지, 이수는 아직 그럴 마음의 준비가 안……."

"시끄럽다. 데려오라면 당장 데려오지 무슨 말이 그렇게 많은 게야? 이수를 집에 데려오지 않으려면 당장 다른 여자와 선을 보거라."

"아버지 그건……."

"올해가 가기 전에 여자를 인사시킨다 하지 않았어? 이수와 결혼 생각이 없으면 당연히 다른 여자라도 만나야지."

이수가 아닌 다른 여자를 거들떠 볼 리 없는 아들이었다. 그러니 이렇게 강경하게 나가는 수밖에 달리 길이 없었다.

잠시 고심하던 서준은 결심한 듯 입을 열었다.

"그럼 일주일만 더 시간을 주십시오."

"이거 참! 알았다. 정확히 다음 주말이다."

"알겠습니다. 그럼 전 이만 나가보겠습니다."

한 사장에게 깊숙이 허리를 숙이고 서준은 사장실을 빠져나왔다. 놀랐을 이수 생각에 절로 걸음이 빨라졌다.

한편 초조한 마음을 쓴 커피로 달래던 이수는 서준이 모습을 드러내자 얼른 표정부터 살폈다.

"괜찮아요?"

"우선 시원한 물 한 잔부터 줄래?"

서준이 밝은 음성으로 말하고 상무실로 들어가자 이수는 황급히 일어나 탕비실로 들어갔다.

"사장님껜 뭐라고 말씀드렸어요?"

시원한 얼음물을 그 앞에 내려놓으며 이수는 성마르게 물었다. 곧바로 물 컵을 들어 올린 서준이 목을 축이고 물끄러미 그녀를 바라보았다.

"왜요? 심각해요?"

"그래. 아주 심각한 일이 생겼어."

낮게 가라앉은 서준의 음성에서 긴장감이 느껴지자 이수는 빠르게 물었다.

"사장님이 뭐라 그러셨는데요?"

"우선은……."

잠시 틈을 두고 그가 다시 말을 이었다.

"우리가 헤어진 원인을 내 잘못이라 말씀드렸어. 그랬더니 당장 당신을 집으로 데려오라셔."

하! 기어이 우려했던 일이 터지고야 말았다는 생각에 이수의 입에서 길게 한숨이 새어나왔다.

"어떻게 해요?"

굳어진 얼굴로 이수가 조심스럽게 묻자 서준은 신경 쓰지 말라는 듯 가볍게 말했다.

"어떻게 하긴. 결혼 할 마음 아직 없다고 말씀드려야지 뭐."

"압력이 만만치 않으실 거예요."

"괜찮아, 그 정도는 내 선에서 충분히 커버할 수 있어. 그러니 당신은 아무 걱정 하지 마."

전혀 심각할 것 없다는 서준의 말에 이수는 길게 한숨을 내쉬었다.

부모님께 결혼할 생각이 없다고 말씀드리는 순간부터 서준이 겪어야 할 마음고생이 고스란히 그려져 벌써부터 속이 타들어갔다. 이 상황에서 어찌해야 할지 도무지 모르겠다. 지금처럼 고집스럽게 계속 이 사람을 밀어내야만 하는 건지, 아니면 솔직하게 사실을 털어놓고 선택하게 해야 하는 건지. 하지만 사실을 알게 되면 서준은 크나큰 혼란에 빠지게 될 것이다. 그동안 자신에게 독설을 쏟아 부은 것에 대해 괴로워할 거고, 동시에 그를 기만했다는 사실에 불같이 화를 낼 것이다. 그리고 결국 그녀를 선택한다 하더라도 동정심과 연민 때문에 이러지도 저러지도 못한 채 내내 괴로워할 것이다.

"미안해요."

결국 그 어떠한 선택도 할 수 없게 된 이수는 한숨처럼 말했다. 서준이 고개를 가로저었다.

"아냐. 내가 일방적으로 붙잡은 거니까 당신은 조금도 미안할 거 없어."

서준은 환하게 웃으며 이수를 품에 안았다. 햇살보다 더 따스하고 포근한 눈길로 가녀린 몸을 포근하게 감쌌다.

오전 내내 간부 회의와 부서 미팅으로 바빴던 서준은 점심을 먹자마자 한서대학 병원으로 향했다. 관행처럼 리베이트를 건네 오던 걸 끊고 나자 제일 먼저 신경외과 과장이 면담을 신청해왔다. 이미 서준의 생각은 확고했기에 형식적인 방문이었지만 마음의 부담감까지 떨쳐 낼 수는 없는 상황이었다.

그가 없는 공간을 지키며 한없이 쓸쓸해하던 이수는 비서실 문을 열고 들어오는 여자를 보고 숨을 멈췄다.

"안녕하세요?"

자연스럽게 구불거리는 갈색 머리칼이 같은 색상의 투피스 정장과 어우러져 우아한 공작새 같았다. 배경에 외모, 거기에 능력까지 갖춘 인희가 청량한 미소를 매달고 이수를 보며 물었다.

"오빠는 안에 있어요?"

마치 제 남자인 양 인희는 오빠라는 단어를 밀어처럼 속삭였다.

"지금 출장 중이신데요? 아마 퇴근 전까지는 들어오실 거예요."

이수가 공손하게 대답하자 그녀는 곧바로 손목시계로 눈길을 주었다. 잠시 시간을 확인하고 한껏 예의를 갖추어 말했다.

"미안하지만 안에 들어가서 기다려도 될까요?"

"당연하죠. 어서 안으로 들어가세요. 차는 뭘로 드릴까요?"

눈만 말똥말똥 뜨고 있던 소희가 얼른 나서자 부드러운 미소를 지으며 그녀가 말했다.

"차는 됐어요. 바쁘실 텐데 저한테까지 신경 쓰지 않아도 돼요."

너무나 완벽한 여자였다. 솔직히 저 정도의 배경이라면 거만할 법도 한데 일개 비서에게까지 세심한 배려를 하고 있었다. 그런 일련의 모습이 이수에게는 부담으로 다가왔다.

소희에게 싱긋 미소를 건네고 인희가 상무실 안으로 들어가자 이수는 자리에서 일어나 탕비실로 향했다. 아무리 차를 사양했어도 차 한 잔도 대접하지 않는 건 예의가 아닌데다가 사적으로 서준을 찾아온 손님이기에 더욱 소홀히 대할 수 없었다.

두 번 노크를 한 이수는 향긋한 감귤향이 나는 차를 받쳐 들고 사무실을 가로질렀다. 눈부신 햇살 아래 고운 얼굴을 드리우고 신문을 쳐다보던 인희가 고개를 들고 차분한 미소를 지었다.

"감귤차인데 한번 드셔 보세요. 직접 말려 끓인 거예요."

"고마워요."

최대한 자연스러운 미소를 보이는 그녀에게 정중하게 답하고 인희는 길고 고운 손가락으로 찻잔을 휘감았다.

"그럼 전 이만."

"잠깐만요!"

몸을 돌려 황급히 걸어가는 이수를 인희가 다급히 불러 세웠다. 의아하다는 표정으로 이수가 돌아섰다.

"잠시 대화 좀 나눌 수 있을까요? 혼자 있으려니까 조금은 따분해서요."

조르는 아이처럼 그녀가 생끗 웃으며 장난스럽게 말했다. 웃는 얼굴에 침 못 뱉는다고, 많이 껄끄러웠지만 이수는 딱 부러지게 거절하지 못하고 주춤주춤 소파로 가 앉았다. 어색한 미소를 지으며 자리에 앉는 이수를 뚫어지게 바라보던 인희가 먼저 입을 열었다.

"솔직히 처음에 윤이수 씨 보고 충격 먹었어요. 세상에 저렇게 단아하고 우아한 여자도 있구나, 하고요."

"고마워요. 서인희 씨도 너무 아름다워요."

"정말 그렇게 생각해요?"

"그럼요. 대한민국 여자라면 누구나 부러워 할 걸요."

이수의 말에 인희는 뭔가 마음에 안 드는지 살짝 인상을 찡그렸다. 그리고 이수에게 하소연하듯 말했다.

"남들이 다 부러워하면 뭐해요? 제가 간절히 사모하는 사람은 그렇게 생각하지 않는데."

모든 면에서 자신과는 비교도 안 될 정도로 잘난 여자였다. 그런 여자가 서준을 혼자 해바라기하며 가슴앓이를 하고 있었다.

"참! 제가 괜히 청승만 떨고 있네요. 혹시, 어떤 스타일 좋아하세요? 우리 회사에 괜찮은 총각들도 많고, 법조계에도 인맥들이 많은데."

아련한 눈빛으로 앉아 있던 인희는 분위기를 환기시려는 듯 발랄하게 물었다.

"전 됐습니다. 결혼할 생각도, 마음도 없습니다."

"어머, 정말이요? 왜 결혼 생각이 없으신데요?"

미세하게 굳어지는 이수의 표정을 본 인희가 잔뜩 미안한 얼굴로 말했다.

"미안해요. 제 말에 기분 상했어요?"

"아니에요. 혹시 더 할 말이 남았나요?"

불편한 이 자리를 얼른 벗어나고 싶어 이수는 동의를 구하듯 물었다. 파르르 떨리는 동공을 애써 잠재우며 인희는 기운 없이 말했다.

"오빠, 제가 어릴 때부터 마음에 담고 있던 사람이에요. 그래서 양가에서도 은밀히 우리 둘을 맺어주기 위해 애쓰시는데 오빠만 가타부타 말이 없어요. 전에는 제게 밥도 잘 사 주고 여기저기 데리고도 다녔는데 요즘 들어 이상해요. 솔직히 전요, 오빠와 결혼만 할 수 있다면 부모님들께도 내 부모처럼 잘할 거고, 아이도 원하는 만큼 최선을 다해 낳을 거예요. 그런데 왜 오빠는 이리도 미적지근하게 나오는 걸까요? 혹시 요즘 들어 이곳을 자주 방문하는 여배우라도 있나요?"

"아, 아니요."

아이라는 단어가 나오자 이수의 몸이 딱딱하게 굳어졌다. 순간적으로 서인희가 너무나 부러운 그녀였다.

"그래요? 그럼, 내가 요즘 너무 예민해졌나 봐요. 미안해요. 공연히 잘 알지도 못하는 데 넋두리만 해서. 오빠에겐 제가 한 말 '쉿' 해 주세요."

다소 경직된 음성으로 대답하는 이수에게 인희는 한쪽 눈을 찡긋했다. 여자인 그녀가 보기에도 가슴이 떨릴 만큼 매혹적인 눈짓이었다.

"그럼 전 이만."

입술 끝을 어색하게 끌어올리며 이수는 자리에서 일어났다. 그런 그녀에게 살가운 미소를 보내고 있었지만 찻잔을 그러쥔 인희의 손가락은 심하게 떨렸다.

"별일 없었습니까?"

이수가 상무실을 나오고 30분 후 밝은 얼굴로 서준이 들어왔다. 그의 눈길이 자동적으로 이수에게 닿았다.

"다녀오셨어요?"

서준을 본 소희가 자리에서 발딱 일어나며 발랄하게 묻자 그가 고개를 끄덕이며 가볍게 말했다.

"차 한 잔 줘요."

하루 종일 제대로 이수의 얼굴을 보지 못해서인지 그녀를 보는 순간 가슴이 찌릿했다. 차를 핑계로 잠시나마 그녀를 안아보고 싶은 흑심으로 차부터 주문한 서준은 미세하게 굳어진 이수의 표정을 보지 못한 채 경쾌하게 상무실 문을 열었다.

"오빠!"

문이 열리자마자 기다렸다는 듯 인희가 그를 부르며 자연스럽게 팔을 감아왔다.

"네가 웬일이니?"

생각지도 못한 인희의 방문에 짜증이 나 서준은 퉁명스럽게 물었다.

"웬일은요! 오빠 보러 왔죠. 저녁 좀 사 주세요."

"우선 답답하니까 이 손 좀 풀어라."

인희의 가슴이 은근히 그의 팔을 스치자 얼른 거리를 두며 서준이 말했다. 단칼에 잘라내는 냉랭함에 새우 눈을 한 인희가 삐죽이며 감았던 손을 풀었다.

"언제 왔어?"

책상으로 뚜벅뚜벅 걸어간 서준이 결재 서류로 시선을 주며 물었다.

"좀 전에요."

"미안한데, 앞으로 불쑥 찾아오는 일 없었으면 좋겠다."

의자에 앉아 결재 서류를 넘기던 서준이 부드럽지만 단호하게 말했다. 순간적으로 인희의 눈에 옅은 장막이 드리워졌지만 그녀는 재빨리 고개를 숙였다.

"미안해요. 오빠가 이렇게 불편해 할 줄은 몰랐어요."

인희의 음성이 떨려나오자 보고서를 훑던 서준은 얼굴을 들었다. 그저 사심 없이 저녁을 사 달라고 찾아온 것뿐인데 너무 예민하게 받아들였나 싶어 찜찜했지만 이수를 생각하면 이렇게라도 못을 박아두어야만 했다.

아무리 둘 사이가 남녀 간의 사랑이 아니더라도 다 큰 성인 남녀가 아니던가. 그러니 내막을 알 리 없는 이수는 신경이 쓰일 수도 있을 터였다. 조금이라도 그녀를 신경 쓰이게 하는 일은 하고 싶지 않았기에 냉정하고 야속하다 해도 어쩔 수가 없었다.

똑똑!

노크소리가 나고 소희가 감귤차를 들고 안으로 들어왔다. 응접용 테이블에 차를 내려놓는 그녀에게 인희가 살가운 목소리로 고맙다는 말을 하자 소희가 활짝 웃으며 밖으로 나갔다. 찻잔을 한번 매만진 인희가 다정하게 서준을 불렀다.

"오빠, 차 드세요."

결재 서류에 사인을 하던 서준은 펜을 내려놓으며 표정을 굳혔다. 오늘따라 인희의 말과 행동이 많이 거슬렸다.

"제가 괜히 왔나 봐요."

무표정하게 차를 마시는 서준을 가만히 응시하던 인희가 기운 없이 중얼거렸다. 단숨에 차를 마신 서준이 잔을 내려놓으며 말했다.

"저녁 먹으러 가자."

"지금이요?"

단박에 표정이 밝아진 인희가 놀라서 묻자 서준은 대답 없이 자리에서 일어났다.

"먼저 퇴근합니다."

상무실 문을 열고 나온 서준이 이수를 향해 말하자 소희가 일어나 꾸벅 인사를 했다.

"안녕히 가세요, 상무님."

"그래요, 수고해요."

출입문을 열기 전 서준은 표정 없이 서 있는 이수를 다시 한 번

힐끔 쳐다보고 문을 열었다. 뒤따르던 인희가 서준의 팔에 얼른 손을 감았다. 나란히 선 두 사람의 모습이 한 폭의 그림처럼 아름다웠다.

* * *

맨션으로 가 있어.^^

인희와 한정식 집으로 온 서준은 요리를 주문하고 휴대폰을 열어 문자를 보냈다. 벌써부터 이수와의 뜨거운 밤이 상상돼 몸이 뜨겁게 달아올랐다.

"오빤 언제쯤 결혼할 생각이세요?"

빙그레 웃는 서준을 물끄러미 바라보던 인희가 조심스럽게 물었다. 잠시 생각에 잠겨있던 서준은 나직하지만 힘있게 대답했다.

"결혼할 생각 없어."

"네? 아저씨는 오빠가 늦어도 내년 상반기 안에는 결혼할 거라고 하시던데요?"

인희의 말에 서준은 창밖으로 시선을 돌렸다. 방금 전 흠뻑 물을 흡수한 듯 잔디가 싱그럽게 빛났다.

"지금 내 결혼에 대해 묻는 정확한 의도가 뭐니?"

갑자기 날아온 직구에 인희는 잠시 주춤했다. 하지만 곧바로 침착하게 말을 받았다.

"궁금하니까요. 오빠처럼 멋진 사람이 왜 이렇게 결혼에 뜸을 들이는지 이해도 안 가고요."

"서인희, 앞으로는 내 사무실에 일절 출입하지 말아라."

그녀를 말끄러미 쳐다보던 서준이 단도직입적으로 말했다. 인희의 눈이 순간적으로 휘둥그레졌다.

"왜요?"

"내 여자가 신경 쓰는 거 싫거든."

무채색 눈동자가 말끄러미 그녀를 응시하며 잔인하게 말을 쏟았다. 바르르 떨리는 손을 꽉 움켜쥐며 인희가 어색하게 입꼬리를 말아 올렸다.

"여자요? 어떤 여자요?"

"아까 사무실에서 본 윤이수 씨가 내 여자다."

오늘 굳이 내키지 않는 발걸음을 한 것도 이 때문이었다. 혹시 모를 가능성을 이쯤에서 완벽하게 차단시킬 필요가 있었다.

"저, 정말요? 결혼할 생각 없다면서요?"

보름달만하게 눈을 치뜨며 인희는 믿어지지 않는다는 투로 물었다.

"그랬지. 하지만 결혼을 하지 않겠다고 해서 사랑하는 여자가 없다는 뜻은 아냐."

"전 이해가 안 가요. 사랑하는 여자가 있는데 왜 결혼을 안 해요?"

"그건 우리 둘 사이의 문제니까 더 이상 왈가왈부 안 했으면 좋겠다."

가차 없이 잘라내는 서준을 야속한 눈으로 쳐다보던 인희가 얼른 표정을 수습하며 장난스럽게 물었다.

"얌전해 보이던데 그 여자, 질투심 장난 아닌가 보네요. 여동생 같은 내가 드나드는 것도 못 봐 주겠대요?"

"마음대로 넘겨짚지 마. 난 그저 내 여자가 조금이라도 신경 쓰는 게 싫을 뿐이다."

기분 나쁘다는 듯 인상을 팍 구기며 서준은 물 컵을 들었다. 고요한 눈빛으로 그를 보고 있지만 테이블 아래 모아진 인희의 손이 사시나무 떨듯 덜덜 떨렸다.

"알았어요. 오빠가 정 신경 쓰인다면 사무실엔 일절 출입하지 않을게요."

일보 전진을 위해 일보 후퇴를 하기로 결심한 인희는 미소를 지으며 흔쾌히 대답했다.

"이해해 줘서 고맙다. 그럼 먹자."

알 듯 모를 듯 묘하게 신경 줄을 자극하던 찜찜함이 단숨에 사라지자 서준의 입꼬리가 절로 말려 올라갔다. 차가운 눈빛에 시리도록 아름다운 미소를 머금고 그는 빠르게 젓가락을 놀렸다. 그런 그가 야속한지 인희는 미간을 좁히며 그를 곁눈질했다.

식사만 마치고 곧바로 오피스텔로 돌아온 서준은 어두운 거실을 보고 이마를 찡그렸다. 분명 이곳에 와 있으라고 문자를 보냈는데 이수의 그림자는 그 어디에도 보이지 않았다. 혹시 문자가 안 갔나 싶어 서준은 재빨리 전화기를 들고 번호를 눌렀다.

한참 동안 신호가 갔지만 이수의 목소리는 들려오지 않았다. 종료 버튼을 눌렀다가 다시 신호를 보내자 이번에는 전화를 받을 수가 없다는 멘트만 흘러나왔다.

멍하니 기계음을 듣고 있던 서준은 가슴을 들썩이며 신경질적으로 버튼을 눌렀다. 휴대폰을 바지 주머니에 쑤셔 넣고 몸을 돌려 성큼성큼 현관 쪽으로 걸어가며 그가 걱정스러운 얼굴로 중얼거렸다.

"윤이수, 도대체 무슨 일이니?"

* * *

"캬! 오늘 술맛 끝내준다."

오늘따라 술이 받는지 이수는 벌써 소주 다섯 잔을 비우고 있었다. 생소하게 행동하는 그녀를 게슴츠레 쳐다보던 현주가 샐쭉하니 입을 열었다.

"오늘은 웬일이야? 먼저 술을 다 먹자고 하고."

"왜, 나랑 술 마시는 거 싫어? 싫으면 먼저 집에 들어가든지."

빈 잔을 꾹 눌러 채우며 이수가 시니컬하게 말했다. 늘 사람 좋은 얼굴로 웃기만 하던 이수가 강하게 나오자 현주는 눈을 똥그랗게 뜨며 허리를 세웠다. 며칠 전에야 겨우 서준과의 일을 털어놓았던 이수였다. 언제까지 그 사람 옆에 있을지는 모르겠지만 나중에 후회하지 않도록 최선을 다해 그 사람을 사랑할 거라며 행복한 모습도 보였었다. 그런데 지금은 왠지 모르게 불안해 보였다.

"계집애. 그렇다고 이렇게 매정하게 구냐? 서준 씨는 오늘 바쁜 거야?"

부러 가볍게 묻고 현주는 이수의 표정을 쓱 살폈다.

"응. 아주 공사가 다망하시지."

다소 불만스러운 얼굴로 시큰둥하게 내뱉은 이수 때문에 속이 답답해진 현주는 앞에 놓인 잔을 들어 쭉 들이켰다. 술잔을 빙빙 돌리던 이수가 툭 던지듯 물었다.

"너, 서경그룹 서인희 씨 알지? 그 여자 어떤 것 같아?"

"경제계에서 요즘 한창 블루칩으로 떠오르는 그 서인희 씨? 얼마 전에 베스트 여성 경영자로 뽑혀 매스컴도 탔었잖아. 아주 삼박자가 딱 맞아떨어지더라."

"그래서 반했니?"

다소 삐딱한 이수의 말에 현주는 의아한 표정을 짓다가 피식 웃으며 말했다.

"반하긴. 내가 남자니? 그냥 저 여자는 무슨 복을 타고 나서 저렇게 다 갖췄을까 싶어 부러웠을 뿐이지."

그 말에 이수는 빙글빙글 돌리던 술잔을 한입에 털어 넣었다. 조금씩 취기가 오르는지 얼굴이 달아오르고 동공도 살짝 풀렸다.

"그게 그거지 뭐. 그나저나 나도 오늘따라 그 여자가 엄청 부럽다."

"그런데 여기서 뜬금없이 왜 그 여자 얘기가 나오는데? 혹시 서준 씨가 그 여자한테 눈길이라도 주디?"

전에 없는 이수의 행동에 불안해진 현주는 심각하게 물었다.

"그런 건 아닌데 오늘따라 그 남자가 밉다. 너무 미워서 한 대 때려주고 싶어."

이수가 고개를 푹 숙이며 나직하게 중얼거리자 현주가 날카로운 눈으로 그녀를 직시했다. 말은 아니라고 했지만 이수는 지금 마음이 많이 불안한 상태였다.

"윤이수, 똑바로 말해. 서인희하고 서준 씨 무슨 사이야?"

단도직입적인 현주의 말에 잠시 술잔을 바라보던 이수는 애써 덤덤하게 대답했다.

"두 사람 옛날부터 아는 사이래. 그리고 그 여자는 서준 씨를 오래 전부터 마음에 담아왔고."

충격적인 이수의 말에 현주는 어깨를 움찔했다. 하지만 황급히 표정을 수습하고 덤덤하게 물었다.

"그래서 혹시 서준 씨도 흔들리는 거야?"

"홋! 그거야 모르지. 내가 줄 수 없는 걸 완벽하게 줄 수 있는 여자니 조금은 흔들릴지도."

"윤이수, 아무리 그래도 확실한 증거 없이 서준 씨를 의심하지 않았으면 좋겠다. 모르긴 몰라도 그 남자 평생 너만 가슴에 담을 사람이야."

단정하는 현주의 말에 이수는 실실 웃으며 술병으로 손을 뻗었다. 현주가 냉큼 술병을 잡아 채 옆에 놓자 얼굴을 감싸며 이수가 중얼거렸다.

"그렇다 해도 난 그 남자에게 가장 중요한 걸 줄 수 없잖아. 그 여자는 그걸 줄 수 있고."

도대체 서인희라는 여자는 갑자기 왜 불쑥 나타나 친구를 괴롭히는 걸까? 가뜩이나 아이를 낳을 수 없다는 사실에 의기소침해 있는데 그런 복병까지 만났으니 속이 말이 아닐 것이다.

"그래도 중요한 건 서준 씨 마음이잖아. 그러니 더 이상 그 일로 마음 쓰지 말고 그 사람이 하자는 대로 따라가."

마음을 다잡고 또 다잡아도 쉽지 않을 것이다. 하지만 언제까지 그 상황에 발이 묶여있을 수만은 없는 일이었다. 인력으로 안 되는 일은 과감하게 포기하고 앞으로 두 사람의 행복을 위해 어떻게 할 것인가를 생각하는 게 최선이었다.

"못됐어. 아주 못됐어."

"뭐?"

"우씨! 몰라."

한 번도 주사를 부린 적 없던 이수가 혀 꼬인 발음으로 투정부리듯 중얼거렸다. 그런 그녀를 현주는 신기한 듯이 쳐다보았다. 같은 또래였지만 속 깊고, 좋고 싫음을 잘 드러내지 않는 이수가 언니처럼 느껴질 때가 많았는데 오늘은 완전 개구쟁이 같아 보였다. 그 모습이 너무나 사랑스러워 당장이라도 뽀뽀 세례를 퍼붓고 싶었다.

'에구, 복도 많은 계집애. 어쩜 주사도 저리 귀엽게 하냐.'

"내가 좀 늦었지?"

이수의 또 다른 면모를 발견한 현주가 심각한 상황을 잊고 이수를 부러운 눈길로 바라보는데 소리 없이 다가온 윤혁이 털썩 자리에 앉으며 큰 소리로 말했다. 고개를 숙이고 있던 이수가 고개를 번쩍 들고 배시시 웃었다.

"선배님 오셨습니까?"

비틀거리며 자리에서 일어난 이수가 윤혁을 향해 깍듯하게 인사를 했다.

"어, 그, 그래."

이수가 비틀거리며 다시 자리에 주저앉자 현주에게 눈짓을 하던 윤혁이 어색하게 대답했다.

"선배님도 술 한 잔 드세요."

"그래, 고맙다."

흔들거리는 손으로 술잔을 건네던 이수는 윤혁의 손끝이 닿으려는 찰나 마음이 변했는지 황급히 잔을 거두며 말했다.

"아니다. 선배님은 늦게 왔으니까 벌로 병나발 불기."

이수의 말에 윤혁은 눈을 크게 떴다. 놀란 눈으로 이수를 쳐다보는데 그녀가 테이블을 탕탕 치며 성화를 부렸다.

"빨리요! 10초 안에 안 마시면 소주 한 짝 대령할 거예요!"

이수의 주사를 윤혁이 멀거니 바라보기만 하자 어서 병을 비우라는 듯 현주가 소주병을 쥐어주며 옆구리를 쿡쿡 찔렀다. 턱을 괴고 손가락을 접으며 숫자를 세고 있는 이수를 바라보던 윤혁이 식겁해하며 소주병을 입에 대고 벌컥벌컥 들이켰다.

"와아! 선배님, 너무 멋져요. 짱이에요! 그럼, 이번엔 후배의 애정 어린 잔을……."

말도 다 잇지 못하고 이수는 테이블 위로 얼굴을 떨어뜨렸다. 당황한 윤혁이 벌떡 일어나자 현주가 옆구리를 잡았다.

"그냥 둬요, 선배. 오늘 이수가 많이 속상한가 봐요."

세 시간 째 이수의 원룸 앞을 지키던 서준은 불이 꺼져있는 2층 원룸을 초조한 눈으로 바라보다가 휴대폰을 들었다.

5분에 한 번꼴로 전화를 걸었지만 또다시 전화를 받을 수 없다는 멘트만 흘러나오자 서준은 긴 한숨과 함께 휴대폰을 옆 좌석에 던져버렸다.

지친 표정으로 한숨을 길게 내쉰 그가 등받이에 깊숙이 몸을 묻는데 전화벨이 울렸다. 발신자를 확인한 서준의 몸이 스프링처럼 튕겨 올랐다.

"어떻게 된 거야?"

휴대폰을 귀에 대자마자 서준은 기쁜 마음을 숨기고 부러 차갑게 물었다. 동시에 상대방이 움찔하는 게 느껴졌다.

—안녕하세요, 저…… 강현주예요.

잠시 후 들려온 강현주란 말에 윤혁은 얼른 미소를 지우며 말을 이었다.

"네, 오랜만입니다. 그런데 무슨 일로……."

—이수 지금 저와 함께 있어요.

이수가 현주와 함께 있다는 말에 서준은 숨도 쉬지 않고 물었다.

"거기가 어딥니까?"

—저희 원룸 앞 도로변 껍데기집이에요.

"알겠습니다. 곧 가죠."

휴대폰을 내리기도 전에 서준은 차문을 열었다. 언덕길을 빠르게 내려가 도로 앞에 선 그가 이리저리 시선을 돌리다가 횡단보도 맞은편 뒤로 보이는 껍데기집 앞에서 우뚝 멈추었다. 신호가 채 10초도 안 남은 상황에서 그는 성급하게 발을 내딛었다.

빵빵 울리는 경적 소리를 뒤로 하고 껍데기 집으로 들어온 그는 둥근 테이블에 이마를 박은 채 엎드려 있는 이수를 단번에 찾아냈다. 곧바로 그곳으로 걸어가자 윤혁이 유감이 많다는 얼굴로 그를 쳐다보았다.

"어떻게 된 겁니까?"

시선을 이수에게 고정시킨 채 서준은 질책하듯 물었다. 가볍게 콧방귀를 뀐 윤혁이 되레 따지듯 물었다.

"그걸 왜 제게 물으십니까? 도대체 이수한테 어떻게 했길래 저렇게 몸도 못 가눌 정도로 술을 마십니까?"

살벌한 윤혁의 질책에 미간을 찌푸리며 고개를 돌리는데 때마침 화장실에서 나온 현주가 인사를 했다.

"오셨어요?"

"네."

서준은 현주에게 짧게 대답하고는 재빨리 윤혁에게 시선을 돌렸다. 어디 해볼 테면 해보라는 윤혁의 눈빛에 서준의 미간이 더욱 심하게 구겨졌다. 눈에 보이게 적대감을 드러내는 두 남자를 중재하려는 듯 현주가 얼른 말을 이었다.

"이수가 뭐가 속상한지 만나자마자 폭음을 했어요. 죄송합니다."

현주의 말에 서준은 구겼던 인상을 펴고 부드럽게 물었다.

"이수가 뭐라고 하던가요?"

"별말은 없었고 서인희 씨를 잠시 화제에 올리더라고요. 집으로 데려가려고 하다가 휴대폰에 찍힌 서준 씨 전화번호 보고 기다리실 것 같아 연락 드렸어요."

"그랬군요. 이수는 제가 데려갈 테니까 걱정 말고 돌아가십시오."

현주는 3년 전 서준의 초대로 딱 한 번 식사를 함께한 적이 있었다. 서준은 처음부터 가까이 하기엔 거리감이 느껴지는 사람이었기에 그 자리가 마냥 편치만은 않았지만 이수에게만은 한없이 따스하고 다정한 사람이었다. 눈빛 하나, 말투 하나하나에 애정이 가득 담겨 있어 보는 것만으로도 절로 미소가 그려졌다.

그리고 지금도 여전히 이 남자는 윤이수 외에는 그 어느 것도 관심이 없는 듯하다. 취해 축 늘어져있는 이수가 한없이 안타깝고 안쓰러워 눈시울마저 붉어질 듯 그의 눈빛이 더할 수 없이 애틋해졌다. 도대체 이수에 대한 이 남자의 마음은 얼마만큼이나 깊은 걸까.

"가자."

윤혁의 퉁명스러운 말에 현주는 서준을 관찰하던 시선을 얼른 거두었다. 지난번 일로 유감이 많은 윤혁이 입을 댓 발이나 내밀고 여전히 곱지 않은 시선으로 서준의 뒤통수를 노려보고 있었다.

"그럼, 우리 이수 잘 부탁드릴게요."

이러다가 두 사람이 한바탕 굿판이라도 벌이는 건 아닐까 싶어 현주는 얼른 인사를 하고 몸을 돌렸다.

"이수 곁에서 늘 힘이 돼 주셨다는 거 알고 있습니다. 고맙습니다."

이어진 그의 말에 현주는 살짝 몸을 틀었다. 심연처럼 깊은 그의 눈동자가 진심을 담고 반짝이고 있었다. 그 눈빛에 왠지 모르게 가슴이 뭉클해졌다. 어쩌면 그녀가 생각하는 것보다 이수에 대한 이 남자의 사랑은 가늠할 수 없을 정도로 깊은 건지도 모르겠다는 생각이 들었다.

그동안 이수 때문에 늘 가슴 한 귀퉁이가 묵직하던 현주였다. 하지만 오늘부로 그런 마음은 날아갈 듯 상쾌해졌다. 이수는 한시적인 관계일 뿐이라며 강하게 부인하고 있지만 아마도 저 남자의 마음은 평생 변치 않을 거라는 확신이 생겼다. 설사 이수가 불임이라는 것을 알게 되더라도 더 애틋해지면 애틋해졌지, 결코 이수를 밀어내지는 않을 거라는 생각이 신념처럼 굳어졌다.

"아니에요. 제가 이수한테 받은 게 많아요. 그리고 고맙습니다."

고맙다는 현주의 말에 서준은 희미하게 웃었다. 부드러운 눈빛으로 그가 말했다.

"그럼, 조심해서 가십시오."

"네. 서준 씨도요."

"여자들에겐 참으로 매너도 좋으시지."

현주가 저만치 걸어가자 팔짱을 끼고 노려보던 윤혁이 딴지를 걸 듯 이죽거렸다. 서준이 건조한 눈길로 그를 나직하게 그를 불렀다.

"이윤혁 씨."

"네."

삐딱한 목소리로 대답한 윤혁이 목소리만큼이나 삐딱하게 쳐다보았다. 그런 그에게 서준은 옅은 미소를 짓더니 우호적인 눈빛을 보냈다.

"지난번엔 미안했어요. 하지만 당신도 분명 잘못한 게 있다는 건 인정할 겁니다."

예기치 않은 사과에 머리가 띵해진 윤혁은 물끄러미 그를 바라보았다. 지난번 이 남자의 행동은 엄밀히 따지면 충분히 그럴만한 이유가 있었다. 하지만 이해는 하면서도 한 번씩 억울한 마음이 드는 건 어쩔 수 없었다. 다른 것을 다 떠나 그날 힘의 열세에 눌려 제대로 주먹 한번 날려보지 못했다는 게 너무나 자존심 상했다. 그래서 다시 한 번 기회가 생긴다면 강단 있게 맞서 보리라 다짐했었다. 그런데 이상했다. 이수가 술에 취해 널브러져 있는 자리에 자신이 동석해 있는데도 그는 너무나 태연했다. 지난번 같은 기세라면 당장에 멱살을 틀어쥐고 주먹을 날려야 할 상황인데도 말이다. 그리고 미안하다니. 이건 도대체 무슨 뜻일까? 혹시…….

"현주 씨한테는 아무 내색 하지 말아줘요. 그리고 언제 기회 되면 술 한잔 합시다."

지금 무엇을 내색하지 말라는 건지 정말 헷갈렸다. 자신이 사과를 했다는 걸 말하지 말라는 건지, 아니면 파리에서의 일을 언급하는 건지……. 아니다, 그 사실을 이 남자가 알 리가 없었다. 알았다면 이렇게 태연하게 있지는 않을 거였다. 벌렁거리는 가슴을 애써 잠재우며 윤혁이 입을 열었다.

"하는 거 봐서요."

여전히 당신에게 불만이 많다는 투로 대답하고 윤혁은 쌩하니 몸을 돌렸다. 기세 좋게 걸어가고는 있지만 그의 머릿속은 여전히 좀 전에 들었던 의문으로 시끄러웠다.

서준은 이수를 등에 업고 자동차로 걸어왔다. 술에 취해 축 늘어졌는데도 그녀의 몸이 나뭇잎처럼 가볍게만 느껴져 잠시 코끝이 시큰해졌다.

"윤이수, 씻고 자야지."

집에 도착하자마자 토사물이 묻은 재킷을 벗어 베란다에 던져놓고 서준은 소파에 누워있는 이수에게 걸어갔다.

"싫어, 서준 씨 미워."

그의 목소리를 듣자마자 이수는 눈을 감은 채 앙칼지게 그를 밀어냈다.

"내가 왜 미운데?"

싱끗 미소를 지으며 서준은 부드럽게 물었다. 곧장 그녀가 말을 이었다.

"다른 여자랑 보란 듯이 나가놓고 왜 밉냐고? 완전 바람둥이야."

생각할수록 화가 치미는지 그녀가 미간을 팍 찌푸리며 샐쭉거렸다.

"우리 이수 질투 났구나?"

이수의 블라우스 단추를 하나하나 풀어내며 그가 다시 부드럽게 물었다.

"당연하죠. 정말 미워 죽겠어."

"미안해. 정말 미안해. 이수야, 오늘만 봐주라. 응?"

블라우스를 벗겨낸 서준은 이수를 달래며 스커트마저 벗겨 내렸다.

"싫어, 안 봐줘요. 절대로…… 우욱! 욱……."

속옷까지 완전히 제거한 서준이 이수의 겨드랑이에 손을 넣고 안아 올리는데 이수가 음식물을 또 게워냈다.

"모두 토해 버려. 당신 속이 편해질 때까지 다 토해내."

새하얀 와이셔츠에서 시큼한 냄새가 코를 찌르는데도 아랑곳 않고 더 토해내라는 듯 서준은 이수의 등을 가만히 두드렸다. 더 토할 게 없는지 이수는 얼굴을 심하게 찡그리며 그의 어깨에 얼굴을 기댔다. 그런 그녀를 잠시 안타깝게 내려다보다가 서준은 그녀를 안아든 채 성큼성큼 욕실로 걸어갔다. 레버를 돌려 욕조에 물을 틀어놓고 샤워기를 들어 이수의 몸으로 가져갔다. 위에서 아래로 시원하게 물줄기를 쏟아 내린 그가 이수를 안아 조심스럽게 욕조에 앉히고 자신의 옷을 벗은 후 간단히 샤워를 했다. 샤워기를 제자리에 고정시키고 욕조 안으로 발을 담근 서준은 욕조에 기대 잠이 든 이수를 가만히 안아 올려 무릎에 앉혔다. 그녀를 등 뒤에서 감싸며 그가 속삭이듯 중얼거렸다.

"이수야, 나 아무래도 중증인가 보다. 옛날 같으면 길가에 쏟아놓은 토사물만 봐도 역겹다고 진저리를 쳤을 텐데 당신 건 하나도 더럽지가 않다. 그저 그걸 다 게워내고 당신 속이 편해질 수만 있다면 내 몸이 온통 오물로 뒤덮인대도 행복할 것 같아. 그리고 오늘처럼 앞으로도 마구마구 질투해줄래? 그런 당신 모습이 너무 귀여워서 미치겠다. 윤이수, 기억해둬. 세상이 두 쪽 나고 이 생이 다한다 해도 내게 여자는 오로지 윤이수 당신뿐이라는 사실을. 사랑……한다."

다음 날 아침 눈을 뜬 이수는 경악으로 크게 벌어지는 입을 얼른 틀어막았다. 지끈거리는 두통 속에서도 어제 일이 선명하게 떠올랐다. 그에게 두 차례나 토악질을 했던 거 하며 질투에 앙탈까지 부렸던 게 선명하게 떠올랐다. 어휴! 술이 웬수다 웬수야. 어쩌자고 속은 내보여서 이리도 민망한 처지에 놓이게 된 건지 한숨만 흘러나왔다.

"일어났어?"

이수가 아랫입술을 잘근잘근 씹어대며 지난밤을 곱씹는데 서준이 침대로 걸어왔다. 산뜻한 블루 빛 셔츠에 베이지색 면바지를 입은 그의 머리 위로 햇살이 눈부시게 내려앉았다.

"네에……."

시선을 피하며 그녀가 나직하게 읊조리자 침대에 걸터앉은 서준이 손을 올려 그녀의 아랫입술을 손가락을 댔다.

"아프겠다, 다신 그러지 마."

살짝 핏물이 맺힌 곳을 부드럽게 쓸어내리며 서준이 나직하게 말했다.

"어제 저 때문에 고생했죠?"

여전히 시선을 피한 채 이수는 모기만한 목소리로 물었다. 서준이 그녀의 턱을 살짝 들어 시선을 마주했다.

"아니, 하나도 안 힘들었어. 그런데 어제 보니까 당신 무척 귀여운 데가 있더라."

이건 또 무슨 소리란 말인가? 어제 일로 있던 정도 다 떨어질 판인데 귀여웠다니.

그녀가 말없이 눈만 데굴데굴 굴리자 그가 가만히 그녀를 당겨 안았다.

"어제 나 많이 미웠지? 미안해. 급한 마음에 앞뒤 생각 없이 행동해서 당신을 언짢게 했어."

"아니에요. 제가 속 좁게 행동했어요."

펄쩍 뛰는 이수의 말에 서준의 눈빛이 깊고 그윽해졌다. 그가 긴 머리칼을 쓸어내리며 나직하게 속삭였다.

"이수야, 이거 한 가지만 기억해줄래? 내게 여자는 오직 윤이수 한 사람 뿐이라는 거. 아마 이건 죽을 때까지 변하지 않을 거야."

그 말에 심장이 쿵하고 내려앉았다. 언젠가는 마음이 변해 자신을 떠날 거라는 막연한 믿음을 단번에 날려버리고 어떤 일이 있어도 영원히 그녀 옆에 있을 거라는 강한 확신을 심어주는 속삭임이었다. 지금껏 영원한 사랑을 부정하던 이수는 갑자기 그 어떤 확신이 샘솟는 걸 느꼈다. 지금에서야 왜 그런 생각이 들었는지는 모르겠다. 어쩌면 이 남자가 그 동안 보여줬던 신뢰가 진심으로 다가온 건지도 모르겠다. 그렇다면 이젠 이 남자에게 기회를 주어야 하는 게 아닐까? 지난날 혼자 속단하고 결정한 문제를 이 남자에게 털어놓고 선택을 기다려야 하는 게 아닐까.

갑자기 해일처럼 밀어닥친 진실 앞에서 이성이 갈피를 잡지 못하고 갈대처럼 흔들렸다.

"무슨 생각해?"

무의식적으로 터져 나온 한숨소리를 들은 서준이 다정하게 물었다. 혼란스러운 눈빛을 숨기기 위해 이수는 그의 품으로 깊이 파고들었다.

"피곤하면 더 자."

어젯밤부터 잔뜩 성이 나 있는 분신을 억지로 잠재우며 서준은 다정하게 말했다. 이수가 고개를 내젓다가 몸을 떼고 시선을 마주했다. 그녀가 집요하게 무언가를 찾아내려는 듯 그의 눈을 뚫어지게 응시했다.

"가, 갑자기 왜 그래?"

갑자기 강렬해진 이수의 눈빛에 서준은 당황해하며 한손으로 볼을 쓸었다. 이수가 촉촉해진 눈으로 물었다.

"나 어디가 그렇게 좋아요? 아기도 낳기 싫다는 이기적인 여자가 왜 그렇게도 좋아요?"

서준은 이수의 양 볼을 감싸고 진지하게 마주보았다. 블랙홀처럼 빨려들 것처럼 깊은 눈가에 부드러운 미소를 매달고 달콤하게 속삭였다.

"그냥 이유 없이 모든 게 좋아. 웃는 모습도, 화난 모습도, 찡그린 모습도, 이기적인 모습까지도 미치게 좋아. 그리고 이 감정은 시간이 흐를수록 더 애틋해지고 간절해져만 가."

시간이 지날수록 더 애틋해지고 간절해진다는 말에 그동안 꾹 눌러놓았던 판도라의 상자가 한순간에 폭주했다. 더 이상 이 남자를 속여서는 안 된다고 이성이 거세게 다그쳤다.

"할 얘기가 있어요."

비장함마저 엿보이는 이수의 말에 서준은 바짝 얼굴을 들이대며 가볍게 물었다.

"뭔데?"

"저기…… 저……."

서준의 작은 미소에 한순간 다잡았던 마음이 와르르 무너졌다. 입안에서 맴돌던 말들이 밖으로 빠져나가지 못하고 부유하듯 입안을 떠돌았다. 그녀가 초조하게 다시 입술을 깨물었다.

"곤란한 얘기면 하지 마."

꽉 깨문 아랫입술을 안타깝게 바라보던 서준이 검지를 들어 입술에 댔다. 이수는 천천히 그 손가락을 걷어내고 그곳에 입을 맞췄다.

"아마 제 얘기를 듣고 당신은 크게 화를 낼지도 몰라요. 어쩌면 배신감에 실망감까지 겹쳐 두 번 다시 얼굴도 보고 싶지 않을 수도 있고요. 만약 그런다 해도 당신 다 이해해요. 하지만 한 가지만 믿어줄래요? 제겐 언제나 당신 행복이 최우선이었다는 것을요."

이수를 바라보는 서준의 눈동자가 가파르게 흔들렸다. 그녀의 슬픈 눈이 그의 심장을 아프게 비틀어대고 가슴을 먹먹하게 만들었다. 그가 떨리는 음성으로 말했다.

"알아, 알고 있으니까 제발 그렇게 아픈 얼굴 하지 마."

"3년 전, 전…… 전……."

억지로 말을 토해내려던 이수는 인상을 찡그리며 가슴을 움켜잡았다. 그날을 떠올리는 것만으로도 그녀의 심장이 날카롭게 전율했다. 수 백, 수 천 개의 바늘이 심장에 꽂히고 날카로운 칼끝이 표면을 긁어내렸다.

"그만해 이수야. 당신이 그날 무슨 수술을 받았고, 지금 어떤 상태인지 다 알고 있으니까 제발 그만해."

순간적으로 이수의 몸이 딱딱하게 굳어졌다. 댕그랗게 커진 눈으로 그녀가 더듬거렸다.

"어, 어떻게……."

"어쩌다보니 알게 됐어."

이수가 잠든 그의 얼굴을 어루만지며 사랑한다고 간절히 고백한 다음 날, 그는 은밀하게 이수의 파리 행적을 추적했다. 그리고 비로소 3일 전 그 엄청난 사실을 전해 들었다. 처음엔 믿어지지 않아 멍해 있다가 다음엔 미친 듯이 절규했다. 그동안 이수에게 신랄하게 쏟아냈던 말들이 비수가 되어 그의 가슴을 난도질했다. 숨도 쉴 수 없는 고통 속에서도 그는 당장 이수에게 달려가 용서를 구하고 싶었다. 하지만 끝내 그녀의 지옥을 들추어낼 수가 없었다. 대신. 이 생이 다하는 날까지 이수를 더 사랑하고 아껴 주리라 다짐했다.

"어, 언제요?"

여전히 더듬거리는 이수를 품에 안고 서준은 나직하게 대꾸했다.

"3일 전에."

3일 전에 알았다는 말에 이수의 입이 떡 벌어졌다. 그녀가 살짝 몸을 떼 내고 충격으로 얼룩진 눈을 들었다.

"그런데 왜 지금까지……."

말을 잇던 이수가 갑자기 가슴을 쥐어뜯자 애틋하게 바라보던 서준은 그녀를 꼭 끌어안았다. 고해성사하듯 그가 말을 쏟아냈다.

"그날을 떠올리는 것만으로도 당신 가슴이 너무 아플 것 같아 입이 떨어지지 않았어. 당신한테 무자비한 독설을 쏟아냈던 날 용서해 달라고 무릎이라도 꿇고 싶었지만 당신을 또다시 악몽 속으로 밀어 넣고 싶지 않았어. 윤이수, 날 용서하지 마. 네 심장을 갈기갈기 찢은 날 절대로 용서하지 마."

젖어든 서준의 음성에 얼어있던 이수의 눈동자에 눈물이 차올랐다. 그녀가 고개를 내저으며 절박하게 말했다.

"당신 잘못이 아니에요. 솔직하게 얘기하지 못한 제 잘못이에요. 미안해요, 정말 미안해요."

"윤이수, 그동안 얼마나 아팠니? 그 엄청난 일을 혼자 감당하느라 얼마나 고통스러웠어. 차라리…… 널 위한 유희 때문에 날 배신한 거라면 얼마나 좋았을까. 그럼 최소한 당신만큼은 아프지 않았을 텐데……."

그 누구도 아닌 이 남자에게만은 위로 받고 싶었다. 당신 잘못이 아니니 혼자서 아파하지 말라는 말 한마디를 간절히 소망했었다. 하지만 사실을 안 지금 서준은 그녀보다 더 아파하고 있었다. 안타까운 그 마음이 절절하게 가슴에 닿아 상처 난 심장을 부드럽게 어루만졌다. 아파도 아프다 내색할 수 없었던 시간들이 빠르게 재생되며 그동안 눌러왔던 눈물이 폭포수처럼 터져 나와 통곡하게 만들었다. 온몸을 떨며 응어리졌던 울분을 마음껏 토해내는 이수를 꼭 안아주며 서준도 속으로 통곡했다. 미련한 여자, 바보 같은 여자…….

"아무것도 모르고 당신을 향해 원망만 쏟아내서 미안해. 가장 고통스러울 때 곁을 지켜주지 못한 것도 미안하고 여전히 당신을 놓지 못하고 부담 줘서 미안해."

"흐흑! 흑, 흐흐흑!"

말을 하고 싶은데 가슴이 저리고 목이 메어와 도저히 입이 열리지 않았다. 그저 그의 품에 얼굴을 묻은 채 이수는 끝없이 통곡만 쏟아냈다.

제10장

"어머니, 여기예요."

호텔 중식당의 열린 문 안으로 우아한 정장 차림의 강 여사가 모습을 드러내자 인희는 손을 흔들었다.

"10분 전인데 벌써 내려와 있었어?"

박꽃처럼 환한 미소를 머금으며 강 여사가 묻자 활짝 웃으며 인희가 옆으로 다가섰다.

"어머니, 룸 비워놨으니까 어서 들어가세요."

"그래."

강 여사가 먼저 나와 기다릴까봐 서둘러 내려와 문 입구에 앉아있던 인희였다. 그녀의 세심한 마음 씀씀이에 마음이 무거워진 강 여사는 속으로 한숨을 지으며 룸 안으로 들어갔다. 화사한 햇살이 은은하게 쏟아져 내리는 룸 안은 조용하면서도 아늑했다.

"공연히 바쁜 사람을 불러낸 건 아닌지 모르겠구나."

"아니에요. 그렇지 않아도 어머니 뵙고 싶어 한남동에 들르려던 참이었어요."

싹싹한 인희의 말에 강 여사의 얼굴에 잠시 근심이 스쳐갔다.

"오늘은 내가 맛난 것 사주고 싶은데 이 집에 뭐가 젤로 맛있니?"

"그럼, 저 점심 사주시려고 일부러 나오신 거예요? 와 신난다!"

기뻐하며 메뉴판을 요리조리 살피는 인희를 바라보는 강 여사의 눈빛이 안타까움으로 애잔하게 흔들렸다.

"어머니, 고급 해산물 요리와 쌀국수 어떠세요? 지금 대만 최고 특급 호텔 셰프를 초청해 정통 중식 요리를 재현하고 있거든요."

"그래? 그럼, 그걸로 먹자꾸나."

온화한 강 여사의 말에 인희가 얼른 벨을 눌러 음식을 주문했다.

"오빠 요즘 어때요? 굉장히 바쁘죠?"

물을 한 모금 마신 인희가 조심스럽게 서준의 근황을 묻자 강 여사가 시선을 피하며 조심스럽게 말했다.

"그런 것 같더구나."

왠지 어색해 보이는 강 여사의 행동에 언뜻 무언가를 감지한 인희의 낯빛이 눈에 띄게 어두워졌다.

"혹시, 오늘 특별히 하실 말씀이라도 있으세요?"

불안감을 억지로 누르며 인희가 가볍게 묻자 강 여사가 희미하게 미소를 지으며 말을 돌렸다.

"식사부터 하고."

조용한 가운데 두 사람은 느긋하게 식사를 마쳤다. 마지막으로 인희가 디저트를 주문하자 그제야 강 여사가 결심한 듯 입을 열었다.

"인희야, 아무래도 서준이가 조만간 결혼을 할 듯싶다."

"네? 그게 무슨……."

혹시나 하며 가슴을 졸였던 말이 튀어나오자 인희의 눈이 단박에 흐려졌다. 설움이 복받친 그녀가 말끝을 흐리며 지그시 입술을 깨물자 강 여사가 나직하게 한숨을 뱉어내며 테이블 끝을 응시했다.

이틀 전 그녀는 남편에게 이수 얘기를 듣고 놀라 그대로 침대에 주저앉았다. 그리도 반듯하고 이성적인 아들이 눈이 뒤집혀 여자에게 손찌검을 하고 매정하게 내쫓았다는 말은 너무나도 충격적이었다. 너무나도 잘난 아들이라 그에 걸맞은 여자를 만날 거라 철석같이 믿고 있었다. 하지만 아들이 데려온 여자는 외모 빼면 집안은 너무나 평범하고 보잘것없었다. 그래서 강 여사는 이수를 탐탁지 않아 했고 격렬하게 반대했었다. 결국은 하나뿐인 아들과 등질 수가 없어 승낙은 했지만, 여전히 마음속엔 날이 서 있었다.

그래서 둘이 헤어졌다고 했을 땐 내심 반가웠었다. 어릴 때부터 아들을 마음에 담고 있던 인희를 며느리로 들일 생각에 마음도 부풀어 있었다. 하지만, 그렇게도 이성적이고 냉철한 아들이 고작 이수가 남자와 함께 있었다는 이유만으로 한 순간 눈이 뒤집혀 손찌검까지 했다는 말에 최고인 줄만 알았던 아들에 대한 자부심은 처참하게 무너져 내렸다.

어떤 이유라도 연약한 여자에게 손을 대는 남자는 아무리 자신의 아들이라 해도 최악이었다. 게다가 그 센 자존심에 버린 여자를 다시 찾아 옆에 몰래 숨겨 놓고 마음을 풀어주려 했다니 무슨 수로 말리겠는가? 그 여린 것을 손찌검까지 했을 때는 그 마음도 오죽했을까 싶어 강 여사는 마음이 찡해지며 이제는 정말로 이수를 마음으로 받아들여야겠다는 생각이 들었다.

그렇게 마음을 독하게 먹고 이 자리에 나왔지만 인희의 젖어드는 눈망울을 보니 가슴이 먹먹해졌다. 강 여사는 떨어지지 않는 입술을 힘겹게 열었다.

"전에 결혼 말이 오갔던 여자가 있었다는 건 알고 있지? 알고 보니 그 아이와 다시 만나고 있었더구나."

"그랬군요. 그런데 결혼은 언제쯤……."

간신히 말을 꺼낸 인희가 결국 말을 잇지 못하고 고개를 숙이자, 강 여사는 한참 만에 대답을 했다.

"가능한 한 빨리 시키려고."

"축하……드립니다."

쥐어짜내듯 말을 마친 인희가 고개를 들고 말갛게 웃자 강 여사는 탄식처럼 말을 쏟았다.

"나한테 서운하지? 솔직히 네 마음 다 알고 있었다. 나 또한 너와 서준이가 맺어지길 간절히 바랐었고. 하지만 마음이 어디 인력으로 된다니? 인연이 아니면 제 아무리 빛나는 보석도 못 알아보는 게지. 넌 심성도 곱고 모든 것이 나무랄 데가 없으니 우리 서준이보다 더 멋진 남자를 만날 거야. 그러니 너무 마음 아파 말고 훌훌 털어버려."

말을 하고도 아쉬운지 강 여사는 마지막에 혀를 찼다. 내내 시선을 피하고 있던 인희가 조용히 눈을 맞추며 물었다.

"두 사람은 전에 왜 헤어졌대요?"

인희의 말에 강 여사의 얼굴이 다소 굳어졌다. 어디 가서 여자에게 손찌검을 했다는 것을 떠벌릴 수도 없어 속으로 한숨만 나왔다.

"서로 오해가 좀 있었다는구나."

"오해요? 무슨 오해요?"

인희가 다시 되묻자 강 여사는 난처한 얼굴로 물 컵을 들어 한 모금 마시고는 간결하게 대답했다.

"듣고 보니 별것 아닌 일이었어."

"오해뿐이래요? 다른 이유는 없었고요?"

"다른 이유랄 게 뭐가 있겠니."

느긋한 강 여사의 말에 인희의 눈꼬리가 표독스럽게 치켜 올라갔다. 하지만 그녀는 금방이라도 눈물을 쏟아낼 것 같은 눈망울에 미소를 덧씌우며 살갑게 입을 열었다.

"오빠와 인연이 아니라면 어쩔 수 없죠. 하지만 어머니와는 인연의 끈을 놓고 싶지 않아요. 오빠를 떠나 전 어머니가 너무 좋거든요. 그리고 전에 저 같은 딸 하나 있으면 좋겠다 하셨잖아요. 그러니 딸 하나 생겼다고 생각하시고 앞으로도 지금처럼 대해주세요."

인희의 마음 씀씀이에 감동한 강 여사는 벌떡 일어나 그녀 옆으로 다가가 두 손을 꼭 잡았다.

"네가 그렇게만 해준다면 염치없지만 나도 대환영이다. 앞으로 딸처럼 생각할 테니까 언제든지 전화하고 밖에서 오붓한 시간도 나누자꾸나."

"감사합니다. 어머니."

"감사하긴. 내가 고맙지."

인희의 손을 다정하게 토닥이며 강 여사는 미소 지었다. 생각할수록 너무나 아쉽고 아까운 아이였다.

*　　*　　*

수려한 경관을 자랑하는 한남동 한옥 저택은 아침부터 부산했다. 꽃꽂이를 마친 강 여사가 도우미들이 분주하게 움직이는 식당 안을 한번 쓱 훑고 전주 댁을 불렀다. 종종걸음 치며 달려온 전주 댁과 다시 한 번 꼼꼼하게 메뉴를 체크하는데 골프를 마친 한 사장이 빠른 걸음으로 응접실로 걸어왔다.

"준비는?"

"거의 다 됐어요. 서준이는 이수 데리러 갔어요?"

"그렇지."

때마침 지나가던 도우미가 한 사장을 발견하고 시원한 음료수를 얼른 내왔다. 목이 말랐는지 흡족한 표정으로 음료수를 단숨에 들이킨 한 사장이 강 여사를 물끄러미 바라보았다.

"왜, 왜요?"

우아하게 머리를 틀어 올려 쪽지고 개량한복을 차려입은 모습이 영 마음에 안 든다는 듯 한 사장이 살짝 미간을 찌푸리자 강 여사는 떨떠름하게 물었다.

"한복보다 양장차림이 더 낫지 않을까? 단아하고 우아하니 보기 좋은데 아무래도 이수가 어려워할 것 같아."

"벌써부터 이수 걱정해주시는 거예요?"

강 여사가 짐짓 서운하다는 듯이 묻자 한 사장이 헛기침을 한번 하고는 조심스럽게 말했다.

"걱정이라기보다 이수가 그동안 얼마나 마음고생이 심했겠나. 자식 놈이 미련해서 일을 그렇게 만들었으니 우리라도 편안하고 따뜻하게 대해 줍시다."

한 사장의 말에 강 여사는 미소를 지으며 말했다.

"저도 그러려고 했어요. 당신도 알다시피 전에는 제가 그 아이를 곱게 보지 않았잖아요. 하지만 이젠 서준이 생각해서 좀 더 다정하게 대해주려고요."

"오늘 보니까 강 여사 화끈한 면이 있었네. 이런 매력 때문에 내 평생 당신한테서 헤어나지 못했나봐."

"평생 안하시던 아부를 다 하는 걸 보니 그새 이수한테 완전 엎어지셨구려."

강 여사가 눈을 흘기며 새침하게 말하자 한 사장은 호탕하게 웃었다. 오랜만에 넓은 거실 안이 시원한 웃음소리로 가득 차자 새침해하던 강 여사의 얼굴에도 단박에 미소가 피어올랐다.

"어서 오너라."

아이보리색 원피스를 입고 현관 안으로 들어서는 이수를 뜻밖에도 강 여사가 반겨주었다. 구두를 벗고 얼른 올라온 이수가 긴장한 얼굴로 공손하게 인사를 했다.

"그동안 안녕하셨어요?"

모든 것을 털어놓은 그날, 이수는 서준이 원하는 대로 하겠다고 말했다. 하지만 그는 그녀가 원하는 일을 하라며 그 어떤 요구도 하지 않았다. 결국 이수가 물었다. 아직도 아이를 낳을 수 없는 자신과 결혼하기를 원하느냐고. 그 말에 서준은 결혼에 아이가 중요한 건 아니다. 내가 당신을 얼마나 사랑하는지가 가장 중요하다며 '난 당신을 나 자신보다 더 사랑한다.' 라고 확신 있게 대답했다. 이수는 그 순간 결심했다. 앞으로 아이 문제로 또다시 아파할지라도 이 남자를 더 이상 힘들게 하지 않을 거라고. 떳떳하게 이 남자를 남편이라 부르고 그가 주는 사랑을 아낌없이 받아들이겠다고.

"그래. 오랜만이구나."

강 여사의 부드러운 음성에 이수가 다소 긴장을 풀며 나직하게 심호흡을 하자 서준은 들고 있던 바구니를 강 여사에게 건넸다. 프리지아와 안개꽃이 풍성하게 어우러진 화사한 꽃바구니를 받아든 강 여사가 미소를 지으며 꽃향기를 깊숙이 들이마셨다.

"향이 참 좋구나."

"어머니 드린다고 이수가 준비한 겁니다."

서준의 말에 강 여사는 흡족한 얼굴로 이수를 건너보며 말했다.

"고맙다."

어느 정도의 냉랭함을 각오했던 이수는 강 여사의 따뜻한 환대에 어리둥절해 하면서도 가슴이 뭉클해졌다.

한결 편안해진 얼굴로 걸어가는 이수를 흐뭇하게 바라보던 서준이 다가가 살그머니 손을 잡았다. 그런 그에게 이수는 걱정 말라는 듯 환한 미소를 건넸다.

한편 응접실에 앉아 신문을 보던 한 사장은 이수를 발견하고 신문을 접으며 환하게 미소 지었다. 이수가 가까이 다가오자 그가 다정하게 말을 건넸다.

"이수 왔구나."

한 사장의 말에 이수는 얼른 발을 멈추고 정중하게 고개를 숙였다.

"이리 와서 앉아라."

"네."

다시 공손하게 대답하고 이수는 소파로 걸어가 서준 옆자리에 앉았다.

"그런데 내 선물은 없니?"

강 여사가 이태리제 콘솔 위에 꽃바구니를 내려놓자 힐끗 바라보던 한 사장이 물었다. 예상 못한 질문에 이수의 얼굴이 당혹감으로 붉어졌다.

"죄송합니다. 미처 준비를 못했습니다."

이수의 대답에 한 사장이 껄껄 웃으며 말했다.

"암 죄송해야지. 네 예비 시어머니보다 내 파워가 훨씬 세다는 걸 앞으론 알아줬으면 좋겠구나."

"어휴, 당신도. 왜 안 하던 선물 타령은 하세요? 그렇게 샘이 나시면 저 꽃 당신이 가지세요."

이수가 어쩔 줄 몰라 하자 옆에서 지켜보던 강 여사가 눈을 흘기며 한 사장에게 핀잔을 주었다.

"꽃바구니가 탐나서 그러나? 나도 이수한테 선물 받고 싶어 그러지."

"실은 이수가 아버지께 드릴 양주를 준비한다는 걸 제가 만류했습니다. 죄송합니다."

이번엔 서준이 나서서 이수를 두둔하자 한 사장이 호탕하게 웃으며 말했다.

"그럼, 양주는 받은 걸로 하마. 이수야, 오늘 이곳에 오는 게 그리 편치는 않았을 게다. 그래도 네 집이다 생각하고 편히 지내다 가거라."

한 사장의 따뜻한 배려에 눈가가 따끔거려서 이수는 재빨리 속눈썹을 내리깔았다. 깃털처럼 산뜻한 음성으로 그녀가 대답했다.

"감사합니다. 사장님."

"허허, 사장님이 다 뭐야. 사석에서는 그냥 아버님이라고 불러라."

이수를 마음으로 온전히 받아들이자 그녀의 모든 것이 예쁘게만 보이는 한 사장이었다. 그래서인지 괜히 한마디라도 더 말을 걸고 싶고 자연스럽게 농담도 흘러 나왔다. 이래서 며느리 사랑은 시아버지라 했던가.

"사모님, 식사 준비 다 됐습니다."

"알았어요. 곧 갈게요."

"저…… 식사 전에 큰절부터 올리고 싶습니다."

한참을 망설이던 이수가 조심스럽게 말을 꺼내자 예상치 못했던 말에 한 사장과 강 여사는 서로 얼굴만 쳐다보았다. 그렇게 잠시 눈길을 주고받던 강 여사가 반색하며 말했다.

"그럼 안방으로 가야지."

황금빛 보료에 앉은 두 사람은 서준과 나란히 큰절을 올리는 이수를 뿌듯한 시선으로 바라보았다. 아무리 봐도 잘난 아들이지만 옆에 앉은 이수 또한 그에 뒤지지 않을 만큼 아름다웠다. 함박웃음을 짓고 있던 한 사장이 단정하게 앉은 이수를 향해 말했다.

"그간 마음고생이 심했다 들었다. 그래도 못난 아들놈을 끝까지 내치지 않고 다시 받아줘서 고맙구나. 앞으로 그럴 리야 없겠지만 혹시라도 다시 그런 일이 일어난다면 그땐 우리가 가만있지 않을 것이니 우릴 믿고 쌓인 앙금이 있다면 지금 이 순간, 모두 털어버리거라."

진심 어린 한 사장의 말에 가슴이 뭉클해진 이수는 잠시 말을 잇지 못하다가 또렷한 음성으로 대답했다.

"그런 거 없습니다. 부족한 절 이렇게 흔쾌히 맞아주시니 오히려 제가 더 몸 둘 바를 모르겠습니다. 앞으로 근심하시는 일 없도록 노력하고 조심하겠습니다."

"그래. 서로 노력하고 조심하다 보면 싸울 일도 줄어들고 부부간의 정도 더욱 돈독해지는 법이지. 네 성정이 곱고 올바르니 둘이 고운 정 나누며 평생 의좋게 살아갈 거라 믿는다. 그리고 말이 나온 김에 조만간 양가 상견례를 했으면 싶구나. 그래야 한시라도 빨리 결혼식을 올릴 게 아니니."

"감사합니다, 아버지. 곧 상견례 날을 잡도록 하겠습니다."

한 사장의 말에 서준은 싱글벙글 웃으며 넙죽 말을 받았다. 그런 아들을 바라보며 강 여사는 속으로 혀를 찼다. 이수보다 자신의 아들이 더 많이 마음을 준 것 같아 씁쓸하면서도 행복해서 어쩔 줄 몰라 하는 모습을 보니 이수에게 고마운 마음도 들었다.

주방 위의 대리석 식탁에는 그야말로 진귀한 음식들이 가득했다. 맥적과 해물탕, 색색의 구절판, 배추만두 등 화려한 꽃들이 수놓아진 것처럼 아름다웠다.

"네가 뭘 좋아할지 몰라 이것저것 준비해봤다."

3년 전과 너무나 달라진 메뉴에 이수의 눈이 휘둥그레졌다. 그런 이수를 강 여사는 미소 띤 얼굴로 바라보았다.

"감사합니다. 음식을 보는 것만으로도 너무 행복해요."

"뭘 이런 걸 갖고. 많이 먹어라."

감격해하며 이수는 조심스럽게 수저를 들었다. 군침이 돌 정도로 맛있어 보이는 음식 중에 유난히 해물탕으로만 자꾸만 눈길이 가 그곳으로만 손을 뻗는데 옆에서 지켜보던 서준이 맥적을 집어 슬쩍 그녀 앞 접시에 올려놓았다. 화들짝 놀란 이수가 겸연쩍어하며 쳐다보는데 한 사장이 지나가듯 말했다.

"맥적은 파인애플과 부추를 올려 먹어야 제 맛이란다."

그 말에 이수는 얼른 파인애플과 부추를 맥적 위에 올렸다. 보이는 것만큼이나 맥적의 맛은 상큼하고 담백했다. 파인애플의 상큼함과 돼지고기와 궁합이 잘 맞는 부추가 어우러져 스르르 입안에서 녹아들었다. 눈을 감고 맛을 음미하던 이수는 감탄 어린 표정으로 물었다.

"정말 너무 맛있어요. 어떻게 하면 이런 맛이 날 수 있나요?"

이수의 말에 강 여사의 입매가 자부심으로 한껏 치켜 올라갔다. 다른 것은 몰라도 맥적과 구절판 요리만큼은 대한민국에서 누구에게도 뒤지지 않는다 생각하는 그녀였다.

"그건 말이다. 우선 쇠고기를 잘 다져서…… 말로 이럴 게 아니라 다음에 내 직접 가르쳐주마."

"고맙습니다.

어머니라고 부르고 싶었지만 용기가 없어 이수는 그 단어를 그대로 삼켜버렸다.

화기애애한 분위기에서 저녁식사를 마친 네 사람은 응접실에 앉아 과일을 먹으며 차를 마셨다. 이런저런 얘기를 나누다가 어느 순간 회사 얘기로 대화가 옮겨지자 강 여사는 그런 얘기는 둘이 있을 때 하라며 은근 핀잔을 주었다. 중요한 얘기였던지 두 사람은 조용히 몸을 일으켜 서재로 들어갔고 강 여사와 둘이 남은 이수는 어색한 기운에 차만 홀짝였다.

"신혼집은 빌라와 아파트 중 어디가 더 좋겠니?"

이수를 물끄러미 바라보던 강 여사가 먼저 입을 열었다.

"네?"

당연히 본가로 들어올 거라고 생각했던 터라 강 여사의 말은 이수를 어리둥절하게 만들었다. 약간 멍한 상태로 이수가 되묻자 강 여사가 조금은 당황해하며 말을 이었다.

"놀라는 걸 보니 아직 서준이하고 의논하지 않은 게로구나."

"전 당연히 본가로 들어오는 걸로 생각했어요."

"진심이니?"

"네."

망설임 없는 이수의 대답에 그저 입에 발린 소리가 아닌 진심이라는 것을 확신한 강 여사는 부드러운 음성으로 말을 이었다.

"우리 의사를 떠나 서준이가 먼저 분가하겠다는 뜻을 비추더구나. 우리도 흔쾌히 승낙했고."

이어지는 강 여사의 말에 이수는 살짝 고개를 숙여 눈길을 내렸다. 3대 독자인데다가 부모님들 연세 또한 적지 않으니 분가는 말도 안 되는 얘기였다. 물론 서준의 마음은 이해할 수 있었다. 하지만 분가를 한다고 해서 그녀의 마음이 편치는 않을 것 같았다. 오히려 부모님과 함께 살면서 최선을 다해 공경하고 기쁘게 해드리는 일이 더 행복할 것 같았다.

"죄송합니다."

"네가 죄송할 게 뭐 있니? 하여간 아들 키워봐야 아무 소용없다더니…….”

“뭘 그렇게 구시렁거려?”

강 여사가 못마땅한 얼굴로 투덜거리자 얘기를 마치고 나온 한 사장이 소파에 앉으며 물었다.

“별일 아니에요. 얘긴 다 끝내셨어요?”

대수롭지 않게 대답한 강 여사가 포크로 과일을 찍어 건네자 건성으로 받아들며 한 사장은 이수를 살폈다. 분가 얘기 때문에 부모님 보기 면구스러워진 이수가 시선을 바닥에만 두고 있자 한 사장이 다시 물었다.

“혹시, 이수한테 뭐 안 좋은 소리라도 했어?”

그 말에 서운한지 강 여사가 투박하게 찻잔을 내려놓으며 한마디 했다.

“네. 당신 없는 사이에 제가 혼 좀 냈습니다.”

“아닙니다, 아버님.”

갑자기 분위기가 싸해지자 이수가 황급히 나섰다.

“이수야, 미래 시아버지에게 내가 뭐라고 했는지 고대로 말씀드려라.”

강 여사가 다소 불편한 심기를 드러내자 그제야 상황파악을 한 한 사장은 한층 누그러진 음성으로 말을 이었다.

“아니 난 그냥 이수가 죄인처럼 고개를 푹 숙이고 있길래…… 서운했다면 미안해요.”

한 사장의 사과에도 강 여사가 선뜻 표정을 풀지 않자 한 사장이 슬쩍 화제를 돌렸다.

“그나저나 당신 요리 솜씨는 언제 봐도 천하일품이야. 내 그 때문에 오늘날 젊은 사람 못지않게 건강한 체력을 유지하고 있어."

한 사장이 서준에게 눈짓을 하자 서준도 곧바로 장단을 맞추었다.

"저도 어머님이 만들어주신 요리 때문에 골격도 튼튼하고 대한민국에서도 알아주는 미남이 되었습니다."

"그럼. 당연히 네 어머니 공이고말고. 나 또한 어디 나가면 10년은 더 젊게 본단다."

두 사람의 넉살에 강 여사가 참지 못하고 피식 웃음을 터트리자 옆에서 불안해하던 이수도 활짝 웃었다. 세심한 부모님의 배려에 어느덧 코끝이 찡해졌다.

"오늘 어땠어?"

저녁까지 먹고 본가를 나온 두 사람은 원룸 앞에 차를 세운 채 아쉬움에 한참 동안 차 안에 앉아있었다. 이수를 안고 품에 안고 있던 서준이 조용히 묻자 이수는 할 말이 있다는 눈빛으로 물끄러미 바라보았다.

"왜? 심각한 얘기야?"

그 말에 이수는 고개를 끄덕이며 입을 열었다.

"분가 말인데요……."

"이수야, 내일 얘기하면 안 될까? 오늘은 내가 좀 피곤해."

이수가 아무리 고집을 세워도 분가를 하리라 단단히 마음먹은 서준은 시간을 두고 천천히 이수를 설득할 생각에 황급히 말을 돌렸다. 피곤하다는 말에 단박에 이수의 눈이 걱정으로 커졌다.

"많이 피곤해요?"

"응. 어제 골프를 무리해서 쳤는지 어깨가 뻐근하네. 그래서 말인데 맨션에 가서 잠시 마사지 좀 해주면 안 될까? 그럼 금방 풀릴 것 같은데."

씩 웃으며 느물거리는 서준의 손을 찰싹 때리며 이수는 딱 잘라 말했다.

"됐거든요? 오늘은 두말 말고 집으로 가세요. 오늘마저 외박하면 내일 사장님 얼굴 민망해서 못 봐요."

"그럼 잠깐만 무릎 위로 올라와. 아까부터 당신 만지고 싶은 걸 간신히 참았어."

"방에 올라가서 그렇게 지분거려 놓고도 아쉬워요? 미안하지만 오늘은 그냥 가세요."

기회를 봐서 다시 분가 얘기를 꺼내야겠다고 마음을 다잡은 이수는 서준이 방심하는 틈을 타 얼른 밖으로 나왔다. 정 안되면 키스라도 하고 헤어질 생각에 기회만 엿보던 서준은 눈 깜짝할 사이에 이수가 사라지자 한없이 아쉬워하며 문을 열었다.

"오늘 정말 행복했어요."

옆으로 다가와 어깨를 안는 서준에게 얼굴을 기대며 이수는 나직하게 속삭였다. 그녀를 안은 팔에 힘을 주며 서준이 말했다.

"당신 행복한 모습 보면서 난 더 많이 행복했어."

그 말에 활짝 웃던 이수는 서준이 관능적인 미소로 유혹해오자 얼굴을 붉히며 황급히 시선을 내렸다. 그가 놀리듯 말했다.

"내 살인적인 미소에 정신이 아득해지나? 그러지 말고 지금이라도 마음을 돌리지?"

"글쎄요……."

잠시 고민하는 척하던 이수가 얼른 몸을 빼고 룸 안으로 뛰어 들어갔다. 황당해하는 그에게 이수는 약 올리듯 말했다.

"미안하지만 오늘은 절대로 안 돼요. 그럼, 조심해서 들어가세요."

말과 함께 이수는 순식간에 계단 위로 뛰어 올라갔다. 갑작스러운 일에 황당해진 서준은 피식 웃으며 센서 등이 켜지는 계단을 눈으로 좇았다.

"빨리 가세요."

바지 주머니에 손을 넣은 채 삐뚜름하게 2층 계단 창문을 올려다보는 서준에게 이수는 입을 모아 작은 소리로 말했다. 그 말을 못 들었는지 그가 강렬한 시선을 고정시키며 느긋하게 입술을 말아 올렸다. 그 모습에 창가에 매달린 이수의 입에서 한숨이 터져 나왔다.

거부할 수 없는 유혹적인 모습으로 서 있는 서준을 한참 동안 지켜보던 이수가 갑자기 몸을 돌려 다시 룸 밖으로 뛰어나왔다. 그런 그녀를 서준은 기다렸다는 듯 힘껏 안아 올려 품 안에 꼭 감쌌다.

* * *

"주임님."

귓가에 나직하게 속삭이는 소희의 음성에 이수가 황급히 고개를 들었다. 점심 식사를 한 후 나른한 기운에 잠시 자리에 앉아 있다가 어느새 잠이 든 모양이었다. 무안함에 이수가 겸연쩍은 미소를 보내자 소희는 장난스럽게 물었다.

"주말에 뭐하셨어요? 혹시, 아르바이트 뛰세요?"

"그런 거 없는데."

졸음이 가시지 않는 눈으로 이수가 대답하자 소희는 고개를 갸웃거렸다.

"요 며칠 들어 주임님 굉장히 피곤해 보이세요. 하품도 많이 하시고요."

"내가 그랬어?"

놀란 표정으로 묻던 이수가 말끝에 옅은 하품을 했다. 그 모습을 본 소희가 미소를 지으며 얼른 덧붙였다.

"그것 보세요. 지금 또 하품하시잖아요."

"하! 이런. 요즘 들어 이상하게 몸이 피곤하네."

슬쩍 얼버무리며 이수는 탕비실로 들어가 화끈거리는 얼굴을 손으로 부쳤다. 요즘 들어 체력이 바닥났는지 자꾸만 몸이 나른해지고 졸음이 몰려왔다. 심각한 얼굴로 무언가를 골똘히 생각하던 그녀가 피식 웃었다. 굳이 깊게 생각하지 않아도 원인은 단 하나, 지칠 줄 모르는 정력으로 그녀를 한계까지 몰아가는 서준 때문이었다. 그런데도 이상한 건, 체력을 훨씬 많이 소모하는 그는 늘 생기가 넘친다는 것이었다.

'혹시 몰래 보약이라도 먹나? 아니면 혼자 사무실에 있을 때 졸고 있는지도.'

혼자만 병든 닭이 되어버린 게 다소 억울해진 이수는 이리저리 눈동자를 굴리다가 말린 국화꽃을 꺼내 찻잔 속에 넣고 책상으로 돌아왔다.

"상무님 들어오셨어?"

"네, 방금 들어가셨어요."

서류를 정리하던 소희가 방글방글 웃으며 대꾸하자 이수는 옅은 미소를 지으며 자리에 앉았다.

“피곤해 보이시는데 오늘은 제가 대신 차를 내갈까요?”

상사가 식사를 마치고 들어오시면 아무리 바빠도 차부터 준비하던 이수가 그냥 자리에 앉자 소희는 얼른 나섰다.

“아냐, 조금 있다가 내갈 거니까 신경 쓰지 않아도 돼.”

“네.”

대답하며 소희가 그럼 그렇지 하며 고개를 끄덕였다.

30분 후, 자리에서 일어난 이수는 탕비실로 들어가 포트에 전원을 켜고 팔팔 끓는 물을 찻잔에 부었다. 1분쯤 국화꽃을 우려내자 은은한 향기와 함께 예쁘게 찻물이 우러나왔다. 쟁반을 들고 노크도 하지 않은 채 조용히 문을 열고 들어간 이수는 비어있는 책상을 보고 미소를 머금었다. 몸을 틀고 최대한 소리 나지 않게 살금살금 응접실 테이블로 걸어가 살짝 건너보니 역시나 서준의 고개가 위아래로 까딱까딱 움직였다. 역시나 그도 사무실에서 졸고 있었다는 생각에 흡족한 미소를 지으며 살금살금 곁으로 다가갔다.

“뭐야, 지금 숨바꼭질 해?”

테이블위에 살며시 찻잔을 내려놓는데 또렷한 서준의 음성이 날아들었다. 깜짝 놀란 이수는 보름달만 하게 커진 눈으로 그를 보았다.

“노크도 없이 왜 그래? 뭐 염탐할 거라도 있어?”

“졸고 있던 거 아니에요?”

어색한 미소를 지으며 이수가 묻자 서준이 귀에서 이어폰을 빼고 씽긋 웃었다.

“당신 기다리며 음악 듣고 있었는데?”

"그랬어요? 전 혹시라도 당신이 졸고 있을까봐 조심조심 한 건데."

"하하! 내가 언제 사무실에서 조는 거 봤어? 그렇지 않아도 기운이 남아돌아 어디다 쓸까 고민하고 있는데."

짓궂게 웃는 서준을 이수는 빤히 쳐다보았다. 한참 동안 진지한 시선으로 바라보자 서준이 한손으로 얼굴을 쓸며 물었다.

"왜, 내 얼굴에 뭐 묻었어?"

이수가 고개를 저으며 심각한 어조로 물었다.

"정말, 하나도 안 피곤해요? 하품도 안 나오고요?"

"그렇다니까. 피곤할 일이 뭐 있어야지."

"저기, 그러니까…… 밤에 잠도 많이 못 자잖아요. 그리고 체력 소모도 많이 하고. 그러니까 제 말은……."

"아! 밤새 당신을 안느라 지칠 텐데 피곤하지 않냐고?"

이수가 말을 제대로 잇지 못하자 서준은 핵심을 잘도 잡아 명쾌하게 물었다. 얼굴을 빨갛게 물들인 이수는 천천히 고개를 끄덕였다.

"네버, 조금도 피곤하지 않아. 오히려 당신을 안고 난 날은 더 힘이 넘치는데?"

"그래요……."

"그러고 보니 당신은 많이 피곤한가 봐. 다크서클이 눈 밑까지 내려왔어."

이수의 손을 잡고 확 끌어당겨 옆에 앉힌 서준이 얼굴을 코앞까지 들이밀고 말했다. 민망해진 이수가 눈가를 감싸며 고개를 숙였다.

"창피해할 것 없어. 그것 때문에 더 섹시하게 보여."

"그럼 전 이만 나가볼게요."

그 말도 위로가 되지 않아 이수가 황급히 자리를 뜨려는데 서준이 이수를 품 안으로 잡아끌었다.

"미안해. 그동안 내 생각만 해서 당신을 혹사시켰어."

속삭임과 함께 서준의 입술이 살며시 내려앉았다. 눈과 코에 부드럽게 입을 맞추고 입술을 덮었다. 은은한 라일락향이 나는 입술을 머금고 나른하게 자극하다가 여린 몸을 꼭 끌어안고 입안을 파고들었다.

그의 혀가 달콤하게 입안을 헤집고 파도를 타듯 격정적으로 이수의 혀를 감아올리고 미친 듯이 빨아들였다. 아무리 마셔도 질리지 않는 신비의 성수인 듯 입 안을 모조리 흡수했다.

"너무 달콤해서 미치겠다."

잠시 입술을 뗀 그가 뜨겁게 속삭였다.

"저도요."

이수의 말에 그가 부르르 몸을 떨었다. 그녀의 아랫배에 닿았던 분신이 어느새 쇠몽둥이처럼 딱딱하게 굳어졌다. 그가 앓는 소리를 내며 황급히 몸을 뗐다.

"오후에 아버지 모시고 경제인 연합회에 갔다가 친구들 만나기로 했으니까 시간 되면 곧바로 퇴근해. 참! 오늘은 집에 들어가자마자 식사만 하고 곧바로 자도록 해."

요 며칠 부쩍 안색이 안 좋아진 이수를 보는 그의 눈에 안쓰러움이 가득했다. 그 이유가 자신 때문이라는 것을 알고 있지만 그녀의 모습만 보면 흥분이 되고 어느새 손이 제 마음대로 움직였다. 아무래도 당분간은 이수를 맨션으로 데리고 가는 일은 삼가야 할 듯싶었다.

소희가 퇴근을 하자 이수는 천천히 책상을 정리했다. 시도 때도 없이 밀려드는 잠기운에 다시 하품을 하고 오늘은 집에 돌아가자마자 죽은 듯이 잠을 자리라 생각했다.

말끔하게 책상 위를 정리한 이수가 손을 탈탈 털며 몸을 일으키는데 전화벨이 울렸다. 그녀의 손이 반사적으로 전화기에 닿았고 곧이어 낭랑한 음성이 흘러나왔다.

"안녕하세요, 영인제약 상무 비서실입니다."

—…….

"여보세요?"

대꾸 없이 상대방의 숨소리만 들려오자 이수가 다시 부드럽게 물었다. 혹시 서준이 장난을 하나 싶어 미소가 절로 머금어졌다.

—윤이수 씨?

약간은 서늘한 여자의 음성이 귓가를 파고들자 미소를 지우며 이수는 전화기를 바짝 귀에 댔다.

"네. 그런데 누구시죠?"

—서인희예요. 지금 시간 좀 낼 수 있어요?

당돌할 만큼 고압적인 말투에 이수가 잠시 말을 잇지 못하자 인희가 다시 덧붙였다.

—지금 회사 앞 건물 2층 커피숍에 있어요.

"무슨 일인지……."

—나와 보면 알아요.

말을 딱 끊고 제 할 말을 마친 인희가 곧바로 전화를 끊어버리자 멍해진 이수는 이내 한숨을 내쉬었다.

찝찝한 마음을 애써 가라앉히며 사무실을 나온 이수는 건물 앞 커피숍에서 잠시 주춤했다. 왠지 모르게 불길한 생각이 스쳤다.

커피숍 문을 열자 딸랑 하는 풍경 소리와 함께 인희의 모습이 보였다. 황금빛 노을이 눈부시게 내리쬐는 창가에 그림처럼 우아하게 앉아있는 그녀를 향해 이수는 침착하게 걸어갔다.

"어서 와요."

좀 전 서늘했던 음성과는 너무도 다른 밝은 얼굴과 음성이었다. 온통 핑크색으로 차려입은 그녀의 모습은 사랑스러운 팅커벨 요정을 연상시켰다.

"안녕하세요?"

최대한 자연스럽게 인사를 나눈 이수는 차분하게 자리에 앉았다. 그런 그녀를 인희가 여유로운 미소를 머금고 바라보았다.

"차는 뭘로 할래요?"

"전 자몽주스요."

카푸치노와 자몽주스를 시원하게 주문한 인희가 한쪽 다리를 꼬며 핑크빛 입술을 움직였다.

"서준 오빠와 결혼한다면서요?"

"네."

단도직입적으로 묻는 인희에게 이수도 제법 덤덤하게 대꾸했다.

"훗! 이제 보니 윤이수 씨 참 양심 없는 사람이네요."

비웃듯 웃은 그녀가 이수를 똑바로 쳐다보며 말했다. 그 말에 갑자기 가슴이 덜컹 내려앉자 이수는 놀란 눈으로 인희를 쳐다보았다.

"그게 무슨 말……."

"당신, 참 대단한 여자에요. 어떻게 하면 서준 오빠를 그렇게 만들 수 있죠? 테크닉이 죽여주나?"

모욕적인 인희의 말에 이수의 얼굴이 화끈 달아올랐다.

"서인희 씨, 갑자기 사람을 불러내서 이러는 건 좀 아니지 않나요?"

"왜요? 내 말이 틀려요? 얼마나 황홀하게 잘해줬으면 오빠가 그렇게 넋이 나가버렸을까?"

"서인희 씨!"

이수의 입에서 고성이 터져 나왔다. 경멸에 찬 눈빛과 가슴을 콕콕 찌르는 말투에 가슴이 난도질을 당하는 것만 같았다.

"하! 내가 너무 정곡을 찌르니까 화가 나요? 하지만 심장마비로 쓰러지지 않으려면 화를 가라앉히는 게 좋을 거예요."

"지금 무슨 이유로 날 모욕하는 거죠? 이유를 말해요."

"그렇지 않아도 지금 말하려고 했는데 성질이 굉장히 급하군요. 똑똑히 들어요. 당신은 이제 끝났어."

부들부들 떨고 있는 이수에게 얼굴을 가까이 대며 인희가 섬뜩하게 속삭였다.

"아무도 모를 거라 생각했겠지. 그 순진한 얼굴로 오빠와 부모님을 속이고 혼자만 행복하겠다고? 어림없어요. 내가 전부 까발릴 거니까."

모든 것을 알고 있다는 인희의 확신에 찬 말투에 이수는 그대로 눈을 감았다. 작정하고 속인 것은 아니지만 결과적으로 서준의 부모님을 속인 건 부정할 수 없는 사실이었다.

"어떻게 알았죠?"

하늘이 무너지는 이 순간에도 서인희가 이 사실을 어떻게 알았는지가 제일 먼저 궁금했다.

"당신과 오빠 사이를 눈치 채자마자 곧바로 당신의 행적을 추적했어. 혹시라도 난잡한 여자는 아닐까 해서 뒤를 캐본 건데 아주 기함할 사실이 발견되더군요. 당신 불임이라면서 어떻게 아무렇지도 않은 얼굴로 그 집으로 들어갈 생각을 했죠? 아무리 오빠가 탐나도 그건 아니잖아. 어떻게 그 분들을 감쪽같이 속이고 오빠를 제물삼아 당신 욕심을 채울 생각을 하지?"

힐책하는 싸늘한 말투보다도 낙인을 찍는 것 같은 인희의 눈빛에 이수는 얼어붙었다. 망연히 한숨만 내쉬던 이수가 한참 만에 말을 이었다.

"부모님을 속인 건 정말 미안해요. 하지만 서준 씨를 속이진 않았어요. 그 사람도 다 알고 있는 일이고 그 사람이 그러길 원한 일이에요."

"뭐라고요? 오빠도 이 사실을 알고 있다고요?"

"그래요. 3년 전에 헤어진 이유가 바로 이 일 때문이었으니까요. 나 또한 그때 피토하는 심정으로 그 사람을 보냈지만 결국 서준 씨는 또다시 날 선택했어요."

충격으로 멍해진 얼굴로 한참 동안 고개만 젓던 인희가 단호하게 입을 열었다.

"정말로 미안하면 당장 오빠를 떠나요. 이번엔 절대 찾을 수 없는 곳으로 사라져버려요."

"아니요, 그럴 수 없어요. 또다시 그 사람을 떠날 수는 없어요."

이수가 완강하게 고개를 내젓자 인희가 표독스러운 눈으로 그녀를 쏘아보았다.

"앞으로 일 년만 오빠 눈에 띄지 않으면 돼요. 그럼 오빠는 결혼해서 행복한 가정을 꾸려나갈 수 있어요."

그 말에 이수는 아무 대꾸도 할 수 없었다. 어쩌면 그럴지도 모르겠다. 그녀가 일 년만 꼭꼭 숨어서 지내면 서준은 서인희와 결혼을 할 거고, 아마도 시간이 흐르면 아이도 낳고 행복하게 살지도 모른다. 하지만…….

"아마 유럽을 경유해서 제 3국으로 넘어간다면 오빤 절대로 당신을 찾지 못할 거예요. 내가 이수 씨가 있을 곳과 모든 비용을 부담할게요. 그러니 한시라도 빨리 이곳을 떠나줘요, 부탁할게요."

이수의 눈동자가 진동 모터를 매단 것처럼 세차게 흔들리자 인희는 마지막 쐐기를 박듯 힘주어 말했다.

서인희 말대로 해주고 싶었다. 서준의 마음을 떠나서 부모님을 생각한다면 그렇게 하는 게 옳은 일이었다. 하지만 이젠 그 남자의 진심을 믿는다. 아무리 불확실한 미래라 할지라도 결코 서준은 그녀 곁을 떠나지 않을 거라는 강한 확신이 생겼다. 그렇기에 이젠 그 무엇도 두렵지 않다.

"미안하지만 그럴 수 없어요."

단호한 이수의 대답에 인희는 고개를 삐딱하게 들고 쳐다보았다.

"이기적이라고 해도 어쩔 수 없어요. 내 가슴이 갈기갈기 찢겨져 모두 녹아내린다 해도 그 사람 옆에 있겠어요."

"하하! 웃겨! 당신이 물귀신 작전을 쓴다면 별수 없죠. 내가 오빠 부모님들께 사실을 말씀드리는 수밖에. 이 기막힌 사실을 아시고도 그 댁에서 결혼을 허락해 주실지 의문이지만 잘 해 봐요."

의기양양하게 말을 마친 인희가 길고 고운 손가락으로 커피 잔을 들고 우아하게 한 모금 마셨다. 이래도 계속 버틸 거냐는 듯 그녀가 느긋하게 한쪽 입꼬리를 말아 올렸다.

이수가 조용히 물었다.

"한 가지만 묻죠. 당신은 지금 누구의 행복이 최우선인가요? 당신인가요? 아니면 서준 씨인가요."

"그거야 당연히 오빠의 행복이죠."

"아니, 내가 보기에 서인희 씨는 당신 자신의 행복이 더 중요한 사람이에요."

"당신이 뭔데 그딴 소릴 지껄이는 거죠?"

"진심으로 그 사람을 사랑한다면서 그가 가장 소중하게 여기는 것을 억지로 잘라버릴 셈인가요? 나 같으면 모든 사실을 알고도 그 사실을 묻어두려 한 그의 심정을 조금이라도 헤아리려 노력했을 거예요. 억지로 사랑하는 사람을 떼어놓기보다는 결국 후회하더라도 그가 원하는 길로 가게 해줄 거예요."

"그렇게 박애심이 대단한 여자가 어떻게 눈 하나 깜짝 안하고 부모님을 속일 수가 있죠? 그러고도 감히 그런 말을 지껄여요?"

"그 사람이 행복해야 부모님들도 행복하실 테니까요. 대를 이을 손주들도 중요하겠지만 무엇보다도 서준 씨의 행복이 최우선이실 테니까요."

"결국 시간이 지나면 오빠가 먼저 당신을 버릴걸요? 그때도 그렇게 태연자약할 수 있겠어요?"

"당연하죠. 하지만 그런 일은 결단코 일어나지 않을 거예요."

"하! 대단한 자만심이군요. 하지만, 그런 꿈을 이루기도 전에 격심한 반대에 부딪치게 될 거야. 그럼 결국 당신만 만신창이가 되겠지."

"그렇다 해도 서준 씨는 날 버리고 당신에게 가진 않을 거예요.

내가 흔들리지만 않는다면 언제가 되든 끝까지 부모님을 설득할 거라고 확신해요."

"그래요? 그럼 그 옆에서 천년만년 기회만 기다려요. 그럼 난 이만."

더 이상 협상은 없다는 듯 인희가 세차게 몸을 일으켰다. 그런 그녀를 이수는 안타까운 눈으로 바라보다가 입을 열었다.

"서준 씨가 당신을 많이 아끼고 있어요. 한없이 여리기만 해 보이는 당신이 그런 지독한 연정을 품고 있다는 걸 알면 아마 많이 당황할 거예요. 게다가 그 사실까지 부모님께 폭로해버리면 당신을 평생 증오할지도 몰라요. 난 서준 씨가 믿었던 사람에게 실망하는 꼴은 보고 싶지 않아요. 그러니 내가 말씀드릴게요."

"참으로 감동적인 말이네요. 그동안 그런 가식으로 오빠 마음을 사로잡았나요?"

"서인희 씨, 당신……."

"좋아요, 당신이 기꺼이 총대를 메겠다는데 굳이 마다할 이유 없죠. 일주일 시간을 줄게요. 만약 그때까지 사실을 얘기하지 않는다면 내가 직접 나설 거예요."

이수의 말꼬리를 자르며 인희가 명령하듯 말하자 길게 한숨을 내쉰 이수는 확고한 표정으로 입을 열었다.

"분명 약속은 지켜요. 하지만 그 어떤 일이 있어도 서준 씨가 버리지 않는 한 나 절대로 그 사람 안 떠날 거예요. 그러니 그 어떤 기대도 하지 말아요."

"그건 두고 보면 알 일이죠. 그럼 이만."

차갑게 말을 마친 인희가 자리에서 일어나 당당하게 카운터로 향했다. 계산을 하기 전 힘없이 창밖만 응시하는 이수를 조소어린 눈빛으로 바라보다가 미소와 함께 커피숍을 나갔다.

인희가 눈앞에서 사라진 후 이수는 그저 담담하게 자리를 지키다가 문을 닫을 시간이라는 종업원의 말에 자리를 털었다. 버스를 탈 기운도 없어 택시를 잡아탄 이수는 집으로 가려던 마음을 접고 서준의 맨션으로 향했다. 지금 이 순간 그가 못 견디게 보고 싶었다.

이수의 문자를 받자마자 서준은 3차를 가자는 친구들을 뿌리치고 황급히 맨션으로 차를 돌렸다. 보고 싶다는 이수의 말에 그의 모든 생각은 그대로 정지되었다. 그저 이수를 볼 수 있다는 사실에 가슴만 벅차올랐다.

성급하게 현관문을 열고 거실로 들어서자 은은한 아로마 향이 코끝을 간질였다.

"이수야, 윤이수!"

빠른 걸음걸이로 걸어온 서준은 다급하게 이수를 불렀다. 그가 불러주길 기다렸는지 온통 붉은색으로 치장한 이수가 욕실에서 나왔다. 붉은 입술에 붉은색 원피스와 속옷. 가뜩이나 알코올기로 몽롱한데 요염하기 그지없는 이수의 모습을 보니 대책 없이 아랫도리부터 벌떡 섰다. 무섭게 날뛰는 심장을 억지로 제어하고 있는 그에게 다가온 이수가 살며시 재킷으로 손을 뻗었다. 달콤한 향기와 촉촉한 그녀의 얼굴이 최음제처럼 그를 녹여갈 즈음 그녀의 손은 그의 셔츠를 잡아 빼고 있었다.

"오늘 날 죽일 셈이야?"

들뜬 목소리로 서준이 말하자 이수가 자극적인 음성으로 속삭였다.

"어쩌면요."

도발적인 이수의 말에 그의 이성은 순식간에 날아가 버렸다. 검게 가라앉은 그의 눈동자를 바라보며 이수가 긴 머리를 들어 올려 신호를 보내는 순간, 그의 손이 자석처럼 그녀의 슬립을 끌어내리고 다급하게 입술을 묻었다.

향긋한 체향이 그의 온몸을 뜨겁게 달구고 눈을 멀게 만들었다. 실크처럼 매끄러운 목 언저리를 정신없이 탐하던 그가 가뿐하게 그녀를 안아들고 침실로 향했다. 사이드테이블 위에서 붉게 타오르는 불빛을 잠시 쳐다보던 그가 그녀를 가만히 침대에 눕히고 속옷을 재빨리 벗어던졌다.

침대에 누운 채 이수는 열기어린 눈으로 야성적으로 드러난 그의 상반신을 바라보았다. 수영선수처럼 넓은 어깨와 단단하고 매끄러운 가슴이 그녀의 가슴에 불을 지르고 호흡을 가쁘게 만들었다.

그런 그녀를 향해 그가 한쪽 입꼬리를 쓱 말아 올리더니 벨트를 풀고 팬츠를 내렸다. 저도 모르게 침을 꿀꺽 삼킨 이수가 탄탄한 복부 아래로 눈을 굴리다가 휘둥그레 눈을 떴다. 어느새 그의 분신이 팬티를 뚫고 나올 것처럼 부풀어 있었다.

당황한 그녀가 황급히 눈을 감자 서준은 단숨에 그녀 위로 올라와 격하게 입술을 덮었다. 한손으로 황급히 브래지어를 밀어올리고 가슴을 움켜쥐자 이수의 손이 넝쿨처럼 그의 목을 휘감았다.

"흡!"

미처 내뱉지 못한 신음이 그의 입속으로 빨려 들어가며 거친 숨결이 뒤엉켰다. 혀뿌리를 뽑아버릴 것처럼 그녀를 탐닉하며 서준이 에로틱한 손길로 가슴을 애무하자 쾌감으로 이수의 몸이 요동쳤다.

"너무 뜨거워."

귓불을 잘근거리며 서준이 속삭이자 부드러운 머리칼을 헤집던 이수의 손이 그의 어깨를 꽉 움켜쥐었다.

"하!"

어느새 손톱이 살갗을 파고들자 서준의 입에서 거친 신음이 터져 나왔다. 느릿하게 움직이던 혀가 움푹 파인 쇄골을 핥고 핑크빛 유두를 머금었다.

"하아, 하……"

흥분으로 꼿꼿하게 일어선 유두를 입안에 넣고 굴리던 그가 혀끝을 말아 유륜 주위를 빙글빙글 돌리며 애무하자 쾌락의 늪에 잠식된 이수가 뜨거운 호흡을 뱉어내며 탄탄한 가슴으로 손을 내렸다. 근육으로 감싸인 가슴을 부드럽게 어루만지다가 단단해진 젖꼭지를 살짝 비틀었다.

"흐응!"

서준이 목을 뒤로 젖히며 포효하자 이수는 상체를 들어 혀로 가슴을 애무했다. 보기만 해도 숨이 막힐 것 같은 붉은 혀로 서준의 젖꼭지를 살짝 살짝 핥아 내리자 느긋하게 움직이던 손이 단번에 여성을 덮었다. 실크처럼 부드러운 음모를 쓸어내리고 갈라진 꽃잎을 매만지다가 손가락을 천천히 샘 안으로 밀어 넣었다.

"하읏!"

불덩이처럼 뜨거운 여성이 바르르 떨며 그의 손을 거세게 빨아들였다. 순간적으로 머리에서 발끝까지 아득한 쾌락이 관통하자 서준은 타액으로 흠뻑 젖어 반짝이는 탱탱한 젖가슴을 미친 듯이 흡입하며 샘 안을 빠르게 휘저었다.

"널 마셔버렸으면 좋겠어."

가슴을 한가득 입에 물고 웅얼거리자 이수의 속살이 미친 듯이 손가락을 조였다. 그것만으로도 정신이 아득해진 서준은 진저리를 치며 손가락을 빼내고 레이스 팬티 위로 입술을 내렸다. 붉은 장미꽃이 수놓아진 문양 아래 아슬아슬하게 비치는 거웃에 얼굴을 내려 깊게 숨을 들이마셨다.

얇은 레이스 팬티 위를 핥고 빨아들이던 서준이 다급하게 팬티를 내렸다. 촉촉한 입술이 간질이듯 둔덕을 애무하다가 맑은 샘물이 흐르는 애액을 흡수하듯 빨아들이고 깊숙이 혀를 밀어 넣었다.

"하아, 하……."

형언할 수 없는 쾌락이 연속적으로 온몸을 강타하자 이수는 신음하며 엉덩이를 들썩거렸다. 붉은 꽃잎 속에선 끊임없이 꿀물이 흘러내리고 그의 분신도 더할 수 없을 만큼 부풀어 올랐다. 더 이상 기다릴 수 없을 만큼 한계에 이르자 서준은 몸을 일으켜 단번에 그녀 안을 파고들었다.

"하아, 하, 하읏……!"

"으읏……!"

척추를 관통하는 강렬한 쾌감에 이수는 정신이 아득해졌다. 서준의 욕망이 너무 강렬해 몸이 휘청거릴 지경이었다.

"긴장 풀어."

뜨거운 속살이 찰떡처럼 쫀득하게 달라붙으며 불기둥을 휘감자 숨이 멎을 것 같은 쾌감에 서준은 진저리를 쳤다. 그가 부드럽게 엉덩이를 돌리며 이수의 입술을 덮었다. 숨도 쉴 수 없을 만큼 빡빡하게 조여 오는 여성 안에 깊숙이 몸을 묻고 더할 나위 없이 다정하게 키스했다.

비단결처럼 매끈한 다리를 휘감고 모든 것을 줄 것처럼 안달하며 이수가 그의 혀를 아찔하게 감아왔다. 관능적으로 허리를 비틀어대며 작고 부드러운 손으로 그의 젖꼭지를 비틀어 그를 불덩이처럼 달아오르게 만들었다. 금방이라도 몸이 터질 것처럼 부풀어 오르자 느릿하던 엉덩이의 움직임이 조금씩 빨라졌다. 부드럽게 입안을 탐하던 혀가 잔뜩 허기진 것처럼 격렬하게 빨아들이고 부드럽던 손길은 사납고 거칠어졌다.

"아, 서준 씨……."

이수가 흐느끼며 미친 듯이 불기둥을 조이자 머리끝까지 올라오는 쾌감에 서준은 숨을 헐떡였다. 모든 감각이 마비되고 격한 쾌감이 치솟자 그의 움직임이 급류에 휩쓸린 것처럼 빨라지기 시작했다.

모든 것을 집어 삼킬 것 같은 격렬한 몸짓과는 다르게 부드러운 눈길은 내내 이수의 온몸을 뜨겁게 훑었고 끝없는 욕망을 담은 대담한 손길은 그녀를 원초적인 욕정에 몸부림치게 만들었다.

"하아, 하…… 아응……."

빨갛게 달아오른 불기둥이 강하게 찔러댈 때마다 이수는 까무러칠 듯 비명을 질러댔다. 초점을 잃은 몽롱한 얼굴로 탄탄한 엉덩이를 잡아 비틀고 끊어버릴 듯 불기둥을 조여 댔다.

"하아…… 미쳐버릴 것 같아."

붉게 충혈 된 눈으로 미친 듯이 허리를 움직이며 서준은 무섭게 속도를 올리기 시작했다. 금방이라도 불꽃이 터질 것 같은 짜릿한 황홀경에 몸을 내맡기고 있던 이수가 숨을 헐떡이며 광란의 질주에 맞춰 엉덩이를 흔들었다. 성난 불기둥을 뿌리 끝까지 마셔버릴 것처럼 격렬하게 빨아들이고 온몸에 손톱을 박아 넣었다.

마침내 폭풍처럼 격렬하게 휩쓸리던 열정이 거대한 폭발과 함께 두 사람을 하늘 끝까지 솟구치게 했다. 대지가 진동하는 아찔한 쾌감에 한창동안 숨죽이고 있던 서준은 기진맥진해 있는 이수를 꼭 끌어안으며 귓가에 속삭였다.

"당신, 천국보다 더 달콤해."

몽롱한 얼굴로 가늘게 숨을 내쉬던 이수는 그 말에 살포시 미소 지으며 등을 어루만졌다. 뜨거운 숨결을 흩뿌리며 양쪽 젖가슴에 번갈아 키스한 그가 또다시 부풀어 오르는 분신을 단호하게 빼내고 옆으로 몸을 굴렸다.

"나 아무래도 병인가 봐. 당신만 보면 이놈이 벌떡벌떡 서버려."

이수를 안아 한손에 팔베개를 해주며 서준은 딱딱해진 아랫도리를 밀착시켰다. 가슴에 얼굴을 묻고 있던 이수는 쿡쿡거리며 가슴으로 손가락을 튕겼다.

"오늘은 제가 원한 거예요."

"맞아. 아무리 돌부처라도 당신이 유혹하면 안 넘어 올 수 없을 테니까. 그런데 어쩌니? 아무래도 내일은 다크서클이 목까지 내려올 것 같은데."

놀리는 서준의 말에 이수의 얼굴이 빨개졌다. 그 모습에 빙그레 웃던 서준이 그녀의 이마에 입을 맞추며 속삭였다.

"그런다 해도 당신이 세상에서 제일 예쁘니까 걱정하지 마."

"예쁘게 봐줘서 고마워요. 그런데 당신에게 부탁할 게 있는데 무조건 들어줄래요?"

"말해봐. 불가항력인 일 빼고는 다 들어줄게."

서준의 흔쾌한 대답에 이수가 다짐받듯 되물었다.

"약속했어요?"

"그래. 약속했어. 그런데 요기에 뽀뽀 한 번 해 주면 무조건 통과시켜 줄 텐데."

느물거리며 서준이 입술을 코앞으로 내리자 곱게 눈을 흘기며 이수가 베이비키스를 날렸다. 실눈을 뜬 서준이 투정부리듯 말했다.

"무효. 내가 어린애야? 성인 버전으로 다시 해."

다시 눈을 감은 그가 기대감으로 들뜬 얼굴을 내리자 피식 웃은 이수는 손바닥을 쫙 펴 입술에 꾹 눌렀다. 당연히 화를 낼 줄 알았는데 서준이 날름 입술을 벌려 손가락을 쪽 베어 물었다. 움직이려는 손목을 꽉 움켜쥐고 맛있는 사탕을 핥듯 야릇하게 훑어 내리자 이수의 얼굴이 잘 익은 토마토처럼 붉어졌다.

"이제 얘기해봐."

한참 동안 손가락을 애무하던 그가 손을 놓아주며 씩 웃었다. 어느새 어둑해진 그의 눈동자가 한없이 아쉬운 듯 그녀를 바라보았다.

"저기……."

굳게 마음을 먹었는데도 선불리 말이 나오지 않았다. 이수가 말을 잇지 못하고 머뭇거리자 서준이 재촉하듯 유두를 살짝 비틀었다.

"하! 서준 씨……."

"빨리 얘기해. 안 그러면 내 손이 어디로 튈지 몰라."

그가 핑크빛 유두를 살살 비비자 신음을 흘리던 이수는 단호한 표정으로 입을 열었다.

"제 사정 부모님께 말씀드렸으면 해요."

이수의 말에 서준의 동작이 멈추었다. 표정을 굳히며 그가 나직하게 물었다.

"다 끝난 일 아니었어?"

"미안하지만 더 이상 부모님을 속이고 싶지 않아요."

한숨을 푹 내쉰 서준이 다시 부드럽게 말을 이었다.

"당신 마음 편치 않다는 거 알아. 그것까지 내가 다 짊어지고 갈 테니까 죄책감 따위 갖지 마."

서인희의 말이 아니었어도 기회를 봐서 서준을 설득시키려고 했었다. 이대로 가면 쉽게야 가겠지만 나중에라도 부모님이 이 사실을 알게 된다면 절대 용서하지 않을 거였다.

"당신이 뭘 우려하고 걱정하는지 알아요."

"알면 그만해. 당신이 상처받는 거 지켜볼 자신 없어."

더 이상 얘기를 듣지 않겠다는 듯 그가 매정하게 돌아누웠다. 안타까운 눈길로 그의 등을 바라보던 이수는 가만히 몸을 밀착시켰다.

"당신과 함께라면 아프지도 두렵지도 않아요. 당신 때문에 용기를 낼 수 있었고 당신 때문에 행복해요. 그러니까 우리 솔직하게 말씀드리고 허락해 주실 때까지 기다려요. 저도 열심히 노력할게요. 백프로 불임은 아니니까 열심히 노력하다보면 기적이 일어날지도 몰라요."

이수의 마지막 말에 서준이 몸을 홱 돌리고 황급히 물었다.

"완전 불임이 아니었어? 조금이라도 희망이 있는 거야?"

"네, 한쪽 나팔관은 절제했지만 다른 한쪽이 있고, 다행히도 3년 동안 종괴가 발병되지 않았어요. 그러니 조금은 희망이 있다고 생각해요."

"그래? 그런데 왜 그 사실을 진작 말하지 않았지?"

"그때의 기억을 의식적으로 지워버리려고 했고 떠올리고 싶지도 않았어요. 그리고 자궁내막이 선천적으로 얇아 그것 또한 문제가 된다고 했기 때문에 완전히 포기한 상태였어요. 하지만 이제부터 희망을 가져보려고요. 부모님께서 허락하실 때까지 기다리면서 최선을 다해 볼 거예요."

이수가 굳은 의지를 보이자 서준이 길게 한숨을 내쉬며 물었다.

"꼭 그래야겠니? 그래야 마음이 편할 것 같아?"

"네. 부모님을 속이는 게 더 괴로울 것 같아요."

"그래야만 당신 마음이 편해진다면 그렇게 해. 하지만 언제나 당신을 최우선으로 생각해 준다고 약속해. 나도 부모님도 아닌 오직 당신 자신을."

"약속할게요."

활짝 웃으며 다짐하는 이수에게 서준은 애써 미소를 지어보였다.

오늘도 이수는 하품을 달고 지냈다. 도저히 제어가 되지 않아 외출했다 들어오는 서준에게 하품하는 모습까지 보이고야 말았다.

그 광경에 옆자리에 앉은 소희는 그저 가볍게 웃어넘겼지만 서준은 자못 심각한 표정을 지으며 상무실로 들어갔다.

퇴근시간이 되어 상무실에서 나온 서준은 이수의 퇴근을 재촉했다. 오늘 저녁에 미팅이 있음을 상기하며 이수가 어리둥절해하자 서준은 미팅이 취소됐다며 그녀의 손을 잡아끌었다.

"미팅도 취소하고 어딜 가는데요?"

"아주 중요한 곳."

질질 끌려가다시피 하던 이수가 걱정스럽게 묻자 간단명료하게 대답하며 서준은 그녀를 차에 태웠다.

"데이트는 내일 해도 되잖아요."

"오늘은 데이트보다 더 중요한 일이야."

안전벨트를 매주는 서준을 물끄러미 바라보던 이수는 또다시 밀려오는 잠기운을 이기지 못하고 길게 하품을 했다.

"저 아무래도 며칠 휴가라도 내야할까 봐요."

시도 때도 없이 터져 나오는 하품에 민망해진 이수는 창밖에 시선을 고정시킨 채 마음에도 없는 말을 던졌다.

"그보다 이 기회에 회사 그만두고 쉬는 건 어때?"

서준의 말에 이수는 눈을 동그랗게 뜨고 쳐다보았다.

"그럴 것까진 없고요."

"피곤하잖아. 그냥 편히 쉬면서 몸 관리나 해."

한시도 떨어져 있고 싶지 않았지만 요즘 부쩍 피곤해하는 이수를 보며 생각이 많던 그였다.

"저 하나도 안 피곤해요. 그냥 하품만 나올 뿐이라고요."

"하여간 당신도 은근 고집 있어. 좋아, 대신 피곤하면 언제든지 말해. 특별 휴가 줄 테니까."

"와! 정말요?"

이수의 말에 서준은 고개를 끄덕이며 3층 건물 앞에 차를 세웠다. 외관이 수려한 건물을 쳐다보며 이수가 말했다.

"여긴 전에 TV에도 나왔던 한의원이잖아요."

이수의 말에 시동을 끈 서준이 싱글거리며 대답했다.

"맞아. 명의라고 소문난 곳이지."

"그런데 여긴 왜요?"

"왜겠어? 당신 때문이지."

"제가 왜요?"

"당신이 많이 피곤한 것 같아서 보약 좀 지어주려고."

서준의 말에 이수가 미간을 찡그리며 투덜거렸다.

"전 괜찮아요. 그리고 보약 먹어봐야 소용도 없을 거라고요."

"소용없긴. 보약 먹을 동안 손도 까딱하지 않을 테니까 걱정 마."

진지한 서준의 말에 이수가 근심스러운 얼굴로 중얼거렸다.

"피, 거짓말. 적어도 한 달 이상은 먹어야할 텐데요?"

"그래도 당신 건강을 위해선 참을 거야. 그러니까 어서 내려."

단호하게 말하며 서준이 차문을 열자 이수가 구시렁대며 문을 열었다.

"한약은 써서 정말 싫은데……."

서준과 헤어지고 곧바로 시골집으로 돌아온 이수는 6개월이나 한약을 복용했다. 그녀의 몸 상태를 알게 된 어머니 나 여사가 용하다는 한의원을 수소문해 자궁에 좋다는 한약을 지어왔었다. 그때 어찌나 약이 쓰던지 한약이라는 말만 들어도 속이 울렁거릴 지경이었다.

서준과 손을 맞잡고 들어온 한의원은 아늑하면서도 정감이 흘렀다. 늦은 시간임에도 대기실에 사람들이 빼곡히 앉아있는 걸 보며 이곳의 명성을 실감할 수 있었다.

"한참 기다려야 할 것 같은데요?"

기회라는 듯 이수가 소곤거리자 씩 웃으며 서준은 데스크로 걸어갔다. 그를 발견한 여직원이 자리에서 발딱 일어나며 반겼다.

"안녕하세요? 어서 들어가 보세요."

"고맙습니다."

멍해 있는 이수를 감싸 안고 걷던 서준은 제 2진료실이라고 쓰여 있는 곳에서 발을 멈췄다. 싱긋 웃으며 그가 말했다.

"여기 선생님이 내 대학 동창이야. 그러니까 긴장하지 말고 마음 편하게 가져."

짙은 베이지색 원목 문을 곧바로 열고 들어가자 서준 또래의 남자가 반기며 두 사람 앞으로 다가왔다.

"잘 지냈냐?"

서준의 말에 남자가 고개를 절레절레 흔들며 엄살을 늘어놓았다.

"잘 지내긴. 매일 환자들한테 치여서 죽을 맛이다."

"짜식, 엄살은. 여긴 윤이수 씨."

이수가 정중하게 고개를 숙이자 주의 깊게 이수를 살피던 남자가 서준의 어깨를 툭 치며 장난을 쳤다.

"안 그래도 되는데 이렇게 아름다운 분을 소개시켜줘서 고맙다. 안녕하세요, 제 이름은 강준영입니다."

"네? 네. 안녕하세요?"

당황해하는 이수를 향해 씩 웃은 준영이 다시 말을 이었다.

"윤이수 씨, 우선 차는 뭘로 하시겠습니까. 아쉬운 대로 여기서 차 마시고 조금 있다가 식사하러 가시죠."

"에라, 이 미친놈아."

준영이 하는 양을 가만히 지켜보던 서준이 정강이를 걷어차며 이수를 품에 안자 그가 아프다며 엄살을 떨었다. 그런 준영을 매정하게 쏘아보며 서준은 이수를 진료 의자에 앉혔다.

"자식, 이게 부탁하는 자세냐? 너 때문에 스케줄 모두 빼고 대기하고 있었는데 겨우 이런 대접이나 받고. 빈정 상해서 나 진료 안 할란다."

정강이를 쓱쓱 비비던 준영이 자리로 돌아와 쌩하게 고개를 돌렸다.

“그러게 왜 남의 여자한테 침을 흘려? 아무리 농담이라도 엄청 기분 나쁘거든?”

“그러세요? 그런데 너 한서준 맞냐? 질투에 눈이 멀어 이젠 친구도 안 보이는구만. 이수 씨, 이 녀석을 어떻게 한 겁니까? 아주 폐인이 다 됐네요.”

“미안해요, 폐인을 만들어 놔서요.”

생긋 웃으며 이수가 맞장구를 치자 준영은 껄껄 웃으며 서준을 흘끗거렸다.

“빨리 맥이나 짚어라?”

열이 오른 서준이 으름장을 놓자 준영이 피식 웃으며 말했다.

“이수 씨 손 잡아도 되냐?”

“안 돼. 실로 감아서 짚어.”

“미친놈. 내가 허준이냐? 이건 명의로 소문나신 우리 아버지라도 장담 못하는 부분이거든? 그렇게 아까우면 그만 가든지.”

아쉬울 것 없다는 듯 준영이 느긋하게 물 컵을 들어 음미하듯 천천히 마셨다. 그 꼴에 바짝 열이 올랐지만 서준은 화를 삭이며 나직하게 말했다.

“그럼 빨리 끝내.”

두 사람의 하는 양을 지켜보던 이수가 쿡쿡거리자 준영이 못이기는 척 하며 이수의 맥을 짚었다. 이리저리 맥을 짚어보던 그가 좀 전의 장난기를 싹 지우고 진지한 표정으로 다시 맥을 짚더니 고개를 갸웃거렸다.

“왜 그래? 뭐가 이상해?”

준영이 고개만 갸웃거리자 바짝 속이 탄 서준이 마른침을 꿀꺽 삼키며 물었다. 그의 말은 안중에도 없는 듯 준영이 이수를 향해 물었다.

"요즘 나른하고 자꾸만 잠이 쏟아지지 않습니까?"

"네. 저도 모르게 꾸뻑꾸뻑 졸게 돼요."

"그럼 최근에 몸살 난 적은요?"

"한 2주 전인가 감기에 걸린 적이 있어요."

그때 어찌나 서준이 동동거리는지 이수는 아프다는 내색도 제대로 하지 못했다.

"흠…… 저 녀석과 결혼하신다고요? 혹시 후회하지 않겠습니까?"

"야! 장준영. 너 점심에 뭐 잘못 먹었냐? 갑자기 왜 심술이야!"

가뜩이나 맥을 오래 짚고 있어 거슬리던 참이었는데 되지도 않는 말까지 지껄여대자 서준은 소리를 빽 질렀다. 그러거나 말거나 준영은 느긋하게 미소를 머금으며 서준을 타일렀다.

"소리 지르지 마라. 잘못하면 애 떨어진다."

"뭐? 갑자기 웬 헛소리야?"

"헛소리? 임마, 지금 이수 씨가 임신을 했다는 말이거든?"

"네?"

"뭐?"

이수와 서준이 동시에 넋 나간 표정으로 묻자 빙글거리던 준영이 되레 당황해 눈을 깜빡였다.

"지금 임신이라고 하셨어요? 누가요? 제가요?

말도 안 된다는 표정으로 이수가 묻자 준영은 헛기침을 크게 하고 대답했다.

"혈기왕성한 남녀가 그렇고 그렇다보면 애가 생기는 건 당연한 거 아닙니까?"

"너 진맥 제대로 한 거 맞아? 혹시, 돌팔이 아냐?"

"야! 너 진짜 왜 그래? 네 여자 보약까지 해먹이려고 온 거 보면 네 녀석이 어지간히 괴롭혔을 거 아냐. 그런데 애가 생긴 게 뭐가 잘못됐다고 돌팔이로 모냐? 우씨!"

"그럼 정말 임신이라는 거야?"

"그래, 임마. 정 의심이 되면 당장 병원으로 가보든지."

"윤이수, 빨리 일어나. 병원 가자."

하얗게 질린 얼굴을 한 두 사람은 허겁지겁 진료실을 빠져나갔다. 순식간에 일어난 일이라 준영은 기가 막혀 말도 나오지 않았다. 한참 만에 그가 고개를 갸웃거리며 중얼거렸다.

"내가 핵폭탄이라도 투하했나? 왜들 저러지?"

한의원을 나와 병원에 들렀던 서준과 이수는 곧바로 프린스 호텔로 왔다.

"많이 먹어라."

두 사람은 한 사장 내외와 함께 한식당 매화실에 앉아 저녁을 먹는 중이었다. 정성이 가득 들어간 음식들이 보기만 해도 군침을 돌게 했다. 그 중에서도 새콤달콤한 메밀 냉채에 유난히 손이 가 금세 한 접시를 후딱 해치웠다.

조용한 가운데 기분 좋게 식사를 마치고 디저트로 나온 시원한 매실차를 들어올리는데 노크와 함께 인희가 들어왔다. 이수의 몸이 잠시 긴장으로 떨렸다.

"어머니, 음식은 입에 맞으셨어요?"

"그래. 음식들이 어찌도 이리 정갈하고 맛나는지 입이 아주 즐겁더구나."

강 여사가 아주 만족스럽다는 듯 활짝 웃자 인희가 미소를 되돌리며 살갑게 말을 이었다.

"사실 어머니 오신다고 하셔서 제가 직접 주방에 들어가 챙겼어요. 혹시라도 음식이 입맛에 안 맞으시면 어쩌나 긴장하면서요."

"하여간 마음 씀씀이도 예쁘기도 하지. 어른 공경할 줄 알고 싹싹하고 예쁘기까지 하니 누가 며느리로 들일지 부럽구나."

"흠흠!"

두 사람의 대화를 듣고 있던 한 사장이 헛기침을 하며 눈치를 주었다. 평소처럼 인희와 허물없이 대화를 나누던 강 여사는 한 사장의 눈짓에 얼른 입을 닫았다.

"참! 안녕하세요? 윤이수 씨, 서준 오빠와 곧 결혼하신다고요?"

친근한 미소를 지으며 인희가 살갑게 물었다. 하지만 그녀의 눈빛이 순간순간 번뜩이고 있다는 걸 이수 이외에는 아무도 눈치 채지 못했다.

"진심으로 축하드려요."

"고맙습니다."

더 이상 입을 다물고만 있을 수가 없어 이수는 미소와 함께 고맙다는 말을 전했다. 하지만 왜 아직도 진실을 얘기하지 않느냐며 다그치는 인희의 눈빛에 등골이 서늘해졌다.

"이수야, 인희는 어릴 때부터 우리 집과 인연을 쌓아왔고 내가 친딸처럼 생각하는 아이니 앞으로 친하게 지냈으면 좋겠구나."

인희에 대한 사심을 완전히 털어버린 강 여사였다. 그저 모질게 인연을 끊어낼 수 없기에 이젠 딸처럼 대하리라 마음먹은 터였다.

"네, 어머님."

이수가 공손하게 대답하자 인희는 기고만장한 눈빛으로 어깨를 으쓱했다.

"두 분 너무 좋으시죠? 저렇게 단아하면서도 우아한 며느님을 맞으셔서요. 오빠도 진심으로 축하드려요."

아무런 사심도 깃들지 않은 진심어린 축하에 서준의 입이 쭉 찢어졌다. 아까부터 내내 싱글거리는 게 어디 나사 하나 빠진 사람 같았다.

"고맙다. 너도 어서 좋은 짝 만나야지."

"그래야죠."

인희가 기운 없이 대답하자 안쓰러운지 강 여사가 나섰다.

"인희야 내로라하는 집안에서 모두 탐을 내니 금방 좋은 짝을 만날게다. 그렇지 않니?"

"네. 저도 이제 슬슬 선도 보고 하려고요."

"그런데 바쁜 사람을 우리가 너무 붙잡고 있는 거 아닌지 모르겠구나."

한 사장이 은근히 눈치를 주자 인희는 생글거리며 공손하게 대답했다.

"그렇지 않아도 지금 일어나려고요. 중요한 예약 손님이 있거든요."

"그럼 어서 일어나거라. 오늘 고생했다."

"네, 그럼 조심해서 가세요."

공손하게 인사를 하고 돌아서던 인희가 갑자기 몸을 돌렸다. 곧장 이수에게 눈길을 던지며 물었다.

"그런데 얼마 전 파리에서 유학하고 온 친구한테 이상한 얘기를 들었어요. 혹시 윤이수 씨 에스모드 디자인 학교에 다녔었어요?

아무 말 없이 그대로 나가려나 싶어 안심하던 이수는 인희의 질문에 잠시 당황했다. 얼굴이 붉어진 채 그녀가 대답했다.

"네."

"그랬군요. 그럼 혹시 3년 전 여름에 수술 받은 적 있어요? 자궁에 20센티 가까운 종괴 때문에 응급실에 실려 가 수술을 받고 그 충격으로 학교를 그만두었다고……."

"서인희!"

딴 생각에 빠져 싱글거리던 서준은 밀랍인형처럼 창백하게 굳어지는 이수를 보고 퍼뜩 정신을 차렸다. 그가 황급히 인희를 제지시켰다.

"그 여자 이름이 윤이수라고 하더라고요. 나이와 외모가 친구가 얘기한 거랑 너무나 딱 맞아 떨어져서 한번 물어본 거예요. 젊은 여자가 벌써 불임이 됐다며 얼마나 안타까워 하던지. 제가 잘못 안 거라면 미안해요."

"아니, 이게 다 무슨 소리니? 수술은 뭐고 불임은 또 뭐란 말이냐?"

멍해 있던 강 여사가 정신을 차리며 속 시원히 대답을 해보라는 듯 이수를 바라보았다. 금방이라도 쓰러질 것 같은 얼굴로 이수는 숨을 헐떡였다. 그런 그녀를 품에 꼭 안고 서준은 차갑게 인희를 일별했다.

"네가 어디서 되도 않는 소리를 들었는지 모르겠지만 그런 일 따윈 없으니까 그만하고 나가."

"난 윤이수 씨 대답을 듣고 싶어요. 혹시라도 그 말이 사실이라면 큰일 아닌가요?"

"그만하고 나가라고 했지!"

서준이 이를 악다물며 언성을 높이자 강 여사가 다시 나섰다.

"인희야, 그 말 사실이니? 네가 잘못 들은 거 아냐?"

"아니에요. 분명 윤이수 씨라고 했어요. 워낙 눈에 띄는 미모라서 그 친구도 이름을 기억하고 있었어요. 그래서 더 확실히 짚고 넘어가고 싶은 거예요. 두 분 모두 제겐 부모님 같으신 분들이에요. 게다가 오빠는 5대 독자고……."

강 여사가 몸을 휘청거리며 소파를 움켜잡았다. 어느새 한 사장의 눈빛도 거세게 흔들렸다.

"좋아, 네가 정 원하면 아니라는 증거를 보여주지. 아버지 어머니, 이게 그 증거입니다."

서준이 재킷 안주머니에서 무언가를 꺼내 한 사장에게 건넸다.

"아니 이건……."

"아니, 이건 아기 초음파 사진 아니냐?"

한 사장 쪽으로 황급히 몸을 기울인 강 여사가 휘둥그레진 눈으로 물었다.

"네, 초음파 사진 맞습니다. 실은 여기 오기 전에 이수와 함께 산부인과에 다녀왔습니다."

"그럼 이수가 정말 임신을 했다는 게야?"

한 사장이 숨넘어가는 목소리로 물었다.

"네, 5주째 접어든답니다."

"하! 이런 경사가 있나. 손이 귀한 집에 결혼도 하기 전에 아이가 잉태되었으니 경사로구나. 경사야."

한 사장이 덩실덩실 어깨춤이라도 출 듯 어깨를 들썩거리다가 벌떡 일어나 이수를 향해 걸어갔다. 그녀 앞으로 재빨리 걸어온 그가 하얀 손을 덥석 잡고 감격스러운 목소리로 말했다.

"고생했다. 정말 고생했어. 우리 며느리 최고다, 최고야."

"잠깐만요. 그 사진 정말 윤이수 씨 초음파 사진 맞아요?"

놀라 딱딱하게 굳어져 있던 인희가 불현듯 태클을 걸었다. 서준이 인상을 팍 구기며 섬뜩하게 그녀를 노려보았다.

"넌 꼭 이수가 아이를 갖지 못하길 바라는 사람 같구나."

"그럴 리가요, 절대 그렇지 않아요."

"그렇다면 당장 그 친구 이곳으로 불러들이고 넌 명성산부인과로 가서 진료기록 차트 확인해봐. 내가 거짓말을 하는지 아닌지 직접 확인하라고."

친구를 불러들이라는 서준의 말에 인희의 낯빛이 급격하게 어두워졌다. 이수의 일을 알고 있는 사람은 이윤혁 한 사람뿐이니 그 말을 전해준 친구가 있을 리가 없었다. 결국 그녀가 이 일을 알고 있다는 건 그동안 몰래 이수의 뒷조사를 했다는 것 밖에 되지 않았다.

"미, 미안해요. 제가 잘못 들었나 봐요. 심려 끼쳐드려서 정말 죄송합니다."

서슬 퍼런 서준의 눈빛에 하얗게 질려버린 인희는 재빨리 사과를 하고 허둥거리며 룸을 빠져나갔다. 그녀의 뒷모습을 잡아먹을 듯 노려보던 서준이 표정을 풀고 고개를 돌려 이수를 응시했다.

"괜찮아?"

안쓰러움과 함께 걱정을 한가득 매단 서준의 눈길에 이수는 미소를 지으며 고개를 끄덕였다.

"네. 괜찮아요."

처음 인희가 수술 얘기를 꺼낼 때는 눈앞이 아득했었다. 임신했다는 사실도 잊고 지옥 같았던 그날로 급격하게 빨려 들어갔다. 하지만 서준이 초음파 사진을 꺼내는 순간, 그녀는 빠르게 평정을 되찾았다. 터져버릴 것 같은 가슴이 거짓말처럼 잔잔해졌다.

"인희는 어디서 그런 말을 듣고 와서 널 언짢게 하는지 모르겠구나. 그렇게 가볍게 안 봤는데. 쯧쯔."

한 사장이 불쾌하다는 듯 혀를 차자 강 여사도 옆에서 거들었다.

"그러게 말이에요. 젊은 애가 벌써 치매도 아니고. 그나저나 우리 이수 피곤할 텐데 그만 일어섭시다."

"그래. 그러는 게 좋겠어."

강 여사의 말에 한 사장은 흔쾌히 대답하며 몸을 일으켰다.

만면에 미소를 띠고 네 사람은 룸을 나왔다. 서준과 뒤에서 나란히 걸어가던 이수가 발을 멈추고 귓속말을 했다.

"잠시 화장실에 다녀올게요."

"알았어. 호텔 앞에서 기다릴 테니까 천천히 나와."

그녀가 했던 것처럼 그가 귓속말을 하자 얼굴을 물들이며 이수는 고개를 끄덕였다.

화장실 안으로 들어와 세면대 앞에 선 이수는 천천히 손을 씻고 가만히 거울을 들여다보았다. 그 어느 때보다도 그녀의 눈에 생기가 넘쳐흘렀다.

"이제 보니 윤이수 씨 사람을 갖고 노는데 소질 있던데?"

변기 물 내리는 소리와 함께 문을 열고 나온 인희가 이수를 노려보며 이죽거렸다. 울었는지 그녀의 눈이 붉게 충혈되어 있었다.

"무슨 뜻이죠?"

인희의 뜻밖의 등장에 놀란 이수는 표정을 숨기며 조용히 되물었다. 인희가 비릿하게 웃으며 또다시 이죽거렸다. 이젠 막 나가기로 작정했는지 예의 따윈 안중에도 없었다.

"무슨 뜻? 겉으론 천사표인 척 하더니 뒤에선 날 물 먹이려고 음흉하게 작전이나 짜고. 아주 질이 나쁜 여자야."

"당신이 먼저 벌인 일이에요."

이를 바드득 가는 인희를 바라보며 이수는 차분한 목소리로 대꾸했다.

"어떻게 임신을 했지? 아니, 왜 임신했다는 말을 하지 않았지? 내게 귀띔이라도 해줬으면 이런 불상사는 없었을 거 아냐."

"서준 씨한테는 내가 잘 설명할 테니까 그만 진정해요."

이 순간 이수는 왠지 모르게 인희가 불쌍하다는 생각이 들었다. 그렇게 오랫동안 좋아한 사람이니 실낱같은 희망마저 완전히 사라진 지금 이성이 제대로 작동할 리가 없었다.

"진정? 지금 나보고 진정하라고? 모든 게 다 끝났는데 어떻게 진정해? 어떻게 진정하냐고!"

눈을 희번덕거리며 악을 써대는 인희를 놀란 눈으로 쳐다보던 이수는 황급히 몸을 돌렸다. 여기서 더 있다간 인희가 무슨 일을 벌일 것 같아 두려웠다.

"어딜!"

돌아서는 이수의 팔을 꽉 움켜쥐고 돌려세운 인희가 손을 들어 이수의 뺨을 힘껏 후려쳤다. 눈앞에서 번쩍 불이 나고 이수의 몸이 휘청거렸다. 그녀는 무의식적으로 아랫배를 감싸며 애원의 눈빛을 보냈다.

"제발 그만해요."

"그럼 당장 내 앞에 무릎 꿇어."

"……."

말도 안 되는 억지에 이수가 기막히다는 듯 쳐다보자 인희는 또다시 손을 번쩍 치켜들었다.

"인희야!"

때마침 화장실 문을 열고 들어온 강 여사가 큰소리로 인희를 부르며 달려왔다.

"어, 어머니……."

황급히 인희를 밀쳐낸 강 여사가 사색이 다 된 얼굴로 이리저리 이수의 몸을 살폈다.

"이수야, 괜찮니? 어디 다치지 않았어?"

놀라 바들바들 떨고 있는 이수를 안타깝게 바라보던 강 여사가 뺨에 난 벌건 손자국을 보고 부르르 몸을 떨었다. 분노에 찬 표정으로 그녀가 몸을 돌렸다.

"왜 이러는 게냐?"

"어머니 죄송해요, 제가 잠시 제 정신이 아니었나 봐요."

강 여사의 등장에 그제야 정신이 번쩍 난 인희는 잘못했다며 머리를 조아렸다. 그런 그녀를 차갑게 노려보며 강 여사는 매몰차게 말했다.

"다시는 우리 집에 발걸음도 하지 말아라. 알았니?"

"어머니, 제발 용서해주세요."

"옛정을 생각해서 이 정도로 끝나는 줄 알아라. 아마 서준이가 이 일을 알게 되면 큰 사달이 날 테니 단단히 입조심 하고."

냉기가 철철 흐르는 강 여사의 말에 인희는 멍하니 고개를 끄덕였다.

"가자, 이수야."

인희를 다시 한 번 노려본 강 여사가 이수를 감싸 안고 빠르게 그곳을 나갔다. 두 사람이 밖으로 사라지자 인희는 그대로 무너져 내렸다. 왜 하필 극도의 흥분 상태에서 윤이수와 마주쳤는지 지금 이 순간 그게 가장 원망스러웠다.

어쩌면 가질 수 없는 것을 탐한 것이 애초부터 잘못이었는지 모른다. 아무리 그 남자를 갖고 싶었어도 한 여자의 인생을 짓밟고 자신의 행복을 탐해서는 안 되는 일이었다. 그걸 알면서도 그녀는 도저히 차오르는 욕심을 제어할 수가 없었다.

이렇게 허무하게 끝날 줄 알았다면, 진즉 이렇게 될 줄 알았다면 한서준이라는 남자를 가끔씩이라도 볼 수 있다는 것에 만족해하며 살았을 것이다. 하지만 아무리 후회해도 지나간 시간은 되돌아오지 않는다. 아무리 후회하고 몸부림쳐도 어림없는 일이었다.

이수는 10월에 세상에서 가장 행복한 신부가 되었다. 단아하게 어깨를 드러내고 가슴 선에서 우아하게 휘감기는 심플한 순백의 웨딩드레스를 입은 그녀의 모습이 눈이 부실 정도로 아름다웠다.

"괜찮아?"

검은 턱시도를 말끔하게 차려입은 서준이 신부 대기실로 들어와 몽롱하게 앉아 있는 이수의 손을 잡고 물었다.

"아니요. 지금 꼭 꿈을 꾸고 있는 것 같아요."

아직도 그녀는 믿어지지 않는다. 2개월 전, 기적적으로 임신을 하고 과분할 정도의 축복을 받으며 결혼식까지 올리게 되었다는 사실이.

"나 또한 이 자리가 꿈만 같아."

"정말 꿈이 아닐까요? 지금 제가 임신했다는 사실도, 당신과 결혼하게 됐다는 사실도 모두 믿어지지가 않아요."

너무 기쁘면 눈물이 난다고 했던가? 어느새 이수의 눈에서 소리 없이 눈물이 흘러내렸다. 그녀의 눈물을 가만히 닦아주며 서준이 말했다.

"만약 꿈이라면 당장 지구를 날려버릴 거야."

그 말에 이수는 긴장을 풀며 살짝 웃었다. 그녀가 재차 확인하듯 물었다.

"저, 정말 아기 가진 거 맞죠?"

"그럼. 어제 선생님이 그러셨잖아. 벌써 3개월로 접어든다고. 어제 초음파로 손가락 보면서 울었던 사람 윤이수 아니었나?"

장난스런 서준의 말에 이수는 곱게 눈을 흘겼다.

오늘 결혼식 때문에 어제 산부인과 진료를 받았던 그녀였다. 초음파 검진을 하던 선생님이 아기의 팔과 다리를 가리키자 감격에 젖어 그 자리에서 이수는 엉엉 울었다. 그런 이수를 바라보는 서준의 눈가도 뿌옇게 흐려지고 분위기가 말이 아니었었다.

"미안하지만 제 팔 좀 세게 꼬집어 줄래요?"

이수의 말에 서준은 고개를 내젓더니 빙긋 웃었다.

"알았어. 당신 팔은 아까우니까 내 팔을 꼬집을게."

말과 동시에 그가 자신의 팔뚝을 있는 힘껏 비틀었다. 살점이 떨어져나갈 정도로 세게 비트는 그의 얼굴이 가면을 뒤집어 쓴 것처럼 무표정했다. 잔뜩 긴장한 얼굴로 이수가 물었다.

"안 아파요?"

진짜 꿈인가 싶어 가슴이 덜컹 내려앉은 이수는 눈을 똥그랗게 뜨고 초조한 눈으로 바라보았다. 그런 그녀를 물끄러미 바라보던 서준이 한순간 씩 웃으며 느릿하게 입을 열었다.

"아니. 무지 아파. 아주 살점이 떨어져나가는 것 같아."

"뭐예요!"

인상을 팍 쓰며 팔뚝을 문지르는 서준을 이수가 힘껏 때렸다.

"아픈데 또 때리면 어떻게 해? 대신 아파줬더니 호는 못해줄 망정 패기나 하고."

"미안해요. 저도 모르게 너무 기뻐서요. 자, 호오, 호오……."

사과를 하며 이수가 꼬집힌 곳을 입으로 살살 불어주자 입이 귀에 걸린 서준이 그녀를 품에 안으며 속삭였다.

"사랑해, 이수야. 가슴이 터질 만큼 사랑해."

가슴에 얼굴을 묻고 있던 이수가 활짝 웃으며 고개를 들었다. 그녀의 눈빛이 이렇게 속삭이고 있었다.

'당신의 모든 것을 사랑해요, 당신의 고운 숨결이 미치는 모든 공간을 숭배해요. 매순간 내 심장을 사로잡는 당신, 당신을 간절히 사랑합니다.'

어느새 그녀의 눈부신 미소 위로 선명한 일곱 빛깔의 무지개가 떠올랐다.

서준은 가슴이 터질 듯이 행복했다.

내 여자가 앞으로 맘 놓고 웃을 수 있어서 행복했고, 그 모습을 매일 옆에서 지켜볼 수 있어서 행복했다. 무엇보다도…… 윤이수가 이 세상에 태어나준 게 가장 행복했다.

5년 후…….

달칵,

희미한 물안개가 조용히 기지개를 피워 올리며 어둠을 몰아내려는 시각, 위용 높은 주택 현관문이 조용히 열렸다. 서준은 시계의 작은 바늘이 3시에 맞닿아 있는 것을 다시 한 번 확인하고 까치발로 조용히 2층 계단을 밟았다. 계단을 올라오자마자 망설임도 없이 그가 들어선 곳은 시원한 블루빛 벽지로 감싸인 쌍둥이 방이었다.

자신을 꼭 빼다 박은 아들들 윤이와 건이는 이제 겨우 6살일 뿐인데도 벌써 사춘기 소년처럼 행동하고 있었다. 작년까지만 해도 제 엄마 곁을 한시도 떠나지 않으려 했던 껌딱지들이 올해 유치원을 입학하고부터 슬슬 내외를 하기 시작한 것이다.

급기야는 제 엄마를 지켜주겠다며 어른인 체를 하는데 그 모습이 아주 가관이었다. 그래도 이젠 이수를 사이에 두고 이 녀석들과 완력 싸움을 안 해도 될 것 같아 안심을 했는데 이젠 동화책을 핑계로 잠들기 전 몇 시간이고 이수를 독차지하는 것이었다.

치사한 녀석들, 차라리 이럴 바엔 전처럼 이수의 껌딱지로 있던 때가 나았다. 그땐 적어도 지금보단 더 느긋하게 이수를 안을 수 있었다.

늘 피곤해하는 이수 때문에 욕심껏 그녀를 안지 못해 서준은 언제나 목이 말랐다. 몇 시간이고 긴 레이스를 즐기던 그가 고작 한 시간 밖에 그녀를 안지 못하니 죽을 맛이었다. 이렇듯 자신에게 크나큰 시련을 안겨주는 녀석들이지만 누가 뭐래도 너무나 사랑스럽고 소중한 아이들이었다.

어느새 함박만한 미소를 머금은 서준이 곤히 잠들어있는 아이들을 내려다보았다. 녀석들은 우월한 유전자 덕인지 천사 유치원에 입학하자마자 남아와 여아를 가리지 않고 모두에게 인기 폭발이라 그를 뿌듯하게 만들었다.

"사랑한다. 윤아, 건아."

형언할 수 없는 뜨거움이 가슴 깊은 곳을 파문처럼 휘젓자 서준의 눈가가 조용히 젖어들었다. 손이 귀한 한 씨 집안에 더할 수 없는 기쁨을 안겨주고 자신과 이수를 늘 웃게 해주는 아이들을 그는 너무나 사랑했다.

감격한 얼굴로 그렇게 한참동안 아이들을 응시하던 서준은 가만히 얼굴을 내려 보드라운 볼에 뽀뽀를 했다. 이젠 이수와 공주님들이 잠들어있는 방으로 가야할 시간이었다.

이수가 잠든 방문을 열자 은은한 라일락 향기가 코끝으로 밀려들었다. 순간적으로 아랫도리가 반응을 보이자 서준은 허탈하게 웃었다. 고작 4일 동안 이수와 떨어져 있었을 뿐인데도 마치 4년처럼 길었던 시간이었다.

연한 핑크색 실크 잠옷을 걸치고 잠든 이수를 뜨거운 눈길로 바라보던 서준은 과감하게 눈길을 거두고 창문 옆에 놓여있는 예쁜 2층 침대로 걸어갔다. 이수와 같은 핑크빛 잠옷을 입은 공주님들이 천사처럼 곱게 잠들어있었다. 바라보는 것만으로도 미소가 절로 나올 만큼 어여쁜 아이들은 이수를 꼭 닮아있었다. 지난 2년 동안 이수를 사이에 두고 윤과 건 때문에 가슴앓이를 해야 했던 것을 한꺼번에 보상해주듯 란과 별은 그를 너무나 잘 따랐다. 큰 소리로 울다가도 그가 안아들기만 하면 귀신같이 울음을 멈추고, 이수에게 붙어있다가도 그가 퇴근할 시간만 되면 본능적으로 말똥말똥 눈을 빛내며 제 엄마를 외면해버리기 일쑤였다. 그럴 때면 이수는 입을 삐죽 내밀고 그에게 투정을 부렸다. 그런데도 그런 이수의 모습이 어찌나 몸살 나도록 귀여운지 정신을 차릴 수가 없다. 아마도 어찌할 수 없는 중병에 걸린 모양이었다.

"사랑한다. 우리 공주님들."

깊은 곳에서 솟구쳐 오르는 감격에 목소리가 살짝 떨려나왔다. 그저 바라보고만 있어도 가슴이 들뜨고 심장 언저리가 행복한 기운으로 잔잔하게 젖어들었다.

눈에 넣어도 아프지 않을 아이들 곁에서 한참동안 시간을 보내고 드디어 그는 이수가 잠들어 있는 침대로 걸어갔다. 유모 두 명이 별채에 상주해 있지만 네 아이들을 하나하나 꼼꼼하게 챙기고 고루 사랑을 나눠주느라 피곤한 이수는 아주 깊은 단잠에 빠져있었다.

닫힌 눈꺼풀을 아래 긴 속눈썹이 하얀 얼굴에 그림자를 드리우고 있었다. 촉촉한 입술은 붉게 달아올라 유혹하듯 살짝 벌어져 있었고, 풍만한 가슴골은 뇌쇄적일 정도로 유혹적이었다.

자신의 분신들과는 또 다른 느낌. 이수는 그에게 매번 보아도 질리지 않는 햇살이었고, 마셔도 마셔도 배부르지 않는 공기였다. 여전히 그에겐 아련하기만 한 첫사랑이며 언제까지고 그의 심장을 쥐락펴락하는 단 한 사람이었다.

뚫어버릴 것은 눈으로 강렬하게 이수를 바라보던 서준은 시간을 확인하듯 손목시계로 시선을 주었다. 어느새 한 시간이 후딱 지나있었다. 원래는 새벽 5시쯤에 공항에 도착해 사우나에 들렀다 곧바로 회사로 들어갈 예정이었다. 하지만 이수와 아이들이 눈에 밟혀 서준은 무리하게 스케줄을 조정했다.

이제 아쉬움을 접고 일어나야 할 시간이었다. 사우나에 잠시 들렀다가 곧바로 사무실로 들어가 중역회의 안건에 대한 서류를 검토하려면 시간이 빠듯했다.

하지만 선뜻 발길이 떨어지지 않았다. 잠깐이라도 이수의 향기를 느끼며 부드러운 몸을 안고 애무하고 싶었다. 충동적으로 손을 뻗으려던 그가 황급히 손을 거둬들였다. 빨라도 자정이 지나 잠들었을 이수를 자신의 욕심만으로 깨울 수는 없었다. 대신 오늘은 무슨 일이 있어도 아이들을 일찍 재워놓고 그동안 쌓인 회포를 느긋하게 풀어낼 거라고 다짐 아닌 다짐을 했다.

"잘 자, 마누라."

마누라라는 말을 불쑥 내뱉고는 그가 쑥스러워서 머리를 긁적였다. 생각보다 마누라라는 단어에 친근함이 느껴져 서준은 가만히 미소 지었다.

거세게 고동치는 분신을 억지로 잠재우며 그가 부드럽고 달콤한 입술에 살짝 베이비키스를 날렸다. 회사고 뭐고 다 내던져버리고 싶게 만들 만큼, 곤히 잠들어 있는 이수는 여전히 눈부시게 아름다웠다.

* * *

기분 좋게 살갗을 휘감는 새하얀 원피스를 입은 이수가 큼지막한 종이가방을 들고 영인제약 본사 건물 안으로 들어섰다. 조용히 현관 복도를 가로지르는데 이곳저곳을 둘러보던 경비 아저씨가 그녀를 발견하곤 황급히 달려와 고개를 숙였다.

"사모님, 그동안 안녕하셨습니까?"

"네, 늘 고생이 많으세요."

슬쩍 사장실 전용 엘리베이터에 오르려던 이수는 경비 아저씨의 인사에 머쓱한 미소를 지으며 인사를 되돌렸다. 전에 직원으로 가볍게 인사를 하던 때와는 영 달라 불편하기 그지없었다.

"그럼 수고하세요."

아저씨와 몇 마디 정담을 나누고 이수는 재빨리 엘리베이터에 올랐다.

아이들의 울음소리에 아침에 눈을 뜬 이수는 방안을 떠도는 서준의 향기에 깜짝 놀랐다. 그리고 그녀의 입에선 곧바로 탄식과도 같은 신음이 쏟아졌다. 4일 동안 내내 서준을 그리워했던 그녀였다. 아이들과 정신없이 바쁜 와중에도 그의 모습이 눈앞에 아른거려 언뜻 언뜻 가슴을 시리게 만들었다. 그런데 그녀의 마음을 알아챈 시어머니 강 여사가 아침부터 직접 주방에 들어가 정성껏 음식을 만들어 그를 만나러 갈 명분을 만들어 주었다. 이수는 민망함에 한사코 괜찮다고 했지만 애틋해하는 둘의 마음을 누구보다도 잘 알고 있는 강 여사는 완강하게 그녀의 등을 떠밀었다.

결국 시어머니의 고집을 꺾지 못해 회사까지 왔지만 속으론 열렬히 반색하는 그녀였다. 그것을 입증하듯 서준의 사무실이 가까워올수록 몸이 달아오르고 심장은 미친 듯이 날뛰어댔다.

땡, 21층에서 엘리베이터가 멈추자 이수는 크게 숨을 내쉬고 걸음을 내딛었다. 빠른 걸음으로 사장 비서실 문을 열자 서류를 들여다보던 소희가 반색하며 벌떡 자리에서 일어났다.

"언, 아니 사모님!"

"잘 지냈어? 김 대리."

서준이 사장이 되고 소희도 사장 비서실로 발령이 났다. 그리고 그동안 승진을 해 대리가 되어 있었다.

"어쩐 일이세요? 통 발걸음을 안 하셔서 서운했었는데."

"미안해. 나도 한 번씩은 김 대리 보고 싶어서 들러보고 싶었는데 영 짬이 나야 말이지."

말은 그렇게 했지만 그녀가 이곳에 일절 출입하지 않은 이유는 직원들이 불편해 할 것 같아서였다.

"사장님 중요한 점심 약속 없으시지?"

시어머니를 통해 이미 서준의 동선을 파악한 그녀였다. 이수의 말에 소희는 싱끗 웃으며 대답했다.

"네, 특별한 일은 없으세요."

"그럼 도시락 챙겨왔으니까 스케줄 좀 조정해 줘."

이수의 말에 소희의 얼굴이 붉어졌다. 4일간 출장길에 올랐던 낭군님이 얼마나 그리웠으면 생전 걸음하지 않던 이곳에 다 왔나 싶어 제가 다 쑥스러워졌다.

"며칠 동안 타지 음식만 먹어 몸이 축났을 거라며 어머님이 직접 음식을 만드셨어."

공연히 낯이 붉어져 이수는 황급히 변명을 했다. 소희가 수긍한다는 듯 얼른 고개를 끄덕이며 대꾸했다.

"네, 그러셨군요. 사장님 기뻐하실 텐데 어서 안으로 들어가 보세요."

"그래. 그럼 수고해. 참, 이거 샌드위친데 이따 배고프면 간식으로 먹어."

이수가 예쁜 도시락 통을 꺼내 건네자 소희가 받아들며 싱글벙글했다. 가끔씩 이수가 싸서 보내는 간식들은 그녀의 입을 너무나 황홀하게 해 주었다.

"맛있게 잘 먹겠습니다."

소희의 기뻐하는 모습에 흐뭇한지 이수는 활짝 웃으며 사장실로 들어갔다. 그런 그녀를 소희는 넋 놓고 바라보았다. 벌써 결혼한 지 5년이나 흘렀고 아이가 넷씩이나 있는데도 그녀는 여전히 20대 같았다. 세월이 흐를수록 점점 멋져지는 사장님 때문에 은근히 불안했던 소희는 쓸데없는 기우를 단숨에 날려버렸다.

"그런데 언제 봐도 너무 부럽다. 내겐 언제나 꽃피는 춘삼월이 오려나……."

소희가 넋두리를 쏟아내고 샌드위치를 들고 탕비실로 들어갔다.

갑자기 청양고춧가루를 팍팍 넣은 매운 불닭이 간절하게 생각났다.

이수가 들어왔는데도 서준은 시선도 들지 않고 노트북만 뚫어지게 쳐다보았다.

"흠흠! 출장 잘 다녀오셨어요?"

이수의 목소리에 서준은 황급히 얼굴을 들었다. 그녀의 등장이 믿어지지 않는지 그가 말없이 눈만 끔뻑였다.

"4일 만에 만났는데 저 하나도 안 반가워요?"

이수가 눈꼬리를 접으며 새치름하게 말하자 서준이 벌떡 일어나 바람처럼 다가왔다.

"보고 싶어 혼났어."

무방비 상태로 서 있는 그녀를 힘껏 끌어안으며 그가 속삭였다.

"어머님이 점심 같이 먹으라고 등 떠미셔서 왔어요."

"정말? 역시 어머님은 센스쟁이시라니까. 얼른 소파에 가서 앉자."

이수의 손에 든 쇼핑백을 맞잡으며 서준은 그녀를 안은 채 소파로 걸어갔다.

"고생 많았죠? 그동안 당신 몸 축났을 거라며 어머님이 아침부터 공들여 만드신 거예요."

그녀가 꺼낸 도시락엔 산적이며 떡갈비, 굴비, 더덕무침 등 먹음직스러운 음식들이 가득했다. 하지만 음식에는 도통 관심 없다는 듯 서준은 이수의 모습만 뚫어지게 응시했다.

"당신도 먹어."

그녀를 보자마자 벌떡 일어선 아랫도리가 팽팽하게 조여들어 고통스럽게 하자 그가 앓는 소리로 말했다.

"아침을 늦게 먹어서인지 배 안 고파요. 당신이나 어서 드세요."

활짝 웃으며 이수가 굴비 살을 발라 찰진 밥 위에 올리자 서준은 냉큼 수저를 입에 넣었다.

"우리 색시가 발라주니까 너무 맛있다."

서준의 넉살에 이수는 환하게 웃었다. 떡갈비를 집어 밥 위에 얹는 그녀의 얼굴이 어느새 체리처럼 붉어졌다. 그녀의 모습에서 시선을 떼지 않고 서준은 밥 한 공기를 뚝딱 해치웠다. 솔직히 밥이 입으로 들어가는지 코로 들어가는지도 모를 정도로 그의 심장이 빠르게 뛰었다.

"디저트는 과일과 식혜 중 뭘로 드릴까요?"

"멜론 하나 줘볼 테야?"

이수가 재빨리 포크로 멜론을 찍어 입가에 건넸다. 그러자 그가 냉큼 멜론을 혀로 잡아챘다.

"어때요, 맛있어요?"

"응 기막히게 맛있어. 당신도 아, 해."

서준이 멜론 한 조각을 잽싸게 포크로 찍어 그녀의 입가에 대자 잠시 망설이던 이수는 얼굴을 붉히며 살짝 입을 벌렸다. 하지만 멜론은 그녀의 입이 아닌 서준의 입속으로 사라졌고 항의할 사이도 없이 그의 입술이 밀려들었다.

"하아……."

상큼한 멜론과 함께 뜨거운 입술이 그녀의 입술을 덮어버리자 절로 앓는 신음이 나왔다. 그녀의 신음소리마저 삼키려는 듯 그가 재빨리 입속을 파고들어 은밀하고 빠르게 입안을 헤집었다. 그 자극만으로도 이수의 몸은 불덩이처럼 달아올랐다. 애태우듯 느릿하고 감미로운 입맞춤에 온몸의 세포들이 일제히 깨어나 그녀를 뒤흔들었다.

“당장 호텔로 가고 싶다.”

구석구석 샅샅이 입안을 훑어 내리던 그가 불현듯 입술을 떼고 나직하게 속삭였다. 싱긋 웃으며 농담처럼 말했지만 그의 눈이 당장이라도 불길을 쏟아낼 듯 이글거렸다. 그녀의 아랫배를 금방이라도 뚫을 듯 쇠몽둥이처럼 단단해진 욕망을 억지로 참아내는 그를 사로잡힌 듯 바라보던 이수가 한 손을 들어 천천히 서준의 턱을 쓸었다. 미치도록 부드러운 손길이 나른하게 턱을 감싸자 무심함을 가장하던 서준의 눈동자가 이글거리며 타올랐다.

“감당할 수 없으면 자극하지 마.”

서준이 한숨처럼 말을 쏟아내며 그녀의 손을 잡아 숭배하듯 입을 맞추었다. 이수가 떨리는 목소리로 말을 쏟아내며 그의 목에 팔을 감았다.

“안아줘요.”

“지금 날 도발하는 거야? 사무실이라고.”

아무리 욕망으로 온몸이 새카맣게 타들어갈지라도 절대로 사무실에서만은 곁을 내주지 않던 이수였다. 그렇기에 서준 또한 지금 죽을 힘을 다해 욕망을 억제하고 있었다.

“알고 있어요.”

이수가 뜨거운 숨결을 쏟아내며 풍만한 가슴을 밀착시켰다. 어금니를 악다물며 위태롭게 참아내던 서준이 으르렁거리며 거칠게 이수의 입술을 삼켰다. 부드럽고 여린 입술을 물어뜯을 것처럼 잘근대다가 동작을 멈추고 가만히 이수를 응시했다. 그가 마지막이라는 듯 힘겹게 내뱉었다.

"여기서 멈출까?"

그의 입술은 눈빛과 달리 거짓말을 하고 있었다. 여기서 멈춰버리면 기대감으로 더없이 팽창된 몸이 한순간에 지옥의 나락으로 떨어질 텐데도 여유를 부리고 있었다.

"제발 멈추지 말아요."

이수의 도발에 간당간당하던 서준의 이성이 와르르 무너졌다. 집어삼킬 듯이 그녀를 응시하던 그가 거세게 입술을 부딪쳐오자 이수는 크게 입술을 벌리고 열렬하게 그를 맞았다. 보드랍게 휘감기는 혀를 사정없이 잡아채고 탐욕스럽게 빨아들였다. 서준이 앓는 소리를 내며 입안을 모조리 흡입할 정도로 깊숙하게 혀를 밀어 넣었다. 폐부 속까지 태워버릴 것처럼 강렬하게 입안을 휘젓던 그가 입술을 떼고 속삭였다.

"아마 천국의 과일이 이런 맛일 거야. 너무 달콤해서 평생 떨쳐버리고 싶지 않은 환상적인 셔벗."

서준의 찬사에 온몸이 붉어진 이수는 부풀어 오른 입술을 핑크빛 작은 혀로 쓸었다. 뇌쇄적인 그 모습에 느긋하게 움직이던 서준은 참지 못하고 격하게 입술을 내렸다. 곧바로 입속을 침범한 혀가 거칠게 입안을 잠식해가자 관능의 물결이 빠르게 이수를 강타했다. 열기를 머금은 손이 가슴을 꽉 움켜쥐고 혀를 옭아맸다. 칭칭 옭아맨 혀를 강하게 빨아들이며 단단하게 솟은 젖꼭지를 비틀자 그녀의 상체가 길게 뒤로 휘었다.

"하아, 하……."

서준이 혀를 움직여 뜨거운 귓불을 잘근잘근 깨물자 지독히도 달콤한 감각에 이수의 입에서 야릇한 신음이 쏟아졌다. 한껏 요염해진 신음소리에 서준의 머릿속이 하얘졌다. 그가 입술을 떼 천 위로 드러난 가슴을 한 입 가득 머금으며 등 뒤로 손을 가져가 재빨리 원피스 지퍼를 내렸다.

"하!"

창으로 들어오는 눈부신 햇살 아래 가슴골이 아찔하게 드러나자 서준은 이글거리는 눈으로 새하얀 목덜미에 입술을 눌렀다. 불끈거리는 욕망을 애써 잠재우며 그가 깨지기 쉬운 도자기처럼 그녀를 애무했다. 온몸을 마비시켜버릴 것 같은 관능적인 키스를 퍼부으며 그가 재빨리 이수의 속옷을 제거하자 아름다운 가슴이 아찔하게 드러났다. 서준이 꽉 잠긴 목소리로 중얼거렸다.

"여전히 숨 막히게 아름다워."

어둡게 가라앉은 새까만 눈길에 진분홍빛 유두가 손길을 갈구하듯 부풀어 올랐다. 숨이 멎을 만큼 유혹적인 젖가슴을 뚫어지게 바라보던 서준이 한 손에 다 들어차지 않는 풍만한 가슴을 지그시 손으로 감싸며 섬세하게 살갗을 파고들었다. 더없이 조심스럽게 혀를 움직여 유륜 주위를 둥글게 애무하다가 앙증맞은 유두를 입안에 머금었다.

"하아……."

한 입 가득 들어온 과실을 사탕을 빨듯 감질나게 빨아들이다가 천천히 혀를 굴려 애무하자 척추를 관통하는 짜릿한 감각에 이수는 숨을 헐떡였다. 온몸이 뜨겁게 조여들어 금방이라도 타버릴 것만 같았다.

그녀의 가슴을 욕심껏 애무하던 그가 묵직한 신음을 흘리며 단번에 이수를 안아 허벅지 위에 앉혔다.

"아흣!"

관능의 물결에 무아지경에 취해 있던 이수는 엉덩이 아래로 딱딱하게 발기된 남성이 느껴지자 몸을 움찔거리며 기대에 찬 신음을 흘렸다. 작게 벌어진 입술에서 새어나오는 신음소리가 지독히도 섹시해 서준은 미친 듯이 입술을 움직였다.

서준의 머리카락을 나른하게 헤집던 이수의 손길이 다급하게 아래로 내려와 와이셔츠 안으로 파고들었다. 탄탄한 가슴을 움켜쥐었다가 젖꼭지를 잡고 힘껏 비틀었다.

"욱!"

머릿속을 진동시키는 강한 쾌감에 서준은 부르르 몸을 떨며 격렬하게 혀를 옭아맸다. 두 사람의 몸에서 뿜어져 나온 열기가 너무나 뜨거워 뼛속까지 타들어 가는 것 같았다. 맹렬하게 이수의 혀를 빨아들이던 서준이 그녀를 한손으로 안고 팬티를 끌어내렸다. 그의 손에 탱탱한 엉덩이가 이리저리 물결치며 흔들렸다.

"아흑!"

충분히 젖어있었지만 거대하게 부풀어 오른 욕망을 단숨에 품기에는 역부족이었는지 이수의 입에서 짧은 비명소리가 새어나왔다.

"긴장 풀어, 내 사랑."

가늘게 떠는 이수의 입술을 삼키며 서준은 천천히 엉덩이를 움직였다. 가느다란 허리를 휘감은 손에 힘을 주며 달콤한 혀를 힘껏 빨아들이자 긴장해있던 여성 안이 조금씩 이완되기 시작했다. 어느새 수동적이었던 이수의 허리가 리듬을 타며 천천히 움직이다가 어느 순간 가파르게 들썩거렸다. 풍만한 가슴이 출렁거리며 서준의 가슴을 야릇하게 스쳤다.

"서준 씨……."

파도에 흔들리는 격랑처럼 가파르게 움직이던 이수가 살짝 엉덩이를 들며 서준의 귓가에 숨결을 흩뿌렸다. 그 숨결은 머릿속을 쭈뼛거리게 만들만큼 강력한 최음제가 되어 그를 흔들었다. 수줍은 모습도 미치게 좋았지만 도발적인 모습은 넋을 빼놓을 만큼 황홀했다. 이미 자아를 잃어버린 서준은 이수가 주는 환락에 취해 대답 대신 매끈한 어깨에 이를 박았다.

"하아, 하……."

내렸던 엉덩이를 살짝 빼 매끄러운 귀두를 살짝 머금고 이수는 천천히 허리를 돌렸다. 뜨거운 속살이 움찔거리며 귀두 끝을 조일 때마다 서준은 숨을 몰아쉬며 이수의 몸에 붉은 낙인을 찍어갔다.

"너무 좋아서 미치겠다."

율동적으로 움직이는 이수의 허리를 잡은 서준이 속삭임과 함께 힘차게 허리를 세게 튕겨 올렸다. 이제 한계라는 듯 그가 강하게 휘감은 허리를 부여잡고 미친 듯이 엉덩이를 움직이자 그 움직임에 맞춰 이수의 상체가 가파르게 흔들렸다. 그렇게 한참 동안 허리케인처럼 폭주하던 서준이 어느 순간, 뿌리 끝까지 강하게 파고들며 이수의 가슴에 얼굴을 묻었다.

"하악!"

"으윽!"

절정의 언덕을 향해 한껏 날아오른 이수가 부르르 몸을 떨며 서준의 어깨에 힘없이 얼굴을 묻자 극한의 쾌감에 몸서리치며 서준은 힘껏 정액을 쏟아냈다.

"하아……."

분수처럼 세차게 쏟아지는 생명수가 또다시 그녀를 쾌락 속으로 몰아넣자 붉은 속살이 움찔거리며 세차게 그를 조였다. 서준이 거칠게 숨을 몰아쉬며 소중하게 그녀를 감싸고 입을 맞췄다. 가는 등의 섬세한 라인을 쓰다듬으며 그가 나른하게 속삭였다.

"오늘밤 한 잠도 안 재울 거야."

-THE END

도향

사랑, 그 설렘에 취하고 향기에 물들다.

동
향

사랑, 그 설렘에 취하고 향기에 물들다.